琴吟江山

娅邪 著

重庆出版集团 重庆出版社

图书在版编目(CIP)数据

琴吟江山 / 娅邪著. —重庆：重庆出版社，2009.6
ISBN 978-7-229-00781-2

Ⅰ. 琴… Ⅱ. 娅… Ⅲ. 长篇小说-中国-当代 Ⅳ. I247.5

中国版本图书馆 CIP 数据核字（2009）第 090489 号

琴吟江山
QIN YIN JIANGSHAN
娅邪 著

出 版 人：罗小卫
责任编辑：邹 禾 刘 倩 刘 蔓
策 划：重庆天健卡通动画文化有限责任公司
责任校对：杨 婧
封面设计：冰糖珠子
版式设计：阿库拉姆
插 图：柳 玮

重庆出版集团
重庆出版社 出版

重庆长江二路 205 号 邮政编码：400016 http://www.cqph.com
重庆出版集团艺术设计有限公司制版
重庆市开源印务有限公司印刷
重庆出版集团图书发行有限公司发行
E-MAIL:fxchu@cqph.com 电话：023-68809452
全国新华书店经销

开本：787mm×1 092mm 1/16 印张：22.25 字数：340 千
2010 年 2 月第 1 版 2010 年 2 月第 1 次印刷
ISBN 978-7-229-00781-2
定价：29.80 元

如有印装质量问题，请向本集团图书发行有限公司调换：023-68706683

序

边塞漠漠暮如织。北边平漠上的黄沙，一直腾空翻滚地卷到望不见边的地平线。夕阳在层层乌云的隙缝之间朦胧地照耀下来，垂下了一道和地上的沙海缠绵在一起的血红色的沙帘，无法分辨那炎热的色彩是日光还是飞沙。

除了那几道虚弱的阳光，其余的天空已被沉重的乌云笼罩，黑压压地沉在远方的山峦上，预告着一场天翻地覆的风雨。几处沙地不断地被狂风卷起，犹如向四处翻滚的隐形汹浪，呼啸着苍凉，呢喃着断肠。

风中带着血腥的味道。

默立在荒漠之中的巨石，都静静地望着苍穹，聆听着不远处的呐喊和吆喝。

几里之外，一场激战血雨腥风地上演着。

恒朝仪武十六年三月十六日，北镇将军林默背叛朝廷，与中原夙敌异图族合手联军，共率十五万大军直逼关内。

异图族长久以来突袭恒朝边疆，幸各州的守将都英勇善战，边疆战争虽已长达数十年但依然无法攻进中原。

野心勃勃的北镇将军因与天子有私怨，在三月被皇上贬于北部并且被削夺兵权，在异图族的诱惑飞语之下便轻易地背叛恒朝。当天便斩杀了北疆抚使及数十文官，士兵们被迫叛降，不肯服从者，无论士兵百姓都斩于城门。

随后，林默拱手献上八万人马并帮异图族打开了进入中原的大门，双方合作便如虎添翼,如无法阻止的龙卷风疯狂地向恒朝的百万人民杀戮而去。

此时此地,成千上万的士兵像黑色潮水覆盖着大地,狂奔着的坐骑在烟尘中若隐若现,天空上万支箭交叉如雨滴般疯狂地落下,刀光一亮便是红血飞溅,横尸倒地。万箭破风之声,铁骑狂奔之声,刀刃铿锵之声,黄沙中流淌着赤血,闪电中反映着剑影,整个天地仿佛都在震动,摇晃在这英雄壮士的杀喊之中。

周城已经防守了三天了,城门下早已是血流成河,尸堆成山。

城军之首宋将军,下意识地向南边望去,他的眼睛已经被血迹染得模糊,原本明亮干净的盔甲早已裂开,里面的战袍和伤势血肉模糊地黏在一起,无法分别疼痛酸麻是来于何处。

他握紧武器,看着周围,不禁长叹。无论是数量还是实力,周城军队都在敌人之下。

异图族生长于草原峡谷之中,无论男女自幼便骑马狩猎,而林默的铜甲战士更是勇猛善战。

战死沙场是军人的荣耀,无论是他还是浴血奋战的周城士兵们都不怕死。

但他们怕自己死后的事情。

若周城一破,敌人便能够顺着关月河直下江南。一路上,向阳,燕城,锡安,溪间这些城池无不是朝廷的商贸要脉,重要关道,岂能让异图族霸占?

若周城一破,便是引狼入室,百姓苍生都即将沦陷祸殃。他们八万人马无法攻破敌方的十五万铁骑,但至少也要拖延时间,让朝廷派遣支援,加强各城的防守安全。

这时一箭破天而过,只见周城墙上的鼓兵闷哼一声便跌落下来,直至倒地才停止击鼓,原本震天动地的鼓声戛然静止,只剩下杀声连天和马蹄奔驰的声音遮过了整个天空山谷。

宋将军咬牙不动,那个堕下城墙化为一堆血肉的鼓兵,在前几天还跟在他的身后蹦蹦跳跳地缠着他讲以前的战绩和故事,他的母亲曾在出城之前向自己长跪不起,求他照顾自己的独子。然而抬眼望去,沙场上浴血或淋漓的壮士们,哪一个不是丈夫,儿子,兄弟?在城墙之后,又哪一个不是自己的妻儿,女儿,姐妹?

但即使是这样,全城人的性命换来天下百姓的平安,也值得!

宋将军看着那年轻鼓手的尸体，觉得皮肤之下的热血开始沸腾，他满眼红丝地咬牙拔刀，昂首大吼："吾皇……万岁万岁万万岁！"

话毕，沙场各处立即响起了回应！

这些战士，无不疲惫负伤，三声万岁，积聚了他们所有的忠孝，对父母，对国家，对天下！

宋将军听得眼眶发热，紧握长剑，大喝一声向敌方攻去："为了我朝！兄弟们，杀！"

白马奋奔，刀枪寒光照亮了黯然的天色，黄沙滚滚，恒朝军队乘风破浪般地向敌军扑去。

虽然宋将军此举大振军心，但异图族仍然占上风，何况叛军熟悉周城士兵们的作战方式，更是变化无穷地攻击。宋将军虽连斩数敌，但毕竟年迈长老不如从前，只是靠着铁心战死沙场的气势才勉强让敌方难以抵抗。

不到片刻，周城士兵已经渐渐败下阵来。

"将军！"副将方敏忽然高呼，整个人直向前者扑去，只见刀光一闪，上一秒充满活力的身体便僵硬地倒了下去。宋将军未来得及转身，只觉得眼前一晃，整个人已从马背上摔了下来。

耳边气流呼啸，宋将军下意识地转身，即时避开了向他刺去的长剑。举手奋力一挥，只见眼前血光四溅，敌方的头颅蓦然被他砍飞！但也在同时，一箭飞射进腿，使他陡然仆倒在地上。

狂风大作，无数的沙石拍打着他的脸。耳边漫天的呐喊杀戮仿佛都逐渐退去，黄沙的气息环绕着他。多么熟悉的味道，仿佛看到万里沙场上湛蓝的天空，恒朝赤色金边的旗帜高傲自豪地飘荡，士兵们在烈日炎热之下充满汗水和灰尘的脸，周城孩童们稚嫩的读书声和老人们憨厚的脸孔。无论何时，这些都是他奋战的动力，都是值得去倾覆一生地守护。

他很想站起来，一生中他一直这样不断摔倒再站起来的，但四十年了，他已身披战甲四十年了！是否已到无法站立的极限了。他大声地喘息着，努力地想要看到眼前的景色，但除了一片接近黑暗的模糊，他看不到别的。

周城，莫非真的就要如此陷落了……

忽然，一阵低沉的号角声划破了天空，划破了厮杀声，甚至划破了时间和天地。

地面有了微微的震动。

双方都感到微微的惊愕，不禁回头向远方看去。

天边，滚滚的黄沙仿佛被掀起了巨浪，张牙舞爪地向他们扑来。

一道闪电劈裂而下，在那一刹那的明亮之中，众士兵们只觉得看到了幻影。

那是一片黑色的海，平静的水面下隐藏着汹涌的暴怒，密密麻麻地覆盖了地平线的那一端。

勇猛呼啸，气势浑雄，铜甲铁骑的千军万马，浩浩荡荡地直逼而来！

闪电逝过，漆黑盔甲散发的不可一世的寒意，上面印着一路的风霜和灰尘，在黑暗中闪烁着幽暗的光芒，在白光闪电下被洗净得更加明亮耀眼。狂奔而来的铁骑蹄声惊人震撼，四周的巨石和沙地都因此而震动晃摇。

那是一支充满杀气的军队，即使在数里外，都能够感到他们身上的威凛和萧凉。

众兵被那军队的气势震撼呆滞，时间仿佛静止下来，只剩下那逼近的马蹄声，犹如放慢了速度而巨响着。

蓦然，天边响起了巨大闷雷，狂风骤雨即将滂沱整个山谷，霹雳闪电撕裂了天空。

只见带头的那人在雷电下发散着冰凛的寒意，他一马当先飞奔而来，每一道蹄声都响彻周城城门。

闪电劈下，刷地一声，一把雪亮的长剑如日光割裂了黑夜。在他身后的军队，也都统一拔出长剑，万剑如凌如霜，熠熠生辉，照亮了绝望中的周城！众人这时才看到无数黑色银边的旗帜在风雨里飘扬。

剑指叛军，为首那人的声音仿佛从天边而来，威严雄伟仿佛遒劲雷鸣：

“天佑我朝！吾皇——万岁——万岁——万万岁！”

顿时，几万潮水般的黑色军队，都共同发出三声万岁，天地震动！

鼓声再次响起，旌旗飘扬，擂鼓巨鸣，马蹄狂奔，喊杀声和拔刀备剑的撞击声，仿佛即将攻破山墙的瀑布，翻天覆地地卷来！

军心大振，顿时万岁声波浪般地响起，一声高过一声，敌方光是听到气势便溃不成军。

宋将军跪倒在地，老泪纵横，心里直感，天佑我朝，天佑我朝！

他们竟然等到了他！

恒朝开国以来的第一传奇——腾云将军！

恒朝仪武十六年三月十六日，异图族与叛兵率领五万人马攻打周城。北漠将军宋飞达拼死力战，浴血抗敌三天三夜，死不降服。

十七日夜，腾云将军快马加鞭率领四万人马连夜赶到周城，退敌千里，追至戴河上游。宋将军战胜后三天，死于重伤，腾云将军一怒之下执意过江追杀敌军，屠城灭族，取得背叛者林默长子首级，逼得敌军再退五百余里，收复北疆领土。

龙颜大悦，封其辅国大将军，赐百万兵马大权，黄金百万，美婢百名，命其回京受赏，亲自在城门迎接。

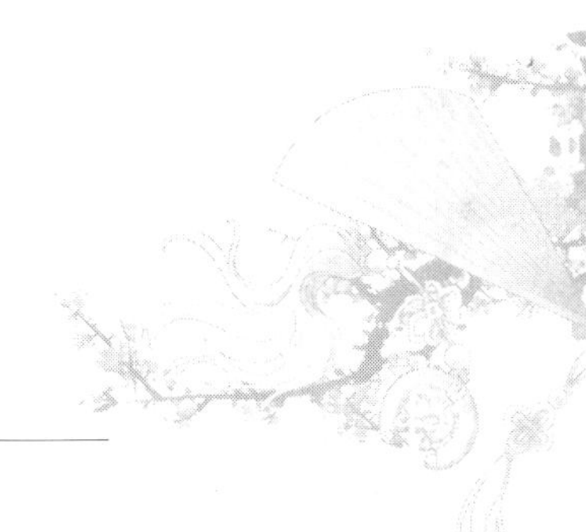

目录

1/The Cloud

第一章

美蓉花开·腾云将军

春风弄帘玉脆响。温润的珠串叮叮当当地拂过光滑地板，御花园的落英缤纷而飘，洒了满廊的嫣碎红点。无数宫女身穿轻罗赤纱，手捧山珍海味及香郁美酒款款穿梭，在空气中留下一道道香缕倩影。

曦太宫建于御花园之中，与其说是独立一宫不如说是一座巨大的亭子，为皇家平时赐家宴之处。方形大殿双边由巨大的石柱所撑，上面刻满金龙穿云布雨，檐壁上皆是七彩锦云，桃源仙境之图。平时淡紫薄纱从石柱上垂飘而下，仿佛大片的晚霞掬于殿中，但此时它们却别在柱后，让御花园所有美景都一览入眼。

殿上两排长长的酒席，早已是杯觥交错，酒酣耳热的气氛。从北疆归来的将士们，原本因天子在场而处处约束，不敢高声阔谈，但皇帝心情大悦，一上座便开怀畅饮，各处赐酒。于是在场的武官在几杯美酒下胃之后便个个恢复豪放不羁之性，顿时所有人都对酒高歌，酒酣耳热，把长久以来边疆战事的种种烦恼稍搁一边。

"夏卿……"皇帝撑着下巴，对年轻的腾云将军夏牧微微一笑道，"去年你以战争未完，边疆之难回绝朕的提议，不知你现在有什么好说的？朕在你这个年龄已有三子一女了，你到底什么时候成家啊？"

"皇上，夏牧将军有断袖之癖！"酒宴中不知道谁趁着醉意大声回答道，顿时所有人哄堂大笑，打趣狂笑之声不断响起，连太子都不禁抚掌失笑。

"果真如此？"皇上也打趣道，"听说三年前异图王子卡达吉投降之举是因对你有好感，此事是真？"

“皇上……”腾云将军伸手从旁边文官的怀里抽出扇子，“啪”一声打开，遮住脸庞轻挥，只剩明亮的眼睛在外扑闪扑闪地眨着，装嗲声嗲气的女子之声，“是哪个狐媚妖娘说人家的坏话？人家不依不依啦！”

那声音极为细腻甜蜜，外加北方口音更是尖细高锐，像平时太监高叫声音。那些和夏牧不熟的百官怎会想到平定边疆，勇猛无敌的腾云将军有如此娘娘腔的举动，一时大家愣住了两秒，接着惊天动地的笑声几乎把曦太宫的屋顶震开。

所有人都笑得前仰后翻，有的趴着捶桌，有的弯身扶椅，有些人甚至喷出一口酒菜，呛得上气不接下气。一时间太监宫女手忙脚乱地给各官们捶背打气，收拾残局。有人忍笑偷偷瞄了瞄腾云将军，却见他只是轻轻靠在座椅上，悠闲地轻挥扇子，脸上带着一丝得意又玩世不恭的慵懒笑容。

皇帝笑得酒都洒了出来，一手指着夏牧喘不过气：

“你……你……你倒是说说看，这副模样，为何朕的公主们都视你为天下第一男子？”

“各位公主错爱了……”夏牧放下酒杯站起身来，虽嘴角仍是微带邪恶与不恭，但眼神却坚定稳重地望着皇帝，“微臣只想和世上一位女子共度此生……”

大厅里的众人都逐渐安静下来，清醒的人不禁有点紧张地看着皇帝，夏牧身边的副将虽已烂醉但也摇摇头低声说了句“浑蛋”，大多数人纷纷相递眼神努嘴，等待腾云将军的下文。

皇上微微蹙眉，但还没等他开口，只见夏牧已站到两排酒席中央笔挺跪下，嘹亮有力地说道：

“臣斗胆，求左相唐大人之四女，唐秋瞳为妻。请皇上与左相成全！”

一时大厅里寂静无声，蓦然传来的蝉声仿佛格外响亮，连微风吹过的声音也都听得到。所有人都僵硬在原地，目不转睛地看着夏牧伏跪在地的身影和皇帝的反应。有些胆小的文官已经不由自主地低头弯腰，看着自己倒映在光滑地板上的影子不敢深呼吸。众人忽然都感到异常的闷热，却不敢擦汗，反而把腰弯得更深了。

“夏牧……”皇上只觉得自己的青筋早已暴起，他按捺着脾气深呼吸，然后咬牙切齿地说道，“这已经是你第二十九次提这样的要求了！”

夏牧抬起头来无辜地看着他，那满脸的怨气无声地抗议：“谁叫你不答应！”

“不是朕不答应！”皇帝怒吼，他会不知道这家伙在心里想什么他就不姓李。他气得指向旁边目瞪口呆僵硬举杯的左相唐明吼道：

“左相也已告诉过你不下十次！唐秋瞳早已失踪，不知去向！”这小子怎么就这么死心眼儿？

“臣斗胆，恳求皇上允许臣南下江苏一带，寻唐千金娶进夏家。”腾云将军不卑不亢地，像个书呆子般地回答道。

“混账！”皇帝气得手上酒杯狠狠一摔，那金杯在空荡的殿内不停打转绕圈，发出刺耳的声音，四周百官早就跪倒在地不敢吭声。

“你为我朝重臣功将，怎能让儿女私情重于江山社稷！你如何面对浴血开朝的列祖宗灵，如何背起护我朝千万百姓的使命，如何对得起辅国将军之称？！”皇帝气得直击酒桌，却正好看到下面闻言惊愕抬头的太子，方知自己激动失言，便重哼一声再次坐下。

眼看夏牧，却是一脸平静稳定，仿佛对天子怒颜早已习惯，只是毫无表情地闭了闭眼再度开口：“臣……”

“够了！”仿佛早就知道他要说什么，皇帝立即举手喝道，“你要去找唐秋瞳，朕成全你！现在北疆战事暂定，朕限你半年时间下江苏寻找左相之女……”他忍无可忍地揉了揉太阳穴站起身来，厉声说道，“若还无消息，立即回京奉旨完婚！现在给朕滚出京城！”说完起身愤然挥袖离去。

百官愣在原地，看见太子起身跟随才平身恭送天子，所有的太监宫女也急匆匆地跟在后面。只剩腾云将军叩首谢恩，高呼万岁。

等到那金黄色的身影消失在走廊转角渐渐不见，众人这才斜眼向好像什么都没发生的腾云将军望去。只见他慢条斯理地站了起来拍了拍官袍，优雅地转身向还没反应过来的众人拱手敬礼道别。

而那抹邪恶慵懒的笑容，也再度出现在他的脸上。

御花园中鸟语花香，只见阳光如一袭金色瀑布流泻而下，微风吹过传来万花的清香。

夏牧抬眼看去，不远的几棵花树开得如锦绣般的绒雪，如烟如纱地覆盖了宫中的金殿玉砌。他的眼光蓦然变得温柔润和，与刚刚那嬉皮笑脸的慵懒男子

和战场上的冷酷残忍显然不同。几片花瓣轻拂在他脸上，那淡然温暖的笑意越加越深，他伸手接住花瓣低声说道：

“今年的芙蓉花……终于开了……”

时光的海浪不断掀涌翻覆，整部历史就是由它的推动而组成的。再伟大的人物的欢笑泪水，爱恨生死，都只是这沧海中微不足道的沙砾，随风随浪，不留痕迹。

十五年前，皇帝还不是皇帝，左相也不是左相，而腾云将军，更不是如今名震四海的战神。

他只是一个八岁的孩子，根本不知道自己未来的命运。

十五年前——唐府

“常姨！常姨！”一个小男孩兴冲冲地打开了门奔了进来，他一头投进了在窗边织绣的贵妇人怀里高兴地说道，“芙蓉花开了！芙蓉花开了呀！”

“是么？”那少妇一双柳眉淡蹙，自然的娴静姿态和舒缓温柔，虽然只是坐在那里，也仿佛聚集了江南的所有灵气。她淡淡地微笑，也不嫌脏地帮他轻拭泥污。

“嗯……”那小男孩听到她的问题，便小心翼翼地把藏在袖子里的一朵芙蓉花拿了出来，双手如捧着宝贝似的给她看，“常姨你看，这是我摘的，送给你。”

“啊……果真开了啊。”那少妇看到不禁一呆，恍惚地喃喃说道，“又是一年过去了……”她惘然的笑颜仿佛在烟雨之间那般朦胧，即使是笑着也透露着少数的轻愁，然后又摇头，“都已经是过去的事情了……”

“常姨？”那男孩歪着头看着她，不懂地拉了拉她的衣摆。

“没事……阿牧是来找瞳瞳的么？”她回神点了点他的鼻头逗道。

“是啊。”一听到那个名字，夏牧一双瞳目顿时亮了起来，他开始在常夫人的怀里扭来扭去撒娇，“瞳瞳可以出来玩了么？芙蓉花开了呀……好么常姨，好么？”

常夫人苦笑，窗外阳光流徙，四处都飘浮着百花的芬芳，抬头望去，蔚蓝的天空纯净得无一丝白云，她想到苦读了整个秋冬，以及个性越来越孤僻的女儿，不禁叹息："好，你可以带瞳瞳去玩，但要小心哦，不要到处跑。"她加重了最后一句说道。

"谢谢常姨！"夏牧高兴得一溜烟往书房跑去，高兴地喊道，"瞳瞳，瞳瞳！"

常夫人沉默地微笑，她本想低下头来继续织绣，但仿佛想起了什么而抬头看着远处伸到墙外的芙蓉花枝，再次苦笑着呢喃："山脚的那棵树，是不是也开花了呢？"

"瞳瞳！"夏牧推开书房的门兴高采烈地喊道。

只见房内竹架满壁，一杯清茶的花香若有若无，与窗外传来的青草味道混在一起弥漫在四处。一个女孩持笔静坐，脸颊上的浅浅酒窝忽隐忽现，乌黑的头发在叶隙间穿越而下的阳光中明亮而柔顺地披在背上，晶莹剔透的皮肤，盈盈秋水的双目仿佛凝聚着所有的安详与宁静。

"何事？"她微微皱眉，稚气的脸蛋上有不符合年龄的淡然冷漠。

"芙蓉花开了……"夏牧在她面前撑着双颊笑眯眯地看她。

"那又怎么样？"那女孩头也不抬地继续练字。

"啊？！"夏牧顿时一副可怜兮兮的样子，两只眼睛泪汪汪地看着她，"什么那又怎么样？瞳瞳我等了你好久哦，准备了好多好玩的东西……你……你……"他扯着她的袖子瘪着嘴巴说道，"你竟然说，又怎么样？芙蓉花终于开了呀……"他说着说着就要哭出来。

唐秋瞳的眉头皱得更紧了，她摔开他的手怒道："别拉拉扯扯的！"看夏牧明亮的大眼睛扑闪扑闪地看着她就要掉泪，不禁气得戳他额头，"哭什么？！一个男孩子动不动就哭，像什么样！"

"但……但……"夏牧抽抽搭搭地，"人家等了好久，每天都去看芙蓉花是不是开了，想要和你去玩……但……但你却说，那又怎么样？呜……"他边说边拉扯唐秋瞳的袖子，把她手上的笔的墨汁溅得满纸都是。

"快点嘛快点嘛快点嘛快点嘛快点嘛快点嘛快点嘛快点嘛……瞳瞳瞳瞳瞳瞳瞳瞳瞳瞳瞳瞳瞳瞳瞳瞳瞳，我要出去玩我要出去玩我要出去玩我要出去玩我要出去玩我要出去玩！"

"……"

唐秋瞳瞪大眼睛看着被作废的一张纸，想练字的心情也全都没有了，又听到夏牧所说的话，被激起的满腔怒气竟无处发泄。半晌，只好心软作罢：

"好了好了，我跟你出去就是了，娘答应了没有？"她不耐烦地说道。

"真的？"夏牧顿时抬头，满脸喜悦，脸上哪有任何泪水的痕迹，"那我们快走！"他拉着唐秋瞳的手就跑。

唐秋瞳又气又好笑，看着外面天气晴朗，也不觉跟着他跑了出去。

那时，春天的暖风把外院几朵花吹了进来，细碎柔软的粉色花瓣散落在书桌上，无数金色阳光犹如瀑布般地流泻而下，在两个孩童的衣服上投下了斑斑点点的金粉。夏牧牵着秋瞳的手欢呼着跑过后院，清脆的笑声传遍了每个角落。

当时的左相唐明，只是个尚书右仆射。他虽为南苏第一大学士，却出人意料地风流潇洒，据说唐府的庭院里天天都是琼盏酒浮，衣香鬓影，不是风雅人士吟诗高谈，就是妙曼歌姬高唱起舞。

秋瞳的母亲常氏，是人称南苏第一舞姬的美女，文采奇异，歌舞绝妙。八年前一首自编自舞的《阳春白雪》惊艳全城，唐明与其他十位公子竞争长达十日，最终娶常氏作妾，次年产下一女。那小小的婴孩在唐大人怀里忽然睁开眼睛甜甜一笑，双目清澈见底，如秋水寒星，因取秋瞳。

唐明的正室李氏为礼部侍郎的幺女，人心倨傲清高，对丈夫时常和舞女歌女打交道早就是满腔怒怨，在她一些小手段之下，常氏便很快失宠了。于是这对母女便渐渐地被唐明遗忘，并因常氏的出身而处处受到排挤欺负。

因此，秋瞳的记忆是非常混乱模糊的。

脑海里，父亲把她高高举起，阳光哗啦啦地照耀下来，她的咯咯笑声像银铃一样，传遍了庭院的所有角落。春天时，父亲牵着母亲的手在落英缤纷的花园里散步，那时的母亲温婉而静淑地微笑，父亲则是温柔地低说着一些细语。而她则是睁大眼睛，安静地玩弄母亲给她编织的花环。

不知道什么时候开始，父亲的背影越来越遥远模糊了。她只能站在很远的地方看着他抱起同父异母的姐妹，她们也和她一样开怀地笑着，玩耍着。她看着幸福写在别人的脸上。

她的母亲，则是从失望到淡然，从期待到无意，从悲伤到冷漠，在秋瞳不满四岁的时候便主动搬到后院偏僻的地方去，一心一意教导女儿。

秋瞳对仅剩的一些情感和美好的回忆，全都被母亲倚靠在窗边的淡然影子给逐渐磨消。

但她终究还是孩子，昔日被其他兄弟姐妹欺负总是吞不下气，在母亲的劝解下，便努力自学起来，想要某天在父亲面前一鸣惊人，以报复那些欺负过她们母女的人们。于是每年秋季一到，便关在书房内刻苦读书，苦练琴棋书画，直至春天到来。

在寒冷的夜晚和寂寥的秋天，总是有夏牧陪在她的身边。

夏牧是唐秋瞳奶娘的儿子，父亲在唐家管马厩，早已去世。奶娘程氏心地善良，即使常氏失宠受人排挤的时候也没有抛弃她，一心一意地服侍这对苦命的母女。于是这俩孩子从小就玩在一起。

唐秋瞳教夏牧写她仅会的一些字。

夏牧帮唐秋瞳捉蝴蝶和捏泥娃娃。

春花夏风秋叶冬雪，他们以为这就是一辈子。

“你看，这些花好像白色的云！”夏牧躺在草地上看着头上的花说道。

“……”唐秋瞳抬起头来，默默地看着如华盖锦绣的白色芙蓉，那是母亲最喜欢的花。她记得小时候母亲经常用针线把一朵朵芙蓉串起来，挂在她的床边和垂帘上。父亲在抱起她的时候，自己头上编织的花圈松了，花瓣就纷纷掉落在父女俩身上。

但后来父亲却变了，他不再时常散步在庭院里喝酒吟诗，唐府的丝竹声音逐渐稀少了下去，直至沉静，只有书房翻页的沙沙声伴随着下人们悄声的脚步。一些原本和母亲要好的年轻小妾们也不见了，更不用说府上买的戏子歌女们。就连她和母亲，也都被逐渐遗忘了，任凭其他夫人子女甚至下人嘲笑捉弄。

她遇见夏牧的时候是在五岁的冬天，她被同父异母的姐妹们推到了泥土上，弄得满身肮脏，冷得发抖。但她不愿被母亲看到这副模样而惹她伤心。于是自己藏在后院的角落里用脏水偷偷地洗净自己，这时夏牧看见了她，并悄悄地帮她擦干了衣服和脸。

“像瞳瞳这样的人，只配用仙界的泉水来洗脸！”他笑眯眯地用热毛巾擦着她的脸说道。

“你认识我？”冷漠如她，也不禁一愣，随后脸一沉，“不许叫我瞳瞳！”

“是啊……”那时候夏牧个子还不怎么高，踮起脚来才能帮她梳头，“瞳瞳喜欢看后院远处的那棵树，喜欢穿素色清淡的衣服，不喜欢吃鱼，喜欢伸手接阳光，还有很多很多……”他笑笑地帮她梳着长发说道。

然后从此光阴里，只有彼此。

即使她嫌他烦，怪他淘气吵闹，她心底也知道，夏牧是非常非常重要的人，无可取代的那种。

“我们什么时候能够离开这个地方呢？”她轻轻叹了口气问道。

“瞳瞳……”夏牧支起身来，小心翼翼地看着她，“我娘说女孩子不能叹气，因为这样会变得难看，然后就嫁不出去也就是没有孩子，老了也没有人在身边陪伴只好养很多猫最后死掉。”他一口气说完，然后看着毫无表情的女孩子又躺了下去。

一阵微风飘过，扬起几朵花瓣。

半晌，秋瞳白了他一眼：“跟你说话真是对牛弹琴！”

“嘿嘿……”男孩不好意思地抓了抓头，忽然想起了什么，忙在衣袖里翻了翻，两眼发光地拿出了用干草做的小人偶来，“你看！”

那人偶做得精巧玲珑，甚至带了几朵刚刚绽放的小黄花，即使是淡然冷漠的秋瞳看了也不禁伸出手来拿着。

“这个做得好！”她动了动那小人的双手，“给我的？”

“嗯！”夏牧看她喜欢，开心得一骨碌爬了起来，“你若喜欢的话我还可以做，多做几个咱们用来斗兵！”

秋瞳扑哧地笑了：“都插了几朵花儿，是个小草女娃呢，还斗兵？”

“呵呵，那又怎么样？你上次不是说女孩子也能斗兵嘛……”夏牧嘿嘿笑着，“而且我……”

“你们在做什么？！”忽然一声清脆的声音打断他们两人的说话。

他们抬头看去，见一个衣着华丽的小女孩叉着双手看着他们，全身绫罗绸缎地打扮，肌肤完美无瑕，身上的装饰品小巧玲珑，一看就是从小被捧在掌心里宠大的孩子。那小小的脸上因为傲慢的表情，而抹杀了全部的天真气质。

唐明正室的小女儿，秋瞳同父异母的妹妹，唐明珠。

她的名字足够说明她在唐家的地位。上有三位宠爱她的哥哥和父母，下有黏着她不放的弟弟，这样自然成了其他庶子的孩子王。她扬起下巴，嘟嘴看着秋瞳手中的草娃娃："那是什么东西？"

秋瞳和夏牧对看一眼，前者不禁皱眉，她经常受明珠无理取闹的欺负，根本就不想自找麻烦，便站起身来把那玩具藏到衣袖里向夏牧使了个眼神，说道：

"没有什么，就是个草娃娃，阿牧送给我的。"

"是啊是啊……"夏牧也急忙说道，下意识地伸手拉住了秋瞳的手想要走，"我们不耽搁小姐的时间了，我要和瞳瞳去……去刷马……"

唐明珠正因兄长们出去骑马没带上她而怄气，见其他兄弟姐妹都午睡着更是憋了一肚子气，然而到后院来，却看到秋瞳那么开心地玩着，又明显地感觉到这两人不想与她在一起，便是感到了天大的委屈。长那么大，哪个兄弟姐妹不是争着和自己好，偏偏这个下贱女人生的女儿处处和她作对。现在自己赏个脸和她说话，竟然还想要先走。

她气得整张小脸都涨红了，二话不说，立刻从地上拿起石头来向夏牧砸去，大声骂道："真是个狗奴才，谁在跟你说话？！"

正要走的秋瞳被吓了一跳，急忙回头，只见夏牧的额头被砸得冒出血来，她顿时乱了手脚："阿牧！阿牧！"她吓得立刻用手去捂着夏牧的额头，"你怎么样？你怎么样？"

唐明珠愣了愣，却立刻反应过来，在一边幸灾乐祸地拍手："活该活该，这种狗奴才就是要教训教训！"

秋瞳正心急，听得转头看着她，一双眸瞳顿时闪烁出严峻的光芒，冰寒如夏天刺出的一把刀子，她冷冷说道："妹妹请走吧，既然我和阿牧都入不了你的眼，又何必来呢？这样我们两人都干脆！"她恨恨地看着明珠，扶着夏牧起身准备走人。

唐明珠看他们两个根本不把她放在眼里，自顾自地彼此扶着，便气得全身发抖，一头向秋瞳撞了过去！把她扑倒在地，又是踢又是打的，嘴里还气得大骂："你算个什么东西！你娘不过是缠上我爹的下流女子！一个千年狐狸精生的下贱女儿！你还敢这样说话！"她看唐秋瞳不反抗也不还手，便拿起手边的一块石头就要向她砸去。

"你干什么？！"夏牧看到不禁大怒，想都没想就把她狠狠一推，急忙把秋瞳扶起，"瞳瞳，你没事吧？"

唐明珠跌倒在地，一时间又是怒恼又是委屈，她咬着下唇不想哭，却看到有什么从左颊流了下来，手抹着一看，竟然流血了！这下可是又气又惊，"哇"地一声哭得惊天动地。

一时间所有人都赶来了，明珠的丫鬟，听到哭声的大夫人李氏，其他姨太太和小妾，还有闻声来到的常夫人。后院里蓦然响起了咒骂声、哭喊声和脚步声，叫大夫的叫大夫，抱怨的抱怨，其他小妾在表示自己的担心地同时又趁着责怪常夫人和唐秋瞳，更是火上加油，让李氏二话不说便给了唐秋瞳两耳光，气得夏牧一心想要冲上去，却被秋瞳使劲拉住了。

"怎么？一个奴才竟然要对家母使粗？！这不是反了么？！"李氏看着爱女哭得楚楚可怜，不禁怒火直冒，举手狠狠地打了夏牧几下，又怒道，"把这小子给我关在柴房里，三天不准给吃喝！"她看了秋瞳和常夫人一眼，恨恨说道，"等爷回来发落！"

那一夜，夏牧唯一能够记住的，便是从后院隐隐约约传来的唐秋瞳的哭声，伴着自己母亲向唐明的苦苦哀求声。接着是几声响亮的耳光，和母亲哭喊的凄哀。自己的指甲在手掌心上印出了血迹，全身撞在门上撞得嘭嘭作响。

柴房很冷，四壁上只有寒霜和灰尘做伴，银色的月光洒了进来，照耀在自己充满血迹的脸上和满身尘土的身上。带着发酸的味道。

还不如一顿板子把自己打死，一了百了。

半夜的时候，常夫人悄悄地拿着柴房的钥匙帮他开了门。

"快走吧。"就连这种时候，她也是一脸的从容与稳定，说着把一包东西塞到他手上，"你娘我已经安排好了，但明珠的兄长们不会放过你，明天一早他们就会来找你的麻烦。”

“我娘……”

“我已经安排她到熟人那儿去了，”常夫人苦笑一下，“我也想离开呢，但是……”她摇摇头，“反正你先出去避一段时间，等风平浪静的时候再回来。”

“瞳瞳她……”夏牧穿上常夫人递的衣服急急地问道，但后者只是静静地看着他。

“阿牧，你们以后，还会见面的。”她最终只是这样说道。

于是他向常夫人三拜，连夜逃了出来。

那是他最后一次看到她。

月光朦胧，常夫人站在樱花树下，绾起长发淡然地微笑，夏牧忽然觉得她是在给他某种鼓励性的安慰。许多年后，他终于知道那抹微笑是什么意思。

那是依旧严寒的初春，他蓬头垢面地和一群醉汉坐在好像快要垮倒的马车上驶向恒宁城。

虽然生在清贫人家，但在唐府也没有过上饥饿的日子，初次流浪在外的夏牧很快便遭到命运的作弄。

冬天到的时候，他正蜷缩在肮脏的巷子里喝着街道上的脏水，吃着茶馆倒的发酸食物。雪花一朵朵地沾在眼睫毛上，寒冷得几乎结冰成柱。他望着从唐府穿出来就没换过的破鞋。脚趾头已经泛出血裂，绽在严冬的夜里却痛如火烧一般。牙齿不断地打战发抖，双拳握得青筋绷起。

他不会再让任何人来掌握他的命运。

母亲挨耳光的声音，秋瞳压抑的低泣，常夫人淡然的忧愁，还有唐明珠的话依旧在耳边重现：

狗奴才狗奴才狗奴才狗奴才！

他无论如何都要活下去，就算苟且偷生，就算流浪街头，总有一天他会站在光芒万丈的顶端受人仰慕膜拜。

那一年，他八岁。异图族开始蠢蠢欲动，在春天的时候开始攻打北方边疆。

他在恒宁城肃恒将军的府前跪了三天三夜，终于得到将军的青睐，被派遣到北方军营习武。因他勤快好学，吃苦耐劳，从不抱怨喊痛，所以深受上面名将的喜爱，却使其他士兵格外嫉妒，时常对他打骂欺负，夏牧对此一笑置之，总是伤痕累累地上场训练。

这一切都被肃恒将军默默地看在眼里，在他的极力推荐之下，年少的夏牧在年仅十六岁的那年随军出征。

战场上，天朝军队屡屡吃败，站在城墙观战的夏牧忍不住求马出战，副将方云之早就看他不顺眼，巴不得他横死沙场，便爽快答应。夏牧单枪匹马冲进战场，凭着满腔热血和悲愤奋勇杀敌，大振军心，异图族颇为惊愕，他们竟然无法抵抗一小小骑兵！

那一战，因为一个默默无名的骑兵，历史的奔流和朝代的命运硬是被转移改变。

腾云将军的传奇从此开始。

十七岁，夏牧带领的小队和肃恒将军在北漠里因飞沙风暴而走散。在荒漠上奔驰数百里，意外碰到异图族的军营，夏牧率领三百人连夜突袭杀敌，尸如堆山，最终手提敌方大将的头颅大胜而归。

十八岁，他升为前锋副将。肃恒将军被困于孟安城，夏牧途中遇到埋伏，却依然斩杀敌人首领蒙度格，抵达城外时，三千精兵无法攻破外围，于是命令众军骑马拖着无数木头，绕着城外奔驰飞啸，扬起层层巨沙。远处看来仿佛千万兵马即将逼来，异图族惊惶恐惧，溃不成军。夏牧智夺孟安，随后和肃恒将军联手，追逐敌人五百里，异图族两位亲王被杀，一位王子被俘，天朝再收复两城。

那是仪武十二年。

同一年，唐明升为京兆尹，夏牧升为将军。

肃恒将军重病之际，收夏牧为养子，命其“定国安世，忠君孝民”，紧握夏牧之手含笑九泉。

接下来两年，夏牧西征，率领三万大军跨过大漠山谷，直袭异图族军营心腹，收复南西平原，淮南，林覃，周连，江沿等城。异图族二十九人被俘，其中亲王，王子，将军十二人被斩，挂首城门。异图族不得不退回北部的樊山深谷，再也不敢北突中原。

仪武帝大喜，命其定国大将军，赐"腾云"之号，并欲把爱女柔宁公主下嫁于他。

夏牧斗胆拒婚，初求唐明之四女唐秋瞳为妻，才得知她早已不知去向。

在他凯旋的时候，迎接他的却是母亲与常夫人的坟墓，以及瞳瞳失踪的消息。

那天李氏原本要给自己好好一顿毒打，母亲为了自己不断求饶，在唐明和李氏都毫不理会的情况下，一头撞向了墙壁，血染唐府，取得了他的自由。而常夫人，也在一年之后去世，幼女秋瞳当天便不知去向。

犹如晴天霹雳，他醉倒了十天十夜，随后再次跨上马驶向战场。

天下哗然！

圣上虽被他如此坦白的抗婚气得咬牙切齿，但随着战胜的消息传来，原本的怒气也渐渐转变为赞赏。

一时间，当年因被追杀而逃离唐府，甚至潦倒到拾废食填饱肚子的男孩，以手中长剑和胯下白马成为了顶天立地的男子汉，照耀了满朝百官万民。

没有人记得他曾经趴在地上喝路边水的样子，没有人记得他在军营受同伴们拳脚的样子，没有人记得他被副将方云之因妒恨而鞭打得血肉模糊的样子。

人们只看到那个令敌人闻风丧胆的腾云将军，在战场上的意气风发，在进城时无数少女向他抛下手帕的微笑，以及盔甲上明亮耀眼得无法正视的光芒。

只有他，从来没有忘记自己叫做夏牧，还有那个双瞳剪水的女孩。

腾云将军再度轰动京城。

天朝仪武十六年四月，刚刚平定北疆归来的将军即将南下！

全京百姓都纷纷议论，虽然故事大同小异，但所有人都知道是为了三个字：唐秋瞳！

原来在那沙场挥洒热血的铁汉子背后也有那么凄美温暖的故事，原来在那个灿烂明亮的战绩之下也有那么辛酸悲痛的过去，原来腾云将军不仅是个英雄，也是个一诺千金的君子。

全城的女子落泪了，全城的文人陶醉了，全城的百姓沸腾了。

随着腾云将军一路下江南，那个在芙蓉树下说要和他永远在一起的女孩的故事被传了整片江山。只是那盈盈秋水的女子，并不得知。

"五皇子…"夏牧把核桃往上抛然后张口接住，转头向后面一位年轻少年问道，"我是要去寻找瞳瞳，你跟出来做什么？"他偷眼打量了一下身边的冷漠男子。

夏牧一身云淡风轻的蓝衣，脱下平时沉重繁厚的银盔玄甲，长发随意束起，一路上时而哼歌高唱，时而大吃零食，年轻俊朗的脸孔适意悠闲，双眼更是因为脱离了沙尘大漠和深宫锁殿而清澈明亮，如潺流的河水般透明洒脱。

而旁边的男子却是一身雅致的紫衣，身态中的高贵气息自然流出，即使已离京数里，他的骑马姿态仍然笔直挺拔，仿佛伴天子游行般的有规有矩。而那张俊美年轻的脸上，却看不见因离开宫中约束的飞扬神采，甚至连毫无表情都说不上，冷霜紧绷着的五官仿佛可以结冰出来。

"父皇说，腾云将军只有杀敌之愿，不喜宫廷纠争。若半年之内未找到唐千金，只怕会放弃将军之位，走遍江山，笑遍天涯地去过闲云野鹤的日子。"五皇子顿了顿，继续背书似的说，"因此派儿臣前来陪伴将军办事寻人，一来监视将军行程举动，二来可多见识世面长博，将来可助兄长一臂之力，成为朝廷栋梁，支撑天下。"

"混账…"夏牧在心中暗暗骂道，"要派至少派平时和他饮酒作乐的太子出来嘛，竟然让这个木板严肃的五皇子跟随……"他撇撇嘴看着身边的少年，不禁眉头一皱，拿起手上的果子就往嘴巴胡乱地塞。

五皇子李璇，太子李珷的双胞胎弟弟，性情冷漠淡然。自幼聪明勤奋，两岁认字，七岁作诗。十岁时皇帝半夜见其仍然学习，深觉不忍，劝其休息，李璇头未抬而答："紫宫龙中凤，岂同凡鸟群？艺商农武文，方能佐圣君。"此言传遍宫内宫外，朝野上下无不赞叹。

只是此人顽固坚执，常常认定道理便至死不改。朝廷上下不懂得圆滑软硬，有时不顾场合直言谏劝皇帝，无论何时都不改变自己的意见和立场，常常气得天子直骂庸才，因此也和太子之位擦肩而过。好在他对龙位毫无兴趣，最喜埋于书本之中，淡然看朝外朝内风起云涌，仿佛在宫廷杀戮之中的一道安静的清风，轻拂于百花而不香，出淤泥而不染。因偏执而清澈，因顽固而刚直。

方才夏牧问其为何相伴，若是他人必定说，可游山玩水，可开广眼界，或正好有皇命下江苏，他却如背圣文说是要监视夏牧行动，以防其逃离圣旨，可见他木讷程度。

不过夏牧反想过来，这样的人却更加让人安心，不用一路上对他有防范之心，半年下来也更加轻松，可放心地去寻找瞳瞳。想到这里他便忍不住眉开眼笑，再次心满意足地哼起歌来。

“五皇子殿下……”他笑眯眯地往嘴里塞了一颗酥糖，口齿不清地说，“都说你文武双全，但我却未曾和殿下比试过，不如我们来切磋切磋如何？”

“父皇说，离开皇宫便不是尊贵之身，还请将军直称名字即可。”李璇目不转睛地看着前方，仍然严肃木板地说道。

夏牧忍住要把旁边的家伙踢下马去的冲动，别过头才翻了翻白眼。他勉强挤出笑容看着李璇，从口中迸出："也好，那么五……兄叫我夏牧就好……"

“父皇说，一路上两人扮为兄弟甚好，将军为兄，我为弟。因此，兄为长辈，圣人曰，称尊长勿呼名，在下不可直称夏兄名字。何况你我皆朝廷官员，父皇属下，将军是我前辈，更是应以尊而待，以敬而称……”

和夏牧平时打交道的不是豪放直爽的士兵就是笑里藏刀的官人，从未和如此“笨”的书生交谈过的他一时不知如何反应，只能目瞪口呆地看着李璇滔滔不绝地发表他的“父皇说”。等五皇子结束之后，腾云将军已经懊恼地鼓起双腮赌气，转头不再理会他。那李璇也不怪他无礼，只是又恢复那冰酷寒冷的表情，一言不发地继续赶路，好像刚刚从未开口一般。

后面夏牧的两位心腹随从，凌风与驾雾，早已憋笑憋得满脸通红，险些憋到内伤。一半笑李璇的书呆子样，另一半为主人幸灾乐祸。而五皇子那边的随从，邀明和影成，却仿佛聋子瞎子，和他们的主人一样毫无表情，如两座石化雕像被马驮着走。

六人沉默地走了半天，忽然夏牧扬起阴谋得逞的微笑，他偏偏要探试探试五皇子的武功！

凌风和驾雾还未反应过来，只觉眼前耳边“咻”地一声，几颗核桃杏果划破空气地向李璇飞去！顿时路面上的黄沙灰尘都被扬起，腾云将军虽然只是稍微出了点力量，但那些果实都仿佛流星般地从他手中脱离，向五皇子攻击而去。

李璇不躲不避，夏牧正待看他如何对付时，却听“啪啪啪”三声，五皇子被核桃击中，整个人往后仰了过去，闷哼一声便翻到地上摔得满头尘土。

一行人顿时僵在原地。

微风吹过，卷起了朵朵的黄沙和杂草在路上滚动。

李璇旁若无人地站了起来拍了拍身上的灰尘，然后优雅地跨上马背继续骑走，剩下一群人张口结舌地看着他。

“李璇……”腾云将军第一个反应过来赶上去，看着他俊脸上的乌黑青肿小心翼翼地问道，“你为什么不躲开？”

五皇子斜眼看了他一下，慢条斯理地说道：“晚辈不可与将军动手，父皇说……”

夏牧满脸郁闷地听着李璇的长篇大论，在心里哀号一声，想说早知道他不会躲避就一拳把他打晕丢在路边，还不至于浪费整包的果子。

第二章

天下第一·奇探缘恨

疏骤风雨满夕阳。起风的声音吹遍了“天下客栈”的每一个角落，从窗外望去，原本沐浴着阳光的下午很快便变成了雨霾风障的暗淡。时而有风尘仆仆的路人提着大包东西吆喝而进，不是从脸上拂去被吹得乱七八糟的头发，就是揉去眼中的细沙。狂风扑打着窗外的树枝，发出了噼里啪啦的响声。天际边满是沉重乌云覆盖着大地，然而下沉的夕阳，却是嫣然灿烂地燃烧在一片灰暗之中，犹如醉人的金黄融进的紫红。

店小二拿起脏脏的抹布擦了擦额头上的汗珠，抬起头看向中间那张桌子的怪异客人。在从京城前往紫州的路上，客栈跑腿自然会碰到各种各样的人们，渐渐便养成了辨识身份的好眼力。只是这样的客官虽然一眼看出是非凡人物，却无法猜出他们来去的目的。

中间的那位蓝衣男子容貌俊美，举止潇洒，嘴边时而带着一抹淡淡邪恶的笑容，那双眼睛明亮地眨着，有时看去如天真孩童，有时又显凝重沉稳。他应是从京城初次出来的贵公子吧，在他进来的时候其他客人都同时想到，但那男子在一上菜之后便一手酒杯一手大肉地满脸是油的狼吞虎咽，一扫身上的尊贵气质，看得全店人满脸惊愕。

另外在他对面的紫衣男子却悠闲自得地饮茶慢食，即使时而被对面埋头大吃的人抢去原本要夹的菜也不在意，轻轻地转动筷子另换菜吃。那满身的素色衣服遮盖不了自然流露出的优雅高贵，店小二虽然见过无数出色人物，但从未见过这样的男子。清澈得如沙漠中忽然泻流而出的泉水，淡然如风，温润如玉。

只是那脸上挂着莫名其妙的几块青黑乌紫，让人频频回首好奇地打量着。

这两人来自何方，要去何处，店小二歪头打量了半天都思索不出。最后还是摇摇头继续招呼进来的客官。江湖上最忌讳打听不该过问的事情，何况今天是每月中“天下客栈”最忙碌的一天，自己还是专心做事吧。

“我以为夏兄是要去寻找唐小姐的下落……”李璇缓慢地喝着茶说道，听到夏牧应了一声模糊的“嗯”又继续大吃大喝，便顿了顿才开口，“莫非唐小姐不在江苏？还是夏兄在紫州有另外的线索？”

“嗯……”夏牧用一大口茶就着咽下口中的食物，深呼吸才开口，“我们先去找另外一个人……”

“谁？”五皇子用手指轻轻抚着茶杯的口边，蹙眉问道。

“琴城才子……”腾云将军笑眯眯地说道。

“琴城才子？是何人？”五皇子的脸色微微不悦，依然皱眉问道，“江湖人士？”

“是，江湖人士。”

“朝廷最是忌讳重臣和江湖之人有私交，夏兄难道不知道？”李璇脸上已有薄怒。

“哦？我是不知道……”夏牧一脸无辜地看着他眨眼，感到好笑地说，“终于把你那张万年冰冻的脸逼出一点生气来了……”话毕便一伸手，捏捏李璇的脸，顿时手上的油都弄到五皇子的脸颊上。

身边四位随从又是一愣。

跟着李璇的邀明和影成不知是否要站起来一拳向夏将军挥过去，还是喝止，毕竟自从五皇子满了十岁之后，这样的举动可是皇上皇后都不敢做的。一时间四位属下又呆呆地举着筷子在半空，只有腾云将军笑眯眯地拍了拍五皇子的脸颊又继续埋头大吃。

但李璇也没有什么大怒的举动，只是擦了擦脸上的油淡淡问道：

“琴城才子和寻找唐小姐有关？”

“嗯……算是吧，不过更算是私人恩惠……”夏牧吃饱了，便心满意足地向椅子上一靠，眼神迷蒙温柔地笑了起来，“我曾经被琴城才子救了一命。嗯……不仅是我，当初若无此人，恐怕那年的孟安城一战的胜利并非我朝所归……”

三年前，刚升为副将的夏牧正率领着三千精兵马不停蹄地连夜赶向北边。

肃恒将军所守的孟安城里有内奸，人马大多遭受中毒陷害，异图族趁机连夜突袭，军兵百姓共同死守城门。挥马冒死离城，虽身中三箭仍然快马加鞭地奔离而出，满身浴血地求救。

夏牧勃然大怒，等不得上面的命令，立即召集人马，头也不回地前往孟安。

经过两天奔涉，众军已经抵达离孟安城还有一天一夜距离的辉阳。众军心急如焚，却在辉阳城外的牙林遭遇叛兵埋伏。双方数量接近，一时间杀得难分胜负，只是三千人马已不停地赶路两天，体力自然较弱，渐渐地败下阵来。

那一夜，雷雨交加，大雨滂沱如瀑布般地洒在树林之间，豆大的雨滴把林间道路染得稀如烂泥，雨水流掺着鲜血，哗啦啦地开出满地的赤红。几千把长剑倒映着白霜般的闪电，在树林里不断地切割着黑暗。尖锐清脆的盔甲和枪剑撞击在雨声之间，覆盖着满天的雷劈鸣电。

牙林中早已是混乱一片，只见无数竹竿树枝飞溅乱散，士兵们脚下的血迹如涌泉般地不停扩大。但在闪电雷雨下的刀枪剑影之中，却有两人，无论场面多么混乱，都只是站在原地互相注视着。双方士兵都无意地避开了一个不小的空间，仿佛形成了隐形的界限让他们互相较量。

夏牧安静地看着眼前的中年男人，他虽有头盔遮住半个脸，但闪电落下时仍然可看到颊上的几道剑疤伤痕。目光狰狞冷静，闪烁着紫色的光芒，嘴角上翘，如一匹看到猎物的狼狞笑着的狼。

此人为异图族的八大军师之一，名叫蒙度格，性格诡异百变，嗜血残忍，喜欢对俘虏败兵作出极度残酷变态的虐待来套出军报和机密。他不但思路敏捷狡猾，更是精通巫术蠱毒，在边疆的恒朝牧民只要听到他的名字无不脸色大变。

夏牧头盔上的雨滴点点落下，沿着他的轮廓而流。两人对视长久，好像各方的胜败都与他们毫无关系。他慢慢地伸长手指，紧握住手上剑柄。身边的杀喊刀枪声，甚至雨滴的速度仿佛都缓慢了下来。

忽然上空一道光芒闪过，一把剑被砍飞半截，两人电光石火地稍微移动目光看了一下，随后立即握紧手上的武器，聚集全身的注意。

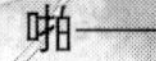

啪——

那断剑掉落在泥沼里面，溅起大片积水。

蓦然两人身边的气流都转换方向，周围士兵只觉得两道光影一闪，道路上的泥水竟直直被溅得逆流而上，劈开了两道水帘。

夏牧手提长剑，猛如疾风地向对方冲了过去，持剑奋力一挥，只听“铮”一声，双剑相交，周围的树叶皆破裂而碎。

两人各退，蒙度格稳住脚步，挥剑而刺，连逼三剑，夏牧一声低喝，连连避开，忽然侧身举剑直划而下，气势激烈猛然，硬是把对方的剑逼于之下。岂料蒙度格整个人随着他的剑而动，身子竟然如瘫软一般地弯腰而下，半躺半倒地在地上，夏牧惊愕之际还没来得及反应，对方已翻身奋起，一剑急劲雄浑地逆上而刺。夏牧往后一退，聚集手力硬是挡住一击，“哐啷”一声，只觉得整个手臂麻木疼痛，几乎无法握紧武器。

双剑对峙片刻，时而偏于夏牧时而逼向蒙度格，忽然两人大喝一声，武器闪出火光，便“锵”地一声分开，连退数步。他们背后的杀戮呐喊声，依然一波胜过一波地高啸而来。

夏牧撑着长剑喘气，只觉得湿透的甲胄从未如此沉重过。那蒙度格虽也在喘息，但那恶心诡异的笑容却一直挂在脸上，让人恨不得一拳打碎。

忽然蒙度格急冲疾奔，不是直向夏牧撞来，而是时左时右，变化无际地卷起了四周的枯枝落叶。夏牧见状深知此招猛烈，眉头一紧，举剑大喝，只见他一脚重重一踩，四周的雨洼皆震出水花，右手持剑往地上猛力劈下转动，顿时在身边迸出一个旋涡来。

蒙度格只感到前方所有的猛烈气流皆张牙舞爪地向他逼来，一时间无法停住脚步，便身体一斜，偏身避开那气流旋涡，随后一脚重踏，飞跃而起，直直从夏牧头上刺下！

夏牧虽被自己挥舞出来的树叶雨水遮住视线，却依然感觉到蒙度格的杀气改变了方向，便提剑而起，硬是从敌人刺下的地方迎了上去。

一声闷雷巨响，周围士兵依然听到了一声清脆的剑击声，犹如水晶激昂迸裂，随后两截断剑在半空折出了一丝寒光，碎玻璃般地掉入沼泥之中。

夏牧和蒙度格拿着断剑双双着地，依然目不转睛地打量着对方。

前者手臂护腕已裂开，后者则是捂着腰部上的裂口。

不到几秒，夏牧用脚挑起落在地上的长枪再次前冲，使左手控制武器，那长枪忽硬忽柔，兜转刺挑，时而直出直入，时而缠绕圆转，顿时让蒙度格难以招架。

原来大多恒朝将军都习惯用长剑斩刀，两者皆刚柔相济，使用自如轻快，与需双手控制方能使出完全杀伤力的枪比起来，更适合战地沙场。但肃恒将军对夏牧要求甚高，培养严格，十八般兵器全都教过，其中夏牧精通刀剑枪箭四样，但对长枪斩刀却也情有独钟，从不离身的佩剑倒是后日苦苦练成，并非天生喜爱。

方才断剑之际他虽表面平静，其实心里大震，并不知如何对付蒙度格。恰好看到地上一支长枪，虽算粗糙劣品，但因夏牧心中焦急愤怒，硬是使出比平时更加猛烈的招式来。

只见他纵横挥舞，横冲直撞地向蒙度格攻去，在与异图人擦肩而过时便凌厉快狠地连续五击，分别从敌人的肩，臂，腰，肚，膝几处穿劈而去，几道"咔嚓"粉碎声，蒙度格高号倒地，那叫声哀如狼嗥，在风雨交缠的夜晚中如厉鬼狂嘶。

忽然，正待提枪取他性命的夏牧抬眼看去不禁一愣，蒙度格正看着他狂笑。那紫色的瞳目闪烁着阴险冰冷的残忍，那面容虽是在笑，却让人毛骨悚然，仿佛地狱鬼魅的恐怖。

夏牧冷冷一哼，正举起长枪预备刺进敌人心窝时，忽然感到胸口一刺，还未反应过来便双腿一软地倒了下去。他惊愕之际想要站起来，但稍微一动便感到刺心锥骨的痛。仿佛有几千斤重的石头压在胸口中，不仅让他无法呼吸，更是觉得体内的血液都冲涌入脑，即将把头给崩开。

"呃……！"夏牧痛苦地想要抓紧手中的武器撑起，无奈四肢失去感应，就连耳边震大动地的呐喊都逐渐扩远，视线也变得模糊迷蒙。

原来蒙度格的剑涂满了剧毒，方才和夏牧一剑擦过，虽然他手臂上所受的伤并不深重，但那毒性却弥散得极快。那异图人知道自己论力论武都无法战胜夏牧，只能拖延时间让毒性发作，自己便能取他性命。

异图族和叛兵军队见夏牧已颓然倒地，自然是雄心大振，更是猛烈凶狠地杀向恒朝军队。那三千多人虽损失极少，但想到远方苦守孟安城的同伴，还有身后若败便可被夺下的辉阳城，便心急烦躁，见副将也败下阵来，更加无法抵抗气势汹汹的敌人，不禁军心涣散。逐渐被打得毫无还手余地。

夏牧躺在泥沼之中不住地抽抖打战，咬紧牙关不让自己喊出声来。雨滴和泥土纷纷打在他的脸上，湿透的头发和冷汗不断地凌乱纠缠，他觉得自己时而全身冰凉，时而如被火焚。而头脑也仿佛即将震裂一般，剧烈的刺痛让他不住地向地上撞击。

他隐隐约约地看着眼前模糊的身影，他知道那是蒙度格提着剑要杀他的影子，也知道自己应该站起来躲避或继续战斗，但四肢无论如何都使不出力气来。

他下意识地向前方的道路看去，那是前往孟安城的方向，几乎可以看到那些奋不顾身的，浴血奋战的同伴们在一片火海之中死不投降，竭力抗敌。

忽然，有什么声音传了过来。

叮叮当当，犹如清脆小巧的铃铛摇摆作响，却拥有覆盖雷鸣刀枪的震力。那琴声飘然远来，绵延不断，穿越树叶和雨帘，避开刀光剑影，犹如雨后的清香，从大地的每一个隙缝有力地突破钻入每人的耳中。

夏牧仿佛看见了风拂卷沙的平漠，云程万里的湛蓝天空，那不见边际的鹄鸿在其中翱翔翩飞。那是秋高气爽的中原，有着春江月夜的柔婉，有着一望无垠的大漠，还有千万变化的群山和清丽淡雅的山水。小桥流水，花草摇曳，夜中皎月，还有远在天边的繁华京城。这一切，都渐渐地把那一阵阵的疼痛给抚平了。

但忽然，那琴音急转直下，如瀑布从云雾中急速而下，翻滚飞舞，回旋翻腾，犹如珠玉迸碎地撞在坚固锋利的顽石上。越拔越高的音调，如浩浩荡荡的巨流卷起无数堆雪，豪迈如长河滔天，高亢如千军万马奔啸迎敌，激昂如雷雨涛浪涌入大海！

也是在那一刻，蓦然听到前面有人哀号不断，勉强地睁开眼睛，却是蒙度格抱着头捂着耳在地上反复翻滚打转，痛苦之色仿佛比自己更甚。他正胡乱地拿起地上树枝，狠狠地往自己耳朵不断刺去，但因手不断颤抖，脸颊两旁都被刺破戳伤，顿时满脸都是鲜红的血。

夏牧知道时机不可错失，咬紧牙关撑起来，虽然握住长枪的手都还在发抖，但仍然跌跌撞撞地使劲向蒙度格冲了过去。

他摇晃着身子使出全力向蒙度格刺去，无奈右手中毒最深，早已无法控制长枪，左手单独无力，虽用尽力气却是从敌人肩膀擦过，破裂盔甲而已。

蒙度格抬头怒视夏牧，那双因怒气和痛苦而充满红丝的眼瞪得巨大，他突然狂叫嘶喊，不知哪里来的力气双手握住原本刺向他的长枪反手一扳，将也是紧握武器的夏牧摔倒在地。但在那一刹那，夏牧咬牙忍痛而起，双手紧紧握住长枪往前一堵，他全身仅剩的力量全都倚在那往前冲的动作上，长枪立即挺棒而出，竟然从蒙度格的左眼穿越而过！顿时鲜血喷染而出，异图巫师的身体只僵硬了一下便颓然倒地。

此时夏牧已是满身冷汗，不住地打战发抖，原本被那莫名其妙的琴声安抚冷静下的毒性再次发作，他低低地闷哼一声便摔倒在地。

他正想抓住什么来分散痛苦的时候，却发现手心里不知何时多了一瓶东西。

洁白纯净的玉瓶，光滑冰冷的外表握着却感到丝丝的暖意。

在瓶底只有几乎看不见的细微秀气的四个字：

琴城才子。

“后来我吃完这瓶药不到一会儿，全身疼痛不适全都渐渐平静下来。放眼看去，才知道这琴声响过之后，异图族的士兵们个个抱头乱叫，我军提神奋力抗战，不到半刻便把他们击得溃不成军。后来夺回孟安之后向肃恒将军请教，却得知异图族生在大漠山谷之中，男子自小便要学会狩猎捕物，耳朵自然比我们尖锐敏感。那琴声怕是含有什么特别玄音，对我们悦耳动听，对他们却是酷刑难耐……”腾云将军喝了口茶靠在椅子上悠闲地摇晃说道。

其他五人都安静不语，凌风和驾雾都是在他被封为将军之后才跟在左右的，自然没有亲身体验到那一战，也没有听他说起过，一时都沉浸在那故事之中，思索静坐。

外面风雨已经越来越大，雨如豆子般地打在窗上与屋顶上，发出沙沙落落的声音。客栈里不知何时已经坐满客人，四处吆喝沸腾热闹无比，食物美酒的香气充满了整个地方，与外面的风刮雨落比起来，甚至有一种俗气的温暖气氛。

“因此夏兄想去拜访这位琴城才子，表达感激？”李璇的脸色已经毫无不满，虽然看去仍然是冰冷如霜，但和方才的薄怒比起，已经算是缓和平静了。

“喏，说你是个书呆子嘛……”夏牧笑嘻嘻地拿起小二送上的糕点往嘴里一丢，“你怎么不想若能得到这琴城才子的帮助，我军可是如虎添翼呀……”

“但与江湖人士有私交，与朝廷制度不合……”五皇子仍然固执地说道。话毕，不仅仅是夏牧翻了翻白眼，那四位忠心耿耿的随从的脸颊都忍不住抽动了一下。

“我没说要和他有私交啊，我靠！”腾云将军眉头一皱，双腮已经忍不住地鼓了起来，“可以向他去请教琴音啊，就算他不帮我们上战场抗敌也可以传授琴艺，难道要他一个人面对千军万马孤单单地弹琴奏乐？”夏牧把一粒粒的瓜子嚼得噼里啪啦地说道，“你想想，他授琴给三个人，三个人给十个人……一百多个琴师在城墙上高弹琴音，对方军队要如何作战啊，啊？”他脑海里已经有那种雄伟的画面出现了，一想到异图族抱头乱闯的画面就觉得满心舒适，怎么这书呆子就不明白呢。他一不高兴，便噘起嘴巴咕噜噜地把满壶茶都灌下去。

“那夏兄可知道如何去找这位琴城才子？”五皇子无视他的不雅相和那句“书呆子”，依然优雅无比地坐得端端正正地问道。

“嘿嘿……”听到他那么一问，虽然口气里包含着无数的不满和不依，但夏牧却知道他已经同意或者默认了，于是贼贼地奸笑起来，一双明亮的眼睛弯如新月，“嘿嘿嘿……”

“李小弟弟啊……”夏牧眼睛骨碌碌地转了一圈，那声音和那神情让四位随从全身鸡皮疙瘩都不断地冒了出来。不知他从哪里拿出一把扇子，啪地一声打开，半遮脸孔问道，“你可知道这是什么地方？”

“这是一家客栈……”李璇诚实地回答道。

“靠，我也知道这是客栈！”夏牧顿时泄气，这个人可真不好玩，“但你可知道这是什么客栈？”

“天下客栈……”还是乖孩子的回答。

“错！”腾云将军把扇子往桌上重重一放，得意地晃着脑袋，“外面的招牌坏掉了，还差两个字……这里是……”他笑眯眯地说：

“天下第一客栈。”

桌子上一阵沉默。

“哦。”

过了一会儿李璇才回答道。

又是一阵沉默。

半晌,夏牧忍不住地向左边的凌风头上狠狠地敲了一下:"笨,现在该你们问,为什么叫做天下第一客栈?"

那随从恍然大悟,抓了抓脑袋不好意思地问:

"哦……主子……那这里为什么叫做天下第一客栈啊?"

"嘿嘿,不告诉你们……"夏牧得意地说道。

不告诉就不告诉,众人都是一脸相同的表情看着他。

腾云将军忽然泄气,满脸委屈地看向右边驾雾。那随从只好也抓了抓脑袋,不好意思地看了看众人,起身拱手问道:"主子……告诉我们吧,求求你告诉我们吧……"

"嘿嘿,既然你们那么想知道,那我就说吧……"夏牧无视众人郁闷的脸色,高兴地说道,"天下第一客栈有此名不是毫无原因的,是因为天下的各位江湖人士几乎都来过这个地方。"他兴奋地说道,想要引起李璇的兴趣,只见他仍然缓慢地触摸着茶杯边缘,脸色淡然从容。

"这破客栈有什么好的?"五皇子左边的邀明蹙眉问道,打量着四周充满喧闹的客桌。

"嘿嘿,这个,当然就是因为她咯……"

"谁……?"除了五皇子,众人这次都异口同声地问道。

"她呀……"终于见到自己想要的效果,夏牧得意地微笑指向柜台说道。

在众人转头的同时,只听到满客栈的椅子推动和起身的声音,不知怎么回事,全厅的客官全都站起来了,在人声鼎沸逐渐安静下来的喧闹之中,腾云将军又兴奋又好奇的声音清晰地传了过来:

"江湖第一奇探,红衣少女,绛恨。"

夜寒梧桐染细雨。春雨绵绵沉重的湿气怎么都挥之不去,抬眼看去,山谷之间的应犹山庄,如披上了一层淡薄蝉翼,远处亭子走廊上的灯火都朦胧地闪烁着,只透露出模糊而温柔的光芒来。树叶花草上皆是沾满了亮晶晶的雨滴,滴答滴答地掉落下来，把大理石的地板洗净如镜。

那雨下着……下着……

淅淅沥沥，点点滴滴。

一名少妇静立在山崖上的亭子内眺望着远方。

她衣着单薄，几撮头发已沾到了雨水而贴在光滑的额头上，呼吸时透出了淡淡的雾气。

她抬头看着落下的水帘，雨珠掉落在她长长的眼睫毛上，眨了一下，便随着脸颊流了下来。流过的是一双沉寂的眸子，原本在烟雨下只被微弱火光照耀出模糊轮廓的山谷，在倒入她的瞳目之时，反映出来的竟是雄伟磅礴的重岭峡谷，群峰林立的山峦，以及白云脚下的大片江山。只有少数人才看过她那种高傲的眼光，一种就是天地也得容她三分的傲岸之态。

她凝望许久，叹了口气。

“淀归……”她闭了下眼睛，那眼神便回归了一潭静水，弥漫起漫天大雾，让人看不清任何思绪。她伸手接住雨水，淡淡地说道，“你回来了？”

蓦然，在亭子四边流泻而下的雨帘都仿佛停顿了一瞬间，随后改变了方向，被一道风劈出了裂缝，却又立即恢复了原状。

淅淅沥沥，淅淅沥沥。

一名黑衣男子已跪在那少妇身后，身上衣袍却无湿处，唯有梳起的长发发端，有几颗雨珠滚动落下，他抱拳行礼：“师父，弟子已回。”

“嗯……”愁绝漫不经心地答应着，过了好一会儿才说，“云山那边的情况如何？”

“回师父，并无改变。四师父……除了每逢十五下山买卖，‘她’每天只是抚琴作诗。”淀归顿了顿，瞳目里闪过了什么情绪，又立刻恢复正常。

“哼，倒是逍遥得很哪……”愁绝冷笑一声。

两人沉默片刻，那黑衣人的拳却是紧了又松，紧了又松，连大气都不敢出。

“雨停了。”少妇最终也只是这样说道。

淀归抬头起来，只见眼前原本朦胧的景色，仿佛被拂开了薄纱般地逐渐清晰。空气里有着青草和百合的芬芳，远处零星散布在整个山谷的住处灯火，被洗净一样地闪着璀璨的红点金光。

应犹山庄的夜晚，是很美的。

春天可以听到露珠从叶子上掉落的声音，流水轻漾而过的歌声。冬夜可在雪压屋檐下品香茶，秋天有沙哑的风抚摸过树叶的呢喃和满谷的淡雾环绕。夏天的星空，如快掉下的宝石照耀了整个山谷，近得仿佛伸手可得。

但背负了那么一个名字。

应犹，应犹，雕栏玉砌应犹在，只是朱颜改。

亡国之恨，痛到了骨子里，浸入了灵魂里，总是在这样的夜晚里如万绿复生的青草一样，蓦然支离破碎地涌了出来。那种痛，悲恸得如长长的丝，缠绵地在全身萦绕，纠纠纷纷地围得深切，深到今后的所有回忆，都背负着淡然的泪。

恒朝的繁荣昌盛，不属于它。

因此，如此诗情画意的夜晚，便无法忘情地听雨下棋，就怕宁静观赏也是一种不可原谅的罪。

于是，怨也悠悠，恨也悠悠。

恨到归时方始休，月明人倚楼。[①]

“遥林那边的丫头，还活着么？”忽然愁绝那样问道。

“是！今年六月，她必定前往云山。”

“还想要和‘她’一比高下么？”愁绝冷笑，又低低说道，“但我已等不到六月了。”

淀归一惊，抬起的脸全是苍白和绝望：“师父！”

少妇淡淡地看了他一眼，他便低下头来，不再言语。

忽然，一阵琴声从远处飘来，那音声冷清脆裂，仿佛把四周的湿气逐渐消散。

两人注意聆听，那原本如金剑出鞘，碎晶迸裂之音，在高亢之处却缓慢地沉静了下来，往后越来越幽哀沉重，悲鸣低吟，听得不仅愁绝蹙眉摇头，连淀归都忍不住撇嘴：

“副帮主的琴声怎么……”他不觉忘情，意识到自己的失态急忙住嘴。

① 出于白居易的《长相思》。

“越来越悲戚是么？”愁绝看了他一眼，重重地皱眉，“是太不像话了。”

“师父……”

“罢。”少妇转过头来，向他挥了挥手，刚刚倚栏看雨的忧伤悲戚已经不在了，在她双目流动浮起的，是坚毅与冷傲的光芒，“多带几个人去遥林和云山，注意你们的行踪，如果被京城的那位发现的话，就麻烦了。”

她沉思一下，才缓慢说道：“然后，赶尽杀绝。”

“师父！”淀归大恸，脸上尽是痛楚之色，“一定要这么做么？她们，她们……”

“你以为我想么？”少妇眼神一厉，脸色凝重地说道，“去杀两个从小我看着长大的孩子？但你可知道，腾云将军已动身了？跟着他的不是六皇子便是五皇子，你可知道这事儿的严重？若是六皇子还好，但五皇子……”她冷哼一声，又重重蹙眉思索着。

片刻回头，看见跪在地上的弟子满脸苍白，便亲手扶他起来，缓声说道：

“阿淀……你应知道，若‘她’投向那边的话，便是这片山谷成废墟的结果。”

“弟子知道，但……但她绝非那种小人……”淀归听了，顿愣片刻，才垂头说道。

愁绝幽幽叹息：“不怕一万，就怕万一，我不能冒这个险。”

她转身，已恢复平时的果断与冷酷：“你若不去，我便另派人，要知道她在此得罪的人不少，到时候，便不是一刀就能了结的事情了。”

淀归脸色大变，动了动嘴唇，却是什么都说不出来。

在他僵硬之际，师父已经绕过他向自己住处走去，冰冷的声音飘然而来：

“两人的首级都带给我。你明天一早动身。”

回房的路上，愁绝下意识地看着那已经消失的琴声方向。

只见远处一片竹林在乌云探出的银月下摆动斜影，风中带着青叶的淡香，在逐渐沉睡的山谷之中，仿佛有一声幽幽的叹息传来，消失在风里，最终不见。

应犹，应犹。

问君能有几多愁，恰似一江春水向东流。

黄昏，风雨，客栈，艳红。那是众人形容初次看到绛恨时候的词。

那少女不过十七岁的模样，夏牧等人转头看去时她正端着一盘茶具下楼。那盘子杯子为翠碧玉色，映得她的一双纤手雪凝白柔。一身红衣犹如窗外落日，艳如枫叶，红如芍药，却毫无妖媚艳俗之色，反而让人觉得这世间只有她才配得起那绽放而灿烂的红。她正在笑，一双秋水目瞳弯成新月，转动之中仿佛一道清风拂过，朱唇微翘，隐藏着一股难以察觉的精灵古怪。

"见过绛恨姑娘！"众人站立抱拳见礼，那红衣女子却只是微笑点头，放下茶具坐在角落的桌上。她目光轻轻扫过整个大厅，因夏牧等人依然坐着，所以被人挡住，并没看见。

众人纷纷坐好，客栈的小二急忙向她端上热茶点心，等一切摆好，她便随手拿起了一份糕点，转头向望着她的一厅客人微微点头，脆声说道："开始吧……"

顿时人声鼎沸，原本肃静的客栈立即恢复了方才的热闹，只不过被一波高过一波的吆喝声代替。只见那些刚刚坐下来的客人立即拍案而起，脸红脖子粗地举拳大声吼道：

"一万！"

"一万五！"

"两万……！"

而绛恨却仿佛旁若无人地喝着热茶吃着点心，那笑眯眯的表情竟和腾云将军有几分相似，一样的怡然自得，一样的嬉皮笑脸。

"主子……他们这是干什么？"驾雾回头问了问主人，只见他也端起刚刚上桌的茶杯把水吹冷。

"嘿嘿嘿……"夏牧用眼角看到李璇也正毫无表情地看着他，似乎也想知道答案，便得意地用茶盖敲得杯子脆脆响说道，"在喊价啊，难道看不出来么？"

"是……"随从一脸郁闷望着他说，"是小人有眼无珠，看不出他们在喊价……可他们为何喊价？是可得到什么情报么？"

腾云将军原本一脸"我就不告诉你"的表情，但等了半天看其他人都没有缠着要他继续说下去便立即泄气了，噘起嘴巴解释道，

"这个客栈是绛恨姑娘开的，每月初一和十五，她都会带着最新的江湖情报出现在这里。以一万两银子起价，谁能出最高的价钱，便可以提一个问题。若绛恨姑娘答不出，便还与双倍钱。"

“哪有这样的事情？！”邀明不禁高呼，“难不成这位姑娘上知天文下知地理？”

“呵，那当然不是。问题必须和江湖上的风吹草动有关……只要有人提出不相干的问题，绛恨姑娘便无须回答，那金钱也无法收回。再次开始喊价的时候，便是从上次最高价喊起，那个提问的人，八成会被在座的人打个半死。来这里的大半都是高手名人，时间久了谁敢找碴儿？”腾云将军颇感兴趣地四顾周围，只听到那价钱已经喊到十五万了。回头看看绛恨，她依然顾着吃自己的点心，有时候眨一眨水汪汪的大眼睛看着周围吵得不可开交的客人们。

“江湖亦有善恶之分，这位姑娘难道只是拜金之辈？”李璇皱眉，夏牧几乎可以看到在他脑海里面徘徊的圣贤句子或已经听腻的“父皇说”，便立刻接口说道：

“当然不是……”他不满李璇的态度似的，伸出双手分别在他脸颊左右一拉，说道，“难道天下第一探对谁在自己客栈打听消息都不知道？如果是坏人当然不会实话实说啦，自然是模糊打发过去……要不然不让他过也可以……”他把李璇的嘴角一提挤出一个笑容看了半天叹道，“唉，李小弟弟，你这俊脸笑起来不知道要让多少女人心碎……”

“什么叫做‘不让他过’？”李璇右边的影成一半是看绛恨看得发呆，一半是听这客栈的事情听得出神，完全没有注意到自己主子的双颊正在被夏牧欺负，他愣愣说道，“莫非在回答问题之前绛恨姑娘还另有难题不成？”

“嘿，算你聪明！当然会以出题来考考这人是不是值得一条消息。”腾云将军放下五皇子的脸颊，转头看看前方的争执发展到什么地步了，然后又坐下来说，“像她这样能够如此刁难其他高手的人大都不外两种，一是大有靠山，二是谁都不敢惹的大人物……至于绛恨姑娘嘛……”他眼睛骨碌碌一转看向双手撑腮的红衣少女道，“等最高价钱喊出来你便知……”

此时外面正好响过第一个巨雷，闪电劈光而下，倾盆大雨如玉珠一般地在屋顶四壁上撞出重重的声音来。夏牧话未完毕，只听到旁人都同时抽了一口冷气，客堂里立即安静下来。六人好奇地望去，只见门口多了一道高大魁梧的身影。

那男人密密麻麻的胡须遮盖了半张脸，头发蓬松凌乱地披在肩上，他虽身材高壮但穿着的衣服却依然半拖半拉地垂在地上走着，后半截已经沾满了黄沙泥土。他背着两把巨大无比的斧头，一道闪电划过映在那武器上面，顿时便在客栈的墙壁上面折出一道明亮的光辉。众人只觉得眼前明光一晃，定睛看去，两把斧头分别为一把金面镀银，斧柄上镶满珍贵珠宝，另外一把却是普通钢铁的，甚至有点生锈并且沾满泥土，然而众人的眼光，却定定落在第二把斧头上。

那人浓眉大眼静静地在室内扫过，在夏牧一行人身上停顿两秒，最终放在角落里吃东西的绛恨身上：

“十五万两，黄金。”

众人哗然，惊叹声和咒骂声立即此起彼伏，所有人的目光都聚集在那满身灰尘的大汉身上，果然人不可貌相，这样打扮的人竟然能够拿出十五万两黄金。连五皇子李璇都放下手中的茶杯，轻轻挑了挑眉毛看了对方一眼。

绛恨含笑而起，翩翩红衣随着她轻盈的脚步仿佛在身后开了满室的桃花瓣。

“唉呀，不愧是‘双面神斧’的斧爷孟洪江，出手一如往昔的大方……”她轻快地走了过去，一手提着裙角，一手端着原本放在桌上的那盘茶具。夏牧眯眼看去，不禁一笑。原来因茶盘遮盖，没人注意到绛恨只是用两只手指轻轻地顶着盘子，上面的茶壶杯子却稳稳的丝毫未动，仿佛还是摆在桌子上一样的平稳。

“见过姑娘……”那大汉低头拱拳，面上依然毫无表情，“希望姑娘手下留情……”

“对孟爷我一向宽待……请……”绛恨嫣然一笑，把盘子摆在大汉面前，“有劳您帮小女子倒一杯茶……”

“是！姑娘，得罪了……”声音未落，只见那大汉往前一拳就是向绛恨脸上挥去，凌风一冲动就立起身来想要阻止，却被腾云将军拉住衣摆，硬给按在座上。

定睛看去，绛恨面带着微笑，松手并往后一退，那盘茶具就要落在地上摔个粉碎，正要被大汉另一手托起时，只见红袖闪过，柔软如风地绕过对方手臂向后绑紧，被持得不能动弹。刹那间孟洪江一脚轻踢，那盘子便腾空飞上，众人往上看时，大汉已出手，右手成爪向绛恨左肩抓去，连续五击都被红衣少女闪避过。眼看那盘茶具快要落下，他右手往后从下而上用力一拍，背上那把金色大斧头立即被击出，孟洪江举手接过，随后一挥，硬是用斧面接住了那盘茶具。岂料，绛恨微微一笑，另一只手“刷”地一声向他劈去，在大汉的斧头上连点三下。

大汉的脸惨然变色，夏牧也轻轻地说了声“哦！”

其他眼力较慢的人不知道发生了什么事，仔细看去，不禁都发出一声惊呼。原来那金色斧头开始显出裂痕，半晌，竟噼里啪啦地裂成一块块！

忽然，哐啷一声，斧头连茶具都掉落在地，茶水飞溅，杯子粉碎，金色的碎片在地上发出清脆的声音，打破了安静。

大厅里悄然无声。

夏牧笑眯眯地摆动杯子，欣赏着浮在上面的茶叶。

李璇面无表情地看着眼前的画面。

其他人全都是目瞪口呆，连大气都不敢出。

许久，绛恨慢慢地松开原本绑住孟洪江的袖子，回头向柜台点了点头，几个小二立刻前来收拾残局。

“姑娘好身手……”那大汉看她数秒，最终退后拱手说道。

“孟爷过奖……”绛恨微微弯身，笑道，“店里有您喜欢的淡雨桂茶，我已准备好了……”

说完拍拍手，后面的小二马上开始布置一张新的桌子。

“不用，谢姑娘费心。孟某有事……”双面神斧心里一惊，不知她如何得知自己那么隐私的喜好，但依旧不动声色向她点了点头，拿出了一枚圆形的铜牌，“请带这令牌随时来取这次的金钱……孟某告辞……”

“噢……”绛恨有点失望地撇了撇嘴，看对方似乎真的急匆，只好回礼，“那我送到府上，孟爷慢走。”

外面依旧倾盆大雨，双斧大汉的身影不一会儿便消失在仿佛烟雾的雨帘之中。随着绛恨的身影回到原本的座位上，客栈立即恢复了原本的喧闹和沸腾。惊叹声，议论声，吆喝声还有呼叫小二的声音逐渐高涨，不一会儿便把窗外的风雨遮盖了过去。夏牧一行人到现在才明白，原来天下第一客栈生意的最高点，是在绛恨出手之后，所有人都留下来继续八卦，大吃大喝的时候。

“琴城才子对将军真的很重要？”李璇看着坐在角落埋头大吃的红衣少女问道。

“他是孟安之战的头等功臣，你说呢？”夏牧嬉皮笑脸地看着他。

“那好……”五皇子淡然点头，沉思片刻，便拿起桌上的银筷向左一丢！

腾——!

那银筷锐利如箭,不偏不倚地把绛恨拖在地上的最后一段裙摆定在台阶上。

大厅再度缓慢地宁静下来。

所有人都看着缓缓站起来的李璇,只见他温润如玉,冷静沉稳地看着转过身来的红衣少女,轻声开口,却惊震四座:

“二十万,黄金。”

夏牧的嘴巴张得可以塞下一个西瓜,他结结巴巴地说道:“五……五……五弟……你哪来的那么多钱?”虽然贵为皇子,但他所认识的李璇节俭,不喜奢华豪贵,讨厌铺张浪费,而且他并不知道他们有带那么多盘缠。

“不是我的,是夏兄你的。”李璇依旧看着楼梯上的绛恨,头也不回地回答他:“不是我找人。”

什么?

所以就不声不响地敲了他二十万黄金啊?!

腾云将军顿时郁闷了,想说如果李璇过不了绛恨的考验的话,那他肯定把这个皇子一脚踢回皇宫。

岂料,绛恨却连蹦带跳如一阵旋风地从楼梯上跑了下来,一头撞进了李璇的怀里,双手搂住他的脖子欢喜地喊道:

“没关系没关系,我不要你钱!你只要答应一个条件即可!”她眨巴眨巴地看着他,满脸的喜悦和好奇,仿佛得到了天下奇宝一样。

众人一愣,连李璇都忘了把她推开而开始发表他的“父皇说”之言论,他看着绛恨一双瞳目清澈见底,如寒星掉入秋水般的明亮,不禁惊愕,脱口就问:

“什么条件?”

绛恨的眼睛笑得眯成一轮新月,仿佛得逞的猫儿那样满足,她咯咯笑着,却抱着李璇怎么都不放:

“我喜欢你,你要嫁给我!”

整个客栈的人来不及反应,只听到“砰”!一声,原来是正在摇摆椅子的腾云将军整个人翻了过去。

第三章

倾城倾国·琴城才子

夜醒春江绿柳飘。春晨阳光丝丝缕缕地照射而下，放眼看去，“天下第一客栈”窗外的平原经过一夜春雨的洗礼，竟是清澈得几乎透明的景色。一波推着一波伸延到天边的草地中，只有一条蜿蜒的黄土道路，把翠绿如海的草原分割而画。树叶花草的清爽芳香弥漫在四处，抬头是万里无边的天空和翻山遮谷的白云，回头是蜿蜒无尽的道路。这江山，这旅途，仿佛融进了无数可能的步骤，让那些长年限于深宫头上那一小方块的蓝天的人，如此一看，便是醉在了这飞啸天下的自由里。

但五皇子李璇的脸，却青得可以和树叶相比。

用眼角瞄了一眼稍微落后的少女，只见她身子摇摇摆摆地坐在马背上低垂着头，仔细看去，竟然是闭着眼睛微微睡着了。

此时，绛恨已换下那引人注目的大红衣服，只穿了淡紫色的素衣，一头秀发高梳成绾，只有几撮发丝柔柔软软地落了下来，披在螓首上。睫毛如扇，随着马步而微动，如蝶轻扑翼地上下颤动。若不是那嘴边冒出来的巨大泡泡的话，五皇子还真的会有那么一点点欣赏这女子的容颜，然而，这还是不能足够让他的脸部缓和恢复自然。

“琴城才子？”昨日绛恨在楼上接待他们，听到这个名字时不禁双眉一挑，“你们为何找他？”

“这好像不关你的事吧？”夏牧鼓起双腮说道。

“喂……！”红衣少女一把夺过他手上的糕点，嘴一噘，“说话小心点，也不想想这是谁的地盘……”她嘟嘴转头看向五皇子，“相公，你看，他好凶哦……”

李璇忍住起身就走的冲动，轻轻地把第十次揽在他脖子上的双手推下去，皱眉说道：

“姑娘，首先在下不是你的相公，请自重。其次我们找琴城才子是因为……”他看了夏牧一眼，“他对我们有恩，兄长曾被他救了一命，只是想要表示谢意。”

“哦……”绛恨依然黏在五皇子身上，一双大眼骨碌碌地从头到尾把他们两人打量了一番，轻轻微笑，“哦……我知道了，你就是腾云将军？”

“咦？！”夏牧“刷”地一下站了起来，连五皇子和双方随从都是脸色微微一变，“你你你你……你……”他指着眼前的人半晌说不出话来。

绛恨有点鄙视他们的惊讶，“腾云将军奉命南下寻找唐家千金娶进门的故事早就轰动京城了……两位忘了么？茶馆青楼客栈菜场往往是消息传得最快的地方……何况是我绛恨手下的天下第一客栈？”她吐了吐舌头，“这四海内有什么事情我不知道的……何况……”她眼中闪过一丝落寞。

“何况什么？”夏牧捕捉到她的情绪问道。

“何况我是天下第一奇探！”绛恨黯然的目光一闪而过，立即恢复精神充沛的样子。她双手叉腰，站起来在椅子上一踩，豪爽地喊道，“好！决定了，你们就先在这里住下吧，今夜好好休息一晚，明日一早我们就要起程！”她目瞳顾盼神飞，双颊因为兴奋而透红，“来人啊……安置这两位公子在……”

“等一下！”李璇缓慢地站了起来，淡淡地对红衣少女说道，“姑娘肯陪伴我们寻找琴城才子，在下感激不尽，只是男女授受不亲，何况一路上风尘奔波，恐怕姑娘玉体无法承受。圣贤曰……”

夏牧受不了似的翻了翻白眼，估计这个少女一天之内跑的路程比他五皇子一辈子的距离还多，怎会受不了奔波。他摇了摇头，看着绛恨目瞪口呆的样子不禁好笑，若她被那书呆子样吓到而憧憬粉碎不再纠缠李璇的话也莫不是好事。

“……因此，望姑娘告诉我们琴城才子的下落即可，在下感激不尽。”几分钟之后，李璇终于拱手讲完。

众人都转头等着绛恨的反应，只见她呆呆地看着五皇子半晌，在夏牧以为她要因受不了而晕倒的时候却忽然嫣然一笑，又是一头撞进李璇怀里，像猫一

样把脸贴在他胸上磨蹭，陶醉地说道，

“相公，你说的好有道理……你好厉害呀……只是……”她抬起头来，贼贼地看着他神秘一笑，“你相不相信，这个世上，只有我才能找到琴城才子……”

于是，一脸要看好戏的夏牧，四个憋笑得快要窒息的随从，感觉良好的绛恨，以及铁青着脸的李璇便在第二天凌晨踏上了前往紫城的路。

“我说小丫头…”腾云将军看着满脸怒气的李璇不觉心情良好，回头看到在马背上打瞌睡的绛恨更是哑然失笑，不禁一脚踢到她的马屁股上扬声说道，“既然自己那么想睡觉，干吗叫我们这么早出发……？”

“嗯……？”那马儿被踢了一下，很不满地稍微奔快了几步，绛恨却是在快要一头栽到地上的时候才醒来，“什么……？”她揉了揉眼睛打着哈欠说。

“我说，你干吗叫我们那么早出发？”被她传染，夏牧也打了个哈欠，他们今天离开客栈的时候天都还没有亮。

“我自然有我的理由啦……”绛恨舒展了一下，皱眉说道，“反正我们要在最快时间赶到紫州凌郡……”

“为何？”一直冷眼看他们两个的李璇也问道，“难道有什么事情要在紫州发生？”

“到了你们自然知道……最好是在四天之内抵达紫州，休息一天，然后向琴城才子所在的凌郡出发，当天找到他。”绛恨向他甜甜一笑，随后“驾”地一声加速往前冲了出去，扬起一阵阵尘土。

夏牧等人在后面，见她在马儿依然奔跑的情况下，又俯下身子趴在马背上再次睡了过去。众人目瞪口呆地摇了摇头，也是勒紧马绳追上。

凌郡地处紫州南部，虽没有江南的烟柳碧绿，也没有京城的高楼壮观，亦无北疆周城的连天大漠，但它依然是文人雅士最钟爱的地方之一，只因那个既俗又雅的称呼，便吸引了天下所有书生诗人画家：花都。

夏牧等人在不休不息的快马加鞭和绛恨不停的碎碎念之下，终于在充满风尘和酸痛的三天后抵达此地。

那些守门站哨的士兵怎会想到在中午炎阳下，出现在城门前那两个满脸黄土和汗水的狼狈旅客，会是天之骄子的五皇子李璇和名震天下的腾云将军夏牧，何况面对绛恨那双可怜兮兮的大眼睛，看起来又狼狈又饥饿的少女心起怜惜，自然是没有质问就放人进城了。

面对那些士兵悲悯的目光，李璇的脸，已从铁青变成百年冰霜了。他们的四位随从也从要看李璇和绛恨好戏，变成哀号和自认倒霉。

刚跨过城门，腾云将军便一马当先地冲进了看见的第一家客栈，绛恨紧跟在后。

李璇慢悠悠地跟上，正对掌柜的开口说“要最好的客……”的时候，那两人已经一左一右地冲进屋里，一边是到餐桌上说："我饿了……！”一边是进房大喊："打水来！”

片刻之后，两人已经一头栽在床上鼾声雷响地大睡，只有李璇，洗净了旅途的疲惫奔波之后，换上干净的朴素衣着，不慌不忙地逛了出去。

正值初春，放眼看去，四月的凌郡彩缕穿花。当地以花业为主，城外百里满是花田，城内更是大街小巷的水仙、海棠、牡丹、丁香、杜鹃、桃花，百花齐放，似是百朵彩云锦霞，铺得全城五彩缤纷。街道上人人面容舒适清闲，小贩商家各自吆喝，茶楼餐馆客满鼎沸，路边酒楼客栈更是花枝招展，风中飘来青楼女子莺啼婉转的歌喉，醉润在弥漫空中的花香里。

李璇看着眼前一幅天下太平，国强民富的情景，那原本让人退避三舍的僵硬表情，终于逐渐地舒缓下来。

身为皇家子孙，自然没有腾云将军那番自由。夏牧虽是四处打战奔波，肩上负着平定四疆的重任，但李璇对他可走出皇宫京城的礼节约束的机会，仍是羡慕并且向往的。想自己多次请命出征，却又都在母后的担忧和眼泪下硬硬收回，虽可怜天下父母心，但经历风雨艰苦，依然是一个皇子不可推卸的经验和责任，因此这次随夏牧南下，说回来，自己还是欣悦欢喜的。

想到这里，李璇的脚步也轻快了一点，他看着四处的人潮热闹，原来远离了皇宫，不仅摆脱了皇子的繁重礼节和讲究，连恰似京城的喧闹和繁华到了这儿都变成了淳朴自然的景色。

五皇子不禁微微一笑，轻声念道："海花蛮草延冬有，行处无家不满园[①]……花都，果然名不虚传……"

"呵……五爷好文采……"邀明一路下来，习惯了腾云将军和绛恨的嬉闹，想都没想就脱口而出。

"那是别人的诗……"李璇挑了挑眉看了他一眼说道。

邀明立即愣住，不好意思地呵呵笑了起来，倒是影成在旁边打起了圆场："紫州如此，多亏万岁爷兴国安邦，才换来如今的国势强盛，各州繁荣富强，百姓们的生活蒸蒸日上，而且……"

"影成，住口……"李璇举手挡住他的脸，心里觉得回去要对夏牧和那小姑娘管理严肃一点，以免自己身边的人都失了分寸。但听随从这么一说，他忽然想起了什么，回头淡淡问道，"来花都之事我未曾向父皇报上，你们随时注意任何风吹草动，'十六'都还跟在后面么？"

"嘲风十六"为五皇子培养出来的一批心腹，为他出生入死，赴汤蹈火也在所不辞。这次南下，便出动了整批人马，四面八方地守护着他们的主人。

"是，方才五爷在更衣的时候属下便与子箕碰面，一切安好。"影成脸色一凛，恭谨地说道。子箕为"十六使"的首领，是五皇子最信任的手下。

"嗯……"李璇继续往前走，脸色严肃地说道，"寻找琴城才子之事目前保密，吩咐他们千万不可让别人得知我们的路线，特别是'他们'……否则皇兄就危险了……知道么？"

"是！属下已经向子箕吩咐过，请五爷放心……"两个随从都点头，却见李璇忽然停住了脚步。

那是从某个角落里流溢出来的声音，犹如藏在暗处的花香一样，在风吹起树叶的某个瞬间，如阳光散洒般地落了下来。

"这……哪里来的琴声？"邀明听了半晌，痴痴地问道。

李璇抬起了头，快步随着那琴声走了过去。

风吹百花空中散，十丈红花似锦霞。那琴声悠如深山回音，扬如柳絮抚西

① 出于孟郊赞赏花都之诗，未能找到诗名。

湖，清如碧水浸山谷，脆如黄莺啼竹林，五皇子只觉得天地万物都退了下去，只剩下潺潺如水的琴声，洗净了一身的疲惫。

三人快步行走，片刻便来到了一家位置稍微偏僻的茶楼门前。抬头望去，这地方虽不比前方酒店气派堂皇或鲜艳显目，却古色古香，优雅别致，因此独树一帜。

门前四字："听雨竹阁"。

字体豁达洒脱，俊逸得仿佛随时飞扬而去，李璇双眼一亮，淡然一笑，掀帘而进。只见四处光线明亮，竹桌竹椅，四壁角落各一盆兰花，除其之外别无摆设，显得大方素雅。厅中客官们或下棋，看书，低声聊天，还有人提笔写字，无人注意到他们几个。

而中间那人，一身蓝衣背对着他们，默然抚琴。

即使是定睛看去，也总觉得他淡清如雨，仿佛在烟蒙蒙的天气里的一抹影子。

邀明影成连声都不敢出，只怕那人是水中花影，触碰即散。

"五爷……莫非……这人是琴城才子？"影成凑上去小声说道。

"是么？"李璇漠然回应，见身旁桌子上习字的人手边有一支曲笛，便笑："我们很快便知……"

话毕，便调试几音，和着那琴声吹奏起来。

李璇深受皇帝宠爱，不仅是因为他文韬武略，更是因为他本质高贵优雅，且自小音乐素养颇为深厚。

眼下他欲试探抚琴人，一曲吹奏便偏偏不跟那悠扬缓慢的音曲合作，反而声调清脆欢快，犹如北方急促跳跃而充满民族豪放之曲。

笛声脆锐快鸣，犹如一道清风，硬是把那雨帘割出了一幅清澈的明前雨后。

只见那前方之人稍微停顿了一下，并未回身，只是停手静静聆听了许久，再次拨动琴弦。

在第一音节落下的刹那间，全厅的客官都纷纷抬头惊愕聆听。

那是北方的浓厚色彩，具有活泼的醇音和急速快跃的音节，李璇的笛声欢乐嘹亮，犹如穿梭的一道风，描述了京城的热闹繁华，火树银花的夜晚和衣香鬓影的酒楼茶馆;然而那人的琴声却沉着缓慢,低低地吐吟着夜晚的幽怨,悲愁,低泣,几乎能够看到那照耀在无人冷宫朱柱上的冷月霜影,引人叹息落泪。

忽然,笛声悠转越高,转为粗犷有力的风啸,那是穿过茫茫大漠的雄鹰,正值秋高气爽,风静平沙的日子在高空上盘旋顾盼。但这次的琴声却并没有与笛声相对,而是奏起三起三落之音,引起共鸣,那缥缈之音倏隐倏显,若往若来,仿佛空际盘旋,在云程万里的晴空上高傲地翱翔,在寂寥的无际平漠上飞扬。

岂料,那人的琴声忽然慷慨激昂地转弦,犹如洪江大水涌入江海,几乎可以看到那猛拍岩石的惊涛,有腾沸澎湃之象,在根根琴弦上溅起千丈高浪!然而,李璇的笛声却淙铮清冷,仿佛融入漫天铺地的狂风骤雨之中,犹如流入山峡之溪的泉涓,行云流水般的徜徉空灵,潺湲滴沥。最终那琴声也随着笛音扬长而缓慢,从蛟龙怒吼之象到静心平听之息,仿佛随风而停的柳絮般,慢慢地清淡到不见了。

一曲完毕,四方客官寂声无息,只有李璇和那抚琴者低微的喘息声,轻轻回荡着。

蓦然,欢呼声几乎把屋顶震翻!

李璇这才看到,原来刚刚他们进来的门口直至那偏僻的巷子里,不知何时全都站满了人,花都为文人雅士皆向往之地,在初春自然不约而同地来到了这个地方,方才的琴声不止吸引了五皇子,后来加上那出神入化的笛声,更是招引了更多的听众。

回头一看,那抚琴人已经转身看到了他。

温润如玉,清新俊逸,五皇子仔细看去,对方的双眸沉稳坚定,气度非凡,仿佛随时都会随风而去的一缕幻影一般。

水雾弥漫,烟雨似霭。

世界上竟然有这样的人,仿佛把江南的所有灵气都聚集在一个淡蓝的身影中。

“在下东篱……”他向李璇恭谨地拱手,“不知阁下如何称呼?”

话说在五皇子“艳遇”之际，睡得已经趴在地上的腾云将军终于起来了。

由于长年住在军营里的习惯，不到一个时辰的休息已经足够让他精神充沛了。在胡乱吃了一些东西之后，他也很自然悠闲地摇着扇子出来闲逛。

虽然是住在进城第一眼看到的客栈，但贵为将军和皇子的两人，眼光自然坏不到哪里去。这地方虽前面人声鼎沸，但到了后院之处，却是一片幽静清凉之地。小巧玲珑的庭院中，有几棵梨花树开在满城的千红万紫之中，显得此地纯白雅致。小桥流水就在眼前，在那灰暗色的假山，映着湛蓝的天空溪水和翠绿的草地之间，几片纯白色的梨花瓣正纷纷落下，踩在上面的，却是一双深红色的绣花鞋。

绛恨又换上了一身红衣，如一把鲜艳烈火燃烧在这冰雪透明的梨花树中。几片剔透的花瓣落在她脸上，深红与纯白，在她身上竟无俗气之色，只衬得她耀眼鲜艳，令人无法转移视线。

当然，除了夏牧之外。

腾云将军双眼骨碌碌地打转着，看着那飘散零落的梨花瓣，竟是露出了贼贼的笑容。

无风何来落梨花？想必自然是有极快速度的人，因闻来步声离开，而扬起了几片即将凋谢的花瓣飘落下来了。

他懒洋洋地摇了摇扇子，

“小丫头，干吗呢？还没黄昏后你就约人了？”

“哼！”

绛恨听到也不惊奇，只是转过头来做个鬼脸：“真是不知感激！有人在后面一路跟踪你们呢！”

“哦？”夏牧慵懒地跳上了一块假山卧了下来，继续扇着风。

“还好我这个天下第一奇探，江湖无敌，人人称叹的美少女绛恨，帮你们挡了过去！”那红衣少女得意地扬起小脸对他说道。

“哦……”

“据我的探子说，很有可能是宫廷里的人，个个身手不凡，出手狠毒。”绛恨表情又突然凝固起来说道。

“哦。”

“难道……”红衣少女又忽然两眼水汪汪，双手在胸前握紧，朝着阳光担忧地说道，“难道是我家相公，因遇到一个美丽如我的女子，而深受他人嫉妒么？”她仿佛深受打击，“所谓红颜薄命，我非红颜，为何薄命？”说完满脸忧伤地看着眼前的流水。

“哦——？！”这次腾云将军却发出了一句奇怪的声音，还未说完便被跃起来的绛恨一脚从假山上踢了下去。

“你除了‘哦’就不会说别的？！”绛恨怒道，一把拉起他的领子使劲地前后摇晃，“还好你和本姑娘一路，用其他事情把他们引开了，若被朝廷知道你和……和我这样的江湖人士来往，你就死定了啦你！还在这里装傻！”

夏牧被她摇得头昏脑涨，好不容易把眼前闪亮的星星给挥散了，才一脸委屈地说：

“但我是不知道不可以和江湖人士来往嘛，又没有做什么坏事，皇上也查不出什么啊！”他扭着双手像个小媳妇一样说道。

绛恨用力地翻了两个大白眼，差点把眼睛给翻了个面：

“就算你问心无愧，但也不能保证在朝廷上没有人会害你啊！皇帝那么远，你的忠心他又看不到，这是陷害诬赖你的最好机会对不对？！”

“但……”夏牧也两眼发光起来，双手紧握说道，“皇上远见卓识，义正词严，盖世无双，英明果断，雄韬伟略，分身有术，沉鱼落雁……他不会冤……”话没说完，绛恨已经一脚踢了过来，拉着他耳朵怒吼道：

“你是白痴啊！不要乱用成语好不好！”

“我说的是实话，皇上的确长得沉鱼落雁，闭月羞花……哎哟！”夏牧一脸严肃地用手挡开她的飞脚，却被一块石头砸得整个人翻了过去。

“你就那么相信你的皇上？”绛恨没好气地坐在地上问道。

“不相信他干吗为他卖命啊？你以为打仗是好玩儿的？”腾云将军揉了揉头从地上爬起来答道。

“你就不怨他？”听到他这样回答，绛恨的一双大眼睛顿时亮晶晶地照耀了起来，仿佛找到什么好玩的东西一样看着夏牧。

“怨他干吗？”

“咦？”红衣少女更是感兴趣地跳了起来了，她索性蹲在草地上的夏牧旁边

好奇地看着他，“都说大名鼎鼎的腾云将军自小贫穷潦倒，不到十岁就流浪街头，满身破烂地跪在将军府前三天三夜才被肃恒将军接受。若不是皇帝治国无能，你怎会潦倒到那个地步？”

正在专心地看天空的夏牧闻言，不禁转头看了她一眼，那眼光深邃如海，仿佛可以看到一片宽阔的深蓝海面，他非常稳重严肃地看了她片刻，终于别头：

“噗……”他忽然发出这样奇怪的声音，又忍不住地狂笑起来，“哈哈哈哈哈！”

绛恨气得又是一脚劈去：“人家在跟你说正事儿！”

“哈哈哈……”腾云将军笑着躲开她那一脚，蹦了起来，又“刷”地一声打开了扇子，矫情地说，“既然如此，怎么不怨老天爷没把我生在帝王家啊？”他娇滴滴地眨着眼睛，又放下半遮面的扇子，一本严肃地对绛恨说道，“所以说，你才是白痴。”

原本愣了一下的红衣少女又跳了起来：“你说什么？”

“怨天怨地都没有用吧？这样的想法只不过是自怜，而且还要强逼别人来可怜你，认定你的想法是对的。这样活着也太没骨气了太没自尊了，你以为我是那种每天自叹无伯乐认我之才的人啊？”他慵懒地笑了笑，摇晃着扇子说道，“与其抱怨目前的情况，还不如怨什么都不做的自己。”

此刻天色已经逐渐地暗了下来，满城渐黄昏，花都特有的幽香味道，从每个角落里散了出来。最后几朵梨花瓣漂荡在水上，随着风动皱着细细流过的水波。天际偏紫染红，落阳金光染满逐渐明亮起来的星空，漫红紫透，整个苍穹都随着他这句话而缓慢地寂静下来。

“你到底为什么要去找琴城才子？”两人沉默片刻，看着那逐渐西下的残阳，绛恨忍不住问道。

“为了表达谢意啊！”夏牧一脸无辜地转头回答，看到她转身搬起小桥旁边的一座假山准备向他砸去的时候，急忙摆手说道，“好啦好啦，是为了琴技，琴技！可以了吧？”说完他又坐了下来，拍拍旁边的位置叫红衣少女坐，便再次滔滔不绝地开始讲五年前的孟安一战。

“学琴技抵抗异图族？”听完他的诉说，绛恨高高地挑起眉毛，拉尖声音，“你做梦啊？估计那种功夫琴城才子花了几年才学会的，你以为随便抓几个琴师来弹弹就可以了啊？”

“不过是几根弦嘛，就胡乱挑挑拨拨不就得了嘛……”腾云将军噘嘴说道，满脸的不在乎，“何况事在人为，人必胜天不是么？我就不信在恒朝的江山之内找不出几个琴技精湛的人！”他又忽地站了起来，握拳向天高声说道。

“嗯……说得也是……”绛恨撑着双颊沉思起来，忽然又想到了什么，“但这样的话，你不是又没时间去找左相千金了？”

这话说得夏牧一愣，半晌才说：“若边疆稳定，我自有时间去寻找她。”

“哼……”红衣少女不服气地哼了一声，仿佛有点生气的样子，“说不定人家已经嫁人了，你这样岂不是干扰别人的幸福生活？”

“喂，别这样乌鸦嘴！”夏牧听了一脚向她踢过去，绛恨又好气又好笑，他怎能踢女孩子？正要打回去，却看见腾云将军不知什么时候已缩回墙角，自顾自地在那儿画圈圈，嘴里还嘀咕着：“呜呜，说不定是真的啊，说不定瞳瞳现在已经变成一个超级肥婆，还带着七八个小屁孩，每天都在巷子里大声吼叫，还画着很难看的浓妆，喜欢大啃鸡腿，呜……我不要瞳瞳变成那样……”

“喂！”听到他的自言自语绛恨不禁失笑，举脚踢了他一下，“我只是说说而已，你怎么就当真啦？”

“呜……但我不要瞳瞳变成这样啊……”腾云将军一脸落水小狗的可怜模样。

“你才乌鸦嘴呢，你怎么不往好的方面想啊？”

“对啊……”夏牧恍然大悟，又站了起来，歪头沉默思索。

片刻过后……

他噗地一声，喷了鼻血出来。

绛恨看他这番勃然大怒，一掌劈去：“你这个变态！你肯定想到什么歪处去了！”

“我没有！我……”夏牧躲开那一掌，正要争辩，却蓦然刹住了脚步，紧跟后面的绛恨不禁“砰”地一声撞上了他的背。

在如白雪飘絮的梨花瓣下，溜达回来的五皇子李璇正毫无表情地看着他们：

“该吃饭了……”他如此淡然说道，然后优雅地转过身往前面走去。

“哦……”夏牧抓了抓头，便快步跟上。

唯有绛恨站在原地，忽然觉得眼前一闪，仿佛有什么东西反光照耀在她的脸上，定睛看去，不禁大惊失色："等一下！"

众人听到她如此紧急的叫声，都忍不住站住回头，连五皇子都露出疑惑的表情。

"相公……"她跌跌撞撞地向前冲去，一头撞在李璇怀里，双手拿起他腰间的一块玉佩，急切地问道，"这块东西怎么来的？！"

"干吗？"李璇不禁皱眉。

那玉佩是今天下午认识的东篱所赠，上面刻着几枝清雅脱俗的竹子随风飘逸，翩翩如真，仿佛随时会摆动细叶，自带芬芳。

"古人曰：无人赏高节，徒自换真心，"东篱温柔地笑着说道，"今闻五弟之笛音，能体会到五弟的幽情之怀，在下真是感到从未有过的痛快，这块玉是我亲手刻上的，不如就做个见面礼吧！"

五皇子从小自负清高，然而今天所认识的东篱却竟然让他有种羡慕以及一见如故的想法，自然也取下一串玉珠作为交换。两人谈话甚久，眼见日落才拱手道别，若不是有命在身，只怕李璇早已随他天涯海角地流浪而去。看那男子温柔而平静的眸子，站在花都的灯火阑珊处，淡然地仿佛既可以与烟雨蒙蒙的江南化成一片，也可以在喧闹熙攘的尘世立出一席清澈来。

若能与他在高峰间品茶吟诗，站在汹涌的江河上感叹天地的豪放，或夜醉京都的小巷，那该多好……

奈何生在帝王家，他今天才有如此感慨。

然而，看眼前天不怕地不怕的少女露出了一种焦急的表情，他心底不觉更加沉重，眼神也逐渐深沉起来。

"相公？"绛恨见他出神，小心翼翼地问道。

李璇抬头，见她真诚而率性的瞳目，清澈得如乡间的河水，不觉心一横，决定相信她。

"这块玉佩……"他拿起它，慢慢地道出今天下午所认识的人。

半个时辰之后，七匹马飞快地冲出城，在道路上扬起了朵朵尘土。

"干吗冲得那么快啊？！"夏牧鞭策着自己的马儿喊问，"那人到底有什么门路啊？！"

李璇也一脸阴沉地看着一马当先的绛恨，不知到底该不该出声阻止她和腾云将军。

那个温柔似水，连说话都带着温暖的男子，能有什么能耐，能够把这称为天下第一奇探的少女变得满脸苍白，二话不说便策马而奔？

绛恨的衣裙在夜色渐深之下，被风吹得如绽放了一朵狂野的红花，她头也不回地大声答道：

"一定要在今晚抵达云山，要不然，不仅是琴城才子有危险……只怕整个恒朝，都将陷入更长久的战火之中！"

第四章

危机重重·深陷云山

自古有传说曰，天界之战第五千三百二十六天，雷王带着千军万马助天神攻海王，双方打得日夜不分，连续了三百多天，吵得林神与土地娘娘不得休眠，正要分出胜负之际，忽然天崩地裂，大地裂出千沟万壑，只听震天动地的一声怒吼，双方的兵马全都被拉进了沟壑，又是"轰"地一声，平原再次并拢归原，只剩下无数天兵在被拖下时丢下的盔甲武器丢弃在外，时间悠久，形成了此地的险峻山峰，诉说着那久远之前的激烈战争。

此刻，那些犹如卧倒的巨人般的山峦，都静静地沉睡在一片翠绿树荫之间，无论春夏秋冬都被云海包围环绕，墨松为榻，白云为被。抵达山崖高处时，望去便是无边无际的云海雪浪，大小山峰，千沟万壑都淹没在波涛滚滚的云朵里，古时有圣贤曰：云霞如海遮山屿，因此取名，云山。

李璇小时在深宫阅读关于此山的诗词时，都会想象那会是何等的磅礴气势，让古时圣贤写下那么多的赞美之词。如果可以的话，他真希望自己能站在山顶安静地眺望日出日落，看道道的金光染出千变万化的云层折叠，若能如此，便此生无憾了！

当然他没有想到现在这个情况。

一行人是在深夜时抵达凌郡的，夏牧委屈地噙着泪水看绛恨快马加鞭地经过每一家客栈，冲往云山山脚。在抵达下马的时候，他慢吞吞地跳了下来，然后二话不说地蜷缩在一块巨大的石头上，趴着睡了过去。

"你搞什么啊？！"绛恨又好气又好笑地把他拎了起来，"快点准备一下，要上山了。”

“但是我很饿……”腾云将军像是闹脾气一样，硬趴在石头上面死都不动，“唯一能让我忘掉饥饿的事情，就是睡觉……所以我要睡了……”他说着说着便把头埋在双臂里，眼看就要睡着。

“你给我起来！”绛恨一脚踢去，把他踹下，岂料夏牧却死抓着石块不放，红衣少女便开始在后面努力地拉着他的脚，边骂，“喂！快点给我起来！亏你还是将军呢……！”

五皇子蹙眉，抬头望去，夜晚繁星如流河，苍穹仿佛含着闪亮的泪水俯瞰大地。春凉微薄，天地万物都在寂静中沉睡，旁边的高山耸天，漆黑得看不到任何山路，只有清风抚过时借着月光可看到淡淡的叶影。

“影成……”他转头吩咐道，“可有火把？”

“咦？”随从呆了呆，“没有，但是回主子，可以准备……”

“那好，你快……”李璇正举起手便被人打断。

“不用了……”绛恨拉着腾云将军走来，后者正勉强嚼着被塞进手里的糕点。

红衣少女挥挥手：

“还有不久便天亮了，我们这么急匆匆地赶来就是为了低调行事……”她皱眉看着四周，“如果四周有埋伏就糟了，不过也管不了那么多了，我们走吧……”她拖着坐在地上的夏牧就转身开始上山。

“稍慢！”五皇子脸色凝重，背负双手走到她面前，定定地看着她，“在下有事想要请教。”

仿佛早就知道他会那么说，绛恨挑了挑眉，含笑道：“相公请说。”

“姑娘和琴城才子是什么关系？”对那暧昧的称呼早就麻木，李璇已经懒得和她计较了。

“同门弟子，不过我俩已离开帮派。”

“哦！”不仅五皇子一惊，连旁边其他五人都惊愕片刻。李璇看着云山在夜晚中的重影，语气加紧几分：“此山……很难走？”

“琴城才子早已退隐深山，不闻江湖之事，也不喜他人打扰，相公说呢？”红衣奇探笑吟吟地说道，不过又顿了顿，“因此，他们几个也不能上去。”她指着后面四个随从说道。

“不可能！”邀明立即挺身说道，“我们誓死保护五爷！”

“云山机关重重，如果不是我带路的话恐怕你们一个半月都走不上，只会拖累前进速度。”绛恨挑眉看着他说道。

“你……！”

“邀明……”五皇子举手阻止，又问道，“姑娘为何如此积极要我们前往此地？”

绛恨叹了口气：“如果我说需要你们的帮助呢？”她看着李璇脸上微微一愣又继续说道，“目前有两队人马正在追着我们，一是从皇宫派来的，他们是谁我倒不知道，不过看来，相公手下那些暗地里保护你们的人也不是非常厉害嘛，若不是我的密探私下出手的话，可能你们的路线早就暴露了。”她天真地向他眨眨眼说道。

李璇不禁脸色大变，“嘲风十六”暗暗保护他们的事情，只怕是夏牧都不知道的。虽然早就料到宫中的那些人一定会追究到他的把柄，但让他“嘲风十六”都提防不住倒是从未料到过的事情。眼前的这个年少的女子，虽然脸色无辜，目光清澈，却也是手中持满丝线，轻轻摆动便能布下天罗地网，可见江湖卧虎藏龙，人外有人。只因她能如此轻描淡写地说出让朝廷的任何人变容的事情，可见“天下第一奇探”之名，并非空穴来风。

“第二队人马，便是要追杀琴城才子的人，这些人，无论是对你还是腾云将军都是想要赶尽杀绝的。”绛恨见他容貌从惊愕回到淡然，知道他已在思考此事，便继续说道。

“什么？”沉静如五皇子，闻言也不禁皱眉，“我等与江湖人士从未来往，有何事至于让他们赶尽杀绝？”

“哦……”这次换成红衣少女啼笑皆非了，“相公真是不知道江湖传言？”她看对方点点头才指着已经趴在地上睡着的腾云将军说道，“且不管相公的真正身份，就是这个人，这天下不知道有多少人想置他于死地呢！”

“夏兄为我朝武士，平生也只在边疆杀敌抗国，又如何和江湖人士有任何关系？”

“好吧，我就挑白了说……”绛恨抿嘴一笑，“无论是你还是腾云将军，只要对朝廷有利的人，他们都想杀掉，懂了吧？”

李璇一愣，随后脸色凝重："难道是反恒组织？"

"是！"

"哪一个？红轩？凌霄？辕河？"

"噢，相公是知道的嘛……"绛恨睁大眼睛，"不过那都是小会啦，也值得一提？何况他们不是早在先皇在位时就给消灭了嘛？"她有点鄙视地说道，随后又笑眯眯地看着他，"那都是以前他们组织起来玩的而已啦！现在追在我们后面，以及要消灭琴城才子的，才是最大最厉害的……"

"……荷衣会。"

永泰宫里金光流泻，殿上弥漫着温温的暖意，宫女们把两殿上粉彩纱帘纷纷别起，挂在垂帘旁的铃铛便叮当作响。紫檀雕缡案上设的镏金炭炉正吐着淡淡的桂花香，午后的阳光懒懒地洒了下来，别说那蜷缩在大红金线垫上打呼噜的波斯猫儿，就连正在忙碌的宫女太监们都忍不住想要在阳光下睡个午觉。

有个美妇人卧在阳光之下红夔座上。她乌黑的发丝上插着十二金簪，镶满紫晶赤叶的双鸾步摇垂挂了下来，映在她洁白如雪的双颊上。那是个极为高贵的女人，因保养颇好而看不出年龄，虽有三十之韵，那份自然而出的稳重却不逊当朝太后，那双反映着书页的目瞳，更是深不见底，如秋夜盈潭那般神秘幽暗。她手上戴着金花银镂的戒指，身穿轻盈软细的金边紫花碎长裙，淡得如黄昏天边的一抹彩霞，裙摆随意地拖在地上，犹如在湖上开放了朵朵紫色荷花。

皇宫里的女人们总是完美无瑕，日夜的精致打扮，只因不知何时会遇见那个男人，因此需要时时刻刻的美丽，在每个举手投足之间漫溢出惊艳的绝色。

"罗裳，张大人的礼可预备好了？"她抬头眯眼看着外面的阳光道。

"回娘娘，已经好了，准备了四份，正等娘娘去看看呢。"在旁边帮她捶背的宫女低眼回答，看安贵妃"嗯"的一声又低下头看书便说道，"奴婢刚刚去催娘娘的点心，在昭晨宫外好似看到了陈大人和陈公子，想必是下朝了吧。"

"哦？"安贵妃挑了挑眉毛正要说什么，却听到外殿响起玉帘被掀的声音。

一位宫女轻声踩着碎步进来，身姿轻盈优雅，即使是一般的宫女，在安贵妃的殿中也要表现完美的，不得有任何失误。只见她优美地弯身跪地，低声道：

"禀告贵妃娘娘，瑞王殿下来了。"

"你看你这巧嘴儿，正说着就把瑾儿给我说来了……"安贵妃含笑对罗裳说着起身。

"母妃……"一位男子踏进，众宫女见到便跪了下去。

此人高大堂正，玉树临风，严肃的脸上没有一丝温度，自瞳目到下巴，无不是冷霜的气息，唯有见到安贵妃时稍微软了下来。五官如雕刻般的坚毅阳刚，眉头微微皱紧，唇角抿成一线。

六皇子李瑾，从小大气高尚不输太子李珷，聪慧善文不输五皇子李璇，治世律国不输已故的前太子李璘。为人严于律己，沉稳冷静。为皇帝封亲王的第二皇子，手下率领京城三分之二的御林军；做事一丝不苟，严肃利落，朝上经常不言不语，总是最后一鸣惊人，经过深沉思考而语下要害重点，皇帝曾夸其："深谋远虑，胜于朕与尔同年时。"

只是当初要选择他或皇后嫡子李珷为太子的时候，皇上自然立李珷来继承皇位，更何况，前面还有一个毫不逊色的五皇子李璇，即使是个书呆子，也是皇后之子。因此，六皇子即使再出类拔萃，也输在了出身上面。

"你看你，这么大的人了还像孩子似的，这么热的天气，难道是跑着来的么？"安贵妃轻笑着轻轻拭去他额上的汗珠，回头吩咐道，"去拿碗冰糖燕窝来，冰着点让王爷收汗。"又挥挥手，"都下去吧，让罗裳侍候着就好。"

见宫女们都无声无息地退了下去，安贵妃回头，却见六皇子背着手站在殿柱旁，阳光哗啦哗啦地照耀下来，他身上一袭的白色月牙飞龙袍便纯洁如日光般地耀眼，那挺拔的高大身影，坚韧得仿佛能够撑起宫外的锦绣江山，又何无天子之相，帝王之尊？而自己为开国功臣的安氏家族，上有开国将军的祖袭，现有右相的兄长，论出身，又哪里比不上当今的皇后？若不是有与皇帝青梅竹马之缘，只怕现在的中宫之首还轮不到苏氏来做。

想到这里，她不禁心中一软，轻拍儿子肩膀，柔声问道：

"怎么了？朝上又遇到了什么问题？"

"不……"六皇子回头，那蹙眉之相与年少的皇帝如此相似，"只是派出跟踪追随五哥的人，出了些问题。"

"哦？"安贵妃挑眉，接过罗裳递上来的冰汤，尝了口便给了六皇子，待两人坐下来便问，“什么问题？难道还跟丢了人不成？”

“那倒未必，他们已经在路上，听南方的情报，五哥他们已经快到江苏了。”六皇子喝了口冰汤，感到清香入喉，面容逐渐松了下去，“只是在半路中所住宿的客栈里被人施了迷香，全部人马竟沉睡了三天，若不是客栈下人惊恐出了人命而唤醒的话，只怕还要继续昏睡下去。”

“哦？这倒是怪事……”安贵妃沉思半晌，“但既然被发现，为何不斩草拔根？难道只是警告？”

六皇子闻言冷笑：“我也觉得奇怪，我看五哥虽然做事心软，但也不会无因出手，若这样掩饰，也必有原因。”

“你二哥手下客栈甚多，难道这家也是其中之一？”她想起二皇子李璿，不觉问道。前几年，当时还不是亲王的二皇子有意拥护前太子时，手段细密谨慎得让人惊叹，仿佛恒朝之内到处都是他的眼线，如今想起，仍是心有余悸。

“不会，儿子可不会那么粗心大意。”六皇子若有所思地沉默一番才道，“不过为了以防万一，我还是在四周做了调查。倒寻到一些有意思的蛛丝马迹……”

“什么？”

李瑾神秘一笑，把碗放下便歪头慵懒说道：“我手下的人被下药的那家客栈倒是无妨，问题出在五哥他们那边。听说他们留宿在通往紫州与江苏道路分岔之处的小镇上，那儿有一家客栈名为‘天下第一’。外表看起来朴素简陋，并无特色，但打听起来仿佛无人不知，无人不晓，却每人的答案不一，流言满天。”

安贵妃一愣，不禁皱眉：“这客栈的名字倒是狂傲，应是有什么特色之处吧？当地人怎么说？”

“的确……”六皇子冷笑，“他们说，那是江湖上最重要的地方之一，每月可得到江湖最新情报的客栈。”他抬起目光，看着殿外流泻的阳光，瞳目里闪过某种危险的残忍傲笑，“母妃，你说我们的五皇子殿下和腾云将军，到底是南下做什么去了？”

“嗯，好痛……”绛恨咬着嘴唇呻吟，汗珠不断地从她额头上落下。

“我会……加快速度的……”夏牧深呼吸，看着在他身下的少女，“你准备好了？”看后者坚定地点点头便咬牙说道，“忍不住了，我要开始动了……”

“你快……快点啊……”绛恨不觉低声喊道，满脸痛苦之色。

在他们两个下面的五皇子，正毫无表情地打量眼前的大片风景，尽量不去对以上的对话浮想联翩。

此刻，他们三人正半悬在壁如刀削的山上，努力地往上“跳”。

四个随从被打发回客栈等待消息，李璇顺便让他们吩咐“嘲风十六”去探一下宫廷的动静。无视影成和邀明的满脸怒气，绛恨带着他们两人开始爬山。

云山为数峰环绕，互相依靠成峦，此时他们所在的便是其中最矮的一峰。一开始虽林木苍郁，景色幽秀，但也山势陡峭，沟谷深邃，走了半天的山路，当他们以为要到琴城才子所在地的时候，眼前却出现了一面平直如镜子的山壁。抬头望去，那段高耸入云的山崖仿佛被人雕刻过一番，不要说凸凹之处，就连多出或掉落的石块都没有，完全无法攀爬。

当夏牧的下巴几乎掉到地上时，绛恨忽然一跃而起，只见她跳到最高处，从腰间拔出佩剑，娇喝一声，深插崖壁，双手用力握紧，全身往上奋力一跃，身子便转到了那武器之上，却又见她双脚稳站长剑，双膝微曲轻弹，便再次往上飞跳，在更高处插入另一把剑而站立在上。

他们终于明白为什么绛恨坚持要他们的随从把武器都留下。夏牧方才还笑她腰间佩两剑，背上一剑地走路时好像挂着饭锅瓢盆一样吵闹。

“喂……快上来啊！”那少女从高处喊道，夏牧和李璇抬头看去，只见山壁之间正弥漫着锦绣般的云雾，变幻莫测，绛恨的声音在空灵幽深的山谷内回荡着，直至远处传来断断续续的回音。他们虽在最矮的山峰上攀走，但从这里望去，四周已是天高海阔的景色，峰头如远舟轻摇，云海铺盖万顷。头顶上也只有奇探火红的色彩，正随风摇晃。

“呃……”夏牧吞了吞口水正要说什么，耳边便是“咻”地一声，五皇子已冲了上去。

李璇敏如飞鸟，雅如流云，他跃起的冲力原本就在绛恨之上，只好在降下的时候再落于第一把剑，借它的力量再次往上跳，在他经过绛恨时，红衣少女忽然击出双掌，直击他脚底，立即把他击得更高更远。李璇只觉得脚下有力量撑住了他，却不知如何，身体便更快地向高处升去，在他拔剑插入山壁的时候，就不由自主地出了一身冷汗：这少女的内功了得，若她真有害人之心的话，自己方才说不定就被她废了双脚了。

"相公，还好么？你可还有一剑？"下面忽然传来绛恨的声音，清脆而嘹亮还带着一丝担心。

"……"李璇忍不住苦笑，因从小生长在深宫而耳濡目染那些钩心斗角，自己竟然小人了呢，不禁缓了声音回答道，"是，还有一把，我再上去一些，等夏兄上来后，姑娘可有把第一把剑拔上的方法？"

"那是自然，天下哪有我奇探绛恨办不到的事情？"那少女笑眯眯地扬起小脸，表情极像偷吃得逞的猫儿。

"极好。"李璇不觉一笑，还好四周有缥缈白雾环绕，若绛恨看见他如此温柔的笑容，不掉下去摔个粉碎才怪。他说完，便轻踏长剑，再次风度翩翩地往上跳去。

夏牧在下看得目瞪口呆，最终叹了口气也随着他们跳上，向上之前还忘不了嘀咕："这可变成名副其实的'腾云'将军了……"

于是，三个人花了整个早晨的时间来攀这段山壁，其中夏牧和绛恨还忘不了拌嘴吵架，所以在被中午灼热的阳光照得几乎睁不开眼睛还不断听着上下两人唧唧喳喳的废话的李璇，已经有想要松手掉下去一了百了的念头了。

"为什么……挑这条路来走啊……云山不是有七峰还是六峰嘛……"夏牧边擦着汗边说着，忍不住往下看，中午时雾云已散，他们原本所在的山路已经变成细小的线条了。他看着五皇子身边经过，不觉又抱怨，"还有多久啊？我肚子好饿啊……"

"云山一共有七峰，琴城才子在其他六峰也布下机关，但只有这里能够抵达目……"绛恨边用自己手腕上的细线吊住下面的剑，然后边拉边说道，"其他的都如迷宫，走到最后也只发现没有终点……"上面传来李璇敲打的信号，她便绑好剩下的武器往上跳去。

"那究竟还有多久啊？"腾云将军不觉哀号，"怎么这么麻烦嘛……讨厌！"

"你就知道吃吃吃，到那边还担心没吃的么？"她想到琴城才子做出来的点心，不禁肚子也是一叫，正脸红时，却看到头顶不远处几棵伸出崖外的迎客松的翠绿叶子，不禁一喜，“啊，就快到了，你跳上去就可以了……！但……”

“咦？”原本蹲在自己剑上的夏牧一听精神就来了，“真的？！那……我来啦！”他说完便往上一冲，轻点长剑，又被上面的李璇一提，五皇子功力颇大，转眼间已越过绛恨抵达终点。

“喂喂喂！等等，你别跳啊！”绛恨看到不禁花容失色地大喊，“等等，要保持……”

话未完毕，穿越过她的腾云将军已一手搭上最上处突出的石崖，借手力而翻了过去，只听一声惊讶的“嘎！”，整个人给翻了出去！

原来夏牧正兴高采烈地要站稳时，抬眼却见一笨重无比的木块，犹如来回摆动的铜钟向他撞来，惊愕之际，他只想躲避，不留心地脚下一滑，整个人往后倒了下去！

“夏牧！”

“夏兄！”

绛恨和李璇都惊得大喊出声，后者伸手想要抓住腾云将军，却只撕下他的一块衣角，眼看夏牧的身子正极快地往下坠，就要摔成一摊肉酱！只听到一阵金戈铿锵的声音响起，随着他的身影逐渐缓慢下来。

两人满身冷汗地向下看去，只见远在下端，夏牧用手上仅剩的那把剑深插山崖固定了自己，由于摔下的力量颇大，在石壁上留下了深痕，可见他当时求生意念之强。

“呼……”绛恨只觉得全身的衣裳都湿透，她脸色苍白地向五皇子看去，后者也惊异未定地看着她，两个人的心跳都仿佛回响在云山之间，这时夏牧的声音传来，依然慵懒地仿佛什么都没发生：

“我说……丢几把剑下来好不？”

绛恨深深吸了口气，随后向下说道：“相公，上面有一块巨木柱在摇晃，你先上去，只要紧贴地面躲开即可。”她顿了顿，一手按着胸口努力安稳下来，“然后我再把这几把剑拉上来，丢给这家伙……”

如此一弄，等绛恨把夏牧拉上，自己爬上山崖时，已经是接近下午了。她翻过突出的石块，小心翼翼地爬到木块摇晃的范围外站起一看，李璇正毫无表情地抖着自己的衣袍，而夏牧则是一脸小媳妇的样子坐在他脚边揉着被五皇子揍的鼻子。绛恨叹了口气，悬着的心终于放了下来，她又好气又好笑地冲着夏牧就是一脚：

“你啊你啊，就知道吃吃吃，我还没说完话你就冲，这还没完呢！”她拎着腾云将军的耳朵，“从现在开始没我的吩咐不准横冲直撞的，懂了没？”

“懂了懂了！”夏牧夺回自己的耳朵可怜兮兮地看着她，“凶死了，小心以后嫁不出去！”

“你说什么？”红衣少女一听便把他耳朵拉起吼道。

这时旁边的五皇子轻咳两声，两人回头看去，见他轻蹙眉头说道：

“绛恨姑娘说得对，夏兄不得鲁莽，但我们还是尽快赶路较好，若天黑了，这山怕是更难……”他话还没说完，绛恨已经快步向他跑来在他身上磨蹭，一脸的陶醉。

“相公，你第一次叫我的名字……”她含情脉脉地说道，又转头，举拳向天，“不过你说的有理，天黑了就完蛋了，所以我们走吧！”说完大步地迈向前。

夏牧和李璇相看一眼，又分别转头打量着旁边的风景。

此峰最低，仰头时还可以看到四周的其他六峰互相沉静地依靠，甚至看得见最近的两山上的巨岩裂隙，松树翠林。走了一段路后夏牧和李璇才发现，他们刚刚好不容易爬上的山崖，其实只是在这一峰中凹进的一部分。眼前展开的又是蜿蜒的山路，旁边无数奇树异草正繁衍生长，两人一路看去，只见数棵松树干曲枝虬，千姿百态，或循崖度壑，绕石而过；或穿罅穴缝，破石而出，其中还飘动着白漫漫的雾气，犹如丝带飘零，空灵脱世，两人看得目不转睛，夏牧好几次跌倒。

“到了……”走在前面的绛恨蓦然停住脚步说道，后面的腾云将军一头撞上。

“到了什么啊？”夏牧揉着鼻子问着，看到眼前的景色不禁一傻。

那是有千万尺寸的深渊山壑，往下看去，只有灰蒙蒙的雾气弥漫四周，山崖边缘尖削似剑，只有几棵苍老松树倒悬绝壁地腾空生长地点缀着这个地方。眼前唯有一座破桥连接双岸，桥身被麻绳绑紧，随风摇晃。桥底的木板残裂破碎，还有几段早已掉下，剩下空洞的距离。忽然几只鸟飞啸而过，尖锐的叫声回荡在整个安静空灵的山谷里，声声不绝。

“嗯……”夏牧吞了吞口水，小心翼翼地在山崖边缘拾了块石头，往谷里丢下，只听那石头一路安静无声地往下沉，久久都没有触地的声音。

“就算是最矮的山峰也是很高的哦，很不错吧？”绛恨笑眯眯地转头看着他们两个。

“我们要从这桥过去？”腾云将军问道，双颊气得鼓起，这个时候她在高兴什么啊，什么叫做很不错啊，一不小心掉下去就完蛋了。

“对啊，要不然从哪里过去？”红衣少女不可思议地看着他，“桥是用来渡的……”

“此桥可安稳？”五皇子打断了她，皱眉看着眼前破破烂烂的木桥，那宽度差不多只能容一个人过。

“当然不安稳。”绛恨眨着眼睛天真地笑，“要不然琴城才子才不能安心过日子呢！”

咚！

这时谷底传来了遥远而微弱的声音，那块石头着地了。

三人一阵沉默。

夏牧很无言地看着眼前只伸展到一半就被雾气给遮盖住的木桥，但还没等他开口抱怨，绛恨已经冲上天了。

“注意着前面人的脚步，千万不要在同样或很近的地方落地！”她跃在半空的时候喊道，“也不要太用力着地和起跳啊！”说完她红色的身影便如风一样地落在桥中央，又再次跳起，这次却没有刚刚的那么猛，高度较低，便马上消失在一片白雾中。

李璇叹了口气，因无法看清眼前的风景而皱眉，但也不敢耽误时间，马上也穿入雾里了。

“为什么我每次都是最后一个啊！”夏牧嘀咕着，身影一闪，便已落在桥上了。

跳一段后，夏牧才意识到这木桥并不是普通的长，眼前的李璇也仿佛意识到了这一点，他加快了速度和高度，他们在这看不清状况的桥上待得越久，便越危险。五皇子聚集了所有的注意力，山下绛恨说的那些话还回响在他的耳边，而身边烟雾弥漫更是让他全身敏感，仿佛六皇子李瑾的杀手可能在任何地方随时出手。他自己也就好了，但后面的腾云将军可是朝廷重臣，恒朝边疆还需要他去守护，可不能不明不白地死在这种鸟不生蛋的地方。

想到这里，他不觉下意识地加重了上升的力量，跃得越高越远。岂料，在他踩下的一刹那，他脚下的木板蓦然粉碎！接着，还没等他反应过来，前后的两三段木板随着他的脚被卡住而全部崩裂，五皇子反射地抓住两旁的麻绳，但那绳子也已被虫蛀许久，坚持几秒就开始一丝丝地裂断！李璇咬牙撑住，他的身子已是半吊在空中，几块木板早就掉入深谷，他知道如果自己左手也拉住另一边的绳子的话，肯定会加快断绳的速度，那么后面的夏牧……

"五弟！"忽然后面一声喊叫，却是腾云将军如风一样地赶来，只见他也顾不了这木桥的断裂程度，竟直接飞奔而冲！在他身后，扬起层层灰尘，四周的浓雾也硬是被他劈开而散。眼看李璇右手所拉的绳子就要被扯断，夏牧已在离他不远的地方高高跳起！

"撑着点！"他双手拉起五皇子，双掌用力地在他背后一击，李璇顿时被他震得飞了出去。

"崩"地一声，他们身后桥头的绳子戛然断裂！

一阵冗长的吱呀声音回荡在山谷之内，接着是噼里啪啦的木板互相拍打粉碎的声音。

"咦？"前面的绛恨惊讶地回头，却看到五皇子整个身子向她撞来！鼻子蓦然大痛，还没等她反应，只觉得在李璇身后又有什么砸了过来，原来是夏牧借着木桥的最后支撑，狠狠一蹬，便向前面的两人撞了过去！

"呀……"绛恨痛得大叫，在她身前的李璇也是闷哼一声，双手却下意识地抱紧了怀里的少女，他后面的夏牧也不甘落后地整个人贴在五皇子的身上。只见三人互相抓着抱成一团，像一个巨大的肉球，在半空往桥的另一端飞冲而去！

"抓紧了！"眼看就无法抵达对岸，而脚下的木桥已经落下，绛恨忽然大喊。

她腾出左手一甩，几根银丝飞啸而出，紧缠在一棵长在山崖边缘的松树粗干上。李璇和夏牧都感到自己的身子在半空中凝固一下，便马上往下坠落！三人的身子怎会轻松，刹那间便已挂在半空，若不是绛恨手中的银线，只怕他们早就坠落深谷了。五皇子抬头一看，那树枝被拉得越来越弯，似乎随时都会裂断，他低头看着怀里的绛恨，只见她蹙眉咬牙，揽着他的脖子的右手却是抓着后面的领口越来越紧。

蓦然，那树枝不再拉伸，三人的脸色陡然大变，正在他们始料未及之际，那粗木树枝腾地一下把他们往上抛！

“哇啊啊啊——！”随着腾云将军的喊声透彻云霄，三个人竟被那树枝丢向另一边！

“快切线！”忽然绛恨大声喊道，语声未落，夏牧和李璇就同时举手截落掉那线了。

山谷中忽然砰的一声巨响，接着是窸窸窣窣的树枝折断之声，随着“啊！痛！呀！嗯！”，三个人影连滚带翻地扑倒在黄土沙地上。

夏牧摔成了个头朝下的大字形，一动不动的，半晌，才翻过身来躺在地上大声喘气，他头发凌乱，满脸被刮伤，但嘴边已经带着浅浅的笑意：“这才叫……死里逃生……”他边说边努力地爬起来，动了下双手才发现全身酸痛狼狈，头发上脖子里都是树叶，而衣服上更是沾满沙土。站起身，左看看右看看，他很生气地蹲下来，像个孩子似的嘟起了嘴巴，“呜……衣服弄脏了啦！讨厌！可恶的木桥！”他朝着山崖的方向大声喊道。

“嗯……”另一边的绛恨，小心翼翼地睁开了眼睛，她半晌才发现自己没有死，正要舒展一下四肢的时候，却惊觉身子被什么东西捆得紧紧的。抬头看去，李璇的嘴唇差点就落到了她的眼睛上，此刻的五皇子的下巴正紧紧地抵在她的额头上，双臂紧缩，一左一右地把她护得丝毫不漏，还有一只手托着她的头部，以防掉下来的时候撞到。

绛恨睁大眼睛看他半晌，又小心翼翼地把头抵在他的胸口感受着他的心跳，确定他还活着之后才轻轻地问了声：“相公？”

“嗯……”五皇子微皱眉头呻吟了下，过了一会儿才开始睁开眼睛，缓缓地支起身子起来。

绛恨却噘起了嘴巴，早知道他没事应该多在他怀里磨蹭一下才是，千载难逢的机会就这样跑了！但还是开口问道：“相公你没事么？”

“嗯……”李璇毫无表情地闭眼半刻，随后便若无其事地轻轻松开她，抱拳说道，“在下失礼了。”

"我……"绛恨张开嘴巴想要说什么，却看到五皇子的瞳目紧缩了一下，表情也僵硬了起来。

"你受伤了？"李璇定定地看着眼前的女子，她正用双手撑着身体半坐在地上，纤白雪玉的左手正流着血，那鲜艳的红色衬着她白净的肤色，好不刺眼。他心中一惊，忍不住俯下身来，柔声说道，"你受伤了。"

他轻握那只手，背部和手心都被刚刚的银丝切割颇深，鲜血也滴滴答答地落在了她的裙子和自己的衣服上。只怕是第一次有个女子为他流血吧，想到她方才在悬崖上吊挂时所忍受的疼痛，心中的怜惜不觉又多了一点。

这个少女，炙热如火，明亮如焰，那么的奋不顾身。只怕，自己无法承受呢，他撕下衣角帮她包扎时想到。抬头看去，见绛恨只是愣愣地看着他，嘴巴张得大大的，只差有一丝口水流下，目不转睛的，完全傻了呆了。

他差点失笑。

这就是江湖女子了，豪爽正直得让他不知所措，可以在整个客栈人们的注视下直接说出我要娶你的豪言，也可以在这样的时候单纯地只会傻傻地看着他，像个孩子似的不知怎么办。若是京都里的那些千金，只怕早已软在他的肩膀上了吧。

想到这里，又不禁黯然，是的，只怕自己无法承受这样的火焰呢。

绛恨看着他的长长的手指轻轻地抚过自己的手背，她本来想把手缩回去的。那上面，刀痕，箭痕，鞭痕，剑痕，什么都有，男人都喜欢完美的妻子吧，如果有这样的一双手，他又怎会喜欢自己呢。她挣扎了几下，却被他紧紧握住，也就放弃了。抬眼偷偷看去，那眼神非常专注，瞳目是很温和很温和的，好像春天来临时的湖水，荡漾着暖暖的阳光味道。

"真是，这样只能……"忽然李璇蹙眉说道，又四处看了看，蓦然眼神一亮，淡笑道，"竟然有这个！"说完他站起来走到一棵树边，摘下了几朵白蕊紫瓣的花儿，他轻轻地抚过擦去上面的污点，便细心地把花瓣扯了下来。

"紫妃花，有清伤止血的效果，敷上这个应该会好很多……"他轻轻地把紫瓣一片片覆盖在那几条血痕上，再撕下衣角小心翼翼地包上。

"相公以前经常为人包扎么？"绛恨看他的笑容看痴了，半晌才问道。

"幼时经常与兄弟们偷偷玩耍，打闹时受伤了不想被父……母得知，便用这个包扎……”李璇淡然说道，眼中闪烁起一抹疼痛，极快地压抑了下去。

“哦……”红衣少女没有忽略他的表情，凝视着眼前的男子。

李璇的手指轻轻地在自己手背上按摩。一二三，一二三，很小心地敲动着，像是生怕她被弄疼。然而，自己从小习武练功，不要说手背，身上哪个地方不曾青肿过，而眼前的男子，一身虽简洁但雅致高贵的淡蓝缎袍，以及手足之间流露而出的气质都在告诉她，他的身份不凡。但即使如此，他仍盲目地相信她，随着她到机关重重的云山里，在危险的时候保护她，在她受小伤的时候跪下来为她敷药包扎。

忽然心里面就有什么在无法控制地绽放扩大，酸楚喜悦痛苦快乐，都在这一刻变得无比清晰细腻。

“相公，其实我……”绛恨愣了半晌，才开口。

“原来你们在这里啊！”夏牧拨开遮住他们两人的树枝和灌木喊道。

腾云将军头上身上都还有树叶和灰尘，正边拍边喊着，却在抬头见到眼前的画面一愣，随后嘿嘿嘿地笑了起来：“呵呵呵呵，五弟……你在做什么呀？”他向李璇挤眼。

五皇子淡淡地看着他，又换上了那疏离而冷漠的表情：“绛恨姑娘因救你我而伤，我正在为她包扎……”

“哦……”夏牧拉长了声音，一副鬼才相信你的表情，正要说什么，却听到：

“哇哈哈哈哈哈哈哈……”

两人僵硬地转过头，看见绛恨正握着自己的手狂笑，但那眼神却是可怜兮兮的：

“哈哈哈哈哈，相公……你好像……摘错了花哦……我记得……哈哈哈哈哈……在云山里面……没有紫妃什么花哦……哈哈哈哈哈……”绛恨的表情上部分是愁眉苦脸的，下面的嘴角却不断地抽动。

两人同时低头看着手上剩下的一朵小花儿，只见花瓣并非全紫，而是中间有三片几乎看不到的白色小瓣透露了出来。

李璇和夏牧无语了。

绛恨依然笑得全身颤抖：“哈哈哈哈哈，那应该是笑花吧……如果我没猜错的话……哈哈哈哈……我应该会……笑到死哦……哈哈哈哈……”

第五章

乐昌之合·霜衣绿袖

云山自古为白雾之乡，以峰为骨，以云为衣，这名字自然来得理所当然。但游客到此大多都是踏于外山的三峰，凌峰，霄峰，以及松峰，因此这三座深山便享誉古今的所有诗词与赞美。那些游客诗人看到的，多半是四季可观的云海，于山顶的亭子上，白云翠松，云海一铺万顷，或波平如镜，或奔涌如潮，或波涛滚滚，并且有金光如瀑的陪伴，翠松红枫的衬托，山间溪水流泻，青翠湛蓝霜白赤红，此地仙界也，放眼看去，疑似踏入梦境幻世。

不过这些都和拖着湿淋淋的衣服，在漆黑的山洞里的三人一点关系都没有，因为他们没有踏上外面这三座美丽的山峰，而是踏入了有着无数机关，最矮但也是最不好走的翠峰。

“哈哈哈哈……我的……脸颊好痛啊……哈哈哈哈哈……哈哈”被不小心抹上笑花的绛恨依然哈哈地笑着，但她的眼睛却哀怨地噙着泪光，那笑声也有气无力地逐渐低了下去。

“不过……哈哈哈，穿过这个山洞，我们就到了……哈哈哈，琴城才子……哈哈哈……有解药……哈哈哈……”她扶着山洞内的墙壁边说边走着。

夏牧受不了地翻了翻白眼，他觉得往后会在噩梦中出现的应该全都是这少女的笑声。自从他们从断桥上死里逃生后开始，绛恨的笑声就没有停住过，应该说无法停止。于是他和李璇便无比郁闷地听着那连续不断的“哈哈哈哈……哈哈哈哈……”穿过了树林，在深山生火过了一夜，再继续赶路，往山上爬。其中连夏牧踩空而滚了段山路时，都可以听到绛恨的：“小心啊哈哈哈哈哈……你没事吧哈哈哈？”

李璇的脸也从最开始的内疚，变成了现在的僵硬和咬牙忍耐。

特别是当他们站于山顶外崖之处时，正值清晨，大片阳光洒金绘彩，彩霞浓重处，云海升腾跌宕，放眼看去，竟为一片五彩斑斓的云霞海洋，嫣红淡紫如一大片绚丽缤纷的地毯温软地覆盖着山顶。万松寂静，山峦沉卧，他们仿佛站立天下尽头俯瞰世间的喜怒哀乐，伸手向前，即可掌握天下。李璇站在此地一回眸，不禁看痴了，连夏牧都收敛起平时的嬉皮笑脸，安静地享受着眼前的磅礴之景。

微风拂面，一边是定国将军，一边是皇家弟子，只怕两人看到眼前千变万化的云海大观，在心里都会泛起某种不可言语的豪迈雄壮之志。

真是所谓，苍山浸暮，倚红观日傲云风。

然而，忽然听到……

“啊哈哈哈哈哈！”

夏牧很明显地看到五皇子的脸颊抽动了一下，然后李璇便毫无表情地说：“继续走吧……”

真是自作孽，不可活啊……腾云将军在心里碎碎念。

于是，他们终于在接近中午时赶到了这山洞。夏牧李璇都原本以为里面应是充满机关和暗器的，踏进去的时候连动都不敢动。岂料一抬头，便可以望到底，山洞的那一边有刺眼的日光照耀进来，加上背后的光亮，根本就不用拿火把，便能够清晰地看着前面。然而，里面四壁并无一物，都只是岩石凹洞，李璇借着背后的日光仔细观察，就连烛光熏黑的痕迹都没有，可见很少人来过，或者说，很少人能够抵达此地。

三人走了片刻，他们脚下的路却渐进斜坡，先开始是踩在潮湿的土地上，不久那道路便越来越往下沉，逐渐成沟，转眼间已是深水至膝。于是三人艰辛地在水里走着，空荡漫长的山洞里只有哗啦啦的水声和绛恨压抑的笑声，在这种情况下，竟显得有点恐怖。

夏牧噘着嘴巴，他非常讨厌把衣服弄脏，却更加讨厌把衣服弄湿，委屈地抬头一看，才发现前面的出口并不接近，至少从他们进洞开始，那远方的亮光并没有增大过。

“洞壁有结镝石哈哈哈，光亮……哈哈哈……是从山壁上哈哈哈……不断反射……折光才会那么明亮的……哈哈哈……”仿佛知道他在疑惑什么，绛恨忽然说道，因为笑累的关系，她的话断断续续地才说完，然后又伏在墙上惊天动地地笑了起来，笑成眉头都皱在一起的奇异表情。

“这洞到底有多长？”夏牧看着远处的光点问道。

“很长哈哈哈……不过……我们马上就到了……哈哈……”绛恨不断地用手揉着发酸的面颊，然后又弯下身去，拎起湿淋淋的裙角，用力一撕。

“你做什么？”腾云将军奇怪地看着她，后面的李璇也微微蹙眉，五皇子发现这几天他的眉头其实根本就没有松过。

“绑好哈哈哈……在你们的……哈哈手腕上哈哈……”绛恨在自己的手腕上绕了一圈，正要帮夏牧绑，却因手腕随着笑声颤抖而无法绑紧，只好把布丢给他，“然后哈哈哈，相公，你也要哈哈哈……绑上……”

“为何？”李璇把她裙布给绑在手腕上，淡淡的香味传了过来，他的眉头皱得更紧了。

“哈哈哈哈哈……你们马上……就……哈……知道了……”

红衣少女继续摸着山壁走着，再往前几步，忽然手轻轻碰在山壁上，那块巨大的石块竟沉沉地往后倒了，只听缓慢而沉重的一阵巨响，仿佛整个墙壁都往后退，夏牧和李璇都惊得不再动弹。

“抓住带子！”忽然绛恨大喊一声，整个人却因为想笑而颤抖不已，根本无法抓紧手中捆住其他两人的红带，李璇想都没想，一步向前紧握住她的左肩！

那时极快，三人忽然听到后面轰隆隆的声音，犹如战场击鼓而越来越大，整个山洞都开始摇晃，他们脚边的水波蓦然变成激流汹水，一波波地往前扩大。夏牧全身僵硬地回头，只见滔天巨浪张牙舞爪地向他们扑来！

“屏息！”绛恨大叫一声，却忍不住地，“哈哈哈哈哈……”最后一声“哈”戛然停止……

哗——！

三人只感到后面一股巨大的压力袭来，在腾云将军屏息刹那，他们顿时被巨浪卷走！那滚滚巨洪不知从哪冒出来的，一时间，什么都听不到，耳边只有哗啦啦的水声。李璇想要控制住自己的身体，却只能稍动双脚，无论如何都无法着地，他勉强地浮出水面，却只能看到山洞四壁如风般地往后退，一波巨浪打来，他又沉回水面，双手紧连绛恨左肩和夏牧的手臂。无数的小石头随着洪流打在他们的后脑门儿上，眼看前面的白光越来越大，忽然……

"哇啊啊啊啊……！"

他们全都被冲出山洞！

夏牧只感到自己的身体飞了起来，趁势一看，只见李璇绛恨都飞腾在空，下面……

竟是高达数十尺的瀑布悬崖！

那瀑布气势磅礴，悬空倾泻，后是汹涌奔腾，声如雷鸣的水洞，下面尽是白雾缭绕，夏牧的心头只闪过一个念头，便与其他两人腾空而落："我命休矣——！"他在半空还可以很郁闷地听到绛恨的：

"哈哈哈哈哈……"

湛蓝的天空上，白云漫卷而舒，清风带来了自然沁芬的花香。树荫之间的阳光斑斑点点的，像泪水一般地滴落在四处，粼粼的溪水温柔地如摇篮一样，耳边还传来潺潺的水声，犹如一首轻快而低吟的歌，清脆而轻柔地唱着。几朵淡粉色的花瓣飘浮在半空中，如缓慢的棉絮一样，摇摆着落了下来，漂浮在水面上。

四处静谧安详，唯有风吹杨柳，花开云舒，犹如仙境……

如果不是浮在水上的那三个死人的话。

最先爬起来的是夏牧，一朵花瓣落在了他的鼻子上，让他忍不住打了个喷嚏。

坐起来，只感到全身酸痛，手臂和颈部皆是被石头剐伤的痕迹。他眨了眨眼睛，然后如狗狗一样坐起来，用力地左右甩动着头和身子，下半身还浸在水里，不过他倒不慌不忙，先是愣愣地打量了这个地方。

只见山峰四环，远方烟雾缥缈，仔细看去，才辨认那是方才三人坠下的瀑布山口，正被烟波渺渺的雾环绕。一条河流粼粼流动，弯曲延伸，分流而泻，光滑如镜，河床上落着几处绿岸，上面佳木奇石，柳条摇晃。仰头望去，四周高山白峰，流云飘浮，还有几道清泉分别从山腰不同处欢快流下，更添迷离之色。

夏牧身在岸边，那河岸上皆是掌大的鹅卵石，河水清澈见底，几条鱼儿也不怕生人，摇摇摆摆地在他们身边游来游去。岸上百花点缀，有些繁如锦绣，有些雅致清高，有大有小，开得灿烂炫目，空中有花瓣飘落，传来一阵阵芬芳。

腾云将军对眼前的画面很是满意，笑眯眯地移了移屁股，忽然“扑通”一声躺了下来，吓得四处的鱼儿慌忙失措地溜走。他双手放在头下，浸在水里微笑着看着空中飘动的杨柳：

“五弟，醒了么？”

李璇应了一声，正要坐起，却发现绛恨压在自己手臂上，依然眼闭。他眉头一皱，正要俯身，却传来夏牧懒洋洋的声音：“她没事……”

五皇子抬头，腾云将军正在向他扑闪扑闪地眨眼：“可能只是累得睡了过去吧……”

李璇点点头，把她移上岸，自己慢慢地站了起来，也不急着弄干自己的衣服，反而先是看了看四处的景色，片刻，眼底闪过一丝羡赞。他跨着水拖着步子，走到了离夏牧不远处，也在水中坐了下来，视线却目不转睛地看着四处。

皇宫里也有奇花异草，小桥流水，但却比不上这里一块石头的自然淳朴。

青山苍翠欲滴，溪水清澈见底，四处花香鸟语，河水梳理着岸边的柳枝青草，时而有极小的鱼在露出水面的石头周围游来游去，扑通地跳跃起来，又啪地沉入水中。

水光浮翠，倒影林岚。

李璇有点后悔来到这个地方了，只怕回宫后再不见山不看水了。

“我这个人啊……”夏牧忽然打破了沉静，支着身子起来说道，

“一向都认为没有什么事情不可能的哦……”他眯着眼睛对五皇子笑着，“但目前这两件事情嘛，我觉得对五弟来说，都是不可能的哦……”

李璇眉头一皱，抬起头来看着他，却见夏牧一脸顽童的表情，向他眨了眨眼，随后又咧嘴笑了：

“不过，这世间的事情总是会变的，就连不可能的事情也是……”他开始吧嗒吧嗒地用脚玩着水说道。

一阵微风吹过，又不小心刮了一场花瓣雨，那些粉红花儿噙着露珠纷纷掉在他们俩的身上。

夏牧扬起头来，静静地微笑着接住一朵花瓣，看它无声无息地躺在掌心里。

就在一刹那，李璇忽然觉得腾云将军仿佛变了一个人，他恍惚地想起了很久以前的小时候，自己的兄长，也就是长皇子前太子殿下，也有相似的稳重而暖和的柔意，他也总喜欢在自己的殿前微笑着聆听花开花落的声音，那种笑容，像春天午睡时轻拢帘帐的风一样，淡然温暖而干净。

"但是，所谓的'不可能的事'，看起来艰难遥远，其实只是因为从来不曾妄想而已，"夏牧指着不远处分岔的河流，微微一笑，

"世间上的命中注定，只是在于你是否愿意相信而已，就算人若如浮萍，而随河流动，也能够在某一个分岔口，决定去向呢……"

李璇恍惚地看着他，回忆中的长皇子与夏牧重叠为一，他正对自己笑说：

"你说对么，五弟？"

五皇子没有回答他，半晌，才转过头去，看着在自己身边游来游去的鱼儿，它们有绿有红，有蓝有紫，衬得这粼粼阳光下的剔透河水煞是好看，犹如凝固的五彩水晶一样。

"鱼翅熊掌不可兼得也。"最终，五皇子说道。

"谁说的？"夏牧闻言，扭头对他咧嘴一笑，阳光在他身上斜斜地洒了下来，李璇只能眯着眼睛看着他慵懒的笑容。

"我不能……"五皇子淡然说道，"否则就是不忠不孝，朝廷深宫，容不得我如此任性……"

夏牧忍不住地翻了个白眼，有那么严重么老兄，随后又歪头地笑着想了想：

"既然如此，鱼翅熊掌总不可能一样重要吧？你要开始想想割舍哪一个会比较轻松哦……"他眨眨眼睛说道。

李璇正要说什么，旁边却传来轻微的咳嗽声，两人同时转头过去，只见绛恨正努力地从水里爬出来。她艰难地支起身来，忍不住地脸颊抽动，终于忍不住地：

"哈哈哈哈……你们还好吗？哈哈哈……可恶啊……为什么我还在笑啊哈哈哈……"

夏牧忍住笑意，走上前去把她像只猫儿一样地给拎了起来，只见那猫咪委屈地把湿答答的长发拨到背后去，用一样湿透的袖子擦着脸，却越擦越湿，她嘴巴一瘪，眼看就要恼得哭出来，嘴角却忍不住地往上翘："呜呜哇哈哈哈……"

我的娘啊，那是什么笑声哦。腾云将军终于忍不住，把绛恨放在草地上，捧着肚子狂笑起来，他这一笑便是惊天动地的，把四处鸟儿都震动了。绛恨在一边恼着踢了他一脚，想打又使不出力气来，便恼怒地继续踢着他，嘴里边叫着："相公，你看，他欺负我！我不依啦！呜呜哇哈哈哈……"那笑声的确奇怪，她咬牙切齿又无可奈何的求救，竟然发出这样的声音来，又羞又恼地回头看去，却见五皇子正从水里走了出来，站在岸上看着他们两个。

清风飘去，那个男子站在岸上，破衣残袖，脸上却带着浅浅的笑容。水随着他长长的头发滴落了下来，透明得如他唇边忽隐忽现的微笑，在每一丝飘过的芬芳里，缓慢而温柔地沉浸散开。然后，他看着在地上打滚的夏牧，以及想哭不能哭，想笑又不敢笑的绛恨，轻轻地笑出声来了。

那是几乎听不到的声音，也淡得如空气一样，但也许是里面透散着非常真诚非常真实的愉悦，于是绛恨，在被震了半天才反应过来之后，也忍不住地随着笑了出来。

最后，三个人笑够了，在岸上休息了片刻，绛恨便站了起来。

"走吧……"她伸了伸懒腰，回头嫣然一笑，"继续努力！马上就到了！"

"还有多远？"夏牧依然躺在地上，嘴里叼着一根草悠闲地说道。

"顺着这条河往上游就好……"少女笑眯眯地说道。

"游？"五皇子挑眉，因欣赏了半天的风景，他的心情也跟着舒坦而轻松起来。

"对啊哈哈，因为没有船……这些岸都是小岛哈哈哈……到不了琴城才子那里的……"绛恨把自己长长的袖子下端打了一个结，然后就游进水里了。她的衣服立即被水胀了起来，深红色的长袍在清澈的水里仿佛一朵绽放的玫瑰，李璇和夏牧从未看到游泳的女子，一时间不禁呆呆地站在岸上，前者的眼底闪过一丝惊奇，后者则是歪着头看着她的姿势，然后也走进了水里。

不知是因天气太过炎热，还是阳光照在水面的关系，河水并不算冷，反而有微微的温暖感，三人游了半天，起先还觉得舒服清爽，后来便渐渐地感到吃力了。特别是绛恨，笑花的效果还没有完全过，常常游得上气不接下气，多次因笑出来而呛得几乎溺水，幸亏她自小习武，而且身边有李璇夏牧在，要不然可能真的会笑到抽筋而沉底。

“不能停留，别看这地方风景美丽，其实这水也是有玄机的……”绛恨好不容易说完话，还没闭嘴就是一串儿的哈哈哈爆了出来，她再次被水呛得沉了下去，夏牧一把把她拎起来，又是拍又是推的才好，李璇见状，皱了皱眉，继续游泳。

“我说……这河流由四面八方的来源所组成，河底亦有机关，自然是个有方向……”她喘着气游着说道，看着旁边正仰面而悠闲游着的夏牧便翻了白眼，“所以给我专心游啊，你听到没有？不要一不小心就被流水冲走了！”她一掌从夏牧的肚子按下去，害得腾云将军“哼”了声就沉了下去。

“你想害死我啊，就这么报答你的救命恩人么？！”夏牧从水面抬起头来，把水喷到绛恨脸上不服气地喊道。

“我才是在救你呢！这流水混乱，等一下被漂到不知什么地方看你怎么游回来！”少女也不甘落后地把水泼向他。

“我堂堂恒朝大将军会抵不过这河水么？！”吧嗒吧嗒，夏牧也掀起水花扑向绛恨。

五皇子优雅地游过两只落水打架的小狗，前进了大半才回头慢条斯理地喊道：

“到了！”

夏牧和绛恨抬头，只见几缕淡烟正从不远处的竹林袅袅而升。他们马上停止了吵架，相看一眼便极快地向前游去了。片刻之后，三人都躺在岸边喘气，夏牧面朝下地摊成了大字，绛恨更是笑得上气不接下气，只有李璇，站在旁边拧着长袍观察着四周。

“我说……我们睡一觉再去吧？”夏牧翻过来，舒舒服服地爬到李璇身边的草地上，马上蜷缩起来想要睡觉的样子。

“喂……”绛恨又好气又好笑地看着他，“是你要来找琴城才子的吧？怎么现在不急反而睡觉了？”她咽下一串笑声说道。

“可是人家很想睡觉啊……”腾云将军委屈的双眼亮晶晶地看着她，那样子极像一只可怜兮兮的落水小狗，随后又翻过身来，双手枕着头看着天空，“其实，有点怕了……”

“咦？”绛恨瞪大双眼看着他，连五皇子都微微蹙眉看着他。

“因为知道期望越大失望越大啊……”夏牧微微一笑说道，“如果对方和你想象的完全不同怎么办，如果找错人了怎么办？其实留一点想象的空间给自己也是不错的……”说完他又蜷起腿来，可怜兮兮又小声地说道，“如果琴城才子是个长得像猩猩又喜欢挖鼻孔而且很多胸毛的人……怎么办？所以……睡觉吧！”说完他马上闭上眼睛蜷缩一团。

“喂！不许睡！”绛恨把头发一甩，水珠子全都落在他的身上，她一掌劈过去却被夏牧闭着眼睛翻身闪开，于是她蹲下来开始戳他，“不准睡！你忘了我们来这里也是来通知琴城才子有人追杀他的？给我起来，我还想要解药呢！”

“呼……”夏牧已经开始打呼噜了，绛恨抬头看了看五皇子，只见对方也是一副你再不起来我就把你丢到河里去的样子，因为懒得到时候下水去找腾云将军，她只好说道：

“你不是说肚子饿了么？”

“我们走吧……”夏牧翻身起来，一副精神充沛的样子，“琴城才子还在等着我们的通知呢！”

“饿死鬼！”绛恨受不了地骂道，转身带路。

他们穿入前方的一片竹林，一进去就见四处百花芬芳，各种颜色大小的花朵都在风中轻微摇曳。有些小如指甲，几十朵才连成如一般花卉大小的形状；有些细密成册，一层层细密花瓣像翻开的书本；有些颜色奇异，金边镀银，蕊亮如灯；还有一些大如拳头，高抵膝盖。夏牧和李璇看到这片花海都一脸好奇，却听绛恨捏住鼻子说道：

“琴城才子喜爱研究草药，别看这些奇花漂亮稀有，现在开始屏息我们以最快的速度穿过，在竹桥的对面等着我，快！”说完已是向前冲去。

李璇和夏牧相看一眼，根本没听懂她说什么，只怕绛恨转眼消失，便立即追了上去。

三条身影如风穿过，那片花海竹林被扬起了道道花瓣，顿时花雨满天，夏牧和李璇虽都屏住气息，却不知为何感觉嘴巴里一片甜腻馨香的味道，仿佛那香气从每个鼻孔都刺入而来。

李璇一惊，却不小心松了口气，顿时那刺入的味道从鼻子直进喉咙，他眉头一皱，只见前面已出现一座小巧玲珑的竹桥，只好咬牙向前重重一撞！只听夏牧闷哼一声，两人再次往前面冲了过去，岂料夏牧脚下不小心被一块不小的石头绊倒，五皇子也被突如其来的状况所连累，他们竟然直直地从竹桥上滚了过去！

绛恨已经跑过了那座竹桥，正深深地呼吸休息，忽然听见身后什么跌倒在地的声音，正好转身，只见夏牧和五皇子扭在一起，两人跌倒在桥的下半段，便砰砰地滚了下来，"砰"的一声跌落在她的脚前。

李璇倒在夏牧胸口上，他长长的头发如亮丽的瀑布一样洒了下来，淡蓝色的袍子还有点湿，几滴晶莹的水滴正从他的胸口滑落，掉落在夏牧的额头上。腾云将军被压在下面，胸前也被撕开了一块布，他的嘴唇刚刚被剐伤，一点鲜红欲滴的血抹在唇边，也不知道怎么会印在五皇子的左袖上，留下长长的一道痕迹。

仿佛刚刚反应过来，李璇终于抬头，慢慢地在腾云将军的身上支撑起来，见眼前有人，便缓缓地抬起头来。一双清亮如泉的眸子倒映着从竹叶隙缝射下的阳光，他轻蹙双眉，嘴唇抿成了一条细线，那表情仿佛刚刚从漫长的午觉中苏醒，半是慵懒半是不悦地看着眼前打扰他好梦的人。夏牧也低低地发出了一声呻吟，阳光正好照在他的脸上，他下意识地举手遮眼，却不小心抚过五皇子的胸口，反而绕到一撮落下的长发。微风吹过，阳光四下，两人的长发便缠绵在一起。

绛恨瞪眼看着他们半晌。

蓦然，鼻子里"噗"一下地流出了鲜血。

"抱歉，抱歉……你们……继续……"她急忙不好意思地转身擦掉，眼睛却不住地看着他们两个。

五皇子低头，夏牧抬眼，两个人几乎是同时跳跃起来，顿时拉开好远好远的距离，都是满身的鸡皮疙瘩。

"啊啊啊……"腾云将军全身抖了抖，仿佛全身的汗毛都竖了起来，他左拍拍右拍拍，又跳了跳才站好看着绛恨。回头看去，却见五皇子一脸怒气地看着他，一副想要大吼又不好发作的样子。夏牧忍不住翻了翻白眼："拜托啊！五小弟弟，明明是我莫名其妙地被你从背后扑来撞倒好不好。"但看着五皇子那种严肃的样子，他不禁笑了出来，得意地向他抛了个媚眼，然后大摇大摆地走过还在擦鼻血的绛恨。

"好啦好啦，五弟乖，快点过来，"夏牧边拨开眼前的丛草边嬉皮笑脸地说道，"马上就要到了，等到里面人家再好好地让你……"他一转身，蓦然就说不出话来了，嘴巴张得大大的待在原地。

五皇子见状，也拨开自己身边的树叶丛草，也不禁呆住了。

他们从云山底下爬上，一路上奇松怪峰，云海彩霞，磅礴高崖，碧水镜湖，竹林花海，两人都以为不会看到更加让他们惊奇震撼的画面了，然而眼前的一幕，不要说一生身在深宫的五皇子，就连习惯了战场边疆的大气风景的腾云将军也是目瞪口呆。

眼前，云山其他六座山峰皆收入眼底，一座座地相依倚靠，中间两峰之间，阳光正照中天，金光大把大把地从云端山崖之间洒了下来，整个山谷都仿佛沉浸在金黄温水之中。一块宽阔的平地在山峰的包围之中，在几棵花如锦绣的大树下面有几间竹檐石屋，屋前有歪歪斜斜的篱笆竖立着，几只小鸡正在附近啄米追逐，屋子的右边有一条河流，不大不小的风车正轻快地滚动着。河的对岸，亦是山崖石壁，有十几条小小的瀑布流泻而下，水流洁白如纱地流入那潺潺河水之中。屋旁的几棵大树，开满了粉的，白的，淡黄色的花朵，树下一张石桌，两块巨石为椅，桌上一盘棋，只有一人持黑子思考着。

两人定睛看去，那人身穿浅蓝色轻丝长裙，如烟纱的宽松轻薄，长袖绕手，肩上的披锦软罗拖在地上，随着轻风轻盈摆动。头上盛满花朵的树枝压了下来，细碎优雅的阳光从绿叶之中如雨滴一样地落在她的身上，绿叶如透明的青瓷淡影，遮住了她的面容。

绛恨见状，不顾两人的惊愕羡慕的目光，只瞧一眼便欢声地奔了上去：

“凝霜姐姐，我来了！”

那人闻声，正要落下的手顿在半空，便款款地站立起来，拨开头顶上的树枝，微微偏头便走了出来，笑说道：

“绛儿，从进山到此，竟然那么久时间，我会以为你都退步了呢！”

刹那间，那云山深处的所有美景仙境都仿佛褪色，只衬出她一身的清雅淡装。

那人眸如寒水，深邃灵幽，眉眼优雅脱俗，肌肤淡然如雪，长发披肩垂背，几朵粉色花瓣落在她纯白的披锦上，更是衬得那皮肤晶莹剔透。她淡淡一笑，那如清水馨香的双眸仿佛隔着河水上的薄霭，明亮而净，深邃而纯。即使只是站在原地，那裙摆也因她而犹如一朵绽开的白莲。

仿佛一袭清泉从天而降，注入草丛。

绛恨拉着她手嗔道:“哪有哪有,我是因为别的事情而耽误了哈哈哈哈……”她猛然捂住嘴巴,急急地说道,“姐姐,我中了笑花的毒,你快给我解药!”

琴城才子好笑地看着她:“好好的怎会染上了笑花?在药瓶架子那儿,上面有画笑花的模样,你自己去找!”

“还不都是因为相公啦!”绛恨又羞又嗔地指着五皇子的方向道,说完便风一般地跑向屋内,也不管夏牧和李璇便自己去拿药了。

琴城才子这才发现有人,她转头过去,脸上的笑容逐渐褪去,表情变得疏离而冷漠,她慢慢走到五皇子身前,定定地看着他半晌,便双手放至右腰上端,曲膝说道:

“凝霜见过公子。”那声音礼貌而疏离,清冷而淡然。

李璇大震,琴城才子竟然以重礼而见,他急忙伸手扶起她,又抱拳还礼:“李某见过凝霜姑娘,久仰姑娘大名,冒昧来访,还请望原谅。”

“不敢,凝霜隐居已久,但一日在江湖便身不由己,设下机关以自保,让公子辛苦了。”琴城才子虽这么说,但脸上表情仍然冷漠,她见五皇子即使满身伤痕,还是遮不住全身散发出来的高贵优雅,气质于人之上,且故行大礼。

“姑娘言重了,防人之心不可无,何况姑娘单身居住深山,更有防人之理。”李璇仔细打量她,她也不恼怒,只是毫无表情地站在原地,眼眸下垂,表情淡定。听五皇子说完了,微微一笑:“如此,谢公子关心。”随后轻步走向他身后的夏牧。

此刻,春末的阳光恰好照耀下来,空气里弥漫着炎热的气息,仿佛凝固着倾盆大雨前的闷气蒸雾。眼前全都是白花花的光芒,只能隐约看见头上的柳枝飘扬的翠绿。

凝霜扭头,举手挡住耀眼的光芒,半晌才看清眼前的男子。

他身穿淡红衣服,有点破烂有点灰尘,长长的头发有点凌乱地梳成一束,虽然如此落魄,但那气质仿佛能够顶天立地,天下没有人能够如他一般逍遥傲岸。他嘴边荡漾着浅笑,一双眼睛温柔如水,因聚集着太多的情感而看不出的深邃,里面溢满了某种不明白的怜惜,对她温暖地一笑,轻声说道:

“瞳瞳,我回来了……”

一时间,她恍惚而迷茫地看着眼前的男子。

仿佛,这十几年所经历的风霜红尘都是烟境迷梦,眨眼便随风而散。

白驹未过隙，流年未曾从指缝之间逝过。

她出现在唐氏旧府的后院上，不是倾城倾国的琴城才子，而是从未经过世面，长于深闺的千金，正站在小时候嬉闹玩耍的芙蓉树下迎接着从远方凯旋的青梅竹马。

“夏牧？”她喃喃说道，不由自主地慢慢伸手抓住他的衣袖，满脸的惊愕和迷惘，“真的……是你？”

这时绛恨从屋内走了出来，大声喊道：

“啊，终于好了！”她见眼前的三个人的表情不禁一愣，夏牧满脸的温柔，凝霜[1]满脸的惊讶，五皇子则是惊愕，然后已经慢慢变成了薄怒，再慢慢变成了深沉。看得绛恨也是呆呆的，半晌才灿烂一笑，说道：

“哎呀，既然大家已经认识了，那我们赶快走吧！”她一点都不管夏牧和凝霜的重逢之情，大咧咧地站在两人中间，拉住琴城才子说道，

“凝霜姐姐，你快收拾一下。师父他们已经行动了，在花都我们都遇到副帮主了，师兄可能都已经包围云山了！”她急急说道。

此话一出，不仅是琴城才子，连五皇子都是表情巨变，脸色一白。

什么？！

李璇耳边还回响着绛恨的声音……

——我和琴城才子，是同门弟子，不过我俩已离开帮派——

——目前有两队人马正在追着我们，一是从皇宫派来的，二便是荷衣会——

荷衣会为江湖最大的反恒组织，而刚刚，那红衣少女称他们为师父师兄，那么也就是说，她们也是荷衣会的人！他顿时脸色阴暗，右手也已经缓慢地按上了腰际的佩剑，转头看腾云将军，却见他依然是温柔地浅笑看着琴城才子。五皇子眉头一皱，却听旁边凝霜怒喝：

“真是胡闹！你既然知道有人追杀在后，竟敢拖其他人下水？！”她紧紧皱眉道。

“但……但……”绛恨心虚地躲到了五皇子身后，拉着他的手探出头来，“但有他们在对我们比较好啊……何况，何况……”她眼睛骨碌碌地转，也不管凝霜

① 唐秋瞳=凝霜，这是她踏入江湖后取的名字，和绛恨一样，都是一色一词为名。以后就用凝霜称呼她了，除了夏牧，依然叫她为瞳瞳。

威胁的眼光，躲回李璇身后喊道："姐姐还不是因为恒朝，因为腾云将军才被逐出门派的嘛！要他们回报一下，有何不可？"

"绛恨！"凝霜低喝，"住嘴！"

李璇和夏牧都是一惊，前者慢慢地把手从佩剑上放了下来，他身后的绛恨则是吓得不敢吭声。一时间四个人都安静沉默，只有微风沙沙的声音响着。

凝霜蓦然抬头，却是看向李璇，后者也正好向看她，闪电的眼神交换之中，已有风雨满楼的紧张气氛。

忽然，他们都同时抬头，高高跃起，往后面退了一大步。

只听"刷"的一声，刚刚凝霜所站立的地方被劈出一道裂痕来。

空中一声娇喝传来：

"凝霜，拿命来！"

李璇和夏牧站稳，凝霜的身影已化为一道风，向前冲去，众人只感到前方的气流全都被震开，只听一声娇喝，前面的河水顿时被溅成一堵水墙。眼前有绛恨张开双手挡在他们身前，一副保护他们的样子。五皇子不禁对刚刚的怀疑而心中一愧，随着更多的疑问便浮了出来。

一阵强风扫过，那地上的石头都被飞扫而起，直逼三人。

绛恨被震得撞在夏牧身上，却不顾地往前冲去，望着上方惊呼：

"二师姐？你怎么来了？！"

夏牧不动声色地站在了李璇身前，手也慢慢地握成拳头，脸上却依然是毫不在乎的微笑，他看着眼前开始大打出手的两个女子，左边的是冷静应战的琴城才子，然而另外一边则是一位青衣女子，容貌因行动甚快而看不清楚，但全身却散发出英气勃勃的气质，动作既快又猛，身手敏捷，犹如一只腾空飞下的白雕，唯见她青色的身影在空中忽上忽下地穿梭。

"她是谁？"腾云将军问道，"难道这就是你说追杀着我们的人？"

"她才不是啦……"绛恨伸手遮着阳光漫不经心地回答道：

"她算是我们的半个师姐，雪鞭飞使——问绿。"

"雪鞭飞使？就是她？"五皇子微惊，皱眉看着眼前忽上忽下的女子："竟然如此年轻。"

"好奇怪哦，五弟你认识？"夏牧两眼亮晶晶地看着他，身体却不留痕迹地全挡在他前面。

“当初在京都的茶馆有听说过，雪鞭飞使是否与绛姑娘一样，亦是在江湖上走动的‘服务’？”李璇凝视着眼前的打斗场面，缓缓说道，“据我所知，这位姑娘如江湖上的镖局一样，受人钱财，承接保送货物。但镖局为机构，她却单身完成，更奇妙的是，接下来的‘货’不仅是事物，就连人都可以作受保对象。是否如此？”

“嗯……”绛恨的眼睛也跟着那两个身影忽上忽下，脸上有着少见的严肃，“但二师姐还是与我不同，我虽然是每个月都在天下第一客栈出售江湖情报，但大多数都是在暗访。二师姐是光明正大地行动……当然，还有别的用处……”她回头对夏牧和李璇嫣然一笑说道。

“那这个雪鞭什么使到底和瞳瞳是什么关系？她到这里来干吗？”夏牧忽然问道，微笑里已经逼出一丝淡然的肃杀。

“我说过了嘛，她算是我们的半个师姐，半个是因为我们师父不同。”绛恨同样微笑着把手放在了腾云将军的肩膀上，稍微加力，眨眨眼睛说道，

“她和凝霜姐姐自小就是这样，二师姐对江湖之事毫无关心，她活在世上的唯一目的就是打败凝霜姐姐，每年都会前来云山比武，每次都以平手结尾……”她微微皱眉，“不过这次……她竟然提前半年来了，真是冤家路窄……”

眼前，问绿左右直攻，雪白色的皮鞭舞得毫无破绽，一时间原本飘落在四周的花瓣和树叶全都随着她的武器在空中形成不同的旋涡，水波草地皆被她扬起一层层的碧浪。

只见她“啪”一鞭落在凝霜身边，同时借那力量跃起，忽收鞭子，又立即往凝霜面上打去。琴城才子往后一跃，脚尖落地便弹起，直接踏在雪鞭之上向前冲去，岂料那鞭子竟如生活的一样，顿时忽伸忽收，紧缠她脚，问绿手腕加力一拉，眼看凝霜就要撞上，众人只觉得眼前银光一晃，“锵”地一声，定睛看去，竟是琴城才子举剑逼于不知何时问绿拔出的刀，那刀弯如镰，银光泛亮，即使被凝霜的长剑逼着也释放出寒冷而犀利的刃气来。

问绿被逼得连退十步，岂料她忽然诡异一笑，蓦然转身，左手忽然松掉武器，月牙刀飞腾而出，差点砍断众人的头发。凝霜只看见眼前的青衣女子弯身旋转，在她手中的鞭子还未伸直时，白光一闪，顿时自下往上，腿，膝，腰，肚，胃，

胸,肩,共七处都蓦然传来剧痛,还未反应过来,已被“刷”的一鞭给甩撞到树上。

“七龙逆升……?”凝霜咳了两声,扶着树干站起来,颤声问道,“师叔怎会……?”

“死了。”问绿冷漠说道。

“什么?”琴城才子大惊,一时愕然半天,才从问绿瞳目里淡淡的悲痛看出来,“如何? 怎么可能?”

原来就如绛恨所说,她们三个都为荷衣会的弟子,只是问绿的师父,号为栖浮老人,是绛恨凝霜之师的师兄,虽三人同门,却不同师,但因年龄相当,又同是头等子弟之一,绛恨与凝霜自然以“二师姐”而称。刚刚那一招“七龙逆升”,速度极快,鞭如七蛟腾云,至不同点而升,化为一龙,翱翔冲天,为栖浮老人秘诀绝功之一,问绿能够学得此招,想必她师父自有安排。

“上个月,病逝。”问绿别过头,冷静说道。

“不可能! 师叔一向……”

“不要你管! 少来这一套!”青衣女子皱眉,大声喊道,说完又是一鞭。

凝霜向左一避,不禁皱眉,她知道问绿自小与自己过不去,每年比武必以双方重伤收场,但也知道她并不是狠毒之人,并不是真的想要置自己于死地,但就算是这样,那“七龙逆升”为栖浮老人绝招,自己竟然没有内伤并且还能活动自如?

眼看另一鞭已经下来,她深吸屏息,一步踏前,眼看就要迎上那一鞭……

“瞳瞳!”

“凝霜姐姐!”

夏牧和绛恨同时急声喊道。

“啪!”一声响起清脆的鞭打声。

红血飞溅,然后,如落花一样,一点一滴地落了下来。

问绿满瞳严峻地看着她,眼底闪过一丝惊愕。

凝霜空手接下了那一鞭,她们各执一方,琴城才子脸色苍白,但表情依然漠然。

想必那手应该已经麻掉了吧,其他三人沉默地观察着想到。

“你中毒了?”过了一会儿,琴城才子冷声问道。绛恨等人看去,才发现那雪鞭先是缠在问绿的手腕上，之后才是她一手紧握一端，另一端则是在凝霜的手里。

"脉压不定，心搏忽骤忽舒，应会头晕眼花，时而失去听觉嗅觉，你刚刚用尽力气，竟然如此虚弱！"凝霜的声音严厉了起来，"问绿，师叔到底怎么死的？"

"我说过，不用你管！"问绿听完脸色发白，举手一扯鞭子，却停在了半空，她猛然抬头看着凝霜，也在对方眼里看到了一丝惊惶。

忽然两人同时跃起后退，只听刷刷刷几声！顿时五六支箭飞来！问绿头昏眼花，来不及躲避，左肩骤然剧痛，只听她闷哼一声，连中两箭，便支撑不住而晕倒，在接住她的凝霜怀里。其他三人亦是大吃一惊，夏牧立刻挡在了五皇子身前，绛恨则是向前一跃，手中不知道何时抓了一把什么，向空中一撒，顿时一片红雾散开。

"绛儿，进屋！"凝霜扶起昏迷中的问绿，在她左肩中箭之处用力一点，阻止血脉流动以防剧毒，正要向前冲的时候，只感到肩上一轻，原来是李璇从另一边把她支撑起来。还没开口指示进门，只听"咻"的一声，又是无数支箭飞啸过来！

"怎么这么快？"众人进屋后绛恨向窗外看着说道。

屋内简净素朴，门左方便是拱圆大窗，挂着青霞烟影纱，窗下一张大理石青案，上面一张七弦琴，左墙上竹木书架，上面放着满满的书。后墙上挂着三把宝剑，边上有通入卧室的一门，垂着与窗上同色的轻纱，右边对墙亦是圆窗，阳光充足地照耀而进。若是平时，李璇和夏牧肯定会好好观察一番，但现在他们只是紧张地张望一眼。

"绛儿，离门和窗子都远一点！"凝霜撕扯下一块衣袖紧紧地绑在问绿手臂上，然后把箭给拔了出来，只听问绿闷哼一声，那伤口已经隐隐显黑。

"是大师兄么？"绛恨依然向窗口探着头望着。

"大师兄岂会偷袭？"凝霜快速地包扎着，脑海里也飞快地转动着，"无论如何，这里有后门，你们先走，我来抵挡他们。绛儿，药架下有一包东西，里面有一瓶黄色的药，每天捏碎一颗给问绿敷上，听懂了么？"

"姐姐你说什么呢？"绛恨听了不觉跺脚，"这个时候还耽搁什么呢？我们一……"她蓦然地住口，众人往窗外看去，只见周围山崖石壁上不知何时站满了人，前排拉弓搭箭，后边一排排人拿着燃烧的火把，其中一袭淡黄身影飘过，绛恨凝霜都是脸色一变，忽听外面传来……

“放——！”

“趴下！”夏牧李璇同时喊道，只听到无数破裂空气的声音从窗外骤发，一时间耳边头上都是刷刷刷的气流滚动，在众人扑倒在地的刹那，已有数十箭头破窗而来，两人挡在三个女子之上，却忽然感到被人一推，五皇子只听到腾云将军“哎哟”了一声，随后自己也撞倒在墙上，被她们推入案下，眼前的两个女子却趴在地上，而且还在争吵：

“快，你们趁时间快走！”

“你疯了！”绛恨趴在地上捂着头说道，“是大师兄或二师兄也就算了，偏偏是大师姐来了！她想置你于死地已经不是一两天了！”

“无妨，”琴城才子淡然挑眉，“我和杏泪还可以一较高下，你们先走！”

“别说傻话了！”绛恨急得抓住她的袖子，又立即翻身躲开了一支射向她的箭，“外面至少有一百个人，也不知道是不是师父也来了！”

“那个……”忽然躲在桌案下的夏牧打断了她们，他笑嘻嘻地举手问话，“我想知道我们要怎么出去？下山的路和上山的不一样吧，她晓得怎么走么？”他指着绛恨问道。

“放——！”忽然外面又是一声命令，没等凝霜开口，一片铺天盖地的箭浪再次袭来，窗子对面的墙壁立即密密麻麻地插满了箭支，琴城才子看了看绛恨和在桌子下的夏牧和五皇子，又怒又急。是绛恨一人倒是算了，毕竟荷衣会的人对她有所忌讳，不会对她怎样，但偏偏有两个恒朝重臣和奄奄一息的问绿，她一咬牙，示意绛恨把问绿照顾好，自己便避着那些飞来的箭支而冲进卧室里了。

外面的山崖上，站着一名淡黄衣裙的女子，她手执银枪，长发绾成简单清爽的马尾，长长飘荡在背后，美貌直逼凝霜，灵气更胜绛恨三分，气魄不输腾云将军，英姿飒爽，硬是把四周的磅礴山景比了下去。

她与绛恨和凝霜同一师父，荷衣会的第一女弟子，别号杏泪。

她静静地看着不远处仙境一般的竹屋，眼底尽是冰冷严酷的怒杀气息，那清秀美貌的脸，笑起来应是怎样的倾城倾国，但却被人称为笑阎公主，只因那笑容只在即将消灭敌人时而绽放，甜美而恐怖，犹如来自地狱最深处的诱惑。

“点火！”她举起手，一抹笑容噙在嘴边，除了天生的冷酷还有更多的满足，她等待这一刻很久很久了，琴城才子的死亡，可是这几年来她生命中第一大快事，“准备！”

屋子里面，凝霜已用最快的速度冲到了大厅，她背上多了一个布包和两把剑，手上则是拿了一把弓箭，她丢给了绛恨：“快！把桌案和书架全都挡在窗边和门口，绛儿，拿好你的武器，把问绿扶住！”

夏牧和李璇急忙行动，凝霜趁机去拨动那挂在墙壁上的三把剑，她先移动最上面的那把，往下一拉，再拉最下面一把，分别上下中，下上下，最后身子往后一退。李璇和夏牧转身一看，只听沉重一声，那墙壁便缓慢地拉开了，出现了一条漆黑不见底的隧道，他们还没来得及惊愕，身后已听到箭飞射而来，房间内也开始弥漫重重的烟火味道了。

“快！进去！”凝霜把背着问绿的绛恨推了进去，又来拉夏牧和李璇，五皇子犹豫片刻，抬起头来时正好和琴城才子的目光碰在一起，相视一秒，他便毅然走进隧道。

凝霜回头，还不忘拿了几本书架上的书，正想搬琴的时候，只听石头拖拉的声音，抬头一看，那门已经在慢慢关闭了。

“姐姐！快啊！”绛恨的声音传来，凝霜还在犹豫不定，忽然听到一声有力而坚定的：

“瞳瞳，快进来！”随后就有一只手把自己拉了进去，回头时，可以从桌案的隙缝中看到杏泪逼近窗子满眸愤怒的脸，还有逐渐被火舌吞没的屋子。

“怎么走？没有火把么？”一片黑暗之中，夏牧的声音传了过来，凝霜忽然感到她的手还被他握着，挣脱了一下，便松开了。抬头望去，除了黑暗，什么都看不到，有凉凉的风从前方吹来，她忽然发现自己全身都是冷汗，衣服和头发都贴在了身体上，忍不住打了个冷战。

“直直往前走……”她听到自己冷静地说道，忽然记起，“要快，杏泪刚刚看见我了，他们无法打开此道，必定绕山寻找出口，要把握这段时间！”说完她便走向前带着路，众人便跟着她的脚步声走着。

这隧道不比夏牧等人在云山内遇到洪水的山洞浅，里面至少看得到出口。这里抬头低头连自己的身子都看不到，路上凹凸不平，一行人跌跌撞撞地走着，偏偏全都是习武之人，脚步甚轻，有时候以为前面的那个人已经不见了，加快脚步，却总是会撞上或是被踢到。一路上夹着绛恨的惊呼，夏牧的痛喊声，还有走在前面的凝霜时而用石头敲打墙壁指路的声音。

"都是习武之人吧？"在绛恨第八次摔倒的时候，凝霜忍无可忍地开了口，"怎么就这个道理都不懂呢？五官少一觉，难道其他四官都不能用了么？别被眼睛给遮蒙住了，利用其他器官来辨识！"说完鼻子冷哼一声，竟故意无声无息地走了。

其他人犹如醍醐灌顶，被这番话说得汗颜连连，便闭上眼睛静心聆听感受，果然不一会儿，前面的人的脚步声呼吸声心跳声全都传来了，甚至能够辨识何时踩重踩轻，何时被绊倒踩空。毫无声音地走了片刻，果然感到前方的风越来越强烈，夏牧忍不住地睁开了眼睛，只见一丝光芒渗透而进，不禁欢呼："到了！"

这时，在走道的另一边，传来了遥远而空荡的声音，震动而回荡在四处，凝霜回头一看，脱口而出："快，他们追上来了！"

腾云将军走在最前面，其他人也都借着越来越明亮的光芒向前移动，眼看就要到出口，忽然夏牧一个激灵，整个人停顿刹步，后面的众人停不住脚，一个个撞在他的背上。李璇为最后一个，急忙在山壁上一掌击去，身子无法停顿而向前冲的力量，就全都移转到手上去，他一手撑住墙壁，一手把在他前面的凝霜一拉，琴城才子则是拉住了问绿的衣角把背着她的绛恨也往后拉，好不容易才把差点摔成粉身碎骨的夏牧给拉了回来。

众人一看，一阵巨风从下传来，那外面竟是深不见底的悬崖！

"现在怎么办呀？"腾云将军擦了擦额头上的汗，笑眯眯地问道。

凝霜很少下山，没想到这隧道竟然穿越了整个山崖直到最初的千丈深渊，往下看去，只有白雾环绕，丝丝的寒气直从最深处传来，旁边的山壁层层叠叠，挺拔险峻，却完全被雾气所遮，只能看得模糊隐约。众人站在山洞口，只感到那风强烈而凶猛地往上吹。对面，则是另座山崖高耸入天，但也毫无出路，唯有奇峰怪石和古松隐现云海之中。

"绛儿！"凝霜沉脸喝道，"交给你了！"

"是！"绛恨有力地答应，把问绿交给了李璇，便上前拍了拍夏牧的肩膀，"哎，让让。"

她面带微笑，姿势挺拔地拉弓搭箭，阳光之下，那一身红血的鲜艳格外耀眼，她低喝一声，只听“啪”地破裂之声，那箭便拴着一根绳子破空而去！便是对面清脆声音传来。接着她又连发两箭，三绳都从凝霜背后的布袋而出的，琴城才子极快地分别让他们绕绑在手上，对绛恨点了点头。

“能够支撑住问绿么？”她回头问了问李璇，见后者点了点头又说，“我会在你后面。”

“可准备好了？”绛恨在前面问道，她已能听到越来越近的阵阵脚步声了，“我要跳了哦！”

夏牧和李璇相看一眼，又看了看前面的凝霜，随后点了点头。

“准备！！”绛恨大喊。

他们都排成一队，集体往后退。

李璇感到身后的凝霜紧紧地把绳子环绕绑在他和问绿的身上。

夏牧看着眼前的悬崖，竟然露出了一个非常期待的笑容。

“冲啊！”绛恨大喊，立即往前冲了出去。

生死一线，全都在手里的绳子上。

众人都重重一蹬，全身的力气都压在了离开地面的脚力上，他们只感觉那身子腾空飞了起来，风不断地打着脸面，感觉到穿破了层层白雾，高驾在这悬崖深渊之上！

“呀！我飞起来啦！”夏牧开心地叫着，还没喊完，就感觉手里的绳子重重一拉，整个身子就不由自主地沉了下去！眼看就要撞上山崖，忽然耳边传来了旋转之声，一股激流正向他们驶来，不仅是他，所有人都转头看去，只见数片银光闪烁，向最上面的绛恨飞去。

“绛——”

眼看那几片飞刀就要撞上绛恨的脑袋，众人还没来得及喊出声，便脸色巨变。

咔嚓！

一片银刀从左边飞过，又是两片飞来！

转眼间，那些绳子全被切断！

坠落之际，最末端的凝霜只看见前面所有人的衣服都如满帆胀了起来，风在耳边不断咻咻吹过，然后头一痛，便被无边无际的黑暗包围。

第二卷 江湖

第六章

乱云深处·静吟似诉

那是一支青色长笛，由翠绿的竹子所制，上面刻着竹叶的图案，轻噙露珠，随风摇曳的样子。

记得，是这样的笛声，总是在蒙蒙雨天里，婉转流徙地吹出一首首清脆悠远的曲子。

彼时，他总是在下坡，遥遥地看着那个女子，淡然如烟，雅致如诗，轻轻地吹笛，抚琴，饮茶。即使远远看着，也不敢上前惊动，打破了那份宁静安详。

也只有那么一个女子，配得上应犹山庄的烟雨蒙蒙。

淀归沉默地站在应犹山庄的下坡看着凝霜昔日的旧屋，竹叶洒在屋檐下，斑斑点点的，连淡浅的影子晃来晃去，都有悠闲安宁的味道。只是已经没有人了，不再有袅袅上升的药味，不再有人在纱窗下吟诗习字，更没有人在下雨的时候，倚靠在走廊，吹笛抚琴。

那个女子，明明是很好很好的。

抬头低头总是有一抹氤氲的气息，开心的时候会微笑，不开心的时候会蹙眉，没有绛恨的喜怒分明，也没有杳泪的冰冷如霜，只是那样淡然地，安静地，浅浅地存在着。在应犹山庄四处采着五彩缤纷的花草，和副帮主谈论着琴棋诗画，在月下静静地抚琴，微笑地看着绛恨的撒娇，平静地应付着杳泪的刁难，在武场上潇洒地和他过招。

到最后，即使犯下了那么那么严重的错误，被整个帮会所指，在他的眼里，却是万般的好。

哪怕，最后变成了陌路的敌人，他都无法把那浅色的影子，在他心里完全埋葬。

所以，在得知杏泪已动身去云山的时候，自己竟然震惊得一句话都说不出来，只能伫立在这个地方，一如昔日地，遥远地凝望。一站，便是一夜。

身负血恨的人，容不得儿女私情。

因此到最后，自己还是选择了师父，选择了他们自小便走上的道路。

所以绛恨才会说，大师兄，我不帮你，不是因为你不够好，而是因为，你曾经犹豫，而护不了凝霜姐姐周全。

说明了，就是不配。

淀归苦笑起来，也是呢，自己明明有足够力量阻止杏泪，哪怕是帮绛恨拖延时间也可，却只在这里站了一夜，如此的痴情无奈，又是给谁看呢。

"大师兄……"忽然身后有人呼唤，淀归转身，只见二师弟鸢向站在身后，双斧佩带在背，衣着整齐，拱手行礼，"时间已到，可出发了。"

"嗯……"淀归淡淡应着，却又回头看着那竹叶斜影之下的屋子。

竹下重门，柳边昔屋，不堪回首，音不成调，思念依旧。

"大师兄……"鸢向随着他的眼光看去，也不知说什么才好了。

"走吧……"淀归回神，表情已是严肃而沉稳，他最后看了一眼，便举步走了。

鸢向急忙跟上前，回头的时候，却看到原本在大师兄站立的地方，不知何时，只剩下一支优雅精致的竹笛漂浮在他们身边的溪水上面，缓缓地被水冲走了。

"嗯……"绛恨捂着额头，只觉得头部的疼痛一阵阵地传来，痛得都快要裂开了。她在地上躺了半天才把头脑里那股不断袭来的昏眩给压了下去，支撑起来一看，虽手腕和腿上都是剐伤，还能感到灼热的刺痛，反而感到一喜。离自己不远，有一抹淡红色的身影伏在那边，一动也不动，绛恨心里一惊，竟不顾身上的伤就扑了过去。

"喂！喂！"她唤着夏牧，却不敢上前摇动，只怕他有内伤，经自己一动更是越发越重了，只得在一边急声叫喊，最后伸手一探，感到了平稳的呼吸才逐渐放心下来。

不过她随后又是一愣，这气息平静，莫非……？

果然，一阵轻微的鼾声传来。

绛恨觉得冷风吹过，自己头脑上的长发都一根根地竖立起来，她勃然大怒，一脚狠狠踢去："你给我滚起来！"跌入山崖，双腿依然酸痛，这一脚踢在夏牧身上反而使自己整个身子都向后倒了下去，绛恨坐在地上，仍然使劲地踹了几脚才消心里的怒气。

"嗯……？"夏牧缓缓地坐了起来，揉了揉惺忪的眼睛，还大大地打两个哈欠，"怎么了？"

"什么怎么了？"绛恨没好气地回答道，"你竟然能够在这种地方睡觉？"

"可是我很饿啊……"腾云将军委屈地说道，双手扭来扭去，两眼水汪汪地看着她，"你骗人！你说瞳瞳那里可以吃到好吃的，我都没有吃到！"

"又不是我要大师姐他们追杀过来的！"绛恨直翻白眼，手指直戳他的脑袋，气得半晌才道，"你是不是醒了很久了？"

"是啊，"夏牧无辜地看着她："我又不知道你哪里受伤了，所以不敢动你，看你还有呼吸就只好等你醒啦……"

"唉……"绛恨看着他脸上和手臂都有剐伤，直揉太阳穴，长叹一声，才把长袖撕成一条条丢给他，"拿着，包扎一下，我们去找凝霜姐姐他们！"停顿片刻，"你说，他们还活着吧？"

"那是当然……"夏牧边包扎着边应道，"我想到的事情，难道五弟就想不出来么？何况这山壁不如我们爬上来的那番笔直，他们在我们之下，应该也落在不远的地方。"

方才他们坠下之际，他先拉住绛恨的衣袍，随后使全力才把剑插入了山壁之中，那石壁虽然比较凹凸不平，但却因堕下的重量和速度都猛快，害得夏牧多次差点失手，最后虽然卡住，却只听一声嗞啦，绛恨的衣袍被拉破，整个人随着山坡滚了下去。而挂在半山的腾云将军，也被上面砍断而跌落下来的巨大树枝砸到，手一松就掉了下去，幸好那时候已经离一块突出的小山坡不远，他翻滚抱住绛恨，才避免两人都被砸到，最多也只是擦伤而已，与落在山底而粉身碎骨比起来，已经是不幸中的大幸。

"我问你哦……"两人沉默着走了一段路，绛恨忽然开口说道，"你现在都知道我们的身份了，如何打算……对凝霜姐姐？"

"不如何啊……"夏牧漫不经心地走着，还随手摘下了路边的狗尾巴草拿在手里玩弄着，"如果瞳瞳愿意的话，我会娶她为妻……"

"哼！你做梦吧，凝霜姐姐怎么可能做妾呢？"绛恨不以为然地冷笑道。

"我没有说是妾啊……"夏牧回头对她眨眨眼说道，"瞳瞳会是我的正室妻子，从小就是这样啊，当然，如果她愿意的话。"

绛恨停住了脚步。

腾云将军懒洋洋的声音传了过来，淡然的声调飘浮在空中，带着以往的洒脱和无所谓，但不知为了什么原因，绛恨却那么深深地相信，他说的都是真心的。

也许是因为眼前的这个男子总是把懒散和嬉闹挂在脸上，或许是在隐藏着某种说不出来的沧桑和坎坷吧，因此说出来的话，都是经过小心翼翼而深思考虑的。

何况，他没有丝毫的顾虑和疑惑。

"但……"她还是忍不住说，"你是腾云啊，是恒朝的辅国大将军，是皇帝的宠臣，而我们……"哪怕是与荷衣会有极少牵连的人，朝廷也会斩草除根的，更不用说头等弟子了。

"现在不是已经不是了嘛……而且，无论发生什么事情，她都是瞳瞳。"夏牧转过头来，笑眯眯的表情上折出来几乎看不到的固执，"我的妻子，自然是由我来护。"

由我来护。就那么简单的四个字。

荷衣会虽在暗处，却依然震彻江湖，人人都说，与荷衣会任何弟子交手，不到十招必定败下。然而那个让三位师父都点头赞叹的头等师兄，即使是个顶天立地的傲岸之人，在面对凝霜尴尬的身份的时候，只留下了一声悲伤而寂寞的叹息。

反而是这个男子，带着轻松和嬉笑，许下了那仿佛本来就是理所当然的誓言。

只因为，她依然是瞳瞳。

因此，无论是唐家千金的她，还是江湖上背叛帮会的她，都能站在他身后，安心地存在着。

"即使……"绛恨想着，喃喃说道，"即使，对方是皇帝？"

夏牧闻言，只是微微一笑，并没有回答，反而抬头看着已经是彩霞满天的天空，忽然问道：

“你说，五弟和瞳瞳……如果醒来的话，要聊什么呢？”

两人对看一眼，都在彼此眼中看到同样的疑惑。

一边是沉默冰山，一边是安静少女……他们能够谈什么啊！

李璇从地上爬起来，花了好半天才把头脑里面嗡嗡作响的声音压下去，随后他才发觉自己的手臂和额头都已经被凝霜包扎好了，心里马上一惊一愧。惊的是还好眼前的这个女子善心就医，要不然以自己刚刚那种接近死亡的样子，可能连在昏迷之中被卸成八块都不知道，当然，随后就立刻为自己这种阴暗的想法而愧疚起来。

抬头看去，不远处的女子正在帮问绿敷药包扎，长长的发丝垂在脸颊旁边，扇子般的睫毛染上了彩霞的颜色，沉落的暮日正在她身上镀了满边的光。他忽然觉得一切都很安静，山谷里回荡着鸟儿展翅的声音，还有时而的一两声嘹亮的叫声，空灵灵的，像是光阴凝固在风里了。

凝霜把一块衣布弄湿覆盖在问绿的额头上，回头时，只见李璇正支起身来看着她。

一边是恒朝皇帝宠爱的皇子。

一边是荷衣会的头等弟子。

凝霜身上并无大碍，而五皇子一路奔波到云山顶端时已经非常疲惫了，再加上坠落山谷的伤，更是雪上加霜，若要打斗一场，必输无疑，彼此打量半晌，李璇心里已有千思万绪旋转而过，却忽然听到琴城才子淡淡的声音：

“公子不必担心，哪怕阁下是当今皇帝，凝霜也不会动你半分。”说完她又低下头去照料着问绿。

李璇一愣，随后也是微微一笑，诚恳地抱拳说道：“在下失礼了。”

“无妨……”凝霜欠身回礼，把问绿安置好便在他面前坐下，冷漠的面容上看不清情绪。

他们也是落在一块突出的山坡上，四处青苔绿草，几块岩石隙缝之间有野花生长，不远处传来轻微的流水声，有一袭细泉在山崖之中流泻而下。从他们所坐的边缘看去，几棵古松顽强地扎根于山壁裂隙，松叶树枝忽粗忽细，苍翠浓密，黄昏落霞映得淡雾笼罩的山峰金光温暖。

“不用去找夏兄和绛恨姑娘么？”李璇往上看了看，只见白雾缭绕，其他岩石山峰在云海里层层叠叠地显露出来，几线阳光洒金绘彩，石峰如扁舟轻盈，忽隐忽现，稍纵即逝。

“不可，此山路径甚多，犹如迷宫，我们最好留在原地，否则两队人马只会找来找去。”凝霜稳稳重重地坐着，轻描淡写，仿佛和她无关似的，“公子不觉得夏牧和绛儿必定会找来么？”

“嗯，”五皇子看她沉静的表情，又想到腾云将军，不觉佩服，“的确，是我多心了。”

“何况，我们还带着问绿，实在不大方便。”

“阁下不怕问绿姑娘对自己不利？”李璇转头看着依旧昏迷中的青衣女子，方才在山上顶端那一场激斗还仍在眼前上演，虽说问绿是中毒而下手软弱，然而那气势和速度仍然是拼了全力，和要把凝霜置于死地的杏汨不差上下的。

“医者自然是见人救人。”琴城才子漫不经心地说道。

“即使是想要杀害自己的敌人也是如此？”五皇子蹙眉，对于凝霜这样的女子，说她愚昧实在是不忍心并且亵渎的，或许只能评论她不食人间烟火，不染红尘仇恨吧。但还是忍不住想要提醒：“阁下布下云山的种种机关，不就是为了防人？难道十恶不赦之人也救？”

“问绿并非想要杀我之辈，她离那一天还有数年时间……”凝霜一挑眉，那傲然的气势自然而然地流出，“至于其他人，我自有分寸，大多人，治得了病治不了命，上天自有安排。”

李璇看着她。

素淡的颜容，宁静的身姿。

五皇子忽然觉得，这女子哪怕是在方才坠入悬崖的刹那，可能也只是轻柔而浅浅地颤动睫毛，慢慢地看着头上的天空离自己越来越远。

这次出宫，果然大开眼界，原本以为后宫三千佳丽，无论貌声神骨，还是韵姿心慧，都远在民间之上。

岂料，南下初遇的两个女子，便惊为天人。

一个奔放如火，一个淡然如烟，论胆识远见，智慧敏捷，都远胜皇宫之辈，可见，自己竟如井底之蛙，只见头顶的狭窄天空还沾沾自喜。

他忽然感觉自己和绛恨及凝霜之间，有千峰万壑的距离，她们在对岸成了一道缥缈的影子，随着阳光交织出华丽而璀璨的风景，而自己在原地，只能遥远而寂寞地看着，用孤寥而精致的琴伴随着她们的舞步。

"姑娘此话，倒像看破红尘了呢。"最终，他不知说什么，只好如此轻声说道。

"公子说笑了……"凝霜浅浅地微笑一下，"若能无牵无挂，也不必从医了。"

李璇一笑，并不回答。

琴城才子说完，便转头看了看远处天空上已经出现的第一颗星。

两人相对而坐，静静地没有任何声音。

月亮逐渐高升在空，山峰的铁骨峥嵘和奇峰怪石，都在银白色的光芒下投下了暗暗的影子。古松的树枝在地上形成了奇异的形状，随风而动，空气里传来了夜影中野花的芬芳，还有四处动物飞鸟开始夜行的声音。山谷之中，新月似钩，猿啼兽鸣，花影草茵，使两人都不由自主地闭上了眼睛。深山中，浩瀚而广阔的星空，弥漫山谷的灵气，一草一木的呼吸，山水树石的呢喃，都逐渐温柔地把他们包围。

"蝉彻深山万灵静，鸟啼千泉幽共鸣。万壑奇石怒望天，嫦娥笑伴亭前影。"凝霜看着眼前的风景，不由自主地说道。

李璇睁开了眼睛，瞳目里闪烁了什么，却是什么都没说，再度闭上了。

然后……

一个时辰过去了。

两个时辰过去了。

三个时辰……也过去了。

当夏牧和绛恨满脸灰尘地找到他们时，看到的便是这样的画面。两人都一言不发地面对而地坐着，姿势优雅完美，犹如毫无表情的两座雕像。

"呃……"夏牧和绛恨左看看，右看看，见两人都没有反应，半晌，腾云将军才举起手中的几只飞鸟，"我们找个地方吃饭吧？"

"嗯，"琴城才子轻轻地抬起眼光看了一眼，才优雅起身，"随我来吧。"

于是一行人借着月光，随着凝霜在弯弯曲曲的山路之中走了起来，夏牧背着问绿，绛恨走在李璇后面，五个人都静悄无声，虽然极快地赶着路，却是聚集精神地听着四处的动静。

最终走到了一个山洞前，直到所有人走到深处，才勉强地开始摸黑寻找石头点火。片刻之后，夏牧弄着火堆，绛恨到外面去找水，凝霜把问绿安顿好，开始给她身上的伤抹药；而李璇，却第一次感到自己与其他人的距离和差别：点火，打水，煮饭，贵为皇子的他从未接触过这种东西，只能僵硬地站在原地，打量四处。

山洞深而高，几个人的影子在墙壁上忽长忽短，四处除了被火光照耀的低微光芒，只是一片漆黑。四方八面通着微凉的夜风，时而有水珠坠石的声音传了过来，听起来缥缈空灵，空旷而遥远。

四周安静了下来，所有人的脸都在温暖的火光前，显出了淡淡的倦意和温柔的安详。

夏牧的眼睛映着火光的跳动，仍然有着一抹慵懒的浅笑挂在嘴边。

凝霜的头发如泉水般地落了下来，晶亮乌黑地凌乱散落在她浅蓝色的长袍上，在赤红的火焰之下，变成了温润暖和的对比，那看似冷漠的轮廓，也仿佛变得柔和起来。

忽然——

"我回来啦！"绛恨兴高采烈的声音回响在山洞之内：

"我回来啦我回来啦我回来啦我回来啦我回来——啦——啦——啦——啦——"

三个人同时回头瞪眼看着她。

"唯恐别人不知我们在这里是不？"

"夏牧，你想知道什么？"片刻之后，他们已经围着火吃着烤熟的飞鸟，也不知是野味稀奇还是肚子真的饿得要命，除了凝霜慢慢吃着之外，其他三个都是狼吞虎咽的，包括李璇。在绛恨正准备开始烤第三只鸟的时候，琴城才子轻轻扫了夏牧一眼忽然说道。

"瞳瞳……"腾云将军两眼亮晶晶地看着她，想要抓起她的手却因自己满手是油而被她甩开，"我们真是非常非常有默契……你看我一眼就知道我在想什么了……”

“拜托，是你看了好久好不好？”绛恨头也不抬地插口说道，“连石头都知道你想问话。”

“哼！”夏牧噘嘴，嘀咕道，“大人说话小孩子不要插嘴！”

“你说什么？！”

“绛儿！”凝霜皱眉，又把想要抓住她的手“啪”一声打下去，无视夏牧委屈的眼光，“你想知道什么？”

“好嘛好嘛……我问就是了……”夏牧扭着十指说道，“那个……瞳瞳呀，你看……人家和小五被追也就算了，你嘛……在这深山里什么都不做，为什么他们会来找你呢？”他咬了一大口绛恨递过去的食物，口齿不清地说道，“五诺系恩安一案额安息昂系欧阴哀五里奥吧？”

凝霜什么都没说，只是浅浅地皱眉，其他两个也放下手中的食物看着他们两个。绛恨歪着头，而李璇则是一副沉思的表情，正一言不发地看着火堆。

忽然绛恨拍了下旁边的石头：“啊，原来是‘如果是孟安一战的关系，应该当初就被处理掉吧’？”见夏牧点了点头，其他两人都是一副恍然大悟的样子。

腾云将军无语了，原来他们想的是这个，他还以为他把场面搞得有多僵呢。

鄙视之啊鄙视之……

“我难道没说么？”绛恨有点发愣地说道，“我还以为我说了呢，你们也真笨啊，问都不问我姐姐被追杀的原因就和我上来了！”看到凝霜向自己挑眉，她忍不住地吐了吐舌头：

“琴城才子的医术天下无双，留下活口自然是造福世人啦……而且啊，我不是跟你们说姐姐偏爱收集草药研究嘛？这几年深藏在云山里，自然没有白费光阴咯……”她笑眯眯地说道：

“她研究出抵抗与治疗异图族毒蠹的药了……”

“什么？！”五皇子和夏牧同时跳了起来，后者挂在嘴边的半块肉也掉了下来。

“我还真的没说啊？”绛恨瞪大眼睛看着他们两个一脸惊讶的样子，又抓起鸟儿吃起来：

“当初孟安一战，姐姐的确把师父气得差点杀了她，那时候的草药已经配好，可异图族的毒蠹有许多种，也不知道最初的配药是否会有副作用。虽然全帮派都统一决定判死刑，但还是留了她下来。更何况大师兄和二师兄整整跪了三天三夜，凝霜姐姐又颇得弟子们的喜爱，荷衣会生怕帮派里有内讧，就只好暂时把她关入密室。岂料，姐姐不知道如何连夜逃脱，最后自己来到云山安置下来。我本以为师父会派人来抓她，当初还派了几百个人守着周围，没想到他们什么都没做，只是默认了姐姐的行动。”

“应是深知琴城才子的个性脾气，知道她自会深藏于山研究草药，若是打草惊蛇反而不好。所以只是派人暗暗监视而已。”李璇有所了解地看了默默不语的凝霜说道。

“嗯，是的。”绛恨点点头，擦了擦嘴巴，躺在了琴城才子的膝盖上。

“那……他们知道瞳瞳已经配好药，所以这次才杀过来？”夏牧问道。

“不怕一万，只怕万一。”凝霜睫毛下垂，漫不经心地说道，

“就算我没有配出解药来，光是腾云将军南下寻找唐家千金这件事情，哪怕配药的过程只差一步便结束，也是要杀的。”

夏牧和李璇恍然大悟。

荷衣会自然知道凝霜的真正身份，若她被夏牧找到并且嫁其成婚，那便是帮派的全军覆没。

自己的生存，自然比仙药重要几百倍。他们一出皇宫的消息传出，凝霜便注定要死。

原来，无论如何，腾云将军找到唐秋瞳，从此逍遥江湖或回京接受锦绣前程的这种结果，早就注定不会发生的。

哪怕皇帝对腾云将军万般欣赏重视，也不会容许反抗他的威权之人，成为重臣之妻。

而以凝霜的态度与气质看来，亦不会叛弃从小抚养她成人的师父，即使那个人罪该万死。一个孝字，重如泰山，江湖之人最讲究侠义恩仇，养育之恩，自然不用言语。

李璇想到这里，不禁心中深深叹息，他多多少少也希望此行程能美满结束。英雄美人，虽是俗事，也是最美丽的神话。偏偏上天出了那么多事，现在掺了荷衣会，掺了异图族，只怕早已不是一段宫廷奇传或江湖佳话，而是天下大事了。

要不然，为何当初绛恨得知他与东篱相遇的时候大惊失色，便十万火急，快马鞭策地赶来云山，只怕晚了一步，异图族便真的无人可敌了。

五皇子不由自主地向腾云将军看去，原本以为夏牧会有难得的严肃或丝毫的忧郁，但他只看到对方，正淡淡微笑地看着凝霜。一双深邃的眼睛看不透思绪，只是轻轻地，带着一点点的好奇一点点的温柔，把目光放在那个毫无表情的女子的身上。

五皇子听到自己的叹息声。

所有人都转头看向他。

他也不知道为什么会叹息，于是只是咳了声说道："那么，绛恨姑娘，你又为什么被逐出了帮派呢？"其实他只是没话找话说，以到目前为止见过的荷衣会的弟子来讲，脱俗的东篱，雅致的凝霜，英气的问绿，严谨的杏泪，无论气度风姿都是平人之上，像绛恨这般精灵古怪，不按序出牌的脾气，肯定是因让人无法忍受而被一脚踢出去的结果。

"其实呀，我从来都不算是荷衣会里的人吧。"绛恨像猫儿一样地趴在凝霜的腿上说道。

"咦？"夏牧和李璇都是一愣。

"我父母曾经救过师父一命，临终时把我托付给了帮派，但也只是抚养我长大而已。凝霜姐姐离开荷衣会的前几年，我已经被家里的老仆人接走去经营客栈了。"她打了个哈欠回答道。

"原来如此……"夏牧喃喃说道，不禁松了口气。李璇不语，只是静静地继续吃手上的食物，心里很深处的地方，有什么正在缓慢地释放轻松，只是渺小到他自己无视了它的存在。

"我还有个问题，"腾云将军忽然想到什么，"刚刚在山上，绛恨说，'你还不是因为腾云将军和恒朝才被逐出帮派的'，这句话，是不是也和这解药有关？难道……"他眉毛轻挑，"因某种原因，你不愿把配药给荷衣会。但却不是为了……恒朝，而是为了……百姓？"

"鹬蚌相争，渔翁得利……"李璇听了夏牧的问题，脸色凝重起来，他慢慢说道，"恒朝与异图族的战争长达十年多，若双方俱伤，荷衣会便可坐享其成。但现在国泰民安，异图族又在周城一战重败。他们，想必是等不及了吧？"

“若是这样，他们必定准备与异图族合手了。以防万一，所以还是需要解药？”腾云将军慵懒一笑，仿佛在说和他毫不相关的事情似的。他把手上的骨头随便一丢，随后躺在石头上：“如果他们双方联合，内外相应。这战火，很快就会延伸到江湖和民间上，那时候，哪怕是有十个腾云将军也是救之不及的。所以，瞳瞳不想把解药给他们？以防荷衣会能抵抗甚至掌握异图族，不是为了恒朝，不是为了反恒复羽，而是为了百姓？”他撑起身来含笑看她，“医者，自然是以天下万民安康为主，战火四起，最苦的还是身于乱世的百姓。”

凝霜睫毛稍微颤动了一下，她抬起头来第一次好好地打量了眼前十几年不见面的玩伴。对方依然笑看着她，眼光里，有探索，有好奇，有种她不明白的期待。她忽然想起十几年前开在后院的那棵芙蓉花树，纯白如云，繁如锦绣。夏牧总是在花瓣延伸在院子的每一个角落的时候，兴冲冲地跑进来，大喊着：“瞳瞳，瞳瞳”。那时候他眼里有着一样的期待。只是她，已不是那个在纱窗下，青案前，俯首静笑着写字的女孩了。

他们之间隔了十五年的光阴，他渡岸而来，向她伸手，笑着说，我回来了。她却已经不能如幼时一般，又气又笑地随他而去，在树下梦呓着未来。

物是人非，竟然就是这种，我和你看着和过去回忆有关的事物时，安静地微笑，然后在擦肩而过的那一刻，不再回头。哪怕，心里是快乐和喜悦的，也都不能再回头了。

最终，她什么都没说，只是淡淡地拨了拨火堆说道：

"先休息一下吧，我们明日一早下山。"

被她从腿上移走的绛恨撑起身来和李璇对看了一下，随后又看向夏牧，却见他依然是一脸的云淡风轻，随后慵懒一笑，长袖一翻，便转身睡去，不到一会儿便如猫儿一样发出了呼噜声。两人见状，几天的疲惫全都袭来，不觉也找了个舒适的位置睡了。

火堆逐渐变小，时而有"噼啪"的枯枝跳动声音回响在四处。洞外一轮银月如钩挂在夜空之中，旁边成千上万的星光，如含泪般地闪烁着光芒。云山七峰寂静安宁，山谷中传来了泉水涌流，风穿树林的细细声音。洞里的五个人各怀心事地睡去，虽四旁可算是友寡敌多，仍是一夜无梦。

第七章

柳明花暗·千里追追

熹微穿苍拂翠涛。晨曦的阳光从树荫里重叠而下，云山脚下的林子不如夜晚那般万籁俱寂，早已脱下黑夜的影子，迎接清晨的到来。满地阳光堆积，春末的树叶草地翠绿得漫溢欲滴，上面开满了一朵朵不知名的小花，散漫着芬芳而随风摇曳。

忽然一阵急匆匆的马蹄声打破了安宁。带头的人一身青衣长袍，那长袖飞扬在风中有种说不出的潇洒脱俗，看去好似一抹清雨烟影几乎随风而飞。他后面跟着两名身穿淡黄衣的女子，左边那一位面容清秀伶俐，表情似嗔似怒，年纪似是三人之中最小的一个；右边年纪较长的那位却端庄优雅，即使在马上狂奔也是温柔娴静的样子。

蓦然，左边那位女子脸色一变，立即高跃而起，手上环绕的长链一甩而出，只听啪啪两声，几根竹箭被打偏而射在旁边的路上。她落在奔跑的马儿背上的时候，左手一挥，双手交叉再次扬出两道白光，只听空气破裂的声音晃晃响过，她丢出的两把小飞镖便把从远处飞来的十几把月牙飞刀给打落，全都掉在地上。

那少女正露出轻视的冷嘲时，一袭淡黄轻纱忽然遮盖在他们三人的头顶上，右边那女子也已跃在半空，撒出那张美丽的蝉纱，然后猛地一缩手，铿锵撞击之声连连响起，她反手一抖，那些射在黄纱上的箭支暗器全都被抛了出去。

“混账！”毕竟年少沉不住气，左边女子一看眼前隐隐约约出现了一群武装之人，便咬牙切齿地冲了上去，“一群废物，看本姑奶奶来教训你们！”

“菊妆！”右边女子边喝道边悄眼看在前面的主人，却见他没有丝毫阻止的意思。

“湘尚，随她去。菊妆这个性子不改才好呢……”东篱笑笑地说道，心里却是一沉，眼看前面的状况，应该不少于百人。自己披星戴月地赶来，最终还是晚了一步么？

守在云山下面的荷衣会弟子们，只见眼前一匹马横冲直撞地向他们狂奔而来，马背上的人手持一剑拖在地上，从远处便向他们甩出一片黄沙尘土，最前排的一些马儿惊呼举蹄，把七八个人给摔了下去。

“哼，活该，不自量力！”菊妆冷冷一笑说道。

众人这才看到是她，几百个弟子不禁变色，带头的那个人立即抱拳而上：

“方才只听到马蹄声，不知是菊妆姑娘前来此地，还请姑娘多多包涵。”

“嘁……”菊妆别头不理他，嘴里嘀咕着，“包不包涵还不是我说了算。”

“怎么回事？”忽然冷冽的声音响起，众人回头，山坡上，杏汨正带领着另一小队慢慢走下。一夜未眠，她的脸色有点苍白，但眉宇眼角依然透露着一种慑人的冷酷。那眼睛寒冷得如一泓冰水，闪烁着怒气和不满，犹如埋在冰山下的火种，即将爆发。她在看到菊妆时，眉头便不由自主地皱了皱。

“怎么回事？就是你的手下向我们主人射箭抛刀，就这样……”菊妆看着她，皮笑肉不笑地说道。

杏汨挑眉，向身边的几个人看去，只见有些人满脸灰尘地正在安抚受惊吓的马，带头的首领还保持着抱拳鞠躬的姿势，便明了发生了什么事。正要说话，却看到菊妆身后的人正慢慢迎来，她立刻单膝跪倒在地，低首行礼道：

“杏汨，拜见副帮主。”她一跪，身后的人也纷纷跪下，顿时整个山脚的人都整齐地俯首在地。

东篱与湘尚到了菊妆身边，前者见来人是杏汨，一颗心便蓦然沉下，脸色一惨。湘尚向妹妹看了一眼，两人都知道杏汨在这里意味着什么。

半晌，才听到东篱低声说：“起来吧。”

岂料杏汨保持着姿势不起，额头点地：“弟子有罪，任凭副帮主惩罚。”

“你有何罪？”东篱心不在焉地望着烟雾环绕的山峰，试图在那上面看出什么。

“弟子吩咐手下围绕云山，闯入者杀，手下们以为是官员来兵或江湖人士，未看清而反击，因此差点伤了副帮主。”杏泪的声音平稳而冷漠，听不出任何情绪。

“不知者无罪，你起来吧。”青衣男子听到那句闯入者杀的时候，轻轻地皱了下眉，随后下马说道。他看了看四处，只见大约三百多人，打扮不同，有书生士兵，也有丫鬟小姐，估计是荷衣会在凌郡的探子，精英，卧底，或其他。无论年老年少，每个人此刻都是毫无表情，犹如长年受过训练的军队一般谨慎小心。东篱在心里暗暗叹了一声，随后问杏泪道：

“带这么多人，你到这里来做什么？”

“回副帮主，弟子受师父之命，前往云山来取凝霜的性命。”

菊妆和湘尚忽然发觉主人的身体猛然僵硬，平时柔和温暖的表情也骤然紧绷起来，她们小心翼翼地看了过去，只见东篱的眼睛直直地看着眼前的杏泪，脸色苍白，似乎想要把她看穿。那持着扇子的手，松了又握，紧得连上面的骨关节都泛白起筋。

空气凝固起来，整个山谷都是静悄悄的，菊妆和湘尚彼此看了一眼，却是连大气都不敢出。

“那么，完成任务了么？”终于，东篱的声音沙哑地响起，眼光艰难地从杏泪身上移走，望向那高不见顶的云山。但除了白云缭绕，烟雾缥缈，他看不到别的。

“回副帮主，杏泪未能亲手杀了琴城才子。但却在他们穿过悬崖的时候，砍断了绳子。杏泪猜想，必死无疑。”

“你说……他们……？”东篱的脸色惨然变色，喃喃地问道。

“回副帮主，杏泪抵达时，红衣奇探，雪鞭飞使都与琴城才子在一起，雪鞭飞使中了涂有‘虹梦’两箭，想必早已丧生。另外与他们还在一起的，应是腾云将军夏牧与五皇子李璇。他们都坠入山谷悬崖，弟子等人搜索了一个晚上，云山七峰的进出口全都严守，应没有人可逃出，因此，想必都死于山谷内。”杏泪恭谨回答道。

东篱死死地看着她，一张脸惨白如雪。

最终，竟然忍不住，一大口血从他口中喷出。

那青衣长袍，立即染上了斑斑血点，他身子微晃，菊妆、湘尚急忙去扶住倒下的身子，只见那雪白的脸没有一丝润色，暗红的血丝流了下来格外刺眼。平时总是潇洒翩翩地谈笑风生的温柔男子，此时此刻的瞳目只剩下了深不见底的绝望和悲伤，他用力地推开了两个女子的手，摇摇晃晃地站了起来，凄凉地笑了起来。

杏泪出任，从未有错。

那么，那么……便是，那个女子……已经不在了啊。

他张了张嘴，却只动了动唇。眼底一片痛楚悲恸，几乎就要坠下泪来。

"若能退出这场是是非非，归隐深山，岂不是好？"那个女子曾经这样对他说过。平时做事端正温顺，待人彬彬有礼，让荷衣会的长辈无不赞叹的弟子，也会歪头靠在他的窗边，手执白棋，淡淡地说出这样大逆的话来。

"想要去哪里呢？"他先是惊讶，随后一笑问道。

"小舟从此逝，沧海寄余生。北边雪山，南边垂柳，西边大漠，东都繁华。若能亲眼体会，方配被称为江湖人士呢……"那人眼神迷离，一刹那清冽如泉，随后又归回了平时的冷淡疏离。抬头对他淡淡一笑

"副帮主不是也这样想么？"

他笑而不语，黑棋一下，输赢已定。

即使知道了，羡慕了，向往了，又如何呢？

他们都是苍天的一枚棋子，无论身怀奇技或是人中奇葩，都逃不出上天运之掌的命运。

然而现在，那个唯一能与他共奏琴曲，弈棋吟诗，谈论天下的知己，已身坠山谷。哪怕他千里迢迢地赶来，依然追之不及。

宿命，都是宿命。

"帮主有令，命弟子若看到副帮主，便替帮主带两句话……"杏泪冰冷的声音再度传来，面对副帮主满脸的悲戚，也没有丝毫的不忍和怜悯，仿佛与她毫不相干，"第一句是，人在江湖。第二句为，捐躯赴国难。"

东篱看着她，一言不发。忽然就笑了起来，他边笑，唇边的血边扑簌流下，染了满襟的斑点红花。

人在江湖，身不由己。

捐躯赴国难，视死忽如归。

如果第一句是解释的话，第二句便是警告了。

"请副帮主随弟子回吧……"杏泪不卑不亢地抱拳，向前一步说道。

"退后！别想动我家主人一根汗毛！"菊妆看着主人如此，又惊又怒，眼看杏泪那副身置事外的模样，说出来的话却是让东篱越来越难过，巴不得扑上去大打出手，没等对方把话说完，那链子已是"哗"地一声出手。

"菊妆！"湘尚喝道，虽气在心里却更加担心主子身体，眼看东篱那惨白的脸色，便知道此时还是受帮派里的照顾更好，不得不叫住妹妹。

"罢了罢了……"东篱歪在湘尚身上，那微笑单薄凄凉，心底仿佛被剐去了一大块般的空空荡荡，要去何处，要归何方，他已经不想知道也不想管了。他看着杏泪和她身后的大片人马，微笑着，一字字地说道：

"你转告我姐姐，她的意思我自然知道……"他轻轻地笑着，瞳目里弥漫着看不清穿不过的层层浓雾，思绪飘动在许久前的某个午后，雨滴穿越了窗外的梧桐，在竹廊上叮叮当当地传了过来，他煮着一壶茶，正和凝霜各翻阅着一些找出来的旧书。

"宿命？"凝霜从袅袅的茶气后抬起头来，眼睛如外面吊挂在屋檐上的雨珠般透明，"怎么会想到如此悲观的词？"

"哦？"东篱挑了挑眉，笑道，"原来对凝霜来讲，宿命论是悲观的？"

"难道不是？命由天定，容不得人。无论强韧软弱，富贵贫穷，都无法改变已决定的结局。"凝霜喝了口茶，静静地看着外面的雨说道。

"凝霜很讨厌宿命论？"他听到她声音中那丝不满，不觉好笑。

"是。"她回头看着他，非常认真地说道，"它让我觉得，无论怎么做都是在自欺欺人，怎么反抗都无能为力，我讨厌这样的感觉。"

后来她告诉他，其实，宿命就是当你认为道路是自己走出来的，但其实只是随着早已安排好的路线前进而已，就是，那种绝望的嘲笑。

人在江湖，身不由己。

他无法改变自己的周围，哪怕是想要留下一条活路，让她能够乘一叶扁舟，离开纠纷。

东篱紧皱眉头，嘴边的笑意却是不减：

“……告诉她，视死忽如归是么？我的确是这样……”

命一场，梦一场，痛处深处，只盼遗忘。

他笑着，缓缓地倒在湘尚身上，昏迷不醒。

杏泪无视菊妆和湘尚愤怒的眼光，只是转身举手，坚定地发令：

“抬副帮主上轿，大夫随其照料，一百人护送至大师兄之处。凌郡之人各就各位。剩下的与我死守云山！”

“姐姐，你为什么没有把常姨的事情告诉夏牧？”山谷深处，两个女子正迎着阳光，满头大汗地埋着一坟，由于手边没有工具，她们只好用着长剑来翻动土地。绛恨“啪”地一声用剑挑起了大片黄土，另一只手擦着汗问道：“常姨也救过腾云将军一次吧，他应知道到底是怎么回事……”

“无妨，反正到最后，桥归桥，路归路。没有必要让他知道那么多。若是可以，还是不要让他们参与这件事情才好……”凝霜用手挡了挡阳光，额头上却没有一滴汗，整个人清凉无比地站在一边，毫无表情地说道。

绛恨闻言忍不住翻了个白眼：“那怎么可能，荷衣会若真和异图族联手的话，别说他们，我们都会被卷入这件事情的。只要他们一发现我们还活着，便会立即追来的。况且这次大师姐杀来，肯定是因为他们都准备好，已经开始行动了。”

“没想到你已经分析得那么清楚了……”凝霜微笑着把师妹头发上的杂草灰尘拍了拍说道。

“我想得到，姐姐比我聪明几百倍，自然也想得到！”绛恨噘嘴，开始扳着指头说道，

“和异图族的战争已如箭在弦，不得不发，边疆的战争很快又要开始了；如果恒朝败了，那么结果就只有两个：一是异图族得逞，与荷衣会分割土地江山；二是荷衣会的阴谋成功，独霸天下。无论结果是其中的任何一个，他们都不见得会让我们、腾云将军或相公活下去。”她把两根指头都伸出来，随后歪头看着凝霜，

“其实，如果要和姐姐和二师姐现在就离开他们分开走的话，我觉得也蛮好的，依我们三个也不怕闯不尽这江湖。只是没有理由这样躲避着过日子，我们

又没有做错什么，若荷衣会反恒成功的话，难道还不能光明正大地活一辈子？”她轻蹙眉头，又嘟了嘟嘴。

“绛儿……”凝霜依然是一脸的云淡风轻，

“你又是为了什么？令尊有恩于师父，自然不会把你怎么样。你为江湖第一奇探，荷衣会与朝廷的战争根本和你无关，只要你的探视不会干扰他们，亦是可以潇潇洒洒地过一辈子的。”琴城才子看着远处挡住李璇和夏牧的大石头，慢慢分析道：

“帮了夏牧与那位公子蹚了这潭浑水，到时候即使恒朝抗敌成功，不见得会感激一介女流，更不要说江湖人士了。”况且你与他，根本是不可能的啊。最后这一句她忍了忍，还是没有说出来，

“绛儿，你究竟是为了什么呢？”

“因为……”绛恨转过头来看着她，那声音还夹着淡淡的稚气，眼角边，双颊上，都流动着某种单纯的执著，仿佛那种问题的答案，是理所当然的，是最容易想到的，

“我觉得我必须这么做，帮助夏牧，帮助你，帮助相公，甚至帮助二师姐。无论是否会有人感激我，记住我，都没有关系。”她嘬嘬嘴：

“姐姐也不要把我想得太好了，我只是觉得这样做很快乐，乐在其中而已。如果明天我觉得到处杀人放火会让我快乐的话，我也会这样做的。”她拉了拉凝霜的衣袖，半是撒娇半是说服道，

“难道你真的没有想过？彻底摆脱荷衣会，真正潇洒无忧地浪迹天涯？不让应犹山庄或云山关住你，真正的自由自在！”她满脸兴奋地看住她，“我们可以防止战争的爆发，也可以救济边疆的百姓，又可以亲眼看这江山的广大！”

凝霜看着她不语，继续静静地埋土。

绛恨与她不同，她有在天下自由翱翔的资本，无论是江湖恩怨，政治纠争，还是这万里江山，都可以容她任性地随心所欲。但却容不下一位掌着破宿敌之毒的秘方的女子，哪怕，她只是希望在某个山谷或某个深林里，静静地看着日出日落，然后安静而满足地死去。

她知道得太多，关于恒朝，关于荷衣会，关于异图族。然而，恒朝的左相是她的生父；荷衣会的大大小小，是抚养她长大的家人；论孝论忠，都容不得她挣

扎反抗。

凝霜深深地叹了口气，见旁边的绛恨满脸兴奋和期待地看着她，不觉皱眉：

“你是想要和夏牧和公子同路，抵抗荷衣会和异图族？”

“自然是啊，姐姐你想保护天下百姓免于战火，又可以逃离荷衣会的追杀，不是一石二鸟嘛！”

“胡闹！”琴城才子不禁沉下脸，“这样一来，我们岂不是与师父等人为敌？我再如何想要营救恒朝百姓，也不能背上忘恩负义或不孝的罪声！”

“姐姐！”绛恨急得直跺脚，“人家都杀到门口，烧你的屋子，逼我们坠下山崖了，还把你当做徒弟或同门弟子么？！何况……”她忍不住地看向依然沉睡的问绿，“他们连师叔都杀了不是么？荷衣会是真的开始行动了呀，再不做决定我们真是要自挖坟墓了！”她指着眼前的土坟说道。

“绛儿！”凝霜喝道，却在想到问绿之师的死亡时，忍不住软了口气，“先下山再说吧，我们想跟，还不知人家让不让呢，朝廷重官不得与江湖人士来往，这是天下皆知之事……”她说完，便继续挖土埋葬着，不再说话。

绛恨见状，知道自己的话多多少少凝霜已经听了进去。何况，琴城才子一向都是考虑周全，从不在细密谨慎的分析之前做决定，便也什么都不说了，只是随着她勤劳地做事，好让大家可以快快下山。

另外一边，李璇和夏牧也正忙着换衣服。

天还没亮的时候，他们便随着凝霜一路在弯弯曲曲的山路之间走来走去，一共抬出了三具尸体，都是欲要拜访琴城才子而迷路走失，最终死于深山内的人。其中两女一男，凝霜指着那年轻的男人叹道：

“若是知道是他，我便亲自下山治疗了。”

“他是谁？”五皇子问道。

“凌郡有名的才子，公子可知‘流云歌’？便出于他手。”凝霜看都不看五皇子惊愕随后惋惜的脸色，继续说道，“只是，他却是城内有名的纨绔子弟，整天好吃懒做，调戏良家妇女，父亲为地方霸王，百姓敢怒不敢言，上个月光天白日之下便抢了别人家的新娘做了第十七房小妾，现在竟然死于荒山，真是……”

“这样的大坏人，死了才好呢，姐姐你竟然要亲自下山救他？！”绛恨心直口快，忍不住惊呼道。

“医者和救人是分不开的，无论富贵贫穷，天子乞丐，都在我的义务之中。何况，他人好坏，并非人可定义。冲着那首‘流云歌’，我便无论如何都要救的。”凝霜淡然地说道，五皇子和夏牧都听出她的弦外之音，不禁相视一看。

“即使是敌人？”绛恨还是迷糊，不觉问道。

“只要是人，大多都只会维护自己的天地君亲师，自己的利益和自己重要的人。出于这点，你我和敌人，都是一样的。”凝霜头都不抬地说，又笑道，

“这两位女子应是他的小妾，云山如此危险都要生死相随，看来此人应有过人之处。”

随后他们把三具尸体搬起，把一男一女换上了五皇子和问绿的衣服，丢下谷底，又在离两人不远的地方让琴城才子和另外那个女子交换衣服，埋于地下，挖出土坟，制造出三人已死的假象。虽然不知是否蒙得过荷衣会的眼睛，但多多少少会让他们放松四处的探视，便有足够的时间逃离云山，策划下一步。

李璇贵为皇子，从小自然有洁癖和良好的清洁习惯，这几天奔波的灰尘和肮脏已经让他有点受不了，若不是坚毅的恒心和强韧的毅力，他恐怕早就抓狂猛扁让他陷入如此处境的腾云将军了。但每个人都有极限的，五皇子殿下身为人类自然也不免外，因此，眼看要穿死人衣服的时候，他额头上的青筋便暴了出来，漂亮的双眼瞪着夏牧就要喷出火来。

当然，腾云将军眼看情况不妙，便自告奋勇地在凝霜耳边说了什么，琴城才子非常疑惑地看了他一眼，但最后还是勉强地点了点头。结果就是在李璇非常天真地认定“江湖女子都会女扮男装”这条真理，并且有点开心地等着夏牧拿着干净的衣服叫他换上，腾云将军笑眯眯地跑了回来，手上拿着一件美丽飘逸素雅透明如蝉翼的……淡紫色长裙子。

“看来五弟准备对瞳瞳说的一番劝言，也不用上场了。”夏牧从石头探头出去看着远处绛恨扳住凝霜的双肩，一脸的兴奋和高兴，笑着说道：“你的小未婚妻已经把她的功能发扬光大了。”

李璇闻道未婚妻这三个字，不禁脸一沉，却立即别过头去拉着一只袖子，淡然问道：

“琴城才子是唐千金这件事情，夏兄早就知道了？”

“不知道。”夏牧想都没想地干脆回答，五皇子的手在空中停顿了一下，又立刻继续穿衣。

“你不介意么？”李璇扣着扣子慢慢地问着，“这样的身份，到时候不仅是父……皇帝无法赐婚于你，恐怕唐府也不见得会认这个女儿。”

“嘿嘿……”夏牧回头对他咧嘴一笑，“说实话，我不知道皇帝的赐婚和我娶瞳瞳有任何关系，皇上赐他的，我娶我的嘛……”他嬉皮笑脸地说道。

若换成别人，李璇必定是厉声教训，开始滔滔不绝地演讲他的“父皇说”，但不知道为什么，听到夏牧的回答，他只是淡淡地笑了一下。

无论是他还是腾云将军，都没有发觉这样的变化。

“但……若有一天，要你在朝廷和她之间做出选择，你会如何？”李璇这次的问题，问得非常缓慢，似乎不忍说出口似的，或许是因为，已经觉得在某个不远的未来，自己也要作出同样的选择，而牺牲那个艳如烈火，明亮如光的女子。

“我是恒朝的定国大将军，自然忠于皇上！”夏牧依然背对着他，也是想都没想便说了出来，“但如果那时瞳瞳已经决定下嫁与我，身为丈夫，我自然也护她周全。”

“这不可能！”李璇立即转身看着他。

“那只是因为你未曾试过……”夏牧一脸平静，还是挂着一个微笑在嘴边，然而那清亮明净的眼神里，却仿佛看到海阔天空的豪迈逍遥。

五皇子叹了口气，脑海里有千军万马的思绪正奔腾翻越着，他揉了揉太阳穴，皱眉道：“夏兄不愿琴城才子卷入此战？”

“这个嘛……”夏牧一屁股坐下，盘着脚思考起来，然后说道：

“以我自己来讲的话，自然是不想的。我手下的士兵，还未曾弱到需一名女子或任何人来帮其抗敌，哪怕那女子是天下神医。不过如果瞳瞳选择参加的话，我自然是会遵守我的诺言：保她周全。”他说这话的时候，眼珠子骨碌碌地转动，好像在思考难题的学生。说出来的话只是轻轻带过，却能让五皇子眼底闪出敬佩和羡慕。

我手下的士兵，未曾弱到需任何人来帮其抗敌。

这就是腾云将军的傲气。

不需要，任何人。

这包括了他，包括了后宫任何支派的权力，包括了朝廷上的百官。

恒朝的和平，是他们这些士兵用血换来的，也只能用他们的血来交换。

想到这里，五皇子不觉一笑，说道：

"说实话，我也不希望琴城才子或绛恨姑娘卷进这事儿，虽对我们极有帮助，一旦结束，却很难收场……"

话说完，衣服也换好了，两人走到绛恨和凝霜之处，五皇子便背上问绿再次上路了。其实他们都不知道要如何下山，根据两个姑娘的分析，现在的云山应该是全被包围了。但以这次的状况，杏泪要杀凝霜根本就不用率领几百人马浩浩荡荡而来，只要派出几个头等的弟子即可。再来，虽然凝霜和绛恨都是快速一瞄，但也发现这些人大多都没有在应犹山庄见过的，这次如此劳师动众，想必后面还有安排。第三，杏泪的身手不在凝霜之上，她们的大师兄或二师兄并没现身，那便是在别处接下更加重要，更加浩大的任务了。

如此一条条地推测下去，结论确是荷衣会已经开始行动，那么云山七峰之内，必有破绽，这几百个人应是留在凌郡分会的卧底，那么并不可能同时在城里消失，杏泪肯定带走了一部分的人，少数的人虽然一定是高手，但不可能包围全山。

夏牧和李璇默默地跟着两个女子走着，听着她们一来一往的无数推测和猜想，从分析到结论以及提出来的对策，都同时对看了一眼不由自主地擦擦汗。他们在后宫所看到的钩心斗角真是小菜一碟啊，如果把这两个人放到那些嫔妃之间去的话，估计过不了多少时间她们已经升为太后了。

四个人，不，五个人，加上一个半死不活的问绿，都随着凝霜弯弯曲曲地走了无数的山路，其中李璇和凝霜还在中午吃完飞鸟之后，站在一道瀑布前文绉绉地对了一个多时辰的诗词对联再继续赶路。终于在黄昏的时候，他们以飞快的速度穿越着云山山底的那片树林，赶往凌郡的方向。

在绛恨的带领下，他们顺利地抵达了四位随从住下的客栈，当影成和邀明看到五皇子的身影出现在门口的时候，都激动地同时扑了上来，把主子给扑倒在地，一把眼泪一把鼻涕地全都擦在五皇子身上了。而夏牧手下的凌风和驾雾则是看到一身女装的主人时，愣了半晌，随后便指着夏牧惊天动地地捧腹大笑，笑得眼泪都出来了。

问绿醒来的时候，便看到一袭清淡冷冽的身影正坐在自己的面前，静静地望向自己。

她全身虚弱发软，睁了半天的眼睛才勉强把自己的手握成拳状，而还没等她支身，眼前的凝霜已是飞快地出手，她只觉得白光一闪，身上三处穴道已被她点到，顿时又软了下去。身子不能动弹，如软棉花一样恹恹地卧在床上。

“你……！”问绿一双眼睛就要喷火地看着对方。这就是她最痛恨凝霜的地方，明明讨厌自己讨厌得要死，却每次都对她手下留情。其实对方身手在自己之上并无关系，可恨的是她那自然而然，仿佛施舍，仿佛悲悯的帮助。

“再乱动我把你的哑穴也点了。”

凝霜淡然地看着她，随后又伸手把离她不远处的窗帘卷了起来。

顿时外面的阳光流泻而入，窗外的庭院一片春光明媚，花香鸟语，外面的紫藤花一串串地垂了下来，风起落英，淡紫而晶莹剔透的串串花瓣就这样飘了进来。

“你中了两支涂有‘虹梦’的箭，身上原本就带了剧毒，应是‘笑酒香’，两毒相克，以毒攻毒之际，我再给你服了‘湘妃泪’，最终一场大热而退，如果再晚一步，就算解毒，你也变成白痴了。”凝霜再次在她面前坐下，毫无表情地说，仿佛只是在评论这外面的花儿真好看一般：

“哦，对了，你已沉睡了十天。我们正在甄府中。”

“甄府？何人？”问绿皱眉，半晌只问这么一句。

“刺史之府。”

“刺史之府？”问绿高高地挑起眉来，最后自嘲一笑，“看来和荷衣会这梁子是结上了。”

“难道你以为只要不住进这府，师父他们就会放过你么？”凝霜蹙眉，冷冷地说道：

“笑香酒，用缎唱花蕊，翠明叶，挚丝草这三种草药熬成。为慢性而发的致命药，润酒而无味无香，酒越醇，毒越浓。服之，三月期间，视线，嗅觉，反应都逐渐变弱，最终五脏六腑都衰弱催老。若是童孩服下，百天之内必青丝变霜；若少女服下，皮肤渐变粗糙干裂，月事停滞；若是老人……”她眼瞳骤然冷然，“自然是看不出任何破绽，生老病死，犹如自然规律……问绿，师叔几个月前，回了一趟应犹山庄了吧？”

问绿的双眼死死地看着她，原本愤怒而生气的火焰已经慢慢地冷却，凝固，最后只剩下一潭漆黑而冰冻的寒。

凝霜轻轻地把目光移向外面的紫花藤蔓上。

“……为什么……？”半晌，问绿沙哑微颤地问道。

“我想，你和师叔都无反恒复羽的愿望。江湖人士最亲密的人，一是挚友，二便是头等敌人。虽你我长年相对，但依然没有分出上下。自小，你最大的愿望便是让我败于你之下，高傲如你，岂会让我死于荷衣会手下？再来，你和师叔无心参与复羽之举，那么，消灭你们便是自然的。宁愿少一友，也不愿多一敌。何况，师叔对你爱护有加，若你要救援于我，他必然护着你。”

问绿不语，算是默认了凝霜说的话。

的确，她知道琴城才子的所有，童年的遭遇，未来的心愿，所喜所恨，长处弱点。知敌如己，胜七分也。自小就处处与凝霜相比相争的她，对恒朝并无仇恨，她所要的是琴城才子的一败。

她的师父栖浮老人，喜爱四处游走逍遥，见她毫无复羽之念，便带着她离开了应犹山庄。长期的行走江湖，长途奔波对问绿便成了家常便饭，日子久了就在江湖上做起了护送的生意。她对护送的金钱珠宝毫无兴趣，只是希望在前来袭击她的人之中，有一个可以打败她的。几年下来，也曾身负重伤，接近死亡，但后来那些人都一一倒在她的雪鞭刀刃之下。“雪鞭飞使”的别号，也一日日地响了起来。

后来，她得知凝霜也离开了应犹山庄，便年年前往云山。那是唯一能够与她打成平手的人，或者说，那是她唯一对对方有兴趣的人。她努力了那么多年，追逐凝霜那么多年，自然不会让她死在别人手里。要死，也是在自己手下。

“笑香酒，是会传染的。呼吸，触碰，都会在皮肤上留下毒素。因此你才会有这种毒。荷衣会的目标并不是你，主要是师叔。”凝霜看着外面说道，选择了这种毒药让问绿染上，再接下来，便是自己了，

“师叔若不想助荷衣会的话，那么他自然是必死无疑。”凝霜沉思片刻，又缓慢说道，

“还有一点……”她看进问绿漆黑的瞳目里，那双眼睛没有感情，如被扑灭了的焰火，破碎成灰，只剩下一片如死亡的寂静。

“笑香毒深浸血脉四肢，若动作过速，自然延伸极快。”

问绿蓦然地抬起目光，惊愕，愤怒，最后惨败悲凉。

前几日她在云山使出的“七龙逆升”为栖浮老人的秘诀绝功，是师父最后几日传授给她的，此招最是讲究敏捷速度，也就是说，加速了死亡的到来。栖浮老人应是早就知道自己身体逐渐衰弱，冒着风险，把最后的绝功传授给她。

凝霜默默地看着问绿吃力地把头别向窗外，便站了起来悄声地退了出去，在转身的那刻，似乎看到了一串晶莹的银光，在阳光下显得格外的刺眼，在她的目光余角闪过。

凌郡刺史甄言，为皇后苏氏娘家的一派远亲，说白了就是五皇子他老娘安置在远方的心腹，今年已五十多岁，对太子一派忠心耿耿，这次李璇找上门来自然精心安排，从安全到饮食，从玩乐到住宿，最后巴不得连上茅厕都管，服侍周到直逼皇宫之日。

于是数天之后，不知道是因为习惯了一路的奔波和疲惫还是怎么着，夏牧，李璇和绛恨都觉得体内有股内力憋得怎么都不舒服，终于，得到凝霜的同意之后，，三人各持一武器，在后院比画起来。

不到半盏茶的时间，四周站满看热闹的丫鬟小厮，连甄府的女眷都忍不住地站在石柱或假山后面，团扇遮面地看着。

只见绛恨明眸流眄，一身利落干净的红装，手持银枪，脸上半是笑容半是嗔怒；李璇一脸风轻云淡，一衫青袍临风而站，清冷明亮得如一袭泉水，俊逸的侧面犹如雕刻而出的坚毅稳定，手中长剑挥舞，银光辉辉；而最悠闲慵懒的夏牧，仿佛只是溜出深府玩耍的贵公子，一身月白长袍随风而起，嘴边挂着似有似无的邪笑，手上一把折扇，时而散风驱热，时而抵挡两人的攻击。

晴天白云，阳光四泻。眼前的三人，却似乎不沾这炎热的气候似的，卷风般地一来一往。

红衣，白袍，青带。时而银光如丝地闪烁而过，别说那些养在深闺的千金们，连平时出去跑动的小厮丫鬟们，全都看呆走神了。几十个人的后院，竟然屏息而观，只剩下夏牧等人的吆喝与武器撞击的声音。

李璇连劈三剑，皆被夏牧的扇子挡住，最后一剑定格于腾云将军左肩之上，两人都还未站定，便感到一股强风袭来，他们向后跃开，岂料绛恨的银枪直直插入地内，那红衣少女借着枪身飞跃而起，一前一后直往两人踢去，夏牧边躲边笑道："哟，敢情还是猴子爬树来抢果子呢！"

"你说谁是猴子？！"绛恨未曾落地，把银枪拔起，犹如长棍一般向夏牧打去，随后左右转动向他刺去，引得四周观看的人连连惊呼。

"自然说你呀，小猴子……"腾云将军嘻嘻一笑，忽然收扇上挥，势劲力急，只听"呼"的一声，已是刷刷地向绛恨攻去。那扇子忽而旋转，忽而刺劈，饶是自小在荷衣会长大的绛恨，曾看过师父拿起许多东西来攻击自己，也没看过扇子有那么多的攻击性，愣了一下，听到"腾"地一声，还好双手拿着银枪挡在面前，才勉强地抵住了夏牧的扇子。

"喂！还真打我的脸啊？！"眼看如此，绛恨不禁勃然大怒喊道。

"当然不会打，但如果不作势的话，你会反击么？"夏牧依然似笑非笑地看着她，"还是你平时习武的时候都是这样？"

绛恨一愣，还没来得及捉捕腾云将军声音里的严厉和责备，只感到后面一股力量逼来，下意识地转身一挡，"铿"的一声，银枪与长剑便相交在一起，她和李璇都各退一步，对看一眼，便同时转身向夏牧击去。

那剑枪犹如破浪裂风之势，一上一下，一左一右，不知夏牧要如何去同时抵挡，只见腾云将军微微一笑，道："还真是有默契的一对儿呀！"最后一字还未说完，扇子已向绛恨的方向飞去，自己则在李璇握剑之处出掌一击，震得五皇子和绛恨都感觉手臂微麻，夏牧已从李璇眼前闪过，伸手接住掉下的扇子，回手向绛恨点去。那少女被夏牧又嘲笑又责备，方才也被他丢出的扇子震得几乎丢掉武器，终于不再轻敌，冷哼一声，丢下武器，空手迎了上去。李璇见绛恨如此，固然不能落后，亦是弃剑改拳，全力以赴。

"哎呀呀，终于认真了呢……"夏牧朗声笑道，一扇抵住绛恨的拳头，趁机低声说道，"该安排以下的路程啦……"

“这还用你说么，我这几天早就准备好了！”绛恨好不容易专心起来，听到他这么一说，不禁气急败坏，原来这习武是用来掩盖讨论正事儿啊！

“如何？问绿姑娘和琴城才子都与我们同路么？”李璇右拳“忽”地一出，却被夏牧的左手一撩而压了下去。

“二师姐自然和我们走了，她现在一心只想给师叔报仇……”绛恨被腾云将军从背后抓住左肩，抓得不能动弹，咬牙切齿地说道，“她可不像姐姐那般，那么多忠孝义气可言。”

“哦？”夏牧好笑地看着红衣少女在他手中挣扎，抓住她用来做抵挡李璇的盾牌，“瞳瞳还是不愿意么？”

“我看她基本上都想通了，只是还在说服自己而已。师父对她有恩，而且大师兄和二师兄和她感情深厚……”绛恨根本不担心在她面前挥拳的李璇，她知道他绝对不会打到自己。

“那下一步要到哪里去呢？”五皇子跃到夏牧身后就是一掌，竟然被他一脚给挡住，他皱眉说道，“也不知道荷衣会是否已开始行动？”

“我的探子今天晚上就回来了，我们今天就在屋顶上开个欢送会好了，再来我……”绛恨忽然闭嘴，不仅是她，李璇和夏牧都同时往后一跳，忽然霍霍几声，什么东西飞梭而来，直钉地上。众人看去，却是几根筷子插在刚刚三人纠缠打斗的地方。

“该用午膳了，五公子，你的药也该换了。”凝霜毫无表情地说道。

第八章

白露汹浪·金殿密语

很久之后，无论夏牧和李璇怎么回忆，都记得那天是夜空繁星，微风吹拂的夜晚。他们五个人在甄府的屋顶上，有一搭没一搭地聊天，夏牧和绛恨时而拌嘴，而凝霜、李璇和问绿则是忧郁地看着天空，文绉绉地吟出几段诗词。然后恒朝的未来，荷衣会的胜败，还有异图族的野心，就在这有人趴着，有人坐着，有人躺着的晚上，这样决定了。

其实那天在下雨。

倾盆大雨。

“我们一定要在屋顶上么？”绛恨非常郁闷地问道。

“是啊，就算有人偷听，又是雨声又是雷声的，我们要听到对方的动静还更难呢……”夏牧忍着笑看着眼前的几个人，“不会生病么？”

“都是习武的人，哪来那么多啰唆？”问绿不耐烦地皱眉，“快点讨论出结果吧，我们可以下去！”

五皇子僵硬着脸看着眼前的人们，的确觉得画面有点怪异。四个人盘膝坐在屋顶上，淋得像落汤鸡似的，其中问绿还打着伞，因为凝霜说她的伤口不宜碰水。希望周围真的没有什么武林高手，要不然这种情况，还不够丢脸么。

“好吧……”绛恨抹了脸上的水，“我的探子回来了，我们可能要去明寮。”

“哦？”夏牧习惯性地“啪”一声，打开扇子，结果瞪目看着它马上被淋湿，半晌才道，“因为明寮要造反？”

“你怎么知道？”绛恨惊呼，随后看向五皇子，恍然大悟，“哦……相公也派人去了？”

“明寮的巡抚杜知鸣是朝廷的忠臣，深得先帝信任，多次由他私底下与反恒组织联手，其实是为先皇打探消息，因此几个不大的反恒会都被消灭了。但当今皇上对他并无先帝那般重视，据我的探子所言，他最近和许多可疑人士来往，并向朝上禀告。”李璇缓慢说道。

“明寮位于关月河与关夕河之间，土壤肥沃，深得异图族青睐，再来，关月河上下流以及分支关夕河两畔，都是中原重要地脉。若真的被破……”一直安静无语的凝霜轻声说道，“恐怕后果比当时的孟安周城被侵还要严重……”众人不语，都在深思明寮若反的结果，还有猜测荷衣会的举动。

“那么……就去明寮吧！”绛恨站了起来，双手握拳兴奋地说。

“等等，各位真的要与我们同路？”五皇子严肃地问，“与异图族一战，是朝廷之事……”

其他四个人，包括凝霜，都用一副见了鬼的样子看着他。

“这位谁，你不可能到现在还认为，没有我们三个，那个什么朝廷可以打赢这场战吧？”问绿冷笑一声问道，“我该嘲笑你还是敬佩你啊？”

“你该嘲笑。”夏牧非常认真地回答她。

“但事情完了的时候，会很难收拾。即使打了胜仗，你们仍是荷衣会的昔日弟子，哪怕有天大的功绩，圣上也无法完全信你们。”李璇皱眉，他这几天都在思考这个问题。与荷衣会的恩怨是她们一辈子都无法抹掉的过去，先帝曾经用的探子，后来都赶尽杀绝了，因此才留下那么多的仇恨。父皇的手段没有那么惨忍，但朝廷中并非无小人的存在，到时候再小的罪，如果落在她们身上，以三个人的过去而言，都会被扩大到砍头的级别。

“把事情弄大不就好了？”凝霜忽然说道，其他四人一愣，都同时转头看向她。

“与异图族的战争即将开始，依荷衣会在江湖上的地位，自然可以呼风唤雨，到时候如果他们再笼络更多的武林高手在旗下，那么我们就很难有胜算。因此，为何不把声音放出去？”琴城才子轻描淡写地说道，“虽然江湖的众多高手都冲着荷衣会的武功秘诀而投在门下，但天下之大，总会有爱国之人吧？若与朝廷无仇，谁都不会任异族统治天下百姓的。”

“你是说，要用我们的名声，开始招兵伐敌？”夏牧歪着头沉思，不觉一笑，

“不愧是瞳瞳！想得真是好！”

“咦？但是把事情传出去，这样他们不就知道我们还活着么？”绛恨忽然举手问道。

“他们迟早会知道的……”问绿回答，“你是奇探，你说，江湖上什么东西最快？”

“什么东西最快？还不是你最快！”绛恨嘴快地答道，后来眼珠一转，“不对啊，流言最快！”

“如果把事情弄大了，到时候在民间自然名气极大，就算皇上想要追究，有百姓撑腰……”李璇也沉思，心中还是稍有不快，毕竟他们如此布棋是为了在未来要挟住他的父皇，但问绿也说得对，若无她们三人，此战难打；而以他的性格，若打赢此战，必定保护那些女子。那么……算了，还是暂时不要想了吧。

他摇摇头，抬起头来，正好碰到夏牧观察他的视线。稀里哗啦的倾盆大雨奔流而下，四处的热气上升，在漆黑而迷蒙的夜晚里面，腾云将军的目光清亮而透彻地传了过来。

他们相视一笑。

恒朝，荷衣会，异图族的未来，就如此定下。

在淅沥的雨声之下，以及五个人的笑语之中。

恒朝仪武十六年，似乎注定要成为不平凡的一年，消息一波接一波地传开，每次都如炸了锅一般，在民间掀起大片的惊呼。大街小巷都在讨论同样的四个字：腾云将军！

三月，腾云将军大胜周城一战，被封为辅国大将军。

四月，腾云将军与五皇子共同南下，寻找并迎娶唐府失踪已久的千金唐秋瞳。

在天下，人们都伸长着脖子盼着英雄美人的完美结局的时候，再一次的惊爆消息传来。

腾云将军与五皇子由天下第一奇探，“天下第一客栈”的老板娘，绛恨姑娘带领深潜云山深处，寻找绝世妙医——琴城才子凝霜！

原来琴城才子正闭门研究抵抗异图族的毒蠹的解药，岂料消息被人传出，一心反恒复羽的荷衣会得知，便杀进云山，欲取解药。腾云将军等人十万火急地赶到，却同遭毒手，与琴城才子坠于深山悬崖！多亏上天保佑，琴城才子的好友——“雪鞭飞使”也闻言赶来，救起众人。

同时，由奇探绛恨的探子所报，荷衣会的确重出江湖，与异图族联手，共伐恒朝，预备打下江山。

天下哗然！

消息从凌郡传出，犹如火烧枯草般地向全朝蔓延，据说那腾云将军其实和琴城才子是故友，这次只是借着唐府千金之事去拜访，却碰巧遇到此事。

据说五皇子李璇其实是太子微服出巡，在登基皇位之前来好好看下民情。

据说奇探绛恨神通广大，天下没有什么事不为她知道的。

据说琴城才子和雪鞭飞使是从小分离的亲生姐妹，只是她们两人不知道。

还有人说，其实腾云将军和五皇子李璇关系亲密，两人……

反正，消息是传了出去。而除了这些茶饭后的话题之外，还有一些是让书生才子们更加忧心的，那便是国家战争。那些少年汉子都正值冲动之期，听到荷衣会起反，要与长年残杀同胞兄弟之辈共战中原，都觉得全身热血奔腾无处发泄，巴不得插上翅膀飞至边疆，共伐外族夙敌。

于是，茶楼间，酒楼上，青楼深房；吆喝的小贩，买东西的丫鬟，看店铺的伙计……谁都在说，听到消息没？哎，就是他们啊，那五个人，什么谁？你土包子么？就是，就是“那五个人”啊！

“那五个人”，夏牧等人，从此便有了如此响亮的绰号。

后来，就是这曾经辉煌一时的称呼，深深地刻入了每个人的灵魂，痛得让他们彻骨。

白露石，生长在山洞深处，洞越深，石身越是雪白。

羽朝的太祖帝便有一位妃子，肤凝似雪，光滑如冰，炎热暑夏也是毫无薄汗，那羽朝皇帝便赐名为凝妃，人称白露妃子。也就是这样的白露石，三百六十五块，铺在昭晨殿的地板上，无论春夏秋冬，都是宜人而清爽的温度，哪怕是在室内温暖的严冬，也会让跪在地上的百官们精神百倍，不被舒适的温室给弄得昏昏欲睡。

昭，日明，光亮之意；晨，早也。三百六十五天的早起，一年之光，以及每日的一块提神白露石，都没能避免羽朝的灭亡。因为跪在白露石上面的不是皇帝。

恒朝的文武官们，大气都不敢出地这样胡思乱想着，不过光是想，就又出了一身的汗了。

仪武皇帝坐在龙位上看着他的臣子们，什么都不说地敲着扶手。他看了一下左边的太子，李璇的双胞胎兄长——四皇子李斌，然后又看了右边站成同样的姿势的六皇子。两人都是一样朝服，长发束起，不卑不亢地俯首，没有丝毫的心惊胆战或者不耐。从这个角度看去，两人还真似同一个人呢。皇帝不禁微笑，他振了振身子，威严问道：

“连京城都有？”

“回……回皇上，臣不敢妄言！京城中，确实如此啊！臣和儋光都是如此听到的！”

看到脚下的有几个臣子几乎是捶胸顿足，痛哭流涕，只差没有把额头磕出血来的状况，仪武帝几乎又要笑了。

他想到远方的那个儿子。

李璇从来都是不需要他担心的孩子，做事总是谨慎再谨慎，个性透明温婉得像一块玉，是个为人正直的君子，但不会是个好统治者。现在，他终于做出“不正直”的事情，耍一些手段，做出让臣子为难的事情。自己应是惋惜的，却感到了莫名其妙的喜悦。

江湖流言，已传遍皇宫。

凌郡甄言的奏折一上，朝廷上的臣子便逐渐分派。

四面八方的奏折，从最初的委婉暗示，到了最近的激言苦语；其中有责备，有怀疑的，有担心的，也有趁机奉承。

皇帝看了太子一眼，轻轻一笑，他就是要把这些暗地勾结的分派全都给捅出来：

“儋卿，京城流言到底是如何说的，你又是从哪儿听到的，说清楚些。”他淡然地说道。

“是！”儋光应声向前踏步，跪在地上，朗声答，“回皇上，臣是在城西的九云酒楼听到的。”

朝廷上一阵议论声。

"哦?"仪武帝挑眉,看不远处的太子也是一脸茫然。

九云酒楼是京城风雅人士聚集的地方,价钱昂贵,菜名文雅,时而举办一些文才比赛而名震全朝,原来,关于"那五人"的消息,也已开始在那种地方讨论了。

"儋卿,你先平身,朕要你把当天的情况,一字不漏地说出来。"仪武帝坐正,表情一凛地命令道。

太子的面容闪过一丝无人注意到的笑容。

"是,臣遵旨!"儋光磕了个头便起身,声音清晰地说道:

"臣当时是坐在倚窗栏的位置,有一桌客人大约十到十五个人,似乎是在为从凌郡一带回来的友人接风,一群人也并无不礼之举,只是互相举杯敬酒罢了。后来不知谁说了句:'哎哎哎,张兄啊,你在凌郡一带,可听过或看过,"那五人"啊?'"儋光的声音平稳而沉厚,此刻却像说书先生一般,把当时那情形模仿得惟妙惟肖,但最后这句的声调依然是毫无高低之别,听起来颇为别扭,有些官员忍住了笑声,太子即时低下了头偷笑,又听他说道:"那姓张的应是喝多了,手掌便往桌角一拍,大声道:

"'怎么没听说过?我还看过呢!那情形真是……啧啧!'"

"此话一出,其他人自然不肯放过他,便缠着他说到底怎么回事。那人已有点醉意,再看到每个人的注意都放到他身上,不觉得意,便站了起来大声喝道:

"'好!老子说了便是!'"

说到这儿,儋光忍不住抬头看了一眼仪武帝,见他毫无恼色,便继续说道:

"于是姓张的便一手拿着酒杯,满眼迷蒙地回忆起来,臣等都以为他酒醉了快睡过去了,他才开口说:

"'你们……真是不知那是个什么样的情形。当时我正等着他们把最后一批货给搬上车去,结果周围忽然一阵惊呼,我起先还没注意到,后来忽然发现四周全都安静下来了。当时就吓出了一阵冷汗,那气氛啊,真是,真是……大热天的,却紧张得直冒冷汗,奶奶的,老子都还没转身去呢我!'"最后那句说得颇为相似,儋光仿佛都沉浸在自己的记忆里了,但周围的大臣官员们都没取笑他也没做任何评论,都屏息地聆听着,

"然后他忍不住地拿了桌布擦了擦汗,继续说道,

"'我转身踮脚看了过去，结果，他奶奶的，什么样一个情景，真是……真是像天神下凡一样！那搬货的小厮也给看傻看呆了，手里的几匹布就这么给滚下地去也没发觉。唉……我真是形容不出来，当时就那么五匹马站在街上，两匹白的，一匹黑的，两匹棕红的。那白马上一个男的，他妈的长得真俊，不是我说，我看那对面婉红楼的女子估计骨头都给酥了，然后他旁边马上的另一个男的，我想可能是腾云将军吧，他皮肤比另外那个黑了点，长年在外面打仗给晒的嘛，那个骑马的姿势，一看就知道他在边疆杀那些狗养的蛮人该是怎么样的神气。'"儋光顿了顿，好像觉得该说清楚什么，

"这时另外一人就马上拉了拉他的衣袖说：

"'张兄你不要命了！另外的那个人，就是当今圣上的儿子，五皇子殿下！'姓张的瞪了他一眼道：'老子还不知道么？我还没说完呢……我后来才知道，腾云旁边的是五皇子殿下，我就说，怪不得那气质不凡，皇帝老爷的儿子嘛，俊得来……唉，说快了，我再继续说。后面有三个女子，最后那个看不清楚脸，左边的是一个穿青衣服的，右边一个穿粉衣服的，两个人都像仙女儿似的，我看路边的一些女孩子都忍不住地摸了摸脸，肯定是想自己比不上吧，哈哈哈哈。

"我看了看一想，觉得奇怪，这几个人是不非凡，但也不至于让整条街不动不语吧，忽然后面一阵呼声，这才看清楚，他们五个都停顿在街上，手都分别按在武器上。这时那青衣女子说话了，她冷哼一声道：

"'还要藏到什么时候？还真成了缩头乌龟了？'"儋光顿了顿，说了那么多话，他抿了下嘴解渴，后面有些官员都忍不住伸长脖子来想要听得更清楚，

"那姓张的停顿了下，喝了口茶，手也忍不住颤抖起来，

"'那女子的声音刚下去，整条巷子，整条街上……整条，整条啊！整条街上的房子屋顶什么的，都竟然探出几个黑衣人的身子来！'"

最后一句话说得极为大声，有些臣子忍不住地低呼起来，一些镇定的也不觉皱眉，只有皇帝面色不改，不放过朝上大臣的一举一动，又听儋光道，

"酒楼里已是无人说话了，连臣等都等着他说下去，那人道：'整条街啊！平时那条街多少人啊，小贩酒楼茶馆青楼，多少人来来往往啊，全都被吓到了，没一个人敢动，只怕马上成了那些黑衣人的手下亡魂！

"结果那粉衣少女开口了，她好像是在玩似的问道：'呀，玄武门的人都出动

啦？二师姐，他们应该是来找你的吧？'

"腾云将军也说话了：'玄武门？真是一点创意都没有的名字，如果我是玄武门的人啊，一定穿红色的衣服！'

"那粉衣女孩又问，：'为什么啊？'

"腾云将军大笑答道：'人家看你穿红衣服，就不会想到'玄'武门上去嘛，就会问，你们是谁啊？这样就可以很有气势地回答，我们是玄武门的！'

"说完两人就大笑起来，连五皇子殿下都忍不住抿了抿嘴唇。'"僧光说着，脸上也有了一丝笑意，向上看去，皇上和太子也忍俊不禁，这腾云将军在哪里都改不了自己的嬉皮笑脸。

然后他继续说下去：

"这时有人就问道：'不是说是五个人吗？那琴城才子呢？'

"姓张的就瞪了他一眼说：'老子不是说还有一个，看不清楚不是吗，还没说完呢，你别打岔！'又继续，

"'然后青衣女子说话了，声音冷得老子眉毛都冻了：

"'玄武门的么？你们的副帮主的左臂怎么样啊？'

"那带头的黑衣人答道：'雪鞭飞使，你好大的胆子！昔日你废了我们副帮主的左臂，今天你就别想活着出去，还有你们也是！'

"旁边粉衣女子不依了，又道：'哎，二师姐，你废了人家的左臂，怎么人家连我们都不放过？'

"这个时候，最后那个我看不清楚的女子开口了：'恐怕是荷衣会的人派来的吧？'

"她往前几步，唉呀我的老天，怎么样的 个人哦，我看粉衣女子长得精灵古怪，穿绿色衣服的女子长得清秀干净，那这个女的，真是……啧啧，那眼睛水灵水灵的，像一汪水一样，仙女下凡，真的是仙女下凡哦，我都不敢多看一眼，只怕……只怕……哎呀我也不知道怕什么，反正不敢多看，我旁边的那小厮看得眼睛都直了！

"那个仙女走到那个绿衣服的旁边道：

"'看来各位不会放我们过去了，绛儿，问绿的伤势未好，你来出手吧。玩一玩就好了，别太过火。'她这样一说，那些人顿时发怒了，不知道谁气得大骂：

"'琴城才子,你不要看不起人,我告诉你,今天我们让你吃不了兜着走,你到时候就等着向我们副帮主求饶吧,你那样子敢情我们用来暖床还勉强可以的!就怕……'

"我听着这话大感不妙,果然那人还没说完,就闷哼一声倒地了!他旁边的人急忙去看,吓得大叫:'他……他……他喉咙被打穿了!'

"旁边腾云将军就皮笑肉不笑道:'不好意思,我无聊着呢。'

"带头的那个人气得发抖,大喊道:'列阵!给我上!一个不留!'他这样一说,那街上的人都开始跑起来四处躲,我还想看哪,就急忙爬到车上去,就看到那些黑衣人,至少也有一百个吧,速度惊人地马上排成了一排排,都同时拔剑!对面那五个人,却是一动不动的,都还在马上。琴城才子好像说了什么,我没听见,然后那个奇探绛恨就飞了出去。只看到她那粉色的衣服啊,呼啦呼啦地穿上穿下的,拿着一条鞭子刷刷刷地扫去扫来,然后五皇子也上场了,可能看不过一大群人打一个女子吧,就也出手了!

"五皇子那个剑,舞得银光闪闪的真好看,不到一会儿,我也没看清到底怎么一回事儿,他们两个又回到马上了。五个人就好像啥都没发生似的,继续骑马慢慢地向前走。还没走远,城里的官兵就到了,可能是原本就在一边,看到他们打得正起劲儿没上去还是怕了什么的,把那些黑衣人一个个地都抓了,有些跑了。我回头一看,那五个人竟然就不见了!后来我再看了看兵官抓人,就走啦!'"

儋光顿了顿:"臣就听到这儿,后来他们也没说什么重要的话了。"说完他再次俯在地上,一语不发。

殿上立即沉入一片寂静之中。

百官们各有各的想法,有些还沉浸在刚刚有点词不达意的叙述中,有些互相传递眼色,有些身置事外,镇定地站着。仪武帝一向不露声色,若无任何表示,他们也不敢有什么举动,从儋光的转述来看,很难说到底是在帮五皇子说话还是在为他定罪,虽与江湖人士来往已犯大忌,但这事儿却给了朝廷在民间的形象一个大大的转变,毕竟五人抵百这种情况,不是任何人都能够对付的。他们分别看了看太子与六皇子,两位却都是一副不在乎的淡然样子。

片刻,皇帝咳了一声道:

"儋卿，你平身吧。林子丹，霍兖，昨天讨论吏部的那几桩案子，结果怎么样了？"

众臣见皇帝如此，便知他还需要考虑深思，也不好再继续坚持下去。

儋光磕了个头，便退到了一边，表情上看不出喜怒哀乐。

六皇子和太子的视线都在他的脸上停顿了片刻，便各自转头，投到朝廷上再次涌起的一片讨论争执之声之中。

下朝之后，皇帝便把太子召到书房去。

先帝深爱书籍古文，从民间收集的书本成千上万，位于昭晨宫旁边的御书房，其实是一座九楼高塔，每层四壁满架尽放书本。顶楼高窗宽大，朱栏赤杆，窗外后宫的全景收进眼里，阳光四照而进，无论春夏秋冬，都是阅奏办事的好地方。

"儿臣叩见父皇！"太子李珷踏进顶楼的书房时，便看到仪武帝正在窗边眺望整个宫城的背影。正值中午，阳光如白金色的洪水地落进，窗外是整个红墙黄瓦，金碧辉煌，壮观雄伟的金黄皇朝。在朝暾暮曛中，散发着不可一世的雄壮光芒。

皇帝只是应了一声，然后继续看着外面的风景。

太子静静地在一边等着。

"阿璘第一次到这里来，你可知道他说什么？"终于，仪武帝淡淡问道。

前太子李璘，皇帝长子，和李珷李璇也是同胞兄弟，皆皇后所生。十八岁时，从这高高的书楼跌落而下，当场死亡。

那场惊动朝廷天下的血案，埋葬的不仅是原本稳定的政治朝向，还有李璘最好的兄弟，二皇子李璿曾经的意气风发和骄傲自负。如今，前太子李璘在皇陵地下永远安眠，而二皇子李璿，则是领着亲王的王冠，在寒冷的北部，远离了朝廷的一切纠纷争执。

太子想起温文尔雅的大哥，和曾经潇洒逍遥的二哥，不禁脸色一黯，但仍然恭谨礼貌地回答："儿臣不知兄长曾说什么。"

"阿璘说，也只有如此高贵大气的宫殿，配得上我从羽朝的焰火之中稳定天

下的李家子孙！”皇帝长长叹了口气，“他若还活着，会是一个好皇帝，但仅仅如此而已。”

太子闻言不禁皱眉，这话什么意思？仅仅是个好皇帝？难道皇帝的期望还是成为一个坏皇帝不成？深思片刻，他恍然大悟，但随后又冷汗满身，急忙说道：

“父皇，大哥英明果断，自小聪慧过人，儿臣岂敢与兄长……”

“朕就是要你敢！”仪武帝挥手打断他，“聪慧过人……朕哪个儿子自小不是聪慧过人？老六不是聪慧过人么？他的聪明都用到哪里去了？！私结勾党，四布眼线，难道朕还真要防到自己儿子身上去？！”他冷哼道，又坐在龙椅上重重地揉着额头。太子则是站在旁边，一言不语。

“老五这步棋，你看如何？”过了一会儿，皇帝慢慢地问道。

“若是五弟与腾云将军看中的人，必定不错。”想了一会儿，李珷如此答道，“不过四传流言此事，儿臣想并非是五弟想出来的。”这种要挟皇帝的事情，会是他那个整天“父皇说”“圣贤说”“先生说”的双胞胎弟弟想出来才会有鬼！

皇帝不觉一笑：“朕也想，必定是有人把阿璇的脑袋敲开了。他只是默认这个做法而已，不过儋光这次在朝廷上所说的事情，你看是否为真？”

“这……儋大人一向沉默寡言，做事正直，甚至过于老实古板，儿臣想，应不是假的或夸张其说才对。”李珷思索片刻说道。

“嗯，朕也这么想。儋光的忠心是朕一点都不疑的，他今天提此事，只是给朕提个醒，江湖人士，的确无法完全相信……吩咐跟踪阿璇和夏牧那几个人，有必要的话，就把那三个女的全都处理掉。”

“是，儿臣遵命。”

“那么……你觉得老六下一步会做什么？”仪武帝终于把眼光从窗外收回放在太子脸上，不放过一丝表情。

“儿臣认为……”李珷不急不忙道，“六弟应先待皇上有所表示，再利用关于五弟与腾云将军的流言火上加油。只是……”

“只是什么？”

“只是五弟一向小心谨慎，儿臣不怕六弟能把他如何，倒怕他不给六弟行动的机会。”

太子其实情绪都被刚刚皇帝提起的大兄长给带走了，小时候几个兄弟也是感情极好的，后来死的死，走的走，留下的几个却巴不得你吃我肉，我喝你血，想着想着就是满腔闷气，差点就说只是兄弟们这样明争暗斗我还真有点烦，这样自己岂不是显得太矫情了，就及时扯到五皇子身上去了。仪武帝看着他半晌，也没说什么，只是点了点头。

“你可知道阿璇他们接下来要去哪里？”

“回皇上，据儿臣所知，那天下奇探把手下全当做替身四面八方地发了出去，具体情况，恐怕还要等五弟的折子才能确定……”他又想了想，“或者，很快我们便能从京城的茶楼饭馆得知了。”

“呵！”皇帝不觉笑道，“是啊，这招……绝对不是李璇想出来的。”说完他便拿起了桌案上的茶杯慢慢喝道，“老六应是在等朕的反应吧，真是极好……”

说完，便微微一笑，用力把手上的茶杯给摔到地上，发出“哐啷”的碎裂声音。

恒朝仪武十六年四月，腾云将军与五皇子李璇携江湖人士至江南招天下之人共伐边疆夙敌及反朝之辈。谤言飞语流至京城，龙颜大怒，斥太子：朕思李璇昔日常曰智欲圆而行欲方，欲效先帝之德，太祖之慎，故托其代朕察江南之状。岂料其竟与江湖三流人士聚集党羽，到处妄博虚名，蛊惑人心，招民心惶惶，皇朝颜面为茶后余谈！真真愚昧之才，荒唐之举！太子汗颜，称病不上朝，养生于后宫。

此时此刻，夏牧和皇上口中的那个“愚昧之才”的儿子以及其他三个“江湖人士”，正悠闲地在前往明寮的路上走着。

眼前，湛蓝透淡的天没有尽头地罩在头上，马蹄下的黄土小路忽隐忽现地交错乱铺地蜿蜒到天边去，草原上时而有几条涓涓流过的小溪，忽然出现大片湖水犹如镜子般映着蓝天。走近某个小村附近，还可看到大批的羊群和牛群，摇曳着尾巴在太阳下慢慢地嚼着草。

一群人的心情都不错，住在深宫的李璇和长年隐居在深山里的凝霜，都呆呆地看着眼前的风景，两人都不由自主地松缓了面部的表情，如果不是为了身边两人时而发出的感慨的话，他们可能都会微笑了。

“你看这牛的屁股怎么那么肥啊，生小牛肯定很方便吧！”夏牧似懂非懂地说道。

“你以为啊，有时候生不出来的时候，还要人去接生呢！那可一点都不好玩！”绛恨接嘴道，“要把手伸进牛屁股里拉啊拉，把小牛拉出来！”

“哎，真的啊？你接生过？”夏牧张大嘴巴说道。

“我小时候看过，看得我很很恶心。不过凝霜姐姐有帮马接生过哦，是差不多一样的。”

“咦？”夏牧和李璇闻言都不禁转头看向身穿淡蓝，姿势优雅脱世的凝霜，然后又忍不住看向她一双纤手，要想象这样的她把手伸进马屁股的样子……还真有点难。

“这样啊……”夏牧忍不住扬起了笑容，“瞳瞳真是和以前一样的可爱。”

凝霜听到，不禁转头看他一眼，只见那双明亮的眼睛正好相望过来，带着她看不清楚的情绪，不觉眉头一皱，别头赶路。

“喂，我觉得大家应该取其他的名字哦……”绛恨忽然想到什么重要的大事说道，“要不然一说话就暴露了身份，我可是好不容易才把探子布在四处呢！”

其他人闻言，都觉得言之有理，只是一时间也想不出什么其他的名字，便沉默了。当然，这种重要的事情，落到绛恨和夏牧身上都不会变成什么严肃的责任，于是不一会儿他们俩就开始一唱一和地胡言乱语了。

“瞳瞳就继续这样叫嘛，别人问起的时候我们就用成桐树的桐好不？”夏牧开始还很诚恳而认真地向琴城才子提议。凝霜挑了挑眉毛，她没有意见。

“那五弟……就叫小五好了？”

“去你的，我家相公那么英俊的一个人，那么有气质的一个人，那么风度翩翩的一个人，你看会叫小五么？”

“那……我知道了，用谐音吧。叫做，小乌云好了？”腾云将军笑眯眯地说道。

“小乌云？嗯……”绛恨深思，“是挺可爱的。小乌鸦也可以，他挺配黑色的。”

“小乌鸦？不行，还是小乌云吧。你看他脸色，不像么？乌云满天的。”夏牧看了看满脸越来越黑的五皇子问道。

“那好吧，小乌云好了。那二师姐呢？”绛恨转头，无视问绿警告的眼神，歪着头想了半天，“问绿姐……常穿青色的衣服，就叫小青蛙吧？”

"哎，这个名字好！小青蛙！"夏牧拍手道，"不过如果是青色的话，叫苹果也可以啊，小苹果！"

"不要，还是小青蛙好！我说小青蛙就小青蛙！"绛恨嘟嘴，耍脾气道，"那我呢？"

"你？你就捣蛋鬼，死丫头，唯恐天下不乱好了！"

"去你的！"绛恨一脚踢在他的马上，"你就叫讨厌鬼，死阴魂不散，臭木头好了！"

"为什么是臭木头？"夏牧不解，"哦，原来也是谐音，那好，我叫木头，你就叫……绛恨……姜……小辣椒好了。"

"咦？小辣椒？这还差不多！那这样的话，凝霜姐姐也叫做小桐树好了！乌云相公，你觉得怎么样啊？"绛恨笑眯眯地转头问道，只见眼前的三个人都黑着脸看着他们。

"怎么？不喜欢你们的名字啊？"夏牧也伸过头来一脸无辜地看着他们三个。

于是辣椒和木头的马儿便被三人狠狠地抽了一鞭子，往前冲了出去，上面还骑着摇晃欲堕以及花容失色地哇哇大叫的两人。

就如凝霜所说，一群人前往的明寮位于两河之间，在研究和讨论一番之后，五个人都决定先前往关月河边的狮头村去搭船渡河。无所不能的绛恨，早已把自己手下从附近的村子给调了过去，与五皇子的"嘲风十六"在前几天便已在村子安顿下来，并且包了一条商船，准备前往明寮。

关月河是恒朝中原上一条极为重要的河，至北沿南，在瀛州北端分成两河，东边的仍叫做关月河，西边的便叫关夕河。在分流之前，河的西岸连接边疆，东岸连接中原，从西方外邦来的商业交往便全要渡过此河，因此河床沿下，全都是不同城镇的码头彼岸。狮头村便是其中不大不小的一个，因为离南边的凌郡和北边的荣伊较远，平时便没有多少人在此靠岸，村子里的人口也不多，只是靠捕鱼耕田生存的一个淳朴宁静的村子。

凝霜和问绿讨论许久，都认为荷衣会为了前往异图族所在的渡河处，绝对不会是这个偏远的村子，因此五个人快马加鞭地赶了几天几夜来到了这个地方。

傍晚抵达的时候，老实淳厚的村里人，见五个人长得如天仙一般，都忍不住地热情招呼，家里的水果食物，衣服头饰都给弄了过来，还接待他们洗澡吃饭，弄得冷漠如问绿和凝霜这样的人，都怪不好意思的，无法拒绝众人的好意，只好先就宿一晚上再走。结果就是夏牧和李璇帮了村里的男人们修好了一些屋檐水车，凝霜为老人妇女们看了病，问绿和绛恨无事可做，就花了一下午的时间把附近树林里的果子全都摘了下来送给了每户人家。狮头村的人感激涕零，差点没跪下来磕头膜拜，五个人只好在半夜三更的时候，留下了手信和一些钱，在与各自的手下见面之后，便偷偷摸摸地爬上了船，开向明寮。

明月皎皎，繁星点点，关月河广宽如海，站在船头，便见银钩挂天，万星含泪，照耀在一片波荡摇晃的河水里。抬眼望去，只有一片遥远的黑蓝河水，在月光下倒映着夜空。银河沿天而下，仿佛倾倒在河面上，头上是星空，船下亦是星空，明明遥不可及的明星皎月，却是伸手触水便可掬起。

眼前上下都是一片星海，夏牧和李璇在船头前站着，不觉看得如痴如醉。

"这个时候若有酒便好了……"腾云将军忍不住说道。

"我有。"

"哦？什么？"夏牧瞪目地转回头来，"你说什么？"

"我说我有酒……"李璇继续凝视水面地说道。

"这个时候你不是应该说，我们要保持清醒，若受到偷袭，遇到土匪或者坏人什么什么的，怎么办？"夏牧怀疑而小心翼翼地问道。

"你要不要喝呢？"五皇子皱眉转身，衣角被夜风吹起，仿佛随时会飞飘而去似的，"不喝的话我回房睡觉了。"

"要要要！我要喝！小五弟弟，人家要喝要喝啦！"夏牧立刻挽住他的手臂，两眼发光，只差摇晃尾巴地可怜兮兮地说道。

但待李璇拿回酒又重新回到船头的时候，看到的却是毫无表情的凝霜，笑容可掬的绛恨，以及双手交叉而不耐烦的问绿，都在笑眯眯的夏牧身边等待着。

"五公子……"凝霜咳了一声。

"听说……"问绿不自然地把头别向一边。

"相公你有带酒？"绛恨差点扑到他的怀里兴奋地说道。

五皇子不由自主地抿了抿嘴角，又转身从房里拿了几壶酒出来，穿过众人，在船头的地板上坐了下来，还没等他动手，夏牧已经迫不及待地从他手里夺走酒壶，打开并大声欢呼：

"来来来！今夜不醉不归啊！"

夏夜如梦，清风倾醉。

经过几天的奔涉，爬山，堕崖，中毒，还有一路上打打杀杀的众人，终于在这凉夜如水的晚上找到片刻的休闲，哪怕明天又要重新面对天下的战局和暗处的阴谋，今天晚上，每个人都似乎决定喝到烂醉如泥才罢休。几壶酒下肚，绛恨和问绿便开始吆喝划拳起来了；李璇依然默默地看着远方出神，一杯接着一杯地喝；夏牧看着一手拿酒一手拉着绛恨的凝霜，温柔而宠溺地笑了。

"容我高歌，天岭孤观寒……"绛恨好几次想要站起来却不断地摔倒，只好拍着地板，连连续续地大笑高唱道。

"骏马腾风，乘云笑看万花绽……"问绿也躺在地板上，边喝边唱地接了下去。

"蕉雨……万漠千涛浪……"绛恨哼着哼着声音便低了下去，众人都以为她睡着了，岂料她猛地起身，"哎！不行，这歌一定要姐姐的琴来和才好听！来来来，好姐姐，你来抚琴，我来唱……"

"噗……！"夏牧也满眼惺忪而醉地笑说，"我怎么看，你都像个调戏良家妇女的流氓……哈哈，正逼着人家陪你喝酒呢……！"

"你说什么！"绛恨摇摇晃晃地起来踢他，却是朝另外一边的问绿踢了过去。

"夏兄，怎能这样说呢……"李璇一脸严肃地转过身去说道，却是面朝木板说话，

"而且这时候能够听到凝霜姑娘的琴声，必定是好事……"五皇子边说边伸手去拍眼前的木板。

夏牧见状，笑得上气不接下气，忽然"砰"地一声撞上了船上的木墙，闷哼一声就睡了过去。

凝霜摇头，看着眼前几个平时面对任何事情都很洒脱的人，正七歪八倒地趴在地板上不省人事，眼神不禁迷蒙起来。

几年前的今天，师父下山管理远方的任务，两个师兄和绛恨也是从厨房偷出了酒，拉了她和杏泪，一群孩子就在山坡上月光下喝得大醉，就在外面草地上睡了一晚上。

记忆那么清晰地飘浮起来，不知道什么时候开始，她和曾经称为家人的

人们，刀刃相逼，一身的仇恨抵不过十几年的日夕相处。哪怕她曾经与他们谈论人生，感叹世事，相述梦想，以及在遥远而美丽的山谷内，各执乐器地共奏高唱着这片锦绣江山。

她忍不住地再喝了几杯，头脑有些沉淀，想要倚靠在身后的墙上，却忽然感到自己的手被人握住了。被酒烧得微热的体温传了过来，给清凉的夜晚增添了一种温暖的感觉。

夏牧的手粗糙而干裂，手指有浑厚磨砂的触感。

凝霜忽然感到非常的疲惫，眼皮不由自主地想要闭上，耳边绛恨的打闹，问绿的呢喃，还有李璇的酒杯碰壶的声音都逐渐遥远，身体好像浮在清凉的空气里，乘着一扁叶舟慢慢地逝远漂去。

蓦然，一阵笛声在风中传了过来，把勉强保持清醒的凝霜惊震而醒，手上的酒杯“哐啷”地掉落在地上。她并没感到夏牧的手有僵硬的感觉。

“哎？好好听的笛声哦……”绛恨摇摇晃晃地站起来想要伸出身去听清楚，但还没走出半步，自己就被凝霜拉了回来，没来得及出声便被点了哑穴。

凝霜惊得满身的汗都坠了下来，立即神速地行动，正撑着头起来的问绿和还未转身的李璇都被点了穴，无法出声。被惊醒了一半的五皇子看着琴城才子，只见她正悄悄地把半醒半睡的绛恨和问绿都丢给他，悄声说：

“荷衣会……”然后她做了个手势，叫他拖着两个人进屋去，然后低声但清晰地喊道：“裳妙，纱知，罗炎，缎风！”从船房的屋顶立即落下两男两女，四个人都是身穿深色衣服，整个晚上都在暗处保护着醉酒的几个人。带头的纱知抱拳答道：

“琴城才子有何吩咐？”

“你和罗炎留在这儿，假扮醉酒，若有人移船问话，你们随便打发走掉。”凝霜飞快地把夏牧转过身来，见他鼻息平静，便把他一臂搭上肩膀，“缎风，帮我把他弄到下面储室，裳妙马上派其他人去保护绛儿他们，若出事的话，便放下小船让他们先走！之后我们在明寮见面！”

原来那笛声是东篱和凝霜年少时用来互通消息的乐声，两人在应犹山庄居住的地方分隔得有些远，若对方要做邀请或呼叫的话，东篱便用笛声传达，凝霜用箫答应。

方才问绿与绛恨醉后高唱的歌曲，亦是他们年少时，几个兄弟姐妹在过年时共奏的一曲。凝霜的词和琴，东篱的曲，淀归的箫，杏泪的琵琶，问绿，绛恨和鸢向的歌声，曾经嘹亮而纯净地在应犹山庄内回响环绕，而现在，竟然成了他们几个的催命曲。

凝霜飞快地和缎风托着夏牧往下奔去，心怦怦地就要跳出来，今晚李璇把狮头村村民送的酒全都拿了出来，那酒劲甚猛，自己走路都还有点摇晃。她和问绿天算地算，怎么都不会想到会在这儿碰到荷衣会的人，除非……他们中间有奸细。

正在胡思乱想之际，她猛然听到有人在船上展施轻功的脚步，夹着点水而来的身影在风中摩擦，还有逐渐逼近的桨声。凝霜转身向缎风点头，叫他去保护其他人，刚好把身后的门轻轻关上，便听到风中传来的声音：

"这不是绛儿的手下么？"

一颗心蓦然堕沉，全身的血似乎都凝固冰冻。

世上她最不想见到的人，荷衣会的帮主——愁绝。

她和绛恨还有杏泪的师父。

第九章

往事如烟·淡然如风

物是人非事事休，欲语泪先流。

昔日的紫苑拉着自己的衣袖说："愁绝，你说会不会有这样的一天？你不在了，二师兄三师兄和二师姐都不在了，只剩下我一个，连哭都哭不出来。"那时自己只是拍开了她的手说，傻丫头。

当年的愁绝，忘了紫苑是天生有预见未来的天赋，忘了她哪怕是一时感触而说出的笑语，都会一语成谶。

因此当她站在船上，在冷眼看着被她握着一用力便会被捏碎手腕的纱知，忽然想起这一段回忆的时候，心里并没有感到丝毫的惊讶愤怒或茫然。原来，在她的命运里，原本就要注定一遍遍地尝试，物是人非这样的感觉啊。

眼前的纱知，正值最好最美的年华，她的左手已经被废了，若自己用力，一生练出的武艺也毫无用处，那么，所有的青春也就会断送在眼下的一刹那。但是为什么眼神依然倔犟不怯，并不求饶哭泣呢。

但如果是年少时候的自己，也不会动一下眼皮的，哪怕在敌人手下的是自己的脖子。

江湖上有种高手，是害怕生存胜于害怕死亡，所以，武艺高强，出手极快，手腕冷酷。

她不得不承认绛恨的确是有用人的眼光的。

当初嘟嘴忍泪让自己给她敷伤的孩子，如今派人以死相逼于她。

原来，这就是物是人非。

恍惚之间，有什么在旁边闪了闪，她转眼看去，船下的水面映出月光，漫天繁星，如黑绒遮天的星夜中，又是挂着一轮钩月。

她的年华，就这样新弦满月地过去了，明明没有很久，却感觉悠远长久，起伏不平，仿佛沧海桑田地过了好几生的悲喜哀怒。

“你叫什么名字？”愁绝听到自己冷淡的声音响起。

脸色苍白的少女抬起头来，额头上有痛楚的冷汗，“纱……知。”

“我是说你真正的名字。”

“啊……？”纱知惊愕地抬起头来，见对方看向水面的脸，虽然不知道她到底想怎么样，但为了拖延时间，多说话也是好的，“我叫卫篟……上有竹头的倩字。”纱知咬牙说道。

愁绝一愣。

很久没有听到这个字了。

很久，没有人，这样叫她了。

羽朝逐渐衰败的时候，便从北至南出现了十多个政权，大小国家各拥君主，民不聊生地统治了六十多年。因此，大恒铁骑践踏的，不仅是苟延残喘的羽朝皇族，还有另外十几个或满怀抱负，或残暴专制的王朝成员。

当天下换主的时候，这些活生生被从富贵华丽的锦绣乡棒打到人间炼狱的贵族弟子们，在经历了生死离别，家破人亡的痛苦之后，便逐渐形成了一股强势的力量。

恒朝太祖泰康帝用了极大的努力才把他们暂时消灭，但总是不忍心赶尽杀绝，毕竟征服整个江山已经流了那么多的鲜血了。

这些反恒的组织转到暗地行动之后，虽一再而再地被朝廷打击，但犹如强韧的杂草一般，还是春风吹又生。到最后，最有坚持性的力量，还是仇恨与怨恨。

愁绝，那个时候其实名叫林篟。是最后才被消灭掉的羽朝皇族的后裔，虽只是一位亲王的子孙，但好歹为皇族保持了一脉血缘。但他们一家并没有反恒复羽的心思，或许因为已经隔了三代时间，或许因为亲王府并未如皇宫那般被血洗玉阶，仇恨，在生命的延续之中，渐渐地被冲淡了。

“你为什么叫篟？”她忽然问着纱知，声音平静而淡然。

纱知挣扎了一下，马上就感觉自己手腕上的力量加强了一点，她痛得弯下了身，冷汗不断地冒出，全身都僵硬而紧缩在一起。她咬牙抬起头来，不解地看着愁绝，那个少妇平静地看着她，瞳目里一片浓雾，除了自己的倒影和明亮的月光，她看不到别的。

荷衣会的弟子们也丝毫不动，仿佛都成了雕像。他们知道帮主是喜乐不定的，只能静静地等待命令与吩咐。

“我娘说，我……第一次踢她肚子的时候，窗外竹叶碧绿如海……因此……”片刻之后，纱知吃力地说道。

“是么？”愁绝淡然地应了声，耳边仿佛又响起了深藏已久的记忆，被灰尘覆盖的声音。

“竹者，刚直谦逊，不亢不卑，潇洒处世，不同流俗，坚贞高洁。这都是爹爹对我们的期望。爹爹和伯伯的名字都是以梅字而取的，梅者，傲霜凌雪，坚毅不挠，但我们这一代……只要好好地活着……便是莫大的幸福了。”

小时候二姐这样对自己说过。

但后来，三个姐姐，父母和哥哥，还有那四个不到三岁的侄子们，都被凌辱，欺负，最后死于乱刀和大火之下。

原因就是，那时候还在逐渐成长的荷衣会的弟子们前来拜访，游说父亲和家人们加入，虽然父亲拒绝了，但东窗事发后，恒朝官府宁愿错杀也不愿留根，只因查到抓到的犯人曾经拜访过他们，一家人便在一道密旨之下，家破人亡。

她亲眼看到家人们的尸体，有的被刀划破了脸，刺穿了身体，吊挂在半空，逐渐被火苗吞咽。而自己，在不远的地方伸出手来，救之不及。

只有十二岁的她和不到一岁的东篱被救了出来。

“嗯！”纱知感受到她手的力量，终于忍不住地呻吟出来。最终，只听到轻微的一声“咔嚓”，她便整个身体软了下去。旁边的罗炎被按在地下，双眼就要喷出火来，但还没等他发出任何声音，愁绝便是一掌往纱知的头劈了过去。

骨头迸裂的声音。

“杀。”

愁绝看着纱知美好平静的脸，轻声地说道。

凝霜从水里抬起头来，身后传来的刀枪声已离他们越来越远了。她把夏牧的头往上抬了抬让他好好呼吸，又捂住他的鼻子嘴巴准备再次下水。

风中里传来了血腥的味道。

看来这次荷衣会为了真正地置他们于死地，已经大开杀戒了。

她忍住想要冲回去的愿望，把被点了睡穴的夏牧扶好，再次悄声无息地沉下了水面。

关月河的水没有盐味，但此刻仍然刺着全身上下未愈合的伤口。她感觉自己的头脑都要裂开来了，酒精的作祟加上还未恢复的伤疤都开始隐隐地作痛，全身都因为伤痛与担心绛恨等人遭遇不测而紧张。

在一群人都是烂醉如泥的混乱之下，她只能想出这样的对策，兵分两路。

朝廷重臣之中，被抓住一个总比两个都抓还好，何况另外一方可在外想方法营救。

不过无论如何，都想不通为什么师父会选择走这条水路，难道他们的最终目的并不是明寮？还是如自己一样，兵分两路？要夺取明寮还不至于要帮主亲自出马。凝霜咬牙，忽然觉得自己和问绿实在是太小看荷衣会的实力了，要和师父，大师兄和大师姐斗智，实在如在鲁班门前弄斧头。

她胡思乱想地再次浮出水面，船只依然不远，由于要拖着腾云将军悄声游泳的关系，他们前进得很慢，幸亏夜已深，两人在水面上留下的痕迹并不易见。

蓦然，她在扶住夏牧呼吸时，不禁全身一震。

怎么……？

听不到任何声音。

只有水波荡漾，微风，还有腾云将军在旁边平稳的呼吸。

方才的武器碰撞声，双方人马的吆喝和杀喊，都回归安静了。

凝霜全身汗毛都竖了起来。

她回头一看，河面上只有两条船的灯光亮着，它们静静地停泊在水上，河面上的银月繁星倒映而下，仿佛一幅宁静安详的河上夜景……

那么，也就说明，愁绝想要的目的已经达到了！

凝霜大惊，转身的刹那只听到无数“咻”声划破上空，一大片点火的箭支从四面八方向他们的船只射去！借着月光和火光看去，并无其他人游出或小船驶出的痕迹，那么绛恨问绿还有李璇……！

眼看那火焰越来越旺，凝霜也不禁大乱方寸。思考片刻，她顾不得掩饰隐身，抓起夏牧便吧嗒吧嗒地回游过去。

但忽然，前方传来长长的口哨声。

遥远的对岸，有一排火把亮了起来。

琴城才子脸色惨变。

看来这次荷衣会做了万分的准备，连陆兵都出动了。

他们的确掉以轻心了，竟然在这种时候大醉！

正在她犹豫是否返回之际，对岸回传来了破风抛空的声音，琴城才子抬头一看，只见无数巨大的石头从对岸向她附近的范围砸了过来！

抛石机！

为了避免有人逃走游走，竟然动用了抛石机！

凝霜知道这次凶多吉少，在乱石崩下的情况下，反而冷静了下来。

要死也不能死在这种地方！

她知道自己现在最好不要四处乱游，便只能僵硬着身子托着夏牧定定地望着上空。

立即，有一块巨石向他们这个方向砸来，凝霜眯着眼睛计算距离，就在千钧一发之际，猛然把夏牧往自己身边一拉，那石头擦过他的肩膀，但飞溅起的波动却让他们不由自主地往后游动。她没来得及反应，下意识地避开另外一块巨石，肩膀却被重重摩擦，就在想要前进的时候，又是一大块石头落下，于是又被溅得往后退。

琴城才子看了看四周，他们所乘的船只早就成了一堆火焰在水上燃烧，荷衣会的船也正在逐渐远离，再也不能轻敌了，她不能知道从对方的角度是否能够看得到他们。

凝霜咬牙，再这样下去，他们不是被巨石砸碎，就是被荷衣会所捕，所以……

她趁避开落石的时候点开了夏牧的睡穴，把他的手臂扛在肩上，咬紧牙关："……喝！"

只见她从水面腾空跃起，看准了一块巨石正好落在水面，便趁机在上面用力一蹬，再次在空中跃起！忽然左边又是一块巨石砸来，她来不及躲避，便抽出左手，聚集内力，使劲一撑！

"砰"的一声，那块巨石竟然被她劈开！

来不及庆幸，凝霜只感到额头被几块粉碎石头重撞，只感到眼前一黑，仿佛水面都在震动晃摇，她勉强地支撑着夏牧再次落在一块石头上，想要再次跃上去，双脚却是怎么都使不出力来。

远方对岸又是重物抛飞的声音，她踩在一块石头时，身体蓦然失去重心，紧扶着夏牧落进了水里。河水的浸入让脑子清醒很多，她挣扎着把夏牧推出水面让他呼吸，自己却是怎么都使不出力气再次跳跃而起。

忽然身边"啪"的一声，巨石落水，耳边又传来"咻"的声音，她撑着朦胧的视线一望，落石正凌空而降，她伸手拉住夏牧的背，却已经来不及了！

眼看那块石头就要砸在他们头上，却传来了稳定的声音：

"别动。"

凝霜只听到身边"轰"的一声，石头被震裂粉碎。

整个人马上就放松了下来。

自己被有力的双臂抱起，风呼呼地在耳边飞啸而过。脸颊贴着的是湿透的衣服，上面还有炎夏氤氲的水汽味道，夏牧的下巴抵在她的头上，两个人的头发湿淋淋的纠缠在一起，耳边传来怦怦的心跳声。从他身体的僵硬可以感到，他在生气，为什么呢？她迷迷糊糊地想着。眼前不断地飘过今天晚上的所有画面，她想要支起身来自己走，却因怀里的温暖而软了下去。

就这样，恍惚而轻松地昏了过去。

面颊上感到了风的抚弄，像是一袭大大的薄纱不断地从自己面前飞扬而过。

感觉好像是在飞一样。

犹如透过了漫长而寒冷的冬天，在芙蓉花瓣漫天飞扬的季节，那个男孩子满头大汗地跑了进来，打开大门，叫着自己的名字。

其实，自己所厌恶的宿命，最终还是让他在万里江山之中，天岭深山之处，找到自己，执手不弃。犹如十几年前他们玩累了，在芙蓉树下沉睡了过去那么的安心。

夏牧抱着凝霜在月光下飞奔而驰，关月河在一片银光照耀之下，宽阔得犹如广大的海洋，唯有月亮在天际洒了漫溢而出的光芒。他用力地把怀中的女子往胸口挪了挪，右手替她挡了挡风，心里一惊。

凝霜的额头一片滚烫。

"嗯……"五皇子努力地睁开了眼睛，视线模糊，头脑疼痛欲裂。他还没看清楚眼前的情况便是心中一震。在皇宫宴席之中，哪怕是最烈的清莲酒，自己也可以数杯下肚而面色不改。今天真是太大意了，果然落了个身陷虎穴的状况。

"相公？"旁边的绛恨也是刚刚惊醒，双手绑在背后，稍微移动便听到"哎哟"一声，摔倒在地。她挣扎了几下，最后还是放弃，抬起头来打量着对方。

室内光线黑暗，唯有日光从钉在窗上的木板隙缝之间透了进来。

房间的装饰简陋，但并不潮湿肮脏，看起来他们不在底舱或密室里。四壁之内，唯有老旧的窗帘以及几只快要燃尽的蜡烛。问绿倚靠在墙上沉睡，每个人都是被紧绑着双臂，乱七八糟地给摔在地上。能从房间时而晃荡摆动的状况看出，他们还在移动的船上。两人打量片刻，并没找到任何尖锐的事物，对方果然预备周全，他们很难逃出去。

"绛恨……"李璇见此也顾不得文绉礼节了，直接呼唤此名，"被点了穴道么？身上有什么地方不舒服的？"

"没……"绛恨挪了挪身体，皱眉答道，"只是……双脚麻木，根本站不起来。"她努力地搓着双手，想要把绳子解掉，岂料越动越紧，烦躁之际，心里已经猜到了七八分。

"你觉得……我们是落在谁的手里？"

"这种绑法，自然是荷衣会了！"绛恨气嘟嘟地说道，观看四方，又扬起了笑容，"不过看来他们也不是很成功嘛，姐姐和夏牧肯定跑了。"

"呵……"李璇原本心急如焚，自己贵为皇子可是从来没有遇到过危险的，岂料第一次初探江湖，便落在皇朝头等夙敌的手上。但看到绛恨谈笑风生，笑吟吟地完全不当一回事儿，也忍不住笑了。

也是，夏牧和凝霜肯定逃了出去。要不然对他们毫无用处的问绿，肯定早已被处死了。留她至今，肯定是为了向每个人问话示威。

"不过现在我们是要去哪儿呢？"他不禁低声说道。

"这与你无关！"

忽然一人开门而进喝道，把地板震得发出了吱嘎吱嘎的声音。

光亮在他身后射了下来，绛恨李璇都忍不住眯了眯眼睛，只能辨认他高大的身影，魁梧彪悍。待适应了光线看去，却见那人轮廓严峻如岭，脸如刀削，脸上一条疤痕自左眼上方穿过鼻梁；丹凤眼，重浓眉，双目圆瞪，嘴唇紧抿，似怒非怒；身穿青色长袍，半个袖子上仍有血迹，腰中一枚玉佩，其中之字骨气豁达，遒劲有力，曰：鸢；背后两把双面斧，都是半月状的银制锋刃，并无装饰，半旧半新，却似有寒气散出。

"二师兄！"绛恨喊道，此人正是她和凝霜的二师兄，荷衣会的第二弟子，鸢向。

"绛儿，你还有脸这样叫我？"那人冷哼一声，双目却是狠狠地盯着李璇说道，"背叛抚养恩人，助小人而弃义节，连我都替你丢脸！"这第一句话虽重了些，却倒也说在坎儿上。五皇子皱了皱眉地看向绛恨，果然看她脸色苍白。

片刻，绛恨终于笑了出来：

"抚养恩人？二十年前若不是我爹娘把师父给救了，这天下还有荷衣会的存在么？当初若不是她一手遮天，我会有那种下场么？"她半笑半嗔地说道，但李璇可以看出，平时光流闪烁的双眼里根本没有一丝明亮，仿佛凝霜和问绿动手前的双眸，充满了杀萧和冰冷。他忽然心中一痛。

"二师兄……"绛恨笑道，"你可打听清楚了没有，说不定你的遭遇，和我还有凝霜姐姐是一样呢。"

"你住嘴！"鸢向气得满脸通红地喊道，却又找不到反驳的答案，只能重重地喘气，他左看右看，怎么都不能对绛恨出手，于是走到五皇子面前就是一拳！

"二师兄！"绛恨又惊又怒，无奈双手被捆得牢紧，她万般挣扎却只让自己再次摔倒在地。

鸢向那一拳只出了三分力，要不然一掌打下去恐怕五皇子当场就脑浆迸裂而死了，但当他看到李璇一声不吭地从地上缓慢地坐起来的时候还是有点惊讶。原本以为来的人只是一个满身傲气或高贵清雅的皇家弟子，但从眼前的这个男人散发出的气息看来，他甚至更像那种身藏江湖深处，一鸣惊人的高手，或是不理世事，傲遍江山的侠士，和锦绣环绕的王家子孙一点都不像。鸢向皱眉半晌，才哼声说道：

“小师妹，我告诉你！你爹娘会拯救师父就是因为当初这小子的爷爷和老子没把天下治理好，要不然我们山庄有那么多无家可归的孩子们吗？啊？”他指着五皇子怒道，“不是说‘羽恒分朝，仅李代林氏也，皆是一家’么？那为什么还杀害那么多‘同朝’的百姓？只是因为他们是前朝后裔或有任何关联么？都是狗屁！”

“那我和凝霜姐姐，就不曾是你们的同朝姐妹了？那些死去的江湖侠士，也都不是与你们同样的无辜百姓了？只许州官放火，不准百姓点灯？打击反抗的人，甚至与蛮族联手遭殃百姓，荷衣会又比朝廷高到哪里去了？”绛恨不甘落后，也是气得大叫。

“你……！”鸢向气得举手一巴掌打下去，只听“啪”的一声，那耳光却是打在了挡在她身前的李璇脸上。

长发遮面，嘴渗血丝，鲜红的血滴点点地落了下来，五皇子姿态笔挺，俊逸，但是惨白的脸缓缓地转向了愣住的鸢向，一双眼睛却是温润如玉，清新得如荡漾载莲的溪水，轻声开口：

“百姓受苦，的确是朝廷之过。但自古以来，何朝不曾走错棋？羽朝末时，皇室凋败，荒淫误国，各处诸侯称霸行道，若太祖未曾统一天下，现下岂能康世，抵御外敌之力？”

“哈哈哈！”只听外面有人大笑，随后大步而进，“没听过杀戮无辜之人竟然还有这么理直气壮的理由。”那人笑而显威地说道。

若说夏牧是嬉笑下隐藏着豪迈与大气，李璇是冷静中带着潇洒与雅逸，东篱是淡然中带着刚烈与坚毅，那么眼前此人，便是各人之气聚集一身。

只见他剑眉星眼，玉树临风，唇边噙着浅笑，脚步稳定沉重，衣着简朴，长发高束；背后右手执一支红缨银枪，枪尖滴血，他全身上下却是清爽洁净，犹如夏日清风般的凉爽；虽笑意盈盈，却衬出一股不凡的气度出来。

“大师兄……”胆大包天的绛恨，见他也忍不住低低地叫了声。

“绛恨，你这次胆子不小啊……”淀归笑看着她说道，又把目光转向在她身前的李璇上，“这位就是轰动天下的五皇子殿下？”最后两字说得极为讽刺。

五皇子扭了扭脖子放松一下，毫无表情地回望他。

皇家威严自然流露而出。

哪怕他被捆得像个粽子，左边的脸颊被打得青肿，嘴唇也正在流血，李家弟子身上，流着的可是天子的血。

听淀归如此说道，他便淡然地看了他一眼，礼貌地笑道：

"正是本人，人在宫外，不拘礼节，你们就全都免礼吧。"

"你……！"鸢向气得一步踏前，后面的绛恨扑到前面，却被绊倒在地，只能抬起头来用眼神警告他。

"鸢向，无妨。"淀归依然淡笑着，两人就谁都不说话地打量着彼此。

在身后看着他们的两人都紧绷着身体，紧张得如满弦之弓，就怕什么微小的变动引来血光之灾。

最后，淀归笑了笑，深看五皇子双眼道："在下淀归，这是我的师弟，鸢向。"

李璇笑而不语，颔首答礼。

"各位就在这里住几天吧，饭菜我们会送过来的，不用担心，不会下毒的。"淀归沉默片刻，向瞪着他的绛恨挑了挑眉道，

"你们还有用处，所以才暂时保命的。就乖乖待着吧，也别到处乱喊话，省着点儿。"

说完他点了点头，便转身离开了。

"大师兄，不用向他们打听凝儿和那个将军的下落么？"鸢向见他那么快便走了，马上急急说道。

闻言，绛恨忍不住"扑哧"一声笑了出来，李璇也不禁挑眉，看着淀归的反应。

鸢向这才发现自己说漏了嘴，这样他们便不能以夏牧和凝霜做筹码来威胁五皇子等人了。

不过淀归也只是淡淡地说了声"不用"便走出门外。

"相公，相公，你没事吧？"待门一关，绛恨马上扑到李璇身边问道。

"没事……"五皇子轻轻躲开，不让眼前少女看到脸。

"让我看看，呀……！都肿起来了！怎么办怎么办？"绛恨懊恼地叫着，双手又不由自主地开始挣扎，想要解捆察看伤势，也想直接冲出去一脚把鸢向踢到河里。

"绛恨，别动了，我没关系的。现在我们要好好思考，下一步该怎么办。"李

璇轻轻说道，那声音里带了很多他自己也分辨不清楚的情绪。有宠溺有无奈，有担心也有不忍。出他所料，绛恨并没有如平常一样的不做不休，而是很安静听话地靠着墙壁坐了下来。

两人都没有说话，身旁传来了问绿的呼吸声，还有风穿过木板裂缝的声音。

那一刹，五皇子有点恍惚，他忽然觉得曾经熟悉得不得了的金碧辉煌的皇宫，珠宝环绕的宫殿都离他如几个轮回般的远，仿佛那是上辈子的遥梦而已。他想起昨日醉酒的时候，夏牧一手搭在他的肩膀，一手高举邀月，浮光点点的水面上荡漾着他豪爽的笑声："五弟，你可知道这天下人最想要的是什么？是自由！人人都想坐上皇位，因为他们以为皇上可随心所欲，整片江山，天下美人，但其实啊，那是比任何地方都寂寞都孤独的位置啊……五弟，我会带你去看真正的自由，西方的大漠，那里有看不见底的金黄天云，落日的时候，有成群的大雁飞过，在沙地上留下呼呼的声音；那时候边疆的城墙上总是响起几个换值的士兵的高声大唱；城内的家家户户传来了饭菜的香味；我就会在最高的地方望着被金光沐浴的城，想着，这就是我要守护的地方……"

还有问绿那睡过去时呢喃着的婉转歌声，犹如江南的烟雨迷蒙，夹着夏夜微温的风，弥漫而温柔地四处散去：

"容我高歌，天岭孤观寒！骏马腾风，乘云笑看万花绽……蕉雨万漠千涛浪……"

昨日皇宫，今日江湖，一切竟然变得那么快。眼前，是真的生死一线。

"下一句会是什么呢？"他不觉微笑着轻声说道。

"相公，你说什么？"沉思的绛恨似乎惊醒，几乎是跳起来说道。

"没什么，"李璇摇头，看了看被木板钉死的窗户，"你说，我们是要去哪里？既然没抓到夏兄和凝霜，那么让问绿还活着是为了什么呢？"

"我也不知道，不过以他们的语气听来，似乎不想让我们知道是要去哪里。"绛恨勉强地打起精神来，但脸色却是淡淡的疲倦。

"怎么了？"李璇借着微弱的烛光看到了她脸上的表情，不觉柔声问道。

"没想到还真的有和大师兄和二师兄敌对的一天。"绛恨靠坐在墙上，看着睡在一边的问绿，有点伤感地说道：

“小时候，其实我和二师兄的交情是很好的，几个兄弟姐妹虽没有多少时间相处在一起，但总是一起长大，骨子里总有一份亲近。凝霜姐姐个性冷淡，最与副帮主谈得来，问绿姐不大和我们玩在一起，若有时间，也只是找凝霜姐姐比画，杏泪和大师兄每天只是习武，训练其他的弟子。但是……”她的声音逐渐地低了下去，仿佛被带到了很远的应犹山庄，

“……凝霜姐的竹屋后，有一个小山坡，上面有好几条很细很细的小溪涓涓流下；随着它走得越来越远，就会把武场，师父的屋子，还有荷衣会的一切逐渐抛后，来到一条更宽阔的溪流上。那里有一块很大很大的石头，不知名的小花从溪边和石头的隙缝里长了出来，流动的小河就像蓝色的缎带一样，发出哗啦啦的声音。”

“也不知道是谁最初找到那地方的，但每次只要有时间我们都会心照不宣地来到那里。凝霜四处采着草药或者看着河流发呆；问绿总是躺在那块大石头上，杏泪有时候会先爬上去，两个人就坐着什么话都不说仰望天空；大师兄有时候会找二师兄比武，要不然就靠着大石头上站着，看着四处是不是有人或者被我缠着玩耍；二师兄嘛，总是躺在草地上呼呼大睡……”绛恨忍不住笑道。

“后来不知道是谁，可能是杏泪或问绿不想另外的人也躺在石头上吧，便把自己的名字刻下了……”她继续半笑半惆怅地说：

“可能就是为了那句，‘这石头上又没写你的名字’的童言赌气而已。总是做协调的大师兄为了不让她们争吵起来，便把自己的名字也刻在上面；然后爱玩耍爱凑热闹的我和二师兄也写了上去，最后逼了凝霜也刻上名字。这倒好了，师父终于找到了我们躲藏的地方，虽是什么都没说，却在旁边刻了几个字。于是，我们再也没有去那儿了……”

李璇听得入神，耳边传过的，却是河流淅淅，青草摇曳的声音。

十几年前的今天，或许也是晴空万里的日子，五个孩子累了倦了，便蜷缩在大石头下乘凉避暑，然后用争霸天下般的气势写下了属于自己的地盘。

当年，其他人再也不来聚集的地方，想必也有人乘着夜色，临溪而立，望着石头上歪歪扭扭刻上的字，会心一笑。

然而，在十几年后，杏泪提着剑，用火烧了关着三个师妹的竹屋，然后把他们逼下了千丈高山，转身离开。

鸢向和淀归，会率领着千军万马攻向中原城池，哪怕那门前站得笔挺的守城之人的名字，与他们的一起刻在溪畔石上。

皇宫如此，江湖，亦是如此。

李璇不觉叹息，了解绛恨疲惫之色来于何处。

家事国事天下事，事事他们都揽在身上了，怎能不累。

“我说你真是啰唆……！”忽然问绿的声音从地上传来，不满地说道，“有本事你就继续在那里感叹春秋吧你，我好不容易打听到一点消息，思绪全被你吵闹的声音打乱了。”

绛恨和李璇傻眼，一是被她突然发声而吓了一跳，二是因为……他们被捆关在密室里面，插翅难飞，问绿是从哪里“打听到一点消息”的？前者愣了半天，才口吃地问道：

“问……问绿姐，你一直醒着？”

“废话！”问绿没好气地回答道，“我比你们醒得都还早好不好？”

“难道……”李璇回想几天的遭遇，心中早猜到几分，“酒中有药，狮头村内有荷衣会的人，故赠酒水；此药对问绿姑娘体内残毒无效，因此只是宿醉未醒，不如我与绛恨，中药沉睡？”

“正是。”问绿挣扎着靠在墙壁上答道，“难道你们就不曾发觉，这室内大有奇处？”

李璇绛恨相看一眼，都分别转头打量周围，但四壁空荡，除了在地板中央虚弱跳动的蜡烛之外，并无其他。

但他们都同时喊了出来：

“怎么那么安静？！”

“正是！”问绿得意地看着他们，“别说外面的水声或守卫走路的声音，刚刚淀归鸢向进来时，分明是经过一番打斗的，怎么就没有听到任何刀剑之声？”

“如此地不想让我们知道身置何处，那应该是担心我们知道了就会行动。”绛恨若有所思地道，然后起身把耳朵贴在窗上，只有隐隐约约的风声传了过来。

“船上最难逃的地方，应是底舱。但那儿却很难防音，所以我们才在密室……”五皇子喃喃想道，抬头望向问绿：

“难道姑娘已经知道我们要去哪儿了？”

问绿神秘一笑：“我想……我们应该身在银莲河。”

“银莲河？”其他两人异口同声地说道，一是疑惑，一是惊呼。

关月河在明寮北方分岔而流，西河为关夕，东河仍叫关月。夏牧等人遇难之处，便是连接通往凌郡的狮头村的东关月河。但沿着这条河继续流下，便会到明寮南方的燕城。

“扁舟望穿青山尽，飞云绵流夕阳间；落英处，余霞绕银叶；烟雨楼，淅淅流水使人愁。眺看百里，唯见粉瓣漫天游；回首，画舫红颜，笑唱醉酒。”

燕城便是这样的情景。

那儿河床从宽变窄，双岸相望，对面都是黄叶银杏的落金树，以及珍贵无双的白柳树。

风一吹来，春有粉色花瓣飞扬，漫天扑满行人面；夏有百花绽放，绿茵萌浓；秋有红黄树叶，燃如烈火；冬有白雪飘然，晶莹剔透。

而名传天下的白柳树，无论季节，都是拖着飘逸洁净的长长白叶，在河畔柔静悄然地飘动着。但银莲河之名由来，不仅仅是出于这美丽的树。

城内河畔，不知是谁开始种下了莲花，那花儿或许是受了这风水精华聚集此地的影响，不是出淤泥而不染，简直就是白如洁云，冰冷如霜；它们漂浮于水面，衬着淡然如雾，缥缈如烟的白柳，周围则是碧绿欲滴的圆叶，让人在炎炎的夏日也能够感受到一丝凉意。因此名之银莲河；不过莲花最多的是燕城河畔中心的五至七丈，因此也叫做五银河。

下江南，不游燕城；不醉于银莲河，枉然一场。

“现在已如初夏，我们虽是在银莲河的上流，但外面必定是左画舫右游船了，一出去必定能够听见乐声歌赋，还有各种各样的船。”问绿闭眼说道：

“方才我在鸢向他们进门的时候注意聆听，果然有一丝歌声飘进，还有落金树的花香。”

“但……为何会前往燕城？”李璇问道。

见问绿不语，绛恨便叹息说道：

“羽朝亡时，景敬皇帝最宠爱的安馨公主和十六皇子一路逃到了燕城；公主年方十七，照样率领了最后随她左右的三百精兵攻抗追她的恒朝兵马，岂料，从另外方向而攻的恒军把年幼的十六皇子擒去了，公主一方军心大乱，最后不堪一击，只剩她孤军奋战。冲破军围，眼看银莲河就在脚下，安馨公主却掉头，怒气冲冲地向恒军横冲直撞，回手一剑便把幼弟亲手杀死，最终大骂恒朝及叛臣，投河自尽。

“凡是羽朝后裔，都对这最后一位捍卫皇族的公主深感敬佩；她生前便是美貌如仙，气质馥雅，著名女诗人方典最有名的一赋《荷衣咏》便是为她而作；现在你知道，这个帮会名字是从哪儿来的了。”

李璇闭眼，仿佛就能看到那杀气腾腾的军队，以及前面一马当先的白衣少女，她策鞭狂奔，一路上眼泪纷飞，衣带飘逸，最后在看见粼粼河水和上面的纯白莲花的时候，蓦然回头，含泪举剑，砍向自己的幼弟，鲜血飞溅，残留霜袖间。

几年之后，有人在同样绝望的情况之下，用了她的名义，引起了成千上万的人，挥剑举刀地向他们杀来。

就算逼迫安馨公主的人是自己的祖先，是自己的家族横夺了她的江山；他仍然对那位少女，深感敬佩。

“不过，他们却不仅是为了凭吊帮会的初源地或祭拜安馨公主和已故帮主而来的。”问绿依然闭眼，只是皱眉地说道：

“祭祀的话，用不着动用那么多的人马，我在昏迷之前，听到了箭矢的声音，想必陆军已经到了。那么也就是说，明寮的某个城市……已经被他们拿下了。要不然鸢向和淀归来这里干吗？祭祀只要帮主一个人来就好了，难道还要他们两个保护么？定是要把某座城池作为军营！”

“明寮已有一城被拿下了？！”李璇不觉脸色巨变，脑海里开始跟着所记住的地图路线一一找了过去，“阳南，锡安，溪间……若是攻城的话，一定会有消息传来的，但这样无声无息的，肯定是官府里有他们的人……阳南郑氏是二哥的人，锡安是六弟安排下去的，溪间绝对不可能，既然这样……那么，难道真的是燕城？”

“不是……我想我们去燕城，应该是另外一个目的。”问绿答道。

“什么？”

问绿抽了口气，缓缓说道：“铸剑神手，欧阳子治。”

绛恨惊呼：“他不是早已死了？！”

江湖上，有三件事情是人人争夺的：

一是让天下第一神侠尹冥眠败于自己的手下。二是荷衣会的绝世武功秘诀。三是便是欧阳子治铸的一把武器。

欧阳氏为世世代代的铸器神手，天下十大名剑的其中四剑，便是出于其家之手；它们分别是皎泪、忘却、灵刃，以及恒朝太祖用来打下天下的九妩。传说，还有两对雌雄剑流失民间，天华与女奎；五十年前那对女奎双双重现，引起了江湖上一场血腥风雨。

但欧阳氏的最后子孙，欧阳子治，却因为自己心爱的女子死于自己所铸出的武器之下，而殉情随葬于燕城，因此那名震天下的手艺，便从此失传。

“对，但他的一本手札却留了下来，据说就藏在燕城一带。上面所研究的，可是如何大量精制武器的秘诀。”问绿说道，“据说，得此诀的人，必得天下！”

“什么？！”绛恨和李璇同时惊呼，两人都忍不住一脸惊震。

五皇子更是满身冷汗，当初恒朝太祖用的那把九妩，他只在父皇深殿见过一次，光是远看便感觉其身光似流星，冷冽逼心，一股寒霜剑气直直晃来；若出欧阳氏之器能大量制出，别说直接出于他手，哪怕是能够悟出三分的制法，便足够讨伐天下而胜之。

“所以……大师兄他们，才没有把问绿杀死？”绛恨半晌才说道。

问绿苦笑：“是啊，要不然早就被一剑杀死了。”

“什么？这话什么意思？”李璇不解地问道。

“咦？相公我没告诉你么？”绛恨回头惊愕地问道，看五皇子挑眉疑问，便道，

“荷衣会的弟子，并非身怀奇功即可。”她向问绿努了努嘴，

“我们每个人都要精于不同的武器和长处。大师兄淀归为律，训练管理其他弟子；二师兄鸢向为武，排练军队之将；大师姐杏泪为密，暗中行动，常常深潜敌方，以美色作诱；三师姐凝霜为医；而二师姐问绿，则是器，我们几个人的武器，大多都出于她手，而且她啊……”她顿了顿，忽然想起什么，随后大惊回头，低声呼道，

“二师姐，你是不是……？”

问绿神秘而得意地笑了笑，

“那是当然，我好歹也是欧阳氏，自然知道这本秘诀在何处。”

第十章

隐居故友·重逢九月

夏牧坐在草堆边劈柴，身后“嘎呀”的一声，凝霜从屋里走了出来。

琴城才子依然脸色苍白，身穿荆衣钗裙，头上手上都裹着白纱覆伤。只是动了几步，便伸手擦了擦额头上的汗，腾云将军马上丢了手中的斧头迎了上去：

“瞳瞳，不是叫你好好歇息么？”他皱眉，顺手拿下了她手中提着的篮子，轻轻扶着她道。

“屋里的草药没了，我想去摘一下。”凝霜不留痕迹地挣扎一下，却感觉扶在自己臂上的手更紧了些。

“这种事情我去做就可以，谁说你可以起来的？”夏牧的眉头越来越紧，平时军营里他只要嘴唇一抿，任何人都不敢有意见；若是五皇子或绛恨问绿的话，一拳打昏就可以了，偏偏对凝霜他柔也不行硬也不行，每天都要半哄半命令好几次才让她回到床上。

“只不过是发烧，哪有那么严重的？”凝霜又气又无奈，从小到大除了母亲也就他一个人对自己打喷嚏都那么紧张了，看夏牧高高挑眉，又道，“我是医者，自己身体难道自己还不够清楚么？这几天都躺着，若长日不动而身骨无法伸展放松，到时候才更加严重呢。你习武难道不知？”

腾云将军知道她这么一说，就是要发脾气的前兆了，也不知道劝还是不劝，只感觉自己嘴唇正抽动得厉害。僵硬在原地，再抬头凝霜早就走了一段距离了，只好大喊：

“瞳瞳，你等等啊，我帮你拿件衣服！小心别着凉了！”

周围其他屋外正在做事的女人听到，都忍不住"哧哧"地笑了起来，半是好笑半是羡慕。在夏牧身边喂鸡的老婆婆见状，笑呵呵地对他说：

"小伙子啊，你就甭担心你家媳妇儿吧，这么大热个天，怎怕着凉呢。你家媳妇儿刚发热，让她出去走动好，出一身汗，回来洗个澡就好了！"

"但是阿婆……她几天前还烧得厉害呢，刚好就下床制药了！"夏牧又变回可怜兮兮的小狗相，摇着尾巴向老婆婆委屈说道。

"哈哈！"另外一个老婆婆被逗笑了，"看他那紧张样儿，那姑娘真是几辈子修来的福。"又拍了拍夏牧肩膀，"没事儿，你看我们女人，生病了照样摘果子劈柴去！"

夏牧只能长长地叹息，在心里大喊：您老和我家醉酒拖着大男人在水里大战巨石的瞳瞳不一样啊！不一样……

但又能如何呢？他只好回到原地继续劈柴，眼神却是随着思想渐渐地沉了下去，变得深邃严肃。

前几日躺在床上的那个女子，全身滚烫，昏睡沉沉，却是一句都不呓语，双眉紧皱，似被噩梦缠搅，但也只是紧抿双唇，一丝疼痛都不肯低喊出声。就如众人醉酒的夜晚，明是岌岌可危的状态，她也不推醒他们，也不向李璇绛恨的手下求救，只是默默地兵分两路，单独扛着他潜水逃游，在千钧一发时，跃于水面，掌裂巨石。

"缅怀感恩，我不觉得这是需要用你一辈子来弥补的理由，凝霜姐姐也并不这样认为。"绛恨曾经这样对他说过，夏牧只是一笑置之。

找到唐秋瞳，与她共度此生，这是他在得知母亲和常夫人早已去世之后，那么多年的动力。

唐秋瞳对他，定格在幼时的种种回忆，是他在生命中遇到挫败和艰难时能够给予安慰的形象；犹如亲人一样，血浓于水；分开了会痛，不在了会失落。

他并没有思考这是否相关风花雪月，情愁悱恻的感情。

但找到了她之后，夏牧却犹如置身浓雾之中，明明知道身在何处，却不敢妄动。

昔日那个被兄弟姐妹们欺负便会关进书房，刻苦努力整个冬季，发誓要报仇的唐府千金，却在问绿绝招相逼，欲取她性命之后，在生死攸关的情况下还吩咐，记得每天给她一颗解毒药。

他以为她清高孤僻，却听到她严肃地对五皇子和自己说，医者和救人两字是分不开的，无论富贵贫穷，天子乞丐，都在我的义务之中。

他以为她看淡世俗，成长遭遇把她练得与世无争，却听到她说，只要是人，都只会维护自己的天地君亲师，自己的利益和重要的人。出于这点，你我和敌人，都是一样的。

然后，一路上看她安静地骑马赶路，有时候眼神在望向天际时闪过一丝迷茫和向往；看她淡然地笑看在自己怀里磨蹭撒娇的绛恨；看她思绪敏捷地讽刺反击问绿对她的刺言；看她如何毫无痕迹地把他们每个人都照顾得无微不至。

渐渐地看下去，原本以为的了解，沿途升华。

他忽然感到无比的惋惜，自己不曾在过去的岁月中，在她悲伤欢乐时坐在她的身边，微笑地看着她从天真浪漫的童稚逐渐变成清幽柔婉的少女。

然后就有了那种愿望，想要看她逐渐变成白头的小老婆婆。想要知道，当她走不动的时候，是不是也会在如云山的仙境一般，在锦绣如云的花树下，沏茶摆棋，静静地等待他的到来。

没有那种惊天动地，鬼哭神泣的冲动，也没有经历过生死离别，种种艰难的共同甘苦的情结。只是很想悄悄地，静静地，陪她走过失去的春夏秋冬。像这个村子里的老夫妇，一个挑着担，一个挽着篮子，彼此空了一只手，紧紧握住，一生一世。

"阿牧！"忽然有人出声叫他。

夏牧回头，只见一人持弓，三步并作两步地向他走来。

那男子似乎也是双十年龄，肩背宽阔，手脚细长，被晒黑的皮肤衬着洁白的牙齿，豪爽的脸上总是沾着灰尘和土沙，虽然一身农衣猎鞋，却生得明眸皓齿，一双眼睛在暗色的面上显得格外明亮。他身边跟着一只大狗，半狼半犬，正露出锋利的牙齿，小跑着跟着他踏上山坡。后面跟着他归来的男人们，也分别把猎物交给迎出来的女人孩子们。

"九月！"腾云将军咧嘴一笑，"你回来啦。"

夏牧和凝霜都暂时住在一座小山坡上。

那夜腾云将军抱着发烧滚烫，额头后脑还被砸出血的女子，踏着飞落的石头横冲直撞地点水而行，最终落在这个叫做九月的男子的渔船上，随着他们抵达对岸。

说来，还真是老天有眼，或是这两人都是烧了几辈子的香才有这种狗屎运：九月和夏牧是旧识。

当年，夏牧和九月都是肃恒将军手下，两人白天在军营里训练比画，晚上一起喝酒聊天，战场上也彼此扶持，逐渐发展到那种说不到两句话就会大打出手，然后累了擦一下汗又搭肩勾臂地喝酒去的铁关系。后来，九月被派遣明寮朔濯城探究情况，岂料途中被奸官陷害，不知去向。

原来九月逃离杀手，东逃西逃，四处流浪，竟然找到了这个不起眼的小村庄安顿下来。后来明寮南部闹大洪水，许多难民四处奔波，大多都到了他这个村庄，在他的带领下耕田打猎，也过得舒适安逸。他原本以为可以在这世外桃源平静地尽度此生的，但那个夜晚，夏牧犹如天神般地从天而降，再次扭转了命运的安排。

“可有了消息？”两人走进屋内，夏牧倒了杯茶递给对方问道。

“哎，瞳瞳的茶泡得真好啊……”九月不顾他的问题，大摇大摆地在椅子上坐了下来，无比舒适地说道。

“你……说……什……么？”夏牧眯起了眼睛，目光闪烁着冷冷的问号。

“我说，瞳瞳的……”

“谁说你可以这样叫她的？！”腾云将军大吼，拿起手边的东西，想都不想就砸了过去。

“喂！”九月挥手挡了挡，跳起来大叫，“你这家伙，这么小气做什么？！”他也是抄起手边的东西扔了过去，回吼道，“也不想想我这几天多累啊！好的屋子让给你，请大夫疗伤，每天给你好吃的！还帮你去外面探信息！就叫了一声瞳……”

“你还说你还说！”夏牧气得跳脚，向九月扑了过去，对方一个躲闪，让他整个人摔在地上。

“我就是说，我就是说，怎样怎样？咬我啊？”九月很幸灾乐祸地踢了踢他，还蹲下来用手指戳着他受伤的手臂说道。

但夏牧没有回答，他沉默了半天，正在九月要探头去看他是不是昏过去的时候，他忽然道："我们完了……"夏牧眼睁睁地看着天花板，满脸惨白。

"什么？什么完了？"九月还是笑眯眯的，不知死活地问道，但抬头一看，也顿时苦垮了脸。

满室草药飘飞，原来刚刚两个人看都不看就拿起来互砸的东西，就是凝霜撑着病身子还出去采的草药。

两人很有默契地对看一眼，然后同时夺门而出，落荒而逃。

片刻之后，九月和夏牧都坐在村后的山坡上。

俯瞰望去，四面黄土山崖，唯有中间凹进去的平地是翠草满地。正值黄昏，阳光漫溢，照耀着周围山崖，天空一片宁静，唯有归鸟时而飞过云中。夏牧看着琥珀色的光芒照亮了整个山谷，远处可见一条溪河犹如腰带流过，再过去便是一碧千里的树林连接着蔚蓝的天空。脚下，不大不小的屋子都冒着袅袅炊烟，空气里有诱人的香味，时而风中还夹着各家娘子呼喊着自己的男人和小孩回来吃饭洗澡的声音。

"好一个人间天堂，逃命的人有你那么闲暇么？"夏牧半是羡慕半是感叹道。

"那是因为你没看到前几年的情况……"九月淡然说道，"这里原本只有几户人家，后来南部洪水，几百个人逃了过来，病了一些，死了一些，好不容易才挨过来的。"他顿了顿又说道，"其实我那时候本来还想去找你，还老子和兄弟们的清白，但看见那些老的幼的，却是怎么都走不开，真是他娘的……但总算也挨过来了。"

"你的名声，早就被洗清了。"夏牧依然微笑，看着逐渐由红变紫的颜色，"还有其他弟兄也是一样。"

九月也没回答，其实他心里早就隐隐约约知道答案。他所认识的夏牧，能被封为辅国大将军，绝对是因为在战场上拼死拼活地赢来的，而那么热血的男子，自然不会眼睁睁看着兄弟们受冤。

"那个时候……"夏牧撑着下巴，看着前方，"文孝王欲逼皇上退位，天子卧病，大臣们暗地结党巴权，还要忙着打战，安排灾民，还有义父也去世了，所以耽搁了些……不过，到最后弟兄们的名声还是都被洗干净了，我是不会允许我们带过的队伍被染上污点的。”

他说这话时，双眼还眨了一下，语气轻描淡写。但九月知道，那后面是怎样的明争暗斗，以及多少个伏案之夜，因此他只是回笑了一下，表示自己能懂。

一时间两人都没有说话，只是静静地看着天空，时而有飞过的鸟儿，有孩子们玩耍的声音。

“五皇子是个什么样的人？”忽然九月轻声问道。

“他啊……”夏牧眼睛骨碌碌地转了转，最后一笑，“就整一个书呆子呗！整天板着脸，动不动就教训人。”

“哦？”以为他滔滔不绝地开始赞美李璇的九月不觉傻眼，“但这几天我听到的流言……”

“呵呵，”腾云将军微笑打断，“若是君王会很糟糕，但绝对是一位流芳千古的贤臣，也是一个很值得效命的友人。”

“哦……”九月点头，若有所思地沉默了。

片刻之后，腾云将军忽然叫道：“九月。”他坐正了身子，脸上的温柔笑容以及嬉皮笑脸都逐渐褪去，被严峻并且凝重的表情代替。

九月看着眼前的男子，长发高束地在风中飘荡，几缕金光分岔照在他的身旁，那气势即使是盘腿而坐，也犹如沐浴金光的战神一般；阳光正好遮住他的眼睛，但依然能够感到那威严而冷酷的气息渗透而来，他微微一笑，很自然地在夏牧面前弯下了头。

“外面情报如何？”

九月抬起头来，亦是肃容答道：

“目前只有两城有异。北方箴城，严守城门，易进难出，里面的兄弟已有三日无消息，城外的探子说，几日未看到上空有鸽子出去，恐怕是早有内变。”

“箴城……？”夏牧闭眼冥想，一只手放在膝盖上敲着道，“另外一城呢？”

“南方燕城的东关月河上流，有三艘画舫，分开流驶，但都似有密室。其中必有一艘是五皇子等人所在之处……还有……”九月犹豫，不知道该怎么说出。

“怎么？”等了半天没动静，夏牧不觉睁眼问道。

“有一消息，是好消息，但也是坏消息。”

腾云将军皱眉：“这算什么？说来听听？”

九月苦笑："据说，孝倩翁主逃离京城，去找二皇子昭亲王去了。"

"什么？"夏牧猛地睁开眼睛，先是一愣，后来表情就僵硬在那里，不知道如何反应。

孝倩翁主是当今皇上的妹妹长泰公主和肃恒将军的女儿，也就是身为肃恒将军的义子的夏牧的义妹，名叫未央。

她自小生在将门，上面有三兄，自然颇有尚香之风；何况她的母亲长泰公主亦是个巾帼英雄，长年随着夫君东守西战，身为幼女的未央自然不甘落后。但即使是这样，也是从小在千般呵护，百万宠爱下长大的；幼年丧母，父亲和兄长们都死于沙场，不仅皇帝太后对她怜惜宠溺，就是后来负责管教她的夏牧也是对她千依百顺。但现在……

"未央这死丫头！"腾云将军不禁重皱眉头，一双眼睛闪烁过冷酷，那已经是生气的表情了。

"你冷静点吧，你们几个把事情闹得整个天下都知道了，你还真以为未央会乖乖地待在京城里等你凯旋么？"九月和未央亦是从小一起长大的，对她的性格非常了解，挑眉冷眼说道，"知道你即将南下寻找唐家千金的时候，她应该已经很不甘心了。后来偏偏又波及到江湖之事，让你们成为全恒朝的民间英雄，她自然会待不住了。"

"这我知道……"夏牧又坐了回去，转头看着逐渐沉下的太阳和橙黄红霞的天空，若有所思，"不过，这件事情应该得到皇上允许，甚至安排的。"

"这话怎么说？"

"这话要从几位皇子和当前的政局说起……"夏牧叹了口气，

"前太子故去后，原本意气风发的二皇子李璿便心灰冷意，仿佛变了一个人似的，再也不想参加朝廷的暗斗。之后，可能是皇帝起了怜悯之心，或者想要让他远离危险，便把他派到北方去了。当初所有人都非常惊愕不解，以二皇子的成就与前太子的交情还有皇上的宠爱，他至少会是掌握安朔或明寮这种肥沃之地。怎么都不会是北方泰州那样的地方。"夏牧慢条斯理地解释道，一边用指头敲打着膝盖思考着，

"但无论如何，二皇子仍是恒朝之臣，五皇子李璇除了这次随我南下之外，在朝廷上几乎没有重要的立场，只是一直研究史记整理书籍，太子早已成为皇

帝的左右手，是众臣巴结的对象……然而，六皇子李瑾也是一样的出色，甚至更有君王之风，也有大多暗地支持他的大臣们，何况他的娘家安氏家族，更是不可小看。”

“那既然这样，为何不立他为太子？”九月对朝廷这些风风雨雨很是烦恼，何况这几年深隐乡下，早已忘了这一切复杂之事。

“第一，因为太子是嫡子，皇后所生；第二，应是皇上痛恨外戚之势。我想最近他对太子表现出来的不满，又对五皇子大有赞赏的态度，其实最终目的就是把六皇子和他底下的暗党给逼出来。”夏牧睁眼回答道，忽然又想到什么，

“未央本来就是那种每次闹事都会弄得满城风雨的人，叫她去找二皇子，便表明了他在这次兄弟争位中的立场，再来应是因预算到战争即将开始，未央的举动等于告知天下，皇上是完全支持我和李璇的。还有就是……”

“激起百姓的斗志和仇恨。”九月接声道，“与异图族和荷衣会的战争随时都会开始，如此一举，等于是召集天下士兵的号声。前锋上除了腾云将军和五皇子，其他三个都是江湖上的传奇女子；现在，连深养在官府里，金枝玉叶的翁主都出动了，恒朝的无数汉子，还能留在家里等待消息么？泱泱大国，用女子来做前锋，岂不是让人笑掉大牙！”

“她们三个不会上前锋。”夏牧凝视前方说道，“我不会让瞳瞳冒这种险。不过……”他深呼吸，揉着额头，“五皇子那边到底是怎么回事？确定他们在燕城的路上？”

“除了箴城和燕城之外，其他的大城并没有任何异象。”他在沙土上画出了一条长长的线，在右上端画了个叉：“你是在差不多这个地方上我的船的，也就是说你们受到突袭是在这个地方，”他在北边画了个圆圈，并且在岸的上面分别写了“箴”，“燕”和“石”三个字：

“我们在这里，”他指着“石”说道，“北方是向阳城，从你们出事的地方来看，还要三天的水程和两天的陆程抵达，而且向阳不好攻，除非荷衣会的人想要掩饰踪迹而混到大城里，并没有走这条线的理由。而燕城……”他皱了皱眉头，“不管对方动机是什么，船上的确有密室和身备刀枪之人，是最符合你所形容的船。”

“嗯，”夏牧点了点头，“我今晚就和瞳瞳谈，看能不能明天一早上路，最好趁

他们靠岸之前抵达燕城。从这儿走有多久的路？”

“幸好不远，早上离开，最快黄昏之前便能抵达。”

“那好……”腾云将军点点头，站起来拍了拍身上的沙土，然后一手搭在他肩上，坚定而鼓励地说道，“今晚好好休息，不然明天会很累的。”

九月傻了眼，正要说老子什么时候说要和你去的啊，你打仗关我什么事的时候，看到夏牧充满警告和施压的眼神，就什么都说不出来了，只能在心里哀号。

真他妈的交友不慎，遇人不淑啊。

记得那夜夏牧落汤鸡似的站在船上看到他的时候，充满激动的，感人的重逢便是当场一把拎起九月衣领大吼：“你不救她老子就把你从船上踢下去喂鱼！”

严重诅咒他认识夏牧的那一天。

“师兄……”鸢向从甲板掀帘而进，身上还滴滴答答地滴着雨水，他抹了把脸说道，“师父那边的人来了，说已经到了向阳，我们可以行动了。”

“嗯。”淀归拿着茶杯，望着窗外出神。

大雨淅淅沥沥地下着，向外看去，漆黑墨蓝的天空笼罩着四周的船舫，水波不断地摆弄荡漾着，燕城码头晶莹的灯火被洗得格外明亮，如一条充满浮光旖旎的龙，在迷蒙弥漫的烟雨中卧在对岸。

行动的好天气，连老天爷都似乎站在他们一边。

“有杏泪的消息么？”淀归吹了吹手上的茶叶问道。

“哦？”鸢向愣了愣，但还是回答，“她已经在对方那边安排一切了，”想了想又说，“她的伤已经好得差不多了。”

淀归冷笑了一声：“自作主张，活该。”

“大师兄……”鸢向叹息。虽说杏泪此次出任失败，回来后受到惩罚，但其实谁都知道没杀成凝霜等人恐怕她自己比谁都后悔。鸢向想到那个冰冷漠然的大师妹安静受罚的模样，以及看向淀归时眼底闪过的哀伤忧愁，不禁脱口叹道，“大师兄何必对她那么刻薄呢，你明明知道杏泪对你……”

淀归摆了摆手，口气也软了下来：“我知道，但……”眼前闪过凝霜柳下抚琴的样子，又摇头道，“人在江湖，身负血仇重任，怎能谈儿女之情？”

“既然这样，那……”那你忘了凝霜了么？鸢向想要这样问，但想起淀归以为琴城才子已死的时候那绝望的眼神，又生生地吞了回去。

凝霜，杳汩，淀归，一个情字，中间夹着天下政向和江湖仇恨，又怎能说得清楚？

鸢向摇了摇头，也随着淀归的视线向外面看了出去。

窗外，那雨声急促，滴落在河里发出叮咚叮咚的声音，更是显得空洞遥远，身觉凄凉。屋内残烛微弱，随风摇摆。虽值初夏，毫无暖意，但师兄弟两人都觉得一片阴暗逐渐飘来，把他们笼罩。不远处燕城的灯火，也缓缓被烟雨的雾气给遮住，只看得见朦胧的影光。

还是淀归先咳了声，又恢复平时稳定冷静的样子：

“看来这雨一时停不了了，其他船上应该没有人在外饮酒作乐，我们靠岸，开始行动吧。”

“是！”鸢向也回神应道，“直接押他们下船到那个地方？”

“不……”淀归定了定神，随后扬起一抹冷笑，“按照师父所说的去做。”

“是！”鸢向答应。

稍后，他便带着人前往五皇子等人被关的地方。他先站在门口用心聆听着室内的动静，因密室经过特别隔音，要聚集内力才听得清楚。起先他以为自己听错了，里面竟然传来笑声和说话的声音，他皱皱眉头再次贴在门上，才确认里面的人的确是在愉快地聊天说话。

“然后……哈哈哈，然后凝霜姐姐就一本正经地说，你这到底是要吃药还是想死呢？”绛恨笑得上气不接下气，身体直往前面倒，只听到声“哎哟”！又是她的脸着地的声音。

“呵……”李璇不觉微笑，“琴城才子在那种情况下都能够保持冷静镇定，不愧是神医妙手。朝廷上若能多有些如她这番理智之人，岂不是天下大幸？”

“医者，自然需要保持冷静了。难不成还看到伤口出血昏过去？”问绿冷笑说道，“不过她小时候倒不是这样，记得有一次……”

“嘎呀”一声，三人回头，只见鸢向黑着一张脸带着几个人走了进来，随着他，一帘雨滴也在门口纷纷落下。

“看来你们很悠闲……”鸢向那话里面的最后一个“啊”就这样被卡在喉咙

里面无法说出来，他瞪着眼张着嘴巴，看着眼前姿势怪异的三个人。

李璇的双手依然被绑着，但他只用其中的两根手指撑在地上倒立着；绛恨则是金鸡独立，一只脚在身后用紧绑的双手搭在头上；问绿则是头向下地全身拱成桥的形状；三人都同时转头来看着他。

"你们……你们在做什么啊？"鸢向完全忘了自己的立场，脱口问道。

"活动活动身体啊，坐久了对肌肉不好，二师兄难道不知道？"绛恨笑眯眯地说道。

"我当然知道……但，但……"鸢向愣愣地抓了抓头，又想起来了，"你们死到临头还有时间想这种事情！"

"既然死到临头，看开点总可以吧？"问绿挑眉问道，然后艰难地站了起来。

"到了？"李璇也恢复姿势，轻松地问道。

"哼！"鸢向只是挥挥手，然后他身后的几个人都走了进来。

五皇子等人对看一眼，只见进来的六个人毫无表情，都穿着素朴单色的衣服，行动整齐有律，都毫不出声地站在了他们身边。绛恨为了试试他们的力气而反抗了几下，果然感觉手腕和肩膀被强大的力道给压了下去。她使了个眼神给问绿，那举动并没有逃过鸢向的眼睛，但他也只是不动声色地抬了抬下巴，吩咐那些人押他们出去。

外面正下着倾盆大雨，李璇等人几日都被关在密室里，不觉深深地呼吸着外面清爽的空气；五皇子抬头看去，只见天边浓云低垂，脚下的船不停地左右摇摆着，时而还有水浪扑打而进；除了押着他们的六个，前面还迎来了三个武装的男子，一手油灯一手长剑地为他们指路；前方，只能看到一层层雨雾和缥缈烟气，以及模糊分辨出搭上码头的木板。

李璇四处看了看，果然在不远处看见一身黑衣，负手而立的淀归。虽然眼前烟雨弥漫，他依然可以感到对方冰冷尖锐的眼光向自己射来，他敢确定，如果他们有任何举动的话，淀归肯定毫不犹豫地向这边飞来。

五皇子回头看了看问绿和绛恨，只见她们也在寻视周围的情况。

"不用看了，你们是逃不出去的。还是乖乖跟我来吧！"鸢向冷哼着说道。

三个人也没有应声，随着那些侍卫左右押着往前走去了。

甲板上全都是水，非常滑溜，绛恨问绿好几次差点跌倒，但押着她们两个的几人似乎完全不给她们耍花样的机会，紧紧抓着两肩，只要她们稍微抖一下身子就把她们提起来。

李璇打量了那块搭船的木头，只见它宽得正好让他们几个同时走过，不觉扬起一抹微笑。

“这位仁兄……”五皇子忽然停步，淡然地叫道。

“做什么？”鸢向警惕地看着他，眼光又在看到紧紧握住他的肩膀和前后包围着他的几人之后，才稍微地放松下来。

“君人者，诚能见可欲，则思知足以自戒；将有作，则思知止以安人；念高危，则思谦冲而自牧；惧满溢，则思江海下百川；乐盘游，则思三驱以为度；忧懈怠，则思慎始而敬终；虑壅蔽，则思虚心以纳下……”他看着鸢向越来越阴沉的脸不觉笑道，“接下三点我就不说了，但以目前贵帮的状况看来，别说夺天下，就算是守之都是件难事呢。”

“你！”鸢向气得一拳打了下去！木板颤抖了一下。

李璇别着头，声音冷冷地响起，他那番话其实是说给淀归听的：

“治国可和组织江湖帮派不一样的，即使贵帮有最好的杀手及武艺用来统一天下，可是用不上场的。贵帮主知道如何笼络权力，联姻招使么？还是你以为我们李家，当初只是靠一匹好马和军队来推翻羽朝的？”

“你！你不见棺材不掉泪是不是？！”鸢向气得大吼，附近的船窗都被他的声音震得抖了几下。

“我离见棺材那一天还很远呢，这位仁兄！”只见他笑笑地眯起了眼，蓦然大喝一声：

“动手！”

只见四周大片的箭矢向他们的方向飞来！光是押着李璇和绛恨的人就倒下了好几个，还有些中箭但依然紧抓着他们不放。鸢向见状，也立即拔出武器，回头大喊，

“有敌！聚集，守，攻！”

隐在船内的荷衣会弟子们也立即从暗处拥了出来，只见几阵狂风从五皇子等人的身边飞过，好几个人已向码头四处攻去。

李璇顾不得中箭的可能，他必须得在淀归动手之前行动，他用头撞向右边

一人，又避过左边那人劈来的刀，侧身闪过便是一脚把对方踢开，然后扬声说道：

“绛恨，问绿，抓紧了！”

两个女子回头，见李璇已高高地飞跃而起，目光看着她们脚下的那块木板，便立即明了，相视一眼，也同时挣脱押着自己的人而跃起。

“喝啊啊啊！”五皇子双脚猛然踏地，众人只感到脚下一震，那些侍卫正要上前抓住他，却是踏在受到重击的木头上，木板应声粉碎！还没等鸢向反应过来，绛恨问绿亦是同时落地，彻底粉碎了那块颇厚重的木板！一时间，有的侍卫落水，有的避箭或趴在船上，还有人急冲向前，顿时场面大乱。

鸢向气得直跺脚，他跳到船上直喊：“下水！下水！快点下水去找他们三个！身上紧绑着绳子我就不信他们会跑远！下水！你们，你们，还有你们！”他指着身后的人说道，“立即去前面杀了那些放箭的，其他的随我下水！”

但水中已没有那三个人的踪影。

“我们要在这里等多久？”绛恨拧着自己湿透的长发问道。

落水之后，他们很快便潜下水远离荷衣会的侍卫们，绛恨从头钗中倒出了一把红沙在水里撒开，掩饰了其他人的视线，他们便趁机再次爬回了船上，回到了密室。问绿坚持最危险的地方便是最安全的地方，无论对方怎么想，都不会猜到他们会又返回这个什么都没有的房间里。还好李璇在离开的时候曾注意门没有锁，而且老天这场倾盆大雨也把他们从水里踏出的脚步给遮盖，看不出踪影。

“再等一下吧，外面声音虽然安静下来，但恐怕还没有走远呢。”问绿也拧着衣角说道。

三人再等了片刻，大概一个时辰左右之后，在雨声越来越大的时候，他们从密室走了出来，小心翼翼地绕开了守船的人，三步并作两步地跃到了岸上。还好雨雾都没有散，大雨哗啦啦地落了下来，好像整个天空都快坠下，重响的雷声震彻了整个码头，掩盖了他们三人的身影和脚步声。三人踏上岸的时候，还没忘把系船的两条大绳子给砍断。

码头边上并没有多少人，只有稀疏的店铺开着，而大多都因刚刚荷衣会与岸上的那场箭战而关门避难去了。五皇子四顾一看，竖耳聆听，扬声喊道：

“子箕！”

“属下在！”被呼唤的那个男子并没有显身，只有他的声音在绛恨和问绿的附近传来。

“咦？”绛恨转了圈四处看看，“没人呀。”

“你可有受伤？”五皇子不顾绛恨的惊呼，急忙问道，“其他人可都好？”

那声音沉默了一阵才回答：“回殿下，只是皮肉伤，没有大碍。”

“好，有武器和马么？”李璇问道，话还没完，已有三匹马正从前方小步跑来，背上驮着武器，不觉一笑，“记得回去让我给你们加月钱。”跨上马又问道，“有派人把他们缠住么？”

“回殿下，子柳和子奎率领五十人绊住他们。”子箕的声音听着比方才远，似乎正在处理着别的事情。

“甚好，派人通知官府把他们拿下，你亲自去办这件事情。我去欧阳氏坟之后，晚上在沈大人的府上和你们碰面！”没等对方的回答，他见问绿已经一马当先地冲了出去，绛恨也紧紧地跟在后面，自己也“驾”的一声如箭出弓地向前奔去。

“我有种不好的预感！”问绿骑着马向他们喊道，“总觉得漏了什么！”

“我也这么想！”五皇子全身已经湿透地回喊，“我们是不是忘了注意什么？”

“现在已经没办法了，如果荷衣会真的是冲着这本秘诀来的话，我们一定要抢先一步！”绛恨对他们俩说，“相公的手下只能绊住他们一些时间，我们要把握，二师姐，往哪儿走？！”

“南！”问绿说着，拉起缰绳大喝一声，“驾！”

五皇子和绛恨紧跟在后面，随着她狂奔于大街小巷之间。

若是平时的燕城街道，现在应是人群熙攘，热闹非凡，但却因这场毫无预兆的大雨而变得冷冷清清。天空灰蒙阴暗，似是黄昏，街旁的店铺酒家都开着，路上有疏稀的人撑着伞或站在屋檐下避雨，不知哪个酒家里的琴声传了出来，悲戚冷鸣地彻得三个赶路人更是惊心动魄。

“让开让开！！”问绿鞭打着马儿大喊道。街道上虽没多少人，但挑担摆摊的小贩依然不少。

蓦然，前面一个卖水果的小女孩儿正为了捡滚落的水果而跑到马前来，问绿大惊，根本来不及拉马刹步，何况后面紧跟着李璇绛恨，若突然停住后面两人肯定也会受伤，她心一横，拉紧马绳从那小女孩的身上跨跃而过，后面两人见状，也根本没来得及思考，也是如此高跳奔过，街道两旁的路人一阵惊呼尖叫，三匹快马却已消失在他们的视线之中。

雨下得越来越大了，一时间似乎没有停的意思。李璇等人身上早已满身湿透，眼前也只剩下前面的人骑马的背影，在烟雨蒙雾之中，雨珠大滴大滴地从他们脸上流下，整个身体因为湿衣而仿佛加重许多。

后面的绛恨李璇只能隐约辨识到他们穿越了燕城几条大道，左拐右拐地经过小巷，过桥，眼前的绿色逐渐增加起来。原本码头就离郊外的距离不远，不到一会儿，他们已在一些疏离树木的林中策马扬鞭了。

"到了！"在走了好一段山路之后，问绿几乎是从马背上摔下去地说道，"看来我们还是早来了一步！"

那是两间几乎看不见的屋子，一大一小，都已被绿苔藤蔓纠缠得几乎淹没在一片绿色之中。屋前有残破的篱笆，在野花和蘑菇之间歪斜地竖立着；四处有几块已变成稀泥的黄土，可看出以前曾有人耕田种菜的痕迹；屋后有一棵巨大无比的榕树，有一些树枝低垂在屋顶上，已将它穿破，又从窗子或其他墙壁之前突破而出。

问绿头都不回地走进了正屋里面，李璇和绛恨则是不由自主地放轻了脚步，缓慢而安静地打量着四处，只怕惊醒了在此地安眠的人。

"相公……你看……"忽然绛恨压低了声音，拉住五皇子的衣袖，往左边指去。

李璇转头看去，只见在屋子左侧，虽已被茂密浓荫的树叶遮盖，但依然可辨识出，由藤蔓和鲜花所构成的秋千，静静地从榕树上面挂掉下来。

此时，外面的大雨已被巨大的老树挡去，唯有几丝细雨，犹如银针般地掉落下来；那秋千的外表早已看不清楚，但点缀在两旁的粉色野花依然随风摇曳，露珠欲滴。

五皇子和绛恨静静站立着，身边只有彼此的呼吸和淅沥的雨声；却隐约能够听到，在彼时的某个阳光漫溢的下午，欧阳子治在屋前的空地上敲打着武器，时而抬头，微笑地看着在屋边秋千上那个少女在晃荡，在空中发出的咯咯笑声。

然而，数年后，他眼睁睁看到自己所制的武器刺入少女的胸中，血染衣裙，伸出手来，却再也不能如那个下午，把她从飞荡的秋千上轻轻抱下，含笑拥抱。

铸剑神手一夜之间白头，葬了恋人之后，生死相随。

树叶和树叶的摩擦，幽幽地仿佛一声声叹息。

"喂！"忽然问绿的喊叫把他们惊醒，她站在门前皱眉说道，"还发什么愣？快进来啊！"

五皇子和绛恨进屋，只见桌椅家具早就被绿苔遮住，屋顶也破残漏露，几根粗枝从屋顶和窗之间穿越缠盘，地上有好几摊水洼，被落下的雨滴溅出水珠而发出滴答滴答的声音。

两人随问绿走进另外一间屋内，注意打量，仿佛曾是书房；现在却只剩空空的书柜和凌乱破残的桌椅。

"书柜已被人动过了呢……"绛恨静静地观察道，"地上有树叶和藤蔓。"她弯身从泥土中随便拾起一截染有稀泥的绿枝，"看，是被利刃割下的，看来已经有人来过，把秘诀全部都拿走了。"

"你是白痴么？"问绿挑了挑眉："谁会笨到把秘诀放在书柜上让人取走？"

"哦？"绛恨抓了抓头，"也对哦……"

"珍贵的东西嘛，自然会放在让人找不到的地方……"问绿左右观察，又低声喃喃道，"人人都知道欧阳家族有铸器神谱，那么他死了之后，肯定有很多人前来寻找，这屋子肯定被人翻箱倒柜地找……"她忽然想到什么，"翻箱倒柜？"问绿抬头，眼光向墙壁屋顶看去，"那么……什么东西，是即使翻箱倒柜，也不会出现的呢？"

"什么？"绛恨听得一头雾水，"翻箱倒柜也不会出现？那不就说，就算家具全被带走了，屋子空空的，光光的，也不会出现？"

"那么，这种东西，不是被藏在地下，就是屋檐，或者四壁之中了。"李璇也开始四处打量，"那这还不好找，这屋内早长满绿叶，四壁皆是……"

"等等！"问绿仿佛想起什么，忽然双眼一亮，头也不回地跑了出去。

"哎哎哎？"绛恨在后面嚷嚷，"问绿姐？"

两人跟着出去，却见问绿几下子就爬上屋顶，正蹙眉打量着什么。绛恨和李璇疑惑地对看一眼，也跟着上去，却听到她说："从这里看不到什么，你们跟我来。”

说完她轻轻跳下屋顶，快速奔向不远处的一棵树上，点枝而上，很快就到顶眺望，大声问道：“绛恨，去看看小屋边秋千旁，是不是有什么？”

“咦？”绛恨搞不清楚状况，但还是跑了过去看，那边传来她的声音，“有一口井！”

“那个谁，去看看井和秋千的前面，是不是有什么异样？”问绿对李璇说道。

五皇子皱眉，刚刚他们就从外面走到秋千前，根本没有发现什么东西，难道还有什么看不见的不成？但他还是什么都没说，快步走回去，正要答说什么都没有，却全身一震。

在那被榕树淹没得几乎差不多的秋千面前，明明有两座不大的坟。因被大堆的植物遮盖而看不清楚，他和绛恨的脚印，还明显地看到从旁边走了过去，直至秋千下面。

“……有两座坟！”片刻，五皇子才扬声回答。

站在树梢上的问绿看着那如华盖般的大榕树，以及以平线的距离而挂的秋千和绛恨身后的井，李璇站处的两坟，以及旁边一大一小的屋子，不禁露出微笑。她边看边比画道：

“盖……口……双人，竖，以及……那么，钩，应该是在这个地方了。”她往榕树，秋千，绛恨和李璇所在的地方分别写出的那些笔画，正好形成一个“剑”字。问绿眯眼打量了那两间几乎看不出来的屋子的地盘，努力地想要辨出什么，但她猛然转身，避开从背后飞来的利器，那箭“咻”的一声射入她身后的树枝，问绿在空中旋转而下，大喊：

“进屋！有人攻来！”

李璇和绛恨闻言，转身而奔，但从四方八面，却是一片箭羽向他们扑来；五皇子以“之”字前行，就要抵达门口的时候却回头看到几支箭矢直逼问绿背后：

“小心！”见问绿闪身，他拔出背后长剑前进，扬手一挥，长剑钩藤，把那些箭矢扫飞，同时拉住问绿连拖带拉地把她带进屋里。还未关上门，只见绛恨破窗而进，直接掀桌挡窗。

三人背靠背地站在屋中喘息，一时室内静悄悄的，只有雨滴落下的空灵声音回响着。

"一……二……三个四个……"绛恨身为奇探，听觉自然比他们两个敏感，她闭目聆听，数着远处的脚步声，"七八……后面的那两个是大师兄和二师兄……后面还有，三个…四个……！"她睁眼肃容道，"包括两位师兄，一共有十八个人。"

问绿脸色一变，喃喃说道："难不成……是他们？"

绛恨缓慢地转过头来看着她，一字一字接道：

"红濡裳。"

171/The Battle

第十一章

巾帼红颜·孝倩未央

月如钩，夜催魂，血染袖裙赤沾衣。

这是江湖上人人皆知的一句话。

传说那是从冥府来的杀手队，只在钩月的夜晚活动；在行动之前，对方门前必会挂着被染满红血的白衣来通知；然后，便是白刀子进红刀子出，他们从没有失手过。

六年前的天舞门，便是在一夜之间安静地血流成河，第二天只剩满屋的尸体横地和外面随风飘扬的血衣。

无人知道他们到底是何人，长得什么样子，只晓得对方千金难买，从未失误。

因此，便有了那么响当当的一个名字——红濡裳。

树林中的屋子里，只剩雨滴叮当飞溅于水沟的声音，雨丝从屋顶延伸出来的树枝绿叶之间透出滴下，大珠小珠落玉盘的声音，把早已野草铺盖的屋子里填满了空荡幽远的旷透。

绛恨和问绿对看，都在对方的目光里看到了一丝的紧张和担忧。

只有他们知道"红濡裳"其实就是荷衣会的暗处弟子，这几年其实已经不大在江湖走动，而是在应犹山庄里习武练功；他们几个头等弟子虽在"红濡裳"之上，但彼众我寡，何况还有淀归和鸢向两人在。

还是李璇先打破了安静：

"我和绛恨先出去，问绿先在这儿把秘诀找出来。"他轻松地说道，第一次没用姑娘两字。

五皇子的表情是微笑温暖的，他站在屋子的中央，屋顶上蜿蜒垂落的青藤把叶子都随着他的身影投了下来，照得他连影子都有荫绿的温柔浅色。却在说话的那一刻，仿佛空气中飞出一把锋利冰裂的刀，明晃晃地反映在四壁上，噙着冷笑。

“嗯。”绛恨点了点头，又转身对问绿说，“二师姐如果找到机会，就立即离开吧。”

问绿原本要反驳，但想到目前的状况，只好点了点头，转身就向刚刚的那个书房冲去了。

众人看着眼前从屋里走出来的两个人。

绛恨红衣如炎，李璇玄衣如夜。

明明是清幽微凉的雨天树林，却因两人身上的肃杀气势，显示出大漠战场上那种一去不复般的豪迈大气出来。就是那么一眼，鸢向便觉得平时体内存积的热血都奔腾而起了，手掌兴奋而抖，不由自主地想要较量上下。

淀归和鸢向都未下马，双方对视片刻，也懒得客气或耍嘴皮子了，前者淡然一笑，一个“杀”字，李璇、绛恨面前的十六个身穿月牙色衣的人便已化成一阵风，翻天覆地地向他们攻来。

五皇子站直了身子，嘴边微微一笑，手持的双剑银霜如雪，雨滴叮叮当当地在上面敲出声音。足尖点尘，扬手举剑，黑色的身影如起舞的影子，飞扬攻去。刹那间，犹如无数凌光霜片从他身上射出，围住他的八个人还未靠近，便能感到那萧瑟冰冷的剑气在自己周围嗞嗞切过。

鸢向、淀归同时皱眉，李家人果然非同小可，生于深宫的皇子能够有那么好的身手，实在出乎他们所料。

“师兄，要不要我……？”鸢向看五皇子气势不可挡，汹涌如涛，狂啸如风，不禁问道。

“不，还没那种需要。”淀归满意地笑了出来，又转头看向另外一边的师妹。

一边，绛恨正皱眉应战，若不是那一身灼热烈焰的红衣，鸢向等人恐怕不会认出她。

第一次看到那么认真的红衣奇探。

绛恨并不习惯近身作战，探子更加讲究速度、敏捷、隐藏与反应，何况她身为天下第一客栈的老板娘，不要说每次出去都有一伙保护她的手下，就是在没和荷衣会扯破脸之前，身为帮会众头等弟子最宠的小师妹，道上谁敢惹她？这次一路奔波逃亡，左右亦有凝霜、问绿，李璇、夏牧保护，根本无须她亲自出手。这下好了，身后一要注意李璇安危，又要挺身延长时间好让问绿行动，手边又只有自己不擅长的长剑，眼前也不是平时来找麻烦的二流小混混，而是杀人不眨眼的高手，只能提起十二分的精神来应付。

虽是如此，倒也是荷衣会帮主愁绝自小亲自训练出的弟子，即使不长作战，只要认真应付，也够对方头痛的了。

只见绛恨平时娇憨耍赖的表情早已不见，但她还是在笑，柔婉细长的头发湿透而晶莹地披了下来，长长的衣裙也随着几天的落水，关押和逃亡而变色为深浓酒红，在一片翠碧阴雨的树林之中显得更是耀眼。墨绿的树林，红色的身影，乌黑的头发和白皙的皮肤，年纪不满双十的第一奇探就在这一片缤纷的颜色之中笑着舞剑，充满冰冽寒冷的杀气从她每一丝眸目里的每个角落反折而出。

“这事情越来越有趣了。”淀归看着小师妹的样子，微笑说道。

就在李璇等人苦战的时候，夏牧他们也才刚刚抵达燕城。

黄昏落日之时，天边一片黑压压的乌云，却在地平线上留了一抹金光燃烧，阴暗潮湿的雨天，即使才是傍晚，街道上的店铺也都已亮起了灯，不一会儿，曲折弯长的大街小巷都闪烁起宝石般的万家灯火，在雨夜之中被洗得晶莹明亮。

夏牧并没时间心绪去注意这些，照理说他们到了燕城应是直接去客栈歇息打听消息的，但不知为何，他总觉得烦躁不安。刚过城门，便问了码头的方向想要鞭策赶去，却又舍不得让大病初愈的凝霜如此疲惫，正要回头劝她先休息，却看到琴城才子脸色凝重地抬头看着四处。夏牧会意，终于放松了表情，对凝霜点了点头，两人便带着九月往大街后一条小巷子走去。

“子箕？”夏牧低声唤道。

“见过将军大人。”巷子深处，一个人影立即回声道，在他身后还可以看到更多人的影子。

“你家主子呢？”腾云将军皱眉，“嘲风十六”从不现身，他们刚进城门便被人发现，只能说“嘲风十六”从一开始就守在这里了。

“殿下曾说前往欧阳氏坟，随后与臣在沈大人府上见面，臣去办事，岂料跟随殿下三人已死……臣惭愧，不知殿下去向。”子箕说这话时难得有丝不安与急切，可见情况糟到什么程度。

“欧阳氏坟？”夏牧沉思，显然并不知道那是谁。

“欧阳子治！？”倒是旁边的九月和凝霜同时喊了出来。

“你们知道？”

凝霜暗思片刻，看了看身后城门严谨追问的士兵们，立即答道：“李公子是否有吩咐你去通知官府？”见对方影子点头，她又飞快地思考着：“甚好，立即领兵到南方的树林去搜查，他们应该在那……”她还没说完，已经掉马便走，向城门的方向直奔冲过去。

夏牧见平时从容和冷静的凝霜忍不住显出一丝惊慌，又看从不出错的子箕破例现身，了解事情的急态，向子箕点了点头，也“驾”的一声追了过去。

“瞳瞳？”腾云将军在后面追叫，“怎么回事？那欧阳子治是什么人？”

“江湖上的铸神！”九月在他后面喊道，“欧阳氏所铸的武器，是人人争夺的东西。不过他早就死了呀！”

“那跟荷衣会又有什么关系？”

“秘诀……”凝霜的声音从前面传了过来，带着一丝冷酷，“我们中计了。”

“什么？！”夏牧一愣，想问知道中计了还往里面跳？

“我打赌，问绿落进他们手里，一定还活着。但仅仅是为了带李公子他们前往欧阳子治的坟地，寻找那份秘诀！”

“你是说……荷衣会捉拿了五弟等人，让他们带路到那个欧阳什么的坟地，寻找一本秘诀？”夏牧听得一头雾水。

“是的，至少，问绿会这么认为。”凝霜飞快地策马，头也不回地奔跑着，也不管街道上惊慌失措和咒骂的人们。

“喂喂喂，到底什么意思？听不懂啊！”九月在最后抱怨。

“荷衣会捉拿了他们，肯定又给了某种破绽让问绿知道他们前往燕城，猜到他们是要去欧阳子治的坟墓；那么李公子他们，肯定在抵达的时候逃走，然后先到欧阳氏的坟地去了！”琴城才子解释道。

“那……那又怎样啊？”九月在后面哀号，“这不是很好么？五皇子他们已经先到了，拿到了那本破秘诀，然后先溜不就可以了嘛！坏人无法得逞，我们可以回家了！”

“问题是……”凝霜皱眉，“那本秘诀，荷衣会早就拿到手了！”

“什么？！”夏牧和九月同时喊出声来。

“副帮主在前几年就曾告诉过我，那本秘诀，是他亲自前往燕城拿到手的！”东篱和她交情颇好，谈天说地之间曾告诉她燕城趣事，但凝霜性格淡然，对帮会的计划并不放在心上，这件事情便没有告诉绛恨或其他人，岂料现在却成了打击他们的致命之招，因此她焦急之际，还带了深深的自责和后悔。

“所以，五弟等人，其实只是诱饵？”夏牧略思便懂，目光也逐渐阴冷下来。

因此凝霜即使知道是计，也不得不快马策鞭地前往营救，因为李璇他们肯定困于危境了！

“无论如何，先把他们救出再说，荷衣会到底在计划什么，我们再做猜测！”如果还来得及的话，琴城才子忍不住在心里加了这么一句，手下的鞭子却是狠狠地抽向马儿，三人飞快如箭，在城里溅起大片泥水，十万火急地向城南冲去了。

“呜！”绛恨紧捂左边手臂，手下捂住的地方已有一处被深血染开，她周围的八人已有两人倒下，其他六人见同伴已死，更是全力以赴地围拥而上，打得红衣奇探逐渐招架不住。

忽然“咻咻”两声破空而来，绛恨看准来处，纵起余丈，让前后而来的两支飞箭从下而过，正落地喘息，岂料眼前又是暗器破风迎面而来，身后避开的那两支飞箭也旋转而回，她正要用剑挡开，左边却是银光一闪，侧身微避便是一把斧头从肩膀上劈来，她后退一步避开，那飞箭就要前后左右地逼来，怎么都闪不开了，当即运用内力，娇喝一声，双掌向前凌空击去，前面两支暗箭便来势全消，掉落于地。

李璇正同时应付前后四人，忽然在刀剑铿锵之中听到一声低呼，转头看去，只见绛恨的背后左臂都深染鲜血，依然咬牙奋抗，不禁心中一痛，手中双剑厉舞疾刺，包围他的几人知道他被激怒心急，不敢失心，都拼尽了力气同上。

只见四人前后围攻，五皇子扬剑横扫，双手伸展地挡住对方武器，四人抽回武器，李璇却看准一人破绽，两步上前，右手贴上那女子的银刀，左手反刺，“刷”

的一声穿透了她的胸口。众人大怒，高吼低喝地齐步而上，五皇子拔出长剑，绕到那女子身后，一掌将之击出，众人的攻击全都中了她的身体，那女子之前并未断气，在受到这一击时才惨然出声，死不瞑目。

李璇一心想要赶到绛恨身边，无奈这时原本站立在外的一人见同伴惨死，便乘机迎上，顿时又是四人缠身，一时心急火燎，低吼一声，双剑"锵"地劈向四人的武器迸出火花来，其中一人的长枪被当即砍断，那人惊愕之际已是长剑抹颈，鲜血飞溅地倒了下去；五皇子一步向前正要冲到绛恨身边，忽然身边铁链闪过，来不及躲避，"啪"的一声，左眼和整颊都被打出血来。"红濡裳"的三人趁机重攻，两剑一矛上下左右地刺去；李璇左边视线全失，心急一计，弯身挥剑，顿时面前的泥土全被掀起，扑向对方三人。这时绛恨方向又是一声低呼，五皇子顾不了那么多，足尖一点，向奇探的方向跃去。

绛恨左肩又中一剑，手已抬不起来，只靠一手勉强应付着，已是支撑不住，何况对方有两人擅长暗器，明处暗处都中了大小的伤，只是知道眼前还有淀归鸢向两人，怎么都要撑口气帮问绿和李璇扛着。

蓦然，又感到周围气流急变，下意识地举剑一挡，"哐"的一声，顿时感觉右手酸麻，几乎握不住武器，正咬牙硬抵着对方砍来的巨斧，忽然背后有人一掌击来，一阵剧痛直逼胸口，一口气提不上来，"哇"——喷出大口的鲜血。

"绛恨！"李璇离她不远，却未能帮她挡下这一击，顿时觉得万箭钻心，痛喊出声。

绛恨意识不清地向后倒下，已是眼睁睁地看到对方的斧头往自己面上劈来，正闭眼准备迎接死亡的时候，却感到一阵冷风卷来，耳边响起了肝胆俱裂的惨叫，随后自己落在了一个清香淡馨的冰冷怀抱，一股内力从背后轻击传来，暖意从心底涌上，顿时平息了下来。

"姐姐……？"她对上凝霜清澈如泉的眸目，一下子全身放松，头一歪昏睡过去。

此时，雨初停，夜幕降临，天边唯剩的一丝暮光，便斜斜地照了下来，全都聚集在刚到的那人身上。

顿时树林里充满寂静，时间仿佛被凝固一般。

在绛恨背后的那个人已倒下，额头一箭，穿头而出。

五皇子背后，似笑非笑的九月，手中长枪刺中另一人喉咙，把他吊于空中。

那个持着巨斧正要砍向绛恨的人，却是双眼如铜铃一样瞪着，空洞地看着前方。

他被一把斩刀从胸口嵌至背后。

淀归和鸢向脸色微变，不觉看向中间那个手持斩刀之人。

夜风卷起，乌云渐散，初出的几丝月光黯淡地带着浅银的明亮从树林的隙缝之间射了下来。

沙沙沙，风声一波波传来，树枝，草地都弯身飘曳。

黑夜暗地之中，那人的身影镀了一边白银。

腾云将军依然在马上，手中的斩刀稍微再用了点力，银刃便缓慢地从那人身上一寸寸地切了下去，直至把他切成两半。

鲜血蜿蜒地流了一地。

夏牧看都不看他一眼，稍微举起了武器，红血随着刀刃滴落而下。

滴答，滴答，浓稠的血慢慢地染黑了整个草地。

“红濡裳”剩下的几个人忍不住打了个冷战。

身为杀手，不是不曾看过残酷的死亡，这杀法是仁慈的，一刀利落而下，算是给了个痛快，然而，然而……眼前的这个人，虽然背着月光，轮廓和黑暗融在一起，只能隐约看出影子，但死亡和杀戮的味道却慢慢地从他身上发散出来，一寸寸地割着他们的皮肤。

他往前走了一步，月光照亮了他半个脸。

平时的嬉皮笑脸和耍赖撒娇的孩子稚气早已不见，眼前的夏牧，仿佛从地狱深处满身浴血地走了出来。

周围全是杀气，嗜血，萧寒，冰冷的气息。

李璇往夏牧眼底看去，却找不到一丝情绪，明明收敛着所有心思，与平时严肃时的深邃如海没差别，却让五皇子从头到脚地冷了一身，寒冰得彻骨透心。

风起，又是叶草窸窣的声音。

沙沙沙，沙沙沙……

一片云飘过月亮前，完全遮住了银色的光芒。

杀气！

原本对付绛恨的几人，只感到有影子一晃，杀手的身份让他们比常人敏感，于是那一瞬间仿佛在他们眼前缓慢拉长。

夏牧高跃而起，犹如雄鹰冲天，杀意凶戾的潮流仿佛雨落般，满天铺盖地向他们罩笼而下。

周围空气全都逆流，树枝青草全都向腾云将军的方向倒了下去。

那一刻，原本充满雨蒸的氤氲温气的树林，仿佛被裂刀劈开天地，狂啸着冰天雪地的寒冷。

"哗——"

银刀斜挥，赤血四溅。

四周的树草再度弯了弯身后恢复了竖立的样子。

云淡风轻，月光再度照耀大地。

斩刀晃了晃，在空中画出一个银色的完美半圈弧度，便再次回归原位。

腾云将军依然坐在马上，静静地看着前方。

四具无头尸体往后倒下，头颅扑通扑通地滚了几滚，最终停在慢慢散开的血泊里。

几个名震江湖的杀手，至死都是惊震恐惧的表情。

周围安静无声。

"不愧是恒朝的辅国大将军腾云……"许久，淀归打破安静，淡笑说道，眼中却是一片冷凛。

平时让江湖人士听到便肝胆欲裂的"红濡裳"，只剩下两人。其中五人，竟然全都死于一人手下，而且，那人只是出了两招而已。他感到兴趣渐浓，手下的长枪仿佛因为兴奋而颤抖鸣叫起来。他握紧了它。微笑道："我来试试你的刀！"说完，身影已是向前掠去。

淀归银枪红缨，突风破空，向前刺杀而去！

那力道仿佛压着千万重量，能够裂地粉石！

岂料，白光一闪，有什么直逼淀归额头，犹如一颗小石子被丢进巨大的旋涡，却偏偏卡住了龙卷风般的风眼。

"锵——！"

那迸裂之声回响甚大，众人仿佛能够看到一个隐形的巨圈从中间爆发而出，震得他们如雷贯耳。

环绕在中心的藤蔓青草，都被那利风砍下半截，纷纷落下。

众人抬头看去，却惊愕在原地。

夏牧目瞳紧缩，眸底已闪起了前未有过的怒气和杀意。

眼前，凝霜手持短剑，硬是在他身前挡下淀归的长枪。

淀归定定地望向她，眼底先是怜惜依恋，最终化成一声长长的叹息。

双方僵持片刻，终于放弃而退。

凝霜松懈下来，往后倒去，夏牧急忙上前接住，她顿时全身冷汗淋漓，大声喘息。为了挡那一击，她几乎用尽全身力气；幸亏她事先抛出一截断剑，打乱了对方的力劲，要不然依淀归刚刚的气势，就算她挡住那一枪，现在也是内脏伤碎，身负重伤。

淀归看着腾云将军怀里的女子，月光之下，凝霜的黑发如在湖底的水草一般，蜿蜒温顺地散了下来，淡蓝色的衣裙，犹如叠在草地上的层层涟漪，清澈而柔淡地把她包围起来；她轻喘蹙眉，扇子般的眼睫毛一颤一颤，如残蝶扑翅。淀归只觉得心里的嗜杀冷血都逐渐化成点点柔情，手中的长枪变得沉重，再也无法向前刺去。

“霜儿……”过了许久，他才听到自己的一声叹息，“你为何下山？”

“不下……山，难道……还伸长脖子……让你们砍……么？”凝霜好不容易缓过气来，连连徐徐答道，那语气轻微，话说出口却是让在一边的鸢向都忍不住低下了头。她看到淀归的脸色蓦然惨白，忍不住柔下语气，却掩盖不住其中的愤怒：“师兄……你知道……我原本只要……活着而已……”

淀归神色寂寥，忍不住黯然：“你在怪我？”

凝霜不语，眼前出现的，却是彼时的淀归。

那时候，少年不识愁滋味。

他意气风发，胸怀豪迈，欲称霸江山，为全山庄的少女仰慕的对象。

她清雅淡然，气若幽兰，绝唱倾山庄，被称为烟霞仙子。

英雄美人，人人都愿意看到的结果。

然而，她却在一夜，奔涉千里，只为了营救遥在孟安，身陷阴谋的童年伙伴。

那时候淀归才发觉，他与她同甘共苦的韶华流年，却敌不过她与夏牧相处的童稚记忆。然后，帮主大怒，她亦不狡辩，在半夜之中执意下山，远离一切，深藏云山。他不顾她给的伤害，在凝霜身后伤心欲绝地挽留，但她仍是头也不回地离开。

然而现在，他和她之间的距离，只不过是一支银枪的距离，却像是隔了整片江山与天下，再也不能如年少那般，一起在半夜偷酒，坐在山坡望月吟诗，同时醉去，并肩卧睡。

凝霜垂下长长的眼睫毛，也是叹息："我怎敢怪你？"

淀归不语，一动都不动地看着她。

九月左看看右看看，眼看面前的夏牧都要把他手中的斩刀给捏碎了，正想喊说，你们是不是忘了这里还有人啊的时候，淀归开口了：

"霜儿，你为何帮他挡下这一击？"以夏牧的身手，要应战简直就是理所当然，哪里用得着她挺身而出？

"若你们打起来，夏牧元气大伤，以我们的人数是斗不过你身后的那些人的。"凝霜淡然答道，她扶着夏牧的手，勉强站立起来，恢复刚刚的冷漠和坚决，一字一句地说，

"师兄，你们这计暗度陈仓，究竟是为什么？"

"哈哈哈哈……"淀归仰天大笑，看着凝霜的目光半是柔情半是赞叹，"不愧是霜儿，果然被你看出来了！"

他向后吹了声口哨，树影之中果然出现了更多的人影，人数在"红濡裳"之上，大概有三十多人，一看身手便知是高手。

所有人身穿暗衣，有男有女，面容严肃，阵容整齐，犹如军队，步伐一致地走出，前后左右地包围了夏牧等人。

忽然，同时停步，"砰"地踏步一声，犹如鼓响；淀归满意微笑，又是一个手势举起，众人同时拔剑，动作有条不紊，声音脆锵如削铁。

夏牧等只感到周围寒气逼人，剑光在夜里闪烁着阴暗光芒，诡异而冰冽。

"喝——！"三十多人同声高喝，声音雷霆万钧，震彻树林，颇有大将意气。

九月不由自主地吞了吞口水："我靠……"

凝霜觉得夏牧握紧了自己的手，有安抚保护的意思，但同时从他身上感受

到的冷意杀气也逐渐浓深。她迅速地打量四处，看这人形的铜墙铁壁，他们很难逃出去，何况那屋子里还有一个问绿；然而绛恨的伤势若再不治疗的话，便会很危险。他们唯一的希望，便是拖延时间至官府派救兵来，但是……燕城非朝廷重要之地，只怕来者也敌不过眼前之人。

心一横，能拖就拖吧，便缓慢开口：

"那么，欧阳子治的秘诀已经到手，这一计，无非是让我和夏牧不顾一切来营救李公子等人，声东击西？"

李璇心里一紧，想起问绿之言，明寮应有一地已被拿下，不觉脸色惨变。

淀归并没放过五皇子的脸色，不觉一笑："还是瞒不过霜儿，不过我们也只是将计就计。"他转向李璇，"殿下利用江湖流言，召天下起兵，又派众多替身遍及四处，我们也用了同样的方式让边疆之州侧目。此时此刻，恐怕师父已成功地率领所有弟子与异图族聚合了。"

此言一出，不仅是五皇子，连夏牧九月都脸色微变，还没来得及深想，凝霜却道：

"师兄就那么有信心，能破恒朝边疆？"

"即使起军不破，到时候必有一城为我们打开大门。"淀归缓声答道。

"引狼入室，荷衣会把天下百姓置于何处？即使改朝换帝，又如何向战死的军士与百姓交代？"琴城才子声调里已有怒气，冷得如六月霜雪。

"霜儿，你虽为我门第一女谋士，但依旧摆脱不了妇人之见……"淀归怜悯而温柔地看着她，"兵者，护国忠帝，是理所当然的事情，就如君子为信仰而死一样；恒朝若败，守护边疆的士兵死于战场，忠于皇室的忠臣追帝而去，都是他们选择的死亡，都是他们的荣誉；羽朝复国，自然会再次开出一个四海强盛的朝代，那么，又有什么可交代的事情呢？"

"一派胡言！"凝霜娇容一沉，却是冷笑，"你刚刚的那一番话，再次证明为何羽朝会败。"

听到她这么说，一直安静在旁边的鸢向忍不住高喊：

"三师妹，你别帮他们说话了！反正他们今天是死定了！待我们杀了腾云将军，他的死讯传出，恒朝溃不成军，我看你们到时候如何守护边疆！"

忽然旁边的五皇子不觉笑出声来，使众人都同时看向他，连九月都忍不住在心里嘀咕，殿下，都什么时候了您还笑个屁呀？

“五皇子死到临头，还有闲心说笑？”淀归冷冷说道。

“只是对井底之蛙之见感到可笑而已。”那个脸上还带着血污的男子风度翩翩地站了起来，微笑答道。

李璇漆黑如夜的长发随着他的动作如瀑布般泻下，衬着微弱的月光，黑衣黑发，五皇子整个人似乎都要嵌进夜色之中，几缕发丝缠面，一瞳染血，红丝滴滴答答地落了下来，给他惨白的脸添了妖艳的血色。他缓慢地站直，用轻描淡写又漫不经心的声音道：

“璇虽不才，死不足惜；却上有兄，下有弟；太子昭王二兄，皆是文武双才，足智多谋之辈；六弟李瑾，可为盛世贤君，乱世枭雄；我朝血脉福祚绵长，就算腾云将军死于此地，还有李家一族与天下成千上万的好汉，岂怕你等蛮族侵略？”月光在乌云之后又透出了脸，银光如雨丝一样在他身旁滴落，众人看向这万人之上一人之下的尊贵皇子，便觉得他被沐浴在神圣之光里，不敢亵渎。

“哼！既然如此我就成全你！”鸢向勃然大怒，指着他咬牙切齿地喊道。

他声音未落，九月已是移到李璇身前，凝霜也被夏牧扶着拔出武器。

周围数十人缓慢逼近，开始围着中心走动，双方剑拔弩张，都聚集精神，打量对方。

淀归看着眼前表情坚决的凝霜，想到她即将死在自己面前，不禁心中一痛，看到她与夏牧双手紧握，后者的另一只手也揽在她的腰上，脸色更是僵硬难看，喝道：

“先把五皇子与腾云将军解决掉！格杀勿论！”

说时迟那时快，他话刚说完，空中“咻”的一箭便落在他马前不远，一声嘹亮脆落的娇喝响起：

“谁敢动我朝重臣？”

蓦然四周火把亮起，照得树林犹如白昼；蹄声如雷，四面八方的战马潮水般涌了出来，马上骑兵都是盔甲战袍，银袍玄衣，人虎马龙，矫捷雄伟，个个手持弓弩，瞄准荷衣会的暗衣行者；随后步兵出现，整齐有序地排成“口”字，前后举弓，左右持剑；中是“口”字，外是圆形，谅是江湖高手，也是插翅难飞。

众人向后望去，只见前面几排骑座全都向两旁一分，一骑从中而出；白马如雪，高大俊美，上有一位女子，银盔战袍，下身则是锦缎罗裙，一双巧足踏赤鹿皮靴；面如芙蓉，双眼如杏，眉目竖瞪，朱唇紧抿，似怒似笑；她手持旗帜，旗上一字写得铁划银钩，笔势雄奇，曰：“肃”。众人便知这是近日轰动天下的孝倩翁主——苏未央。

淀归和鸢向料到会有官兵来援，故带几十人马包围夏牧等人，虽荷衣会一人抵十，却没想到会半途跑出一个带着几百精兵的孝倩翁主，只见四处灯火明亮，小小的林中空间全都密密麻麻地被兵马占领，不禁暗叫不妙。淀归看去，箭比剑快，再加上眼前并未松懈的腾云将军，情况不利于己方，思考之间，只听孝倩翁主冷冷说道：

“还不放下武器？”

“哼！大不了同归于尽！”鸢向怒道，他一声怒吼，震得四周树林颤抖，四边的士兵仿佛没有听到一样，丝毫不动。

“师弟，不得莽动。”淀归轻声说道，随后又看向那马上女子，一双温和如水的眸子带着笑意：“想必这就是孝倩翁主了，果然有尚香之风。”

未央的回答是杏眼冷冷一扫。

“我与翁主做个交易如何？”淀归依然微笑道，轻松得仿佛在和老友打招呼，“你一定会答应的。”

未央挑眉，待他说下去。

“翁主放我们离开，我呢，放你们一条命。”淀归笑得狂妄。

孝倩翁主皮笑肉不笑，嘲笑的样子和夏牧非常相似，她抬起下巴藐视着对方道：“阁下要夹着尾巴逃命就请便吧，本宫胸怀宽广，岂是以多敌少的小人？反正迟早你会被当今圣上凌迟处死的。”

此话一出，别说九月忍不住扑哧一笑，五皇子和夏牧的脸都柔缓许多。

凝霜一动不动地握紧了手上的剑。

淀归依然微笑说道，但双目已有杀气。

“翁主真是伶牙俐齿，在下会记住这些话的，到时候复羽成功的时候，一句不少地还给翁主。”

他转身，看向依然伺机而动的凝霜，以及站在她身边，准备随时出击的夏牧。

一边是朝廷重臣，当今战神，一身旧衣长袍，手持染血斩刀。

一边是江湖高手，天下傲侠，面若芙蓉，微笑带刺。

谁都知道双方巴不得马上大开杀戒，争得你死我活。视线相对的时候，连周围的空气仿佛都迸出了火光，看得两方人马都惊心动魄。

最终淀归咧嘴，那笑容又包括了太多仇恨煞气和咬牙切齿的情绪，他举起手来："撤！"于是仿佛大风刮过，几十个人同时收剑跳起，只听到淀归和鸢向的马嘶和衣服掠起的声音，浩浩荡荡的一队人，很快就在树林里消失得无影无踪。

夏牧等人静待片刻，竖起耳朵，仔细聆听对方是否远离了，确认之后才敢乱动。

凝霜立即冲回绛恨身边，她到的时候就已帮她点穴止血了，但手摸上去，果然已起高烧，肩膀和背上的伤口也开始渗血，绛恨的脸和嘴唇苍白如雪。

"她怎么样？"李璇也不顾自己的伤，捂着自己手臂上的伤口冲过来说道。

"并不乐观，要立即找个干净的地方止血包扎。"凝霜飞快地看了他一眼，"你也受伤了？"

"无妨，只是皮外伤。"五皇子目不转睛地看着眼前绛恨的脸，想要伸出手去，却又强忍住了，只能握拳在旁，静静地看着她。

"你抱她上马，我们立刻就走，不能再耽搁了。问绿呢？"琴城才子边说边站起来，却感到一阵晕眩，刚刚接应淀归那一击的确对内力的冲击过大，又强撑到现在，她忍不住踉跄了一下，却是旁边的九月扶住了她。

"谢谢！"她有点惊愕，回头对九月道谢，看到的却是扑入夏牧怀里的孝倩翁主。

未央刚刚的坚毅和冷静早就消失，下马的时候还不小心踩到了裙子而差点跌倒，腾云将军上前扶了一下，她便一头蹭进他的怀里，夏牧见一双担忧害怕的眼睛在看到他的时候变成了轻松，所有的责备和怒言都成了叹息，不觉把这个小他五岁的翁主拥进怀里，拍着她的背。

"四哥……"从气势汹汹的高贵翁主到在别人怀里撒娇的小姑娘其实只有几秒之别，未央可怜兮兮地如掉入水里的小狗，泪汪汪地抬起头来看着他，"其实我知道我错了，但是你看在我从京城千里迢迢不分日夜地跑来救你一命的分上，你就不要骂我了吧，啊？啊？啊？啊？啊？四哥……"

夏牧瞪着她，彻底无语。

"……"他张了张口，却不知道说什么，但又觉得这次这小妮子实在是过分了点，就又张开嘴巴，却碰到未央睁得老大老大，可怜兮兮的星星眼，就又"唉……"地长长一叹，拍了拍她的头算是惩罚，难得露出了稳重成熟的样子道，"还不快去见过五皇子殿下，有人受伤了，快去安排。"

"是！"孝倩翁主知道他这样说等于是原谅自己了，便兴高采烈地蹦跶而去了，正要转身向五皇子跑过去，却听到一声惊呼：

"问绿！"

众人同时转身看去，只见月光下，问绿满脸是血，手臂和背上的衣服也全被挂破，她喘着大气地走了过来，后面拖着一大袋东西。

凝霜急忙迎上，九月见她肌肤都露在外面，立刻把自己外套脱下给她披上。

"怎么回事？你怎么了？"琴城才子皱眉说道，检查了她额头上的伤势，又给她把脉看看是否有内伤。

"没事，我好得很……呵呵呵……"问绿倒是笑了起来，虽然满脸灰尘血迹，但一双眼睛忍不住因兴奋而闪烁发亮，她半咳半笑，终于忍不住大笑起来，

"哈哈哈，我就不信，有了这个，我们还打不过那帮浑蛋！"

凝霜和九月转头看去，见那袋被她拖出来的东西掀开了一角，几把寒气逼人的武器反射着月光，静静地露了出来。

第十二章

谈笑之间·樯橹烟灭

刀、剑、双剑、弓、枪，五把武器，整整齐齐地放在石案上。

虽然都被布铺着包着，但也足够让站在桌前的四个人眼睛都直了，连平时冷静的凝霜，也掩饰不住脸上的光彩。

“欧……欧阳子治的……亲手做的……的的的？”九月激动得连话都说不清楚，若不是看到问绿脸上那半是不耐半是警告的表情，他已经上前把她扑倒拥抱了。

雪鞭飞使上前举起长枪，把布一扯，众人只觉眼前一晃，定睛看去，那枪通体为精钢红铜所制，色如滴血，两侧悬挂银环，挥舞时有银环忽撞之声，清脆铿锵，枪端吊挂紫缨，枪尖扁平，有如叶梭，锐利无比。

问绿见众人呆样，不觉一笑：

“此枪名，一叶。”然后她随手一丢，抛给了愣在一旁的九月：“给，你很适合这根东西，我原本是要自己用的，但还是算了。”

“什什什什么……？”九月语无伦次，手脚慌忙地接下那把枪，看了看问绿，又看了看周围盯着他看的其他人，半晌才呆呆地看向那支枪，嘴巴张得口水都掉了下来。

问绿不理他的蠢样，拾起双剑，抽出剑鞘。

夏牧等人不觉眯了眯眼睛。

望去，那武器一黑一白，黑剑之身为青铜所制，光泽隐玄，有刻涌浪；白剑之身皎皎如月，凝银冰霜，有刻雪花；双剑柄处各刻星月，扁薄如纸，锋利无双，挥动时有刃风割过。

问绿道："双剑，名夜天。"又肃容看向李璇道，

"欧阳子治有遗言曰：这双剑不得分离，若两人一持一剑，必相杀之；无论父子，母女，夫妻，情侣，挚友或兄弟姐妹，注定相残。"说完双手交上。

李璇一愣，随后弯身躬首，郑重地收下：

"璇，谨记阁下之言，必持此剑，扫尽夙敌；助阁下一臂之力，还天下……"

"闭嘴！"问绿不耐道，"叫你拿去就拿去，哪来那么多的啰唆废话！"

说完又拿起弓，拉了一下，只听"腾"的一声，清脆如裂，

"弓箭名，灵翔。坚硬如钢，轻盈如羽，紫檀为弓，蛟筋为弦，无畏冰火，刀枪不敌。"她道："留给绛恨甚好。"又一叹，"或许，就是做给她的呢。"又指向剑，对凝霜说，

"这是你的，青潭。"

琴城才子看向那剑，又看看问绿，见她挑眉点头，便上前双手小心翼翼地把那剑捧起，深吸口气，才正视看去。不觉喃喃道：

"真的……我可以用？"

"嘁……"问绿冷笑道，"要不然这样吧，我把夜天的其中一把给你，另外一把我用，看看最后究竟是谁杀了谁。"

凝霜不语，万般小心地把包着剑身的布轻轻往下拉了拉，立即一团光华犹如出水芙蓉地绽放而出，清冽深邃，仿佛清水般的从容舒缓，冰冽沉寒。琴城才子愣愣地看着它，随后竟然微笑起来，犹如重见好友般的喜悦激动。

"那么最后……"问绿见夏牧在一边可怜兮兮地蹲着看她，差点笑了出来。她重新打量了蹲在墙角的腾云将军，上下看去，最终一叹，"这东西，若不是你的，还不知道谁能够配得上呢……"她上前一扯，其他人都忍不住咽下了一声惊呼。

那是一把斩马刀，刀身似如偃月，刃如千丈峭壁，断崖裂墙般的平削锋利，柄为铜铁所制，杖为黑紫木檀，内有钢铁；刀长九尺五寸，全身毫无雕饰花边，唯有两篆字刻于刀身，铭曰：昆冥。

"昆冥刀，为欧阳三代共铸，长达八十多年才完成。上面有欧阳一氏的心血；刀刃有嵌红满、裂水、白露、鸣泪和恬哭等石头的精华，哪怕是一块小小的

碎片，都有相当可怕的杀伤力。”问绿平静说道，完全不放过夏牧脸上的表情，随后她拿起斩刀道，

“若你得到昆冥，可愿助我一臂之力，血报师仇？”她定定地看着腾云将军，所有人也转过头来望着他。

“当然……”夏牧回神过来，嘻嘻一笑，“不愿意。”

“你说什么？！”九月马上跳到他的身上，拉住衣领猛摇，“你脑袋进水了你？啊？这可是欧阳氏的精华啊！你以为你是谁啊！你知道天下多少人会为了这个东西血流成河么？你还说你不要？！”

夏牧“啪”的一声把他拍到了墙壁上，双手交叉，轻松好笑地看着问绿：

“为你师父报仇是你家的事情吧？嗯？你又不是我老婆瞳瞳，我干吗要帮你啊？”

这下连五皇子都忍不住想要抽他了，帮问绿报仇等于打败荷衣会等于消灭异图族等于我们现在在做的事情，这家伙究竟是怎样，李璇手痒痒地想道。只有凝霜，抬起头来看着他，一言不发。

“我是恒朝的将军，维护我国疆土和我朝百姓是天经地义的义务，为什么要帮你去报仇啊？我吃饱了我？”夏牧继续碎碎念，好不哀怨地时而瞪她一下，嘀咕着，“别人都免费拿到了武器，为什么我还要帮你报仇？小气鬼！诅咒你嫁不出去！小心眼的女孩子生不出胖娃娃！诅咒诅咒！鄙视你鄙视你鄙视你！”

“你……！”问绿好气又好笑，一只纤指指着他又半天说不出话来，最终摇头，“虽然词不达意，但你的意思我明白了……”她凝视在地上画圈圈的夏牧片刻，终于站直身子，嘹声道，

“起来！”

原本闹别扭的夏牧也微微一笑，便站立起来，仿佛早就知道她会这样说似的。

“腾云将军……”问绿双手捧刀，姿势挺拔，容颜严肃地一字一字说道，

“天下兴亡，匹夫有责。欧阳氏之昆冥刀，此赐予尔，望尔能平边疆蛮族，兴国安邦，还天下泰康盛昌之势。昆冥，侠义之刀，赤胆之刃，尔不得违正气大义，必忧天下民安，见义勇为也。反之，欧阳氏所铸之器，将为灭尔而聚之！”

夏牧弯身躬首，单膝点地，有力答道：

“恒朝之将夏牧，谨听欧阳先生之言！誓义无反顾，昆冥，为护天下之民而

挥之！”

此时此刻，午后的阳光静悄悄地从窗外射来，众人看着半跪地上的夏牧，玄衣乌发，轻噙微笑，淡染金黄，从容而温柔地接过那把巨刀。

那一刻，原本寂静的四周，仿佛响起了从远方战场传来震彻贯耳的号角长鸣，马蹄铁骑，和刀枪迸撞的声音。

那是恒朝仪武十六年，五月二十九日。

战争开始了。

山翠云岭雾如海，城外的寺庙里沉重的钟声沉缓遥远，逐渐唤醒了燕城的人们，不久，大街小巷便开始忙碌起来，一扫昨日兵马出动所带来的惊慌。

由于绛恨身受重伤，其他人也在这一次的浩劫下疲惫不堪，众人便决定休息几天再继续行路；何况要先计划对策，彻底分析，方能动身。于是夏牧、李璇和九月为了和那些从明寮各处赶来燕城的官员们夜讨论布置各城防守以及分派兵马应战之事，而在明寮首富林氏府上住了下来。

其实应住于地方官家的，但五皇子看那个已经年过六十，白发花花的老头子为了招呼他们而在那个寒酸的家里忙得进进出出而非常不忍，便扬手一喝，道："没事儿老人家，咱们到这儿来其实也是来看看老朋友的，您老就甭忙了，我们去找他。"说完一群人便执枪持刀地杀进林府硬住了下来。

无奸不成商，那个姓林的中年人，看这从天下掉下来的巴结机会岂会不把握？于是安排了最好的客房，最好的丫鬟，最好的食物，最好的酒，里头外头把夏牧一群人伺候得比皇宫还皇宫，比天堂还天堂，让一群满身风尘，破衣漏鞋，一路上最大享受是在山洞里睡觉的几个人好生激动。

清晨破晓，阳光静悄悄地从帘后投下，绛恨醒来，便看到四面墙壁玲珑剔透，旁边一袭轻纱垂帘，绿竹玉坠，另一边水晶灯笼，青玉石案，床上的罗缎锦被，周围香气环绕，又有数名美婢轻动羽扇地照顾着，还以为自己已死，身置天上人间，一时惊愣得不能言语，正要跳起来大叫的时候，忽然外面珠帘被人掀开，一阵清脆之声，身边丫鬟同声行礼："见过殿下。"

她方才知道自己还活着，应是身置哪个官府。

“姑娘如何？”李璇的声音平稳冷静，听不出任何情绪。

“回殿下，姑娘正在熟睡中，已经退烧，方才凝霜小姐前来看过，说已无大碍，现在只需好好休息。”她床边的那个丫鬟起身，恭谨回应。

“嗯。”五皇子轻应了声，又挥挥手，“你们都下去吧，在外面守着。”

“是。”

绛恨也不知道为什么自己要装睡，或许一来她懒得撑起身来，或许是因为好奇五皇子是不是会说什么，反正她紧闭双眼，一动不动地死在床上装挺尸。

在她装得快真的睡过去的时候，李璇心里却是千回万转。

绛恨的眼睫毛微微颤动，在白皙的脸上投下了阴影，如扇子在润玉上轻轻浮动；长发青丝混乱缠绕在锦缎之间，明亮如河一样蜿蜒而过。

看着平时活蹦乱跳的女子现在脸色苍白，毫无生气地躺在床上，有什么东西填满了胸膛，一点一滴地漫溢出来。

一直以为自己需要的，是如太子妃那样的女子，贤惠，温柔，识大体，顺从，并且有深厚的权势背景；他以为若遇到了那样的一个人，自己会心动，然后下聘求婚，娶进皇家，两人共度此生。

但一路下来，看她精灵古怪，聪慧兰心，义无反顾地保护自己重要的人，原本所知的所有金玉锦绣，绮罗粉黛都骤然褪色，只剩下一个在江湖里飞扬耀眼的红色身影，他怦然心动，却又无可奈何。

“唉……”自己的叹息缓慢扬起，打散了空中飞扬的灰尘，床上的绛恨，仍然熟睡，呼吸平稳，纯净如婴。

有什么翻滚着，拥挤而出。

想前几日，自己眼睁睁地看她中箭受击，喷血倒地，明明只在不到几步的距离，却是伸直双手，无法保护，无法拥抱。

他忍不住俯下身来，在她的额头上深留一吻。

随后帮绛恨掖好薄毯，在她的身边坐了下来。

四周静寂安详，青烟飘舞，只有两个人平静的呼吸声，隔离了一切战争仇恨，江湖江山。

原本在李璇吻上自己的额头便全身一颤的绛恨，忽然察觉他在自己身边坐下，一直怦怦乱跳的心随着时间推移，也慢慢地平静下来。

很安静。

似乎这个男子坐在身边，天塌下来都无妨，因有他在。

而自己，便感觉被非常温和，小心而怜惜的气息包围起来，仿佛夏天浸入河水，浮在阳光淡淡的温度之中一样，逐渐地熟睡过去。

他是万人之上的五皇子，她是奔波江湖的奇探；中间的距离如此广阔遥远，且不说两人的身份差距，面对战火四起，相濡以沫成了那么奢侈的愿望，如何相忘于江湖。

如此，安静片刻，便能幻想所有的幸福都在这个房间里，触手可及。

李璇的眼神变得不可思议的温柔平和，淡淡的微笑，慢慢漾开。

绛恨逐渐熟睡，脸上表情轻松满足，似乎做了个美妙而漫长的梦。

夏天，所有的东西都蔓延繁茂地生长着，掩埋在一切荫绿的影子之下。

林府为燕城首贵之府，自然极是富贵别致；放眼看去，楼亭曲廊，园林假山，小桥流水，雕梁画栋都隐没在一片翠绿之间，有山有水，左边一亭，右边一廊，正值初夏，各处奇花异草，五彩缤纷地绽放在府内各处，蝶蜂纷飞，蜻蜓点水。

午后太阳最烈，正是午睡的好时候，大大的园子里没有任何脚步说话声，每人都处于昏昏欲睡的状况下，唯有问绿，正是风一样地穿过整个园子，还时不时地向后看，好像有几个鬼追着她似的。

“喂喂，欧阳姑娘，你等等啊！”九月在后面笑眯眯地喊道，自从她把“一叶”给了他之后，这家伙看雪鞭飞使的眼光便多了分好奇和仰慕，因此整个早上从客房追到凉亭，从书房追到厨房，整个林府都可以看得到一前一后的两个身影，然后便是问绿惊天动地的怒吼；九月还笑嘻嘻地夸言，夏牧的厚脸皮和死缠烂打是跟他学来的，从此问绿视其如鬼一样地避着。

“谁是欧阳姑娘？你叫谁呢你？”问绿忍无可忍，蓦然停住脚步，恶狠狠地回头大吼。

“你啊……”对方正像猴子一样地在树上倒吊着，顺便避开雪鞭飞使丢过来的石头，笑眯眯说道，“你不是欧阳氏的后裔嘛，当然是在叫你……不过你全名是什么呢？欧阳问绿？”

问绿掉头就走，跑累了，就坐在湖边的草地上休息。也懒得去管那个厚脸皮可与大象相比的人，正兴奋地跑了过来，坐在她的身边。

“告诉我嘛，告诉我嘛，我不会跟别人说的哦，就连凝霜也不会。”九月像赖皮狗一样地在她左右说道。

问绿感觉奇怪地看了他一眼，干吗会告诉凝霜?

看到她这样的表情，九月反而安静下来了，很有兴趣地仔细打量眼前的女子。

林府的风景的确非常美丽，他们坐的草地上有大片的树荫罩着，让绿茵的草坪变得更加深浓翠碧，眼前的湖水波荡粼粼，被风吹皱了一圈圈的涟漪，凝霜的琴声，从客房的方向传了过来，叮叮咚咚，是瀑布穿流石崖的音调，温柔而袅袅地把他们环绕住，平稳一路地奔波。

“啊……”九月伸了懒腰坐了下来，享受低笑道，“瞳瞳的琴声真是好听呢！”

问绿再次看了他一眼，小心夏牧一掌把你劈死。

不过九月不理她，自顾自地说：

“有些时候，我总觉得，这种琴声，真的会让人忘忧的呢。你不觉得么？”他笑眯眯地说道，“能够弹出这种琴声的人，一定是很好很好的人吧？不过瞳瞳说，以前在山谷的时候，你们大家都会一起共奏一曲呢。”

问绿又是疑惑地看了他一眼，她干吗跟你说这种事情?

“啊！因为那个时候，我们躲在石家村，晚上实在很无聊，瞳瞳就拿了把琴随便弹弹。然后说，这首歌，应该是由箫、笛和琵琶一起共奏的。”九月轻声说道，仿佛眼前又出现了那个淡然如烟的女子，脸上飞逝而过的寂寥和失落，仿佛被抛弃而下的孩子。

“夏牧听了很心痛，就上前抱了抱她，结果被瞳瞳一拳打飞了，哈哈哈。”他大笑，连问绿的嘴边都忍不住动了一下，却立即掩饰了下去。

“所以，问绿应该也是一个很好的人吧？知音者，都有很美好的心态呢。有些事情，能忘就忘了吧。”九月看着远处的水面，轻声地微笑道，

“一个人，能够在追杀，逃命，抗敌之际，愿意为你高弹一曲，抚平心态，真的是对你一点介意都没有的哦。仇恨是个多重的包袱啊，放下它，陪我看看风景吧。我很喜欢看到问绿笑的时候，很清澈，就像这个湖水一样呢。”

问绿一震，长长的眼睫毛抖了一下，倒不是因为他所说的内容，而是因为，

原来这个意气飞扬的副将所有的撒娇耍赖，最终都是为了告诉她这句话么？

这么长时间的纠缠，只是为了取得那么一点独处的时间，微笑着告诉她，仇恨是非常重的，而他，希望多看她笑。

她不语，远远看着平静的湖面，忽然觉得无比烦躁。应该说点什么，却又不知道说什么。

因此，她站了起来，直直往湖水走去。

炎热的天气真是烦恼，把一切都搅乱了。

九月大惊，在后面哇哇叫："问绿你做什么啊？你别那么想不开！我没有恶意，其实你还是有很多优点的，我没有说你不好啊，要不然为了赔偿你，我脱衣服给你看好不好？"

问绿蓦然停住脚步，回头的脸上是冰冽如冬，又咬牙切齿的表情："闭嘴！"她从嘴里迸出这句话来。随后，向水面扑去。

有些事情，不是凭一首曲子，一场旅途，就能遗忘的。

她在沉入水中的时候想道。

六月，燕城变天如女子变脸。

黄昏之际，当遥远寺的钟声响起时，已是阴雾遮天，连呼吸都有水的味道。不到片刻，便是雷电交闪，撕裂天空，但即使如此，仍然脱不掉身上和周围的压抑空气，它重重地压在身上，犹如透明的外套。

潇雨连城风缥缈，凝霜从外面摘了药草回来，虽已急匆匆地跑进屋里，却还是湿透了半身，好在这炎夏温高，雨淋在身上，还带了清爽的凉意。

她一手遮头一手捧草药推门而进，刚一脚踏进来，已有人把毛巾递上，手里塞了杯热茶。抬眼望去，却是九月笑吟吟的一双眸子看着他，见她蹙眉立即笑道解释：

"他忙着呢，叫我守在门口，盼你快快进来，又不敢出去催。"

凝霜了然，转头看去，果然看到在案边和李璇、孝倩翁主，还有几位大人讨论的夏牧，他刚闻声抬头，看到琴城才子的身影，扬起一抹微笑，又继续埋头研究。旁边五皇子似是没看到，倒是未央抬起头来，飞快地看了她一眼。

“谢谢。”琴城才子接过毛巾擦了擦脸，随后又到书架旁拿起了自己来找的书。

此时，夜色渐降，外面淅淅沥沥的雨声越来越大，打在屋檐走廊上发出嗒嗒的声音，丫鬟们挑起了灯，那温暖的柔光就一圈圈地晕了出去，发出了朦胧的色彩。

凝霜看看四周，这书房装饰得高雅大气，足够几位随孝倩翁主赶来的大人们分成几组，拿着文案研究讨论；不远处的案边，问绿正在灯下拿了本书盘腿研究着；绛恨刚刚病愈，正在旁边逗着猫儿玩，五皇子时而转身看看她，看绛恨满脸微笑，不觉松懈了表情淡淡笑起，却露出一抹困扰。

凝霜见四处没有自己可做的事情，便向丫鬟要了把伞，挑了盏灯往外走去，准备熬药。

“瞳瞳……！”夏牧见状，马上丢下自己手里的图纸跑到她身边，解下外衣，“刚刚进来，怎么又出去？要熬药也先去洗个澡吧，把身上寒意卸下，要不然又要生病了。”他又对愣在一边的丫鬟们道，“还不快去准备洗澡水！”

凝霜不觉好笑：“这么热的天气，哪有那么娇弱的，几滴雨水就生病了？”

“反正淋湿了去洗澡是好事嘛……”夏牧笑嘻嘻地说道，又帮她把颊上的一丝头发抚开，温柔道，“快去，等一下吃饭的时候才不会觉得冷。”

琴城才子知道拗不过他，等一下自己没照他说的做又会被他啰唆半天，只好叹气，准备往另外一边走去，却被九月拉了下手臂：

“瞳瞳啊，如果我是你的话，会小心一点哦……”他压低声音，嬉皮笑脸地说道，“未央那妮子，肯定等一下就要缠着你问话了。”他斜眼往孝倩翁主的方向看去，却见腾云将军警告地向他一瞪，便马上松了手，笑眯眯道，“快去吧，感冒了就不好了！”

凝霜蹙眉，但什么都没说，默默地去洗澡了。

果然不出九月所料，等雨停之后，众人吃完了饭，凝霜正要走向书房找书看的时候，就见未央蹦蹦跳跳地跑了出来，见了她，先是惊愕片刻，随后便拉了她的手，往凉亭的方向跑去。

“你是四哥的什么人？到底和他是什么关系？为什么他那么关心你？”孝倩翁主一到凉亭便转过身来，双手叉腰地问道。

凝霜看了看她，蹙眉，想了想，却又发现不知道从何说起，一来这故事曲折漫长，二来夏牧并没有向外告知她是唐秋瞳，但五皇子也没有任何警告说不要说出去，所以她也不知道怎么回答；至于第三个问题，是不是问夏牧会比较清楚？

于是她只是静静地看着眼前的女孩，什么话都不说，其实自己也陷入深思之中。

但这在未央眼中，立即有了不同的意义，她高挑双眉，拉长声音：

“你知不知道……四哥很久之前，和五皇子的长姐，柔宁公主有过婚约？”

我不知道。琴城才子用表情回答了她。

“但四哥拒绝了，那时候他的借口一是未曾平息边疆，二是因为他想要找到恩人，唐府的四千金。不过现在一切都不同了，这场仗如果打赢的话，就算他没有找到唐家千金，皇上都要他成亲了，哪怕是纳妾都可以。而我，就是他妻子的最佳人选！”未央直看她说道，见凝霜没有任何表示，又继续提高声音，

“我父亲就是肃恒将军，四哥的义父，虽然已收四哥为义子，但毕竟出身不同，更何况我们是青梅竹马，娶了我，延续肃恒将军的苏氏家族，是最好不过的主意了。我父亲在世的时候也有这样的意思，但见四哥对唐家千金那么痴心，便没有勉强，现在若她还活着，自然是赞成并且欣慰的。”

凝霜不回答，静静地观察眼前的女子，皇族出身，自然盛气凌人，但因生于将门，高贵之间还透露出一股豪迈之气，说话毫无拖泥带水之意，明是肃颜，却怒中带笑，笑中带怒，明眸皓齿，桃腮杏脸；虽出言无礼，却看似如娇憨怒嗔的样子，让人讨厌不起来。她淡然问道：

“翁主告诉我这些，是想说些什么呢？”

未央也正在打量她，凝霜一身的云淡风轻，当初在树林深处看到她，也是同样的姿容，清澈雍容得如一潭秋水，扶在夏牧手臂上，在熊熊的火把之中，静静地回首过来看了一眼，再次回头过去，照顾同伴。

就是这样的女子，让名震四海的腾云将军动了心？

于是她严肃道：

“我是想说，我并不排斥这场婚事，皇家子女，国重于家，何况对方是四哥。但是，我也不反对四哥纳妾，甚至宠你更胜于我，我唯一不能接受的，便是你无法回应四哥的感情。”

凝霜的手指微微一颤。

片刻，叹息道："翁主多虑了，我并无……"

"我知道你并无此意，问题就出在这里！"未央不耐地挥了挥手，来回踏步，"一路上我听说民间关于你们的各种谣言，我不管你是因为什么而下山的，但看得出来，如果你有选择的话是绝对不会踏入这浑水的。"她澄清的双眼直看凝霜，却无威胁之意，而满是诚心，

"你说，你只想活下去。我的意思就是，未来你若答应成为四哥的妻子，希望是因为你真的喜欢他，而不是因为他可以护着你，是你能够一生平安地'活下去'的盾牌。"

凝霜不语，虽未央的话中有太多可以反驳的地方，但她还是一言不发。

这番话，显然是未经过思考脱口而出的，反而真心诚恳，然而自己，虽然并无如她所说的打算，但也应该看看自己对夏牧的情感了。

"翁主的话，凝霜谨记在心。"过久，琴城才子对她微微一笑，算是感谢她的坦诚。

这笑容倾城倾国，看得未央一愣，话说完了，想到自己方才的无理，自己还是堂堂天子的侄女呢，却那般说话，不觉脸红，无措起来了：

"哎……其实……其实我还是很喜欢你的，至少不如京城里的那些女眷那般，整天无聊透顶，三姑六婆地八卦……"她不好意思地说道。

"我也很喜欢翁主，不拘小节，英姿潇洒，不输须眉。"凝霜淡淡说道，微微欠身。

"啊呀……"未央的脸越来越红了，却觉得凝霜这样说，显得自己好像越来越小气，想说什么赞美的话，脑海却一片空白，正要开口的时候，忽然见凝霜肃容喝道：

"什么人？！出来！"

只见草丛里蹦出绛恨的身影，笑嘻嘻地挽住凝霜的手臂，她身后是一脸愕然的五皇子。

"姐姐！姐姐！"绛恨娇笑道，"你竟然有了情敌，这太好了！这样才能促进你和夏牧之间的感情啊。"

凝霜又气又好笑，弹了下她的额头："别胡说八道，怎能偷听他人谈话，你自己调皮就是了，何必把五皇子拉扯进来？"

未央知道自己的话被五皇子听去，不禁涨红了脸，跺脚道："殿下好没意思，竟然偷听女孩子家的私房话！"

李璇一呆，方才也只不过刚站稳便听到凝霜的喝声，他自小便被人恭为君子，何时做过偷听这种事情，或者有人敢对他说这样的话，一时竟愣在原地，不知道说什么，倒是绛恨大笑：

"他才没听见呢，刚刚才来的……"说完又跑到未央身边，笑嘻嘻地拉住她的袖子道，

"原来这就是多次惊动京城的孝倩翁主，真是久仰大名啊……"

未央也知刚刚是自己失言，一冲动就说了不该说的话，不禁感激她打圆场，也笑道：

"彼此彼此，奇探绛恨，大名如雷贯耳……"

凝霜看她们两个，知道两人性格相似，只怕大家以后有得忙，不觉摇头，又向李璇道："殿下是否有事？"

"是！"五皇子回神过来，严容道，"有事商量，来请翁主与琴城才子前往书房。"

"什么事？"未央问道。

"嘿嘿……"绛恨一笑，轻松道，"我派去向阳的探子回来了……"

六月一日，腾云将军与五皇子率领一千精兵前往向阳，欲与明寮百官共聚，岂料探子一去不返；腾云将军大起疑心，奇探绛恨派属下夜访向阳，方知刺史沈盼已与荷衣会联手，五千荷衣弟子严守沈府，防闲人进出，另数百心腹掌管军政，十万士兵皆落入沈盼手中，随时欲反；数位下品微官欲抗报朝，皆被暗杀抛尸；城门紧闭，易进难出，百姓不知发生何事，民心惶惶。

五皇子李璇得知，勃然大怒，与腾云将军率领三万人马前往向阳；孝倩翁主与副将九月则是连夜奔向箴城求兵支援。

"向阳陷落？"凝霜蹙眉问道，见夏牧点头，以及李璇一脸黯然担忧，便明白了，"大师兄所说的'必有一城帮我军打开城门'就是指向阳？"

五皇子点头，面有深虑："我担心不只是向阳。"

夏牧也肃容道："向阳为明寮首州，又位于北部，两河交叉之处，固有万兵守城。兵符已被沈盼拿下，要攻打下也不是那么容易之事。"他烦恼地揉了揉额头。

"向阳……？"问绿回忆了一下地形，不觉问道，"可有地图？"

九月和夏牧对看一眼，前者把手上的地图摊在案上，众人便围上去观看，岂料绛恨看了一眼，便扑哧一声笑了出来，凝霜和问绿的面部也松懈下来。

"怎么？"未央碰到战事便似乎换个人似的，看绛恨嘻嘻哈哈，不觉不悦，沉容问道，"什么事那么好笑的？"

"啊啊啊，这样的地形，真好夺下啊。"绛恨伸了伸懒腰说道，立刻因拉扯到伤口而咧嘴。

未央等人不禁愕然，只有夏牧不改面色，微笑着看凝霜。

琴城才子果然淡然笑道："绛儿，不得无礼。恒朝开朝是民兵起义，长年并无内乱，自然想象不到。"

五皇子双眼一亮："凝霜姑娘，是指……？"

"夏牧说箴城情况甚怪，翁主又说二皇子已带人前往探看了，那么翁主便与……九月副将便去前往此城好了，从这里到箴城，有三日时间，若此城已反，二皇子应该已夺下了。你们跑这一趟主要是要兵支援，二是告知二皇子，前往边疆。"问绿看着周围的地图说道：

"而向阳嘛……我们来想想。"她挽袖提笔，"荷衣会和这个向阳刺史呢，肯定知道我们身在燕城。而且主要对付的，应该是腾云将军；若他们知道我们即将起兵讨伐，必定是紧守南门，因为我们总不可能绕个圈到北门去打他们吧？那么……"

六月五日，朝阳缓升之时，向阳城南门外，只见旗帜人马滚滚而来，扬起层层黄土尘沙，号声雄伟嘹亮，划破天地，震彻城墙；两万人马气势汹汹，前方战鼓齐擂，声如洪雷，后方呐喊助威，杀声连天；腾云将军一马当先，银盔玄甲，拉弓搭箭，连发三箭，穿透城门中心，讨伐怒声震天动地，直破晨曦。谅是内有千万大兵，也是听得惊心动魄。

"他们会防守南门，因此这是主攻。"凝霜指着南门接着说，

“带二万精兵即可，我想城内士兵早已察觉刺史及其他官员举动怪异，唯有遵命，可在外面激战的，可是长年抵抗异族的腾云将军。再来，我等这次的故事早已传去，只要气势够足，对方摸不清我们的底，不知道来人多少，轻易而败。第三，士兵们可能根本毫无反心，只是沈盼自己在作祟。”

“那么，还剩一万人马。可让相公利用……”绛恨撑腮深思，把一面小旗帜移到了另外一边。

西城门外，五皇子李璇银盔白甲，身后五千箭手五千步兵，齐发点火箭雨，射向西门城墙，顿时火浪成海，不到片刻，西城门溃不成军，众兵攀墙而上，打开西城大门，五皇子与士兵们并肩共战，一个翻身高跃，已是进了向阳，直奔刺史官门，预备挟持沈盼。那些正在赶向城门的士兵，见李璇从天而降，手持恒朝皇旗，英姿飒爽，宛如天神，后面将士个个手中武器染血滴滴，早已愣在原地，却听五皇子朗声怒道：

“逆贼沈盼谋反，私勾叛党，残杀无辜，吾乃当朝五子，奉圣上之命，前来平定向阳之乱，日后必当上奏圣面，凡是平叛有功之将，皆有嘉赏！”

众士兵听到，不敢置信地呆在原地，旁边已有人怒吼：“狗娘养的！沈盼官大还是五皇子殿下大？还不下跪叩见！”众人见李璇气度非凡，又听远方南城人马混乱之声，知道此人来历非同小可，又听到此人这样一喊，连忙跪下叩头，大呼饶命。

五皇子见状，拔剑指天，怒声高呼：“天佑吾朝！吾皇——万岁——万岁——万万岁！”

他身后那一万精兵，无损一人，皆应声高喝，万岁之声震彻全城，惊动向阳！

此时其余士兵再也没有任何怀疑，亦举剑高喝，以表忠心。

李璇掩饰不住心中澎湃，勒紧缰绳，马儿举蹄长嘶，转眼已冲前而去，剑指前方：

“擒下叛徒！降者免死，反者，杀无赦！”

“若主攻为南城的话，那么多数人马必聚集在此；这样一来，西城用弓就可以夺下。火最能乱人之心，但蔓延极快，最好慎用，要先观察风向。”绛恨边想

边说，见旁边侍女进出，不禁欢道，“啊！有葡萄！我最喜欢吃葡萄了！”

“炎夏六月，晨曦比冬季早很多，我们要在城门未开时行动。”凝霜手持两枚色棋，在东面放下，“……半醒半睡之际出城应战的，应该都不是那十万大兵，因此，我们要把握时机……”

在五皇子夺下西城门之际，凝霜一身淡蓝雪衣，翩然如燕，袅姿如蝶，问绿则是一身翠碧，飞速如箭，敏捷如兔；两人暗地飞过东门城墙，穿梭于向阳大街小巷，几声鸟鸣哨声，便见身后出现数位暗衣行者，皆是原本就潜在城内的绛恨的探子；十多个人中的几个高跳起落，便已到了军府门前，绛恨与凝霜相视一笑，问绿也是勾起冷笑，一群人从正门直杀而进，欲夺兵符。

“兵符，应在沈盼的心腹林芳兰将军手上，你们几人可以胜任么？”李璇担忧地看着刚刚才病愈的绛恨，“林将军虽然没有夏兄那么好战勇猛，但毕竟是朝廷武将。”

“放心吧，这点事情我们还应付得来，何况又不是单枪匹马。”问绿挥了挥手说道。

“不过……还是有点准备才好。再怎么说，也是明寮首州，没有那么容易拿下的，我总觉得有什么意外会发生。”凝霜蹙眉道，又转向窗外，看着淅淅沥沥的雨，“这次在向阳让刺史降服的，应该是什么重要的人吧……”

绛恨飞跃而起，旋转起舞，一身红衣如在空中绽放了大朵的烟花，双手十指各持一珠，随手甩去，顿时辛辣烟雾四起，最先冲出来的士兵顿时全身软麻，纷纷倒下，奇探拉弓搭箭，几个起落，已向军府最深处掠了过去。

问绿和凝霜从左右走廊而攻，前者手中雪鞭四处飞窜，众士兵只觉得耳边呼呼风啸，反映着银色日光的鞭子如龙蛇般左刺右扫，“刷拉”一声，走廊木柱立即被震得裂开，好几人持剑欲上，却被那鞭子扫得无法接近，后面几人发箭而出，但却见银光一闪，还未反应，已是箭被击下，飞刀袭来，刺入身体。

凝霜身前有绛恨手下开锋，一路不动身手便已闯进平时练兵之院，只听四周高喝一声，却是军兵如潮水般地把她包围在中间，一声怒吼，几百将士皆同时拔枪指向她，声势洪亮勇猛，敌不可挡。琴城才子见状，举起手中腾云将军的令旗，高声道："腾云将军来此，还不投降！"众兵大惊，却依然保持姿势，丝毫不动，凝霜蹙眉，

"逆贼沈盼，欺上瞒下，私结逆党荷衣会，欲在向阳起反，五皇子李璇殿下同腾云将军来此平反，你们身为恒朝将士，不助朝廷抗敌战役就算了，还真的要助桀为虐吗？"

众兵面面相觑，又看看她高举的黑底银边的旗子，不知如何反应，群中有人高喊：

"一派胡言！为何将军令旗，会出现在一介女流手上？"群众闻言，彼此应声，有人已经蠢蠢欲动，准备随时出击。

"庸才！"凝霜冷笑，"在下琴城才子，一路随腾云将军与五皇子同路！随我同来之人，便是奇探绛……"话未说完，忽然传来沉重的号角声，李璇已进城了，她不由微笑，随后冷喝："五皇子已攻下西门，你们还不投降！难道真要我动手么？"

这时后面问绿闯来，喊道："李璇来了！兵符可到手了？"

众兵见她敢直唤五皇子讳名，又见凝霜气势逼人，早已有所摇动，但头上有将军直令，不敢反抗。岂料这时，琴城才子忽然伸手取出一枚金牌，高举怒喝：

"御上金牌在此，还不跪下！"

这下非同小可，群众大惊，几千士兵纷纷跪倒在地，高呼万岁。

凝霜问绿相视一眼，急忙步入后院，却见绛恨与一名将士，正打得难解难分。

此人正是林芳兰，两人见他行动甚是迅捷，手中之剑既攻既防，一时不分上下，而绛恨大病初愈，这几日又是奔波行动，免不了力不从心，虽未曾败下阵来，但出手速度却是慢了下来。忽然林芳兰抽剑后退，同时右腕一翻，手势爪样向绛恨胸口抓去，奇探侧身一避，却被抓住右臂，顿时觉得五指嵌肉，冰冷入骨，忍不住闷哼一声。问绿见状，正要抢上救援，绛恨忽然身体趁机往下一滑，对准对方右腿连续数踢，林芳兰正紧抓她的手臂，一时不能放开，只听骨头碎裂之声，忍不住哀号痛叫。绛恨被放开，觉得右臂酸麻，不觉又羞又怒，翻身跃起便是狠狠一掌往他胸口推去，林芳兰顿时被震飞摔倒，连吐白沫。

"算了，留他一命，等五皇子来发落。"凝霜拦住还想踢他几脚泄恨的绛恨说

道，“谅他这样也不能怎样，还好还没调动兵马，要不然就麻……”她话未落声，蓦然拉起绛恨问绿就往后跳开，三人落地，只见方才站立的地方有三根极长的银针插入地面。

抬头看起，却见淡黄衣裙的杏泪，站在屋檐之上，冷冷地看着她们。

“你们三个终于送上门来了……”杏泪微笑道，双眼里映出杀戮和残忍的笑意。

第十三章

狭路相逢·是敌非敌

夏牧在缓缓而开的南城门下出现的时候，盔甲上皆是泥土和血迹，他面容上的杀戮逐渐平静退去，身后是深肃静立的威武军队，仿佛铁林一般在黄土沙城之间竖立沿开，两排玄底镀银的旗帜，猎猎飘荡在刺眼白光之下。

炎热夏日，空气凝固闷静，但那些接到城内指令而开门的守兵，眼望此景，却忍不住打了个冷战。

跪在地上的小兵，在腾云将军策马而过之时，忍不住飞快地抬望一眼，远远看见那面玄色帅旗之下的身影，犹如战神浴血一番，在金光的洒晒之下，遥远而不可一世地缓慢走过。

城内街道一扫平日的热闹繁华，家家门户紧闭，百姓们不知这几日的风云诡谲及今朝动乱因于何事，都惊心动魄地避于家中，平日人群熙攘的街头，唯有马蹄缓进及脚步统一的前进声。

忽然前方有急蹄奔来之声，夏牧瞳目一紧，身后弓手已搭箭瞄准，却听一声高喊："报——！"方才松懈下来。探子从马背落下，抱拳跪下，声音嘹亮，"禀报将军，五皇子殿下已拿下犯人沈盼，绛恨女侠已送兵符到手。"

夏牧蹙眉，没听见瞳瞳消息让他有点不安，但仍然沉容下令："传令，封闭四面城门三日，整顿军府众兵，帮兄弟们疗伤收尸，死者无罪，抚家厚葬。"又回头喊："龚敏，叶知淮，牟安！"

三人应声而出。

"你们分三路，去办这些事情！五千人随我，其余兄弟随牟安前往军府，本将先与五皇子聚集，一个时辰后到，面见向阳众军！”说完，鞭马扬蹄，往前策去。路上忍不住往军府方向看了一眼，最终摇头，若兵符到手，凝霜应与李璇同在才是。

岂料走到半路，却见李璇浩浩荡荡地从西而来，旁边并无凝霜身影，面色焦急，夏牧心下一紧，疾奔而去。

“情况如何？”他勒马问道。

“沈盼已被扣了下来，我们正准备去官府和你聚集，西城门与北城已经关闭。”李璇说道，继续皱眉，“但绛恨那边，却只派人送来兵符，她们三个……应该还在军府。”他想起绛恨上次内伤颇重，并且因先潜入向阳而有多天不见，不禁担心忧虑，但身系重事，牵肠挂肚的脸色又不好在这种情况下显露出来。

“这……”夏牧自然了解他心中忧虑，但无论如何他们都要以大局为主，不觉咬牙，肃容道，“我已派牟安带着一万多人马前往军府安置，应该没有问题，她们三个谈笑之间就把这次的计划安排得天衣无缝，自然才智过人，心思细腻。我们就不要多虑了，赶快去和向阳的官员们见面，把城内状况安定下来。”

李璇点头，两人向官府奔策而去。

但虽然话这样讲，夏牧仍然有点忐忑不定，吩咐身边心腹前往军府，打听所有事情并且立即回报。见下属背影逐渐消失，他也恢复了稳重与冷静，与五皇子下马，在他身后跨入堂中。

北城方向的屋檐顶上，有两条身影飞掠而过，脚步轻盈迅速，时而刀光剑影，铿锵之声。

最前面的是淡黄衣色的杏汨，手提青铜金扇，正避开身后浅蓝衣裙的凝霜。

忽然杏汨收住脚步，整个身子凌空翻起，左右两扇同时挥向琴城才子，“刷”的一声，扇骨上忽然冒出尖刺银针，凝霜眼看对方击来，却是站立不动，直到扇子离脸不到半尺，猛地侧身，一掌向对方左肩击去，只听一声闷哼，杏汨连退几步，却是面噙冷笑，翻身而起，双扇展开，寒光闪亮，高喝一声再次击去。这次那些银针却忽长忽短，刷刷扫来，虽未曾触碰凝霜，却已割下她几根青丝。

原来军府内伏有两人，杏汨及与愁绝同辈之人——名号朽萍。

凝霜虽拿下人马兵符，却不忍对昔日师姐赶尽杀绝，但杏汨见她则是格外憎恨，开打便是难以脱身，凝霜见夏牧即将带众兵到军府，便飞檐而走，换个地方继续打斗，留问绿和绛恨对付杇萍。两人几招过手，却已翻越了大片北城，凝霜一味忍让守护，岂料杏泪却是步步相逼，杀势十足，出手狠毒，饶是琴城才子性格淡泊，也忍不住开始反抗。

“怎么？生气了？”杏泪笑着看她，满眼恨意挑衅。

凝霜望着她，不语，伸手把自己的长发绕了起来，用簪子固好，便从背后拔出了青潭。

一声刀鸣清脆而响，犹如冷凝琴弦凄悲鸣喊，连杏泪都忍不住对那把剑多看几眼，只觉得寒光逼人，全剑毫无装饰，清碧冷澈，犹如一泓秋水被凝霜握在手里，却无柔情，唯有冰冷气势。

“荷衣会千辛万苦得到了秘诀，但还是没发现真正的宝藏。”凝霜冷眼看着她说道。

“这是欧阳子治的剑？”杏泪瞪大眼睛，又愤恨地道，“早知道，当初还在山庄时，就应该杀了问绿。”

凝霜蹙眉，难得刻薄回道：“你以为只有这剑么？总共是五把武器，我们全都分了。这可都拜淀归当初引我们前往燕城，回去你记得好好谢谢他。”

杏泪闻言，虽是气愤至极，却已说不出话来。

想自己从小仰慕淀归，平时却是连“大师兄”三个字都咽在喉咙里，只怕扰了那个温文尔雅的男子。

从小她便知道，自己没有绛恨的活泼开朗，没有凝霜的雅致高贵，更没有问绿的一双妙手，唯能苦练习武，期望有那一天能够抬头挺胸地站在那个男子身边，同他一起指点万水千山。因此，即使动了情弦，自己也只能小心翼翼地在暗处仰望他，看他对凝霜万般呵护，温柔守护，却是连悲伤都来不及，只因能够看到他的微笑和幸福。

但凝霜却背叛了他们，淀归在师父面前低声下气地哀求，换来的只是她的漠然，转身离开。

她眼睁睁地看着那个平时温柔风雅的男子，只剩下冷漠而疏远的表情。

这样的女子，如何不恨。

“凝霜……”她听到自己的声音在寂静的北城上空响起，“你会死得很惨。”

话毕，她忽然娇喝一声，两掌击地，手下的屋檐立即裂崩爆发，两道碎石飞沙都被溅得逆流而上，直向凝霜逼去，琴城才子握紧剑奋力一挥，硬是从那沙石土帘之间劈出一道气流，无数尖石反而被挤弹飞回，杏汨侧身闪过，但抬眼一看，凝霜却趁着自己挥出的沙尘之后，在两道未落下的沙石中疾奔而来！

只听"锵"的一声，周围屋檐石瓦都被震得纷纷裂开，凝霜的青潭剑与杏汨的双扇相撞在一起，时而逼向对方，蓦然两人同时高喝，往后退了数步，都不住喘息。

片刻，杏汨持扇，弯身向前，再次往屋檐劈去无数碎瓦，琴城才子挥剑而挡，对方却已是闪到身前，只见杏汨一腿踢来，凝霜正要躲避，却没料到那只是虚招，只见对方弯身，左手一扇已从另一方向自己双腿劈来，凝霜只得往旁边一滚，翻身一跃，借着力量高高而起。杏汨抬头，却见阳光刺眼，凝霜身影正在午日之中，眯眼之际，凝霜已旋转而下，剑柄及手掌分别而出，连肩、胸、胃、肚，都遭了一击，杏汨顿时被摔了出去，随着屋檐斜形而滚下。

原来那是当初问绿前往云山攻击凝霜时所用的"七龙逆升"一招，琴城才子未看清她的动作，只能勉强反着用，从天而下，连出四招。

两人身置高处，眼看杏汨就要摔下去，凝霜最终还是忍不住迅速向前，在千钧一发之间拉住她的手，那冲击极大，自己也差点和她摔得粉身碎骨。

"你……你这是做什么？"杏汨被那几掌打得不轻，上气不接下气地喘息着问她。

"救你。"凝霜一时惊愕，片刻才答出这么一句，又觉得自己应该加点什么，便道，"你我仍是同门姐妹。"

"你这个……哈哈。"杏汨恼怒至极，竟然笑了起来，她又羞又气，与其让凝霜所救，还不如让她摔得血肉模糊，她边笑边咬牙切齿道，"你会后悔的！"说完心一狠，另一手向凝霜击出！琴城才子大惊，因抓紧着杏汨而来不及避开，便正面中了三根银针，被刺入肩膀，另一只手一痛，便手指一松，只见杏汨往下落去，展开衣袖，踏在屋檐上而起，几个起落，便已消失在鳞次栉比的屋顶高楼之中。

凝霜知道事不宜迟，连忙拔掉银针，用青潭剑在左肩一割，顿时鲜血飞溅！她低哼一声，捂住伤口转头看去，果然已有黑血濡染，便咬紧牙关，用力挤出中毒部分；过了一会儿，已是血染大片衣袖，勉强撕下裙摆紧紧包扎住，再在手臂上点下止血穴道，这才坐着休息片刻，咬牙站起，正准备下楼，岂料视线模糊，刚使出轻功就忍不住全身软弱，从半空摔了下去！

另一边，绛恨与问绿正大战昔日的师叔，朽萍老人。

此人长相怪异，双眼一只大如铜铃，一只细如隙缝，经常驼背而行，使双手拖于地上，双脚细瘦，枯干灰发，左手一根木头粗棍，右手总是拿着一支金钗。

问绿和绛恨不曾见过他几次，只是昔日习武时，他会动不动地蹿出来忽然找人对打。而他们师父也从不阻止，若是恼了，转头就走，朽萍老人还会缠着不放，一直打到他觉得够了为止。

两人对这疯疯癫癫的师叔的回忆是相当模糊的，根本没有把他算入荷衣会三大长老之一，这次在军府看到了他，不觉暗暗不妙。岂料，朽萍老人竟似不知自己身在何处似的，那长棍忽刺忽挑，打在身上却并没出多少力，脸上依然笑嘻嘻地喊道："小姑娘小姑娘，来来来！"

问绿和绛恨被他缠得久了，不觉感到万分烦躁，但对方似是有用不完的动力般，依然脸不红气不喘的，终于绛恨忍不住哀号："师叔！您还要玩到什么时候？"

"小姑娘小姑娘，来来来！来来来！"朽萍老人依然忽上忽下地环绕着她们玩。

"来来来个头！"问绿怒喊，被他弄得心烦意乱，甚至希望他来狠招或想要置自己于死地也比如此浪费时间好得多。想到这里，不觉咬牙狠心，暗想："反正荷衣会暗杀我的师父，与凝霜等人共战本来就是想要报仇，为何不借此，杀了此人，也是对对方的损失！"这样一想，不禁聚集心思，开始认真应战。

只见朽萍老人木棍左右向她刺去，问绿往左边侧身闪过，右手使出鞭子把老者的双手套住，往后拉扯，但眼前一把金钗往自己正面迎来，只好凌空腾起往后翻，又及时挡住朽萍老人的膝盖，那撞击甚大，问绿只觉得双臂一震，不禁心中一颤，打起万分精神应战。

朽萍老人依然嬉皮笑脸，连退几步，甩甩衣袖，挑起木棍，斜走三步便极快地向问绿刺去，雪鞭飞使心中一惊，暗喊："这岂不是师父没教到的'醉抱桃花'?"正想着,木棍已从下往上打来,问绿用鞭子缠住,翻身而起,脚尖点棍,正要一掌击去,却感到脚下一股内力涌来,忽然想起这一招应为虚招,急忙飞跃而起,甩出鞭子,正要打向朽萍老人的脸上,又看到眼前金光一闪,虽及时别头,但脖子上也被刺出浅浅的血痕。

"难道这老家伙正在教我招数?"问绿惊疑不定,落地时暗暗想到,朽萍老人却已转身缠上了绛恨。

红衣奇探只见"刷"的一下,朽萍老人已到了她的面前,木棍不知何时已在背后,金钗也被插在头上,见那张怪异的脸正笑嘻嘻地看着自己,左边却已是一拳打来。她蹙眉应付,却见那拳法变化无穷,似是胡乱一打,但竟然有攻有防,连续有规,强如汹浪扑岸,弱如钢丝环绕,一时竟忘了自己身负重任,认认真真地记住招数来。

正在专注之时,忽然听到身后大片喧闹与脚步声,正是五皇子与夏牧带着众兵已到,原本被她们吩咐不准进入后院的士兵们也跟着拥入院子里。

问绿见来者都拉弓搭箭,不禁大叫:"不许动!"

绛恨仍是专心学招,来回一去,已过了数十招,不觉满头大汗,看得在一边的李璇惊心动魄却又不能妄动。忽然红衣奇探往后一退,朽萍老人已是向她肩膀抓去,绛恨连避两步,忽然紧贴对方右臂,从下穿去,一步踏前,右拳已出!却是硬硬在对方脸前收住。朽萍老人嘻嘻一笑,一脚弯膝,踢向绛恨腹部,她立即被踢得飞了出去。

"绛恨!"五皇子惊得大喊,人早已掠出接住她,一起在地上翻了几下,才爬起身来。

朽萍老人依然嬉皮笑脸,在原地跳了两下,便转身跃过了墙。

众兵见状,立即拉弓射箭,但问绿高跳而起,张开双手挡在他消失的地方,绛恨也在李璇怀里挣扎着起来,两人同时喊出:"不行!"

"你们这是做什么?"夏牧挥了挥手,叫身后士兵放下弓箭问道。

"这人怪得很……我也不知道荷衣会究竟安排他来做什么?"绛恨擦了擦额头上的汗,扶着李璇的手站了起来,微喘道,"他应是来对付我们的,但……但竟然教了我们几招。"

"什么?"李璇和夏牧同声异口道。

"是，这次荷衣会的行动，实在有点奇怪。"问绿也捂着伤口走来道，"这些人好像在……"

"瞳瞳呢？"夏牧打断她问道。

"咦？"问绿和绛恨这才发现她们不见，不禁对视一眼，"她们什么时候走的？"

"你是说，瞳瞳和杏泪原本也在这儿？"腾云将军脸色一沉，一股冰冷气息从他的声调传了出来。

"我和二师姐对付朽萍老人的时候，她们还在的……"绛恨不禁焦急起来，"天啊，我们要快……"声音戛然终止。

众人回头，只见凝霜正从外墙翻了过来，还没站稳，脚下便是一软，她左肩已是染满红血，右手捂肩，双眉紧蹙。

"瞳瞳！"夏牧惊呼，在她倒地之前把她接住，却见琴城才子"哇"的一声，一口黑血吐在他的胸襟上。

夏牧看得魂飞魄散，连忙把她抱起，向前面房屋走去。

众人惊愣在地，五皇子反应迅速，立即掉头大喊："传医！把向阳所有的大夫都传来！"

凝霜觉得自己好像浮在水中，正从深水里看向水面，外面的阳光渗透了进来，耳边有遥远而模糊的声音。

回忆里，东篱的声音从远方传了来，震响而回荡在四处。

他说："怨憎会，爱别离。五阴炽盛，生、老、病、死，求不得。"

凝霜蹙眉，还有很多喧闹的声音如浪一样，一波一波地向她扑来。

是谁不停地喊着自己的名字。

是谁一直抓着自己的手不放。

是谁发怒地大吼大叫。

又是谁，不断地传入温暖给自己。

她微微地睁开了眼睛。

看到的是一团团回忆色彩的绽放，像是卧在百花丛之中，缤纷的颜色在自己身边飘浮而穿梭着。

温暖如春的风，幼小的自己扑着蝶，身边跟着边跑边喊的丫鬟："小姐，小姐，别跑了啊。"

母亲的笑声和稳定的脚步，接着自己被有力的双臂高高地举了起来，风和阳光的影子飘荡在眼前，咯咯的笑声像铃一样。

然后是母亲的别院。被火焰吞咽的红，轰轰动动地燃烧着，舞蹈着。芙蓉树在火里面飘，白色的花瓣都变成了火，化成了灰。

"秋瞳，你还记得那些芙蓉花么？"母亲问她。

怨憎会，爱别离。五阴炽盛，生、老、病、死，求不得。

很暗的夜晚。淀归的声音在大雨之中带着压抑的痛楚。他说："凝霜。"

光和影。

密室里面有人在说话。师父坚决的声音，和问绿的师父不敢置信的喊叫。

"竟然是你？竟然是你！为什么？

为什么？为什么？为什么？

为什么要陷害紫苑。

那是紫苑啊。

是紫苑啊！是紫苑啊！是紫苑啊！是紫苑啊！"

凝霜忍不住捂住了耳朵。

吵死了。

清淡的影子逐渐飘来。

东篱正在浇花，身后是大片的云雾绕山，百溪穿川的景色，他听到了脚步，回过身来对自己微笑："凝霜，你来了啊。"然后便是倾盆大雨的夜晚，他用悲伤的表情看着自己，"凝霜，你恨我么？这一切都是因为我。"

"不。"自己喃喃的声音，"我不恨你。我只是很累了。"

"但都是因为我。"东篱这样说着，轻轻地微笑着，东篱叹息，"如果不是因为我在，这一切就不会发生了吧。如果不是我，姐姐就不会想要把天下拿来给我。凝霜，你恨我吧。"

自己的声音在空荡的水里回响。凝霜蜷缩起来，抱着自己。

我只是很累了。

离开山庄的时候，眼前有大片的影子掠过，大雁穿越过山谷，穿越过河流，从水面上漂浮而过。自己的背影正望着它们，然后跟随而去。到了很远的地方，在天下最深的角落里，抚琴、写字、熬药、种花，淡淡的曲子和轻柔的河水。

"云山？"绛恨的眼睛瞪得大大的，"云山很远啊姐姐，要去看你都好麻烦。"

"凝霜，拿命来吧！我今天绝对会打败你。"鞭子呼啸的声音。

"这里很好啊，东篱。"抚琴的自己微笑着对满身风尘的好友说道，"我只想在这里，听着风，看着花开，觉得很安心呢。"

东篱叹息："既然如此，我会替你守护这份安心的。"

很多很多的脚步声、马蹄声、问绿的歌声在河水上，伴着宿醉传了进来。

容我高歌，天岭孤观寒。骏马腾风，乘云笑看万花绽。蕉雨万漠千涛浪……

蕉雨万漠千涛浪。

耳边又是谁在说话？温柔而坚定的声音。

瞳瞳，瞳瞳。

那个男孩，推开了冬季的门，笑容清澈明朗地喊着。

瞳瞳——

瞳瞳……我会在这里，我不会离开，我在这里。

所有的声音和画面都在逐渐远离，只剩下很温暖的感觉从手心里传来。

她被那个低沉的声音包围，犹如回到安稳的怀抱一般，终于陷入一片安静之中。

"姐姐怎么样了？"绛恨端着一盘菜饭往房内走去，差点撞上跨出来的李璇。

"很不好。"五皇子的眉头皱在一块儿，满脸担忧和紧张，"十二个大夫，都诊治不出来是中了什么毒，你或问绿能够知道么？"

绛恨摇头："荷衣会的毒都经过姐姐的处理的，但她毕竟离开帮会好几年了。如果知道的话，她应是在失去意识之前就告诉我们了。"又向里面看了看，"现在情况怎么样？夏牧……"

"凝霜正在昏迷中。"李璇揉了揉额头，"夏牧一直守在她身边，执意不离开。"他顿了顿，

"我要去整理一下头绪，向阳这么轻易就被我们攻下了，还有你们说的那个奇怪师叔，如果不是凝霜中毒，这次的状况实在太利于我们了，这其中肯定有什

么阴谋。”说完又望向走廊尽头的房间，“问绿在大厅？我去找她谈谈，你劝劝夏牧吃点东西。”

李璇迟疑了一下，又忍不住好好地看了看绛恨，轻轻叹息，手在她脸颊上轻抚一下，柔声道：“你也去吃点东西，好好休息。”说完把自己的外衣脱了下来，披在她的身上，往大厅走去。

绛恨根本毫无反应，她茫然地点点头，看着房内的腾云将军倚靠在床边的身影，不觉心酸。

凝霜的身子一直是微凉的。

夏牧看着她苍白的脸，目瞳没有丝毫的表情，只剩下冰冷而死寂般的平静。他只是专注地握着琴城才子的手，把内力一点点传达过去。地上有被摔破的药碗，还有一点点洒在地上的血迹，墙角放着镇冰，让室内保持着凉爽和舒适；凝霜盖着薄毯，手臂被厚厚的纱包了起来，白纱和绷带在朦胧而微暗的夜晚显得格外刺眼而明显。

忽然，一阵冷风飘来，室内的灯光熄灭了一下。

“谁？”夏牧站起身来低声喝道，长剑在手，双眼虽没有离开凝霜脸上，但全身已在警备状态。

背后的人没有回答。室内一片寂静。

窗门“吱呀”地响了一下。

腾云将军皱眉，他听到了动静，却没感应到危险的气息，轻轻放开凝霜的手，他不觉回头看了一下。

来者一身清馨淡袍，静静地站在室内中间。

月光在他身后洒了出来，仿佛把他镀上了银色朦胧的边；那是一个年轻男子，双目如秋水映月，姿态玉树临风，虽看出是武林高手，清秀的脸上却毫无杀戮之气，缥缈透明得仿佛空气中的淡染影子，会触之而碎。那气质和凝霜有几分相似，却更胜于琴城才子几分，更为空灵清澈，不食人间烟火。

“在下东篱。特为凝霜解毒而来。”他缓缓点头，轻声说道，怕是惊醒了床上的人。

“阁下可是荷衣会的人？”夏牧冷冷问道。

"帮主愁绝,正是家姐。在下为荷衣会副帮主。"东篱抱拳,苦笑说道。

"阁下好身手,敢单人闯入向阳军中。"夏牧沉默地观察他片刻才说道,又皱眉,

"瞳瞳中贵帮会弟子所下的毒,副帮主又亲自来解毒,夏某为朝廷重臣,实在不明白江湖人士的作风。"

东篱微笑,对他语气中的怒气毫无反应:

"若腾云将军希望我以副帮主的身份来替琴城才子解毒也可。不过凝霜是在下的好友,东篱为了友人,哪怕是皇宫密室,可都会闯进去的,别说是辅国大将军,就算阁下为当今圣上,也无法阻止在下。"这话说得轻描淡写,但那个平时不忍伤害任何人的男子,在这个时候露出了一丝坚毅和严肃,月光下的清澈眼神,也透出了淡淡的警告。

两人对视片刻,东篱霜衣飘逸,从容轻松。

夏牧面带微笑,眼神专注。

最终,腾云将军松开手边剑柄,轻松一笑,抱拳道:

"夏某谢阁下对瞳瞳的救命之恩。"说完,就要拜下,东篱连忙上前一步扶起了他,面色惊惶:

"夏兄万万不可,凝霜于我犹如兄妹,岂有见死不救之理?"

腾云将军站了起来,面色肃容:"东篱对友人之情,在下佩服。眼下救人要紧,请……"说完他别身一让,把自己的位置让了出来,完全把凝霜交给了眼前的男子。

东篱见躺在床上的女子眉头紧蹙,额冒冷汗,面容毫无色彩,哪还是当初倾城倾国的琴城才子?不觉胸口疼痛,长长一叹,满脸悲戚:

"凝霜……"

夏牧看着眼前的东篱,对自己的举动也感到万分的惊讶。

东篱正熟练地在凝霜脖子处点上穴道,又在人中插入银针,其实他只需要轻轻一点,便可杀了琴城才子,自己和瞳瞳就是天人永隔,然而即使如此,他还是让了出来。

或许,是因为李璇和绛恨都对他提过对于东篱为荷衣会的人是无比惋惜。

或许,是因为对方用理所当然的声音说,就算你是天皇老子,也没有我的朋

友重要。

或许，就如瞳瞳所说的一样，荷衣会只是敌人，不是恶人，出于各自只护自己的天地君亲师的这一点，他们都一样。

或许是东篱的眼底没有丝毫的仇恨阴影，让他完全信任了眼前的这个人，把自己的幸福交给了他。

"伤口处理得极好，看来她在失去意识之前自己动过了。"东篱拔下银针说道，"不愧是凝霜，果然是神手。"说完又对夏牧说："你把她抱起来，扶着她坐。就是这样……现在再把她的身子扶着，嘴巴向下，好了么……？"他擦着额头上的汗，看着夏牧抱着凝霜坐在床边，又道，

"身子得是斜着，成为一条斜线。好了？"看腾云将军点头，他深呼吸，往前就是一掌在凝霜背部击去，只听琴城才子哇的一声，吐了口黑血出来，东篱又从背部缓缓用力推下，两指一点，再是一掌，这次喷出来的血，已是黑里带红了。

他们把凝霜的身子再次翻过来，轻轻躺下，东篱又在杏泪所刺的手臂之处开了个小小的伤痕，只见已不渗黑血，这才包扎清洗，终于解毒完毕。

夏牧在东篱一旁洗手的时候仍然抱着琴城才子，他看着她逐渐松懈的表情，不觉问道：

"瞳瞳……这几年，到底发生了什么事情？她为何离开了荷衣会？"他抬头，看东篱的背影僵硬了一下，又继续洗完手，擦着毛巾，才转过来走到那女子的身边，长长一叹。

"夏兄，若能答应我一件事，我便告诉你。可以么？"

夏牧闻言抬头，只见东篱的眼神仿佛破残的蝶翅，轻碎得随风而消失，然而他看凝霜的眼神是那么的温柔，仿佛三月春风，六月轻流。其实。这个男子救了瞳瞳一命，哪怕他要天上的月亮，自己都可以双手奉上，但他却用那么小心翼翼的语气问自己，是否可以有一个要求。

"你是瞳瞳的救命恩人，我无不答应的理由。"夏牧轻声说道，"我答应你，说吧。"

"……"东篱闭了闭眼睛，转身向窗户走了过去，背对着他。

"你可知道，羽朝的护翼圣女？"

夏牧一愣："护翼圣女？羽朝的最高祭司？"

“是，羽朝奉祀天神，对天教很是重视。京城的华莲白云寺便是护翼圣女所住的地方，平时除了选出来的侍女、祭司及守卫，闯入者斩。连皇帝要前往祭拜，都需先祈天浴身，得到圣女许可，方能进入拜见，除了皇帝，连后妃皇子都不能踏入的圣地。”东篱缓慢说道，

“羽朝有三大家族，皆出后妃的叶氏，文武高官的孟氏，以及奉祀神明的郑氏，前两家族在很久之前都已经衰落了，只剩下郑氏撑到了羽朝的最后。

“护翼圣女之所以那么重要，是因为她们有占卜未来的能力。郑氏家族便继承了这样的力量；羽朝十三位圣女，九位出于郑家。其实最后一位护翼圣女，已预见了羽朝的衰落，无奈皇室凋落，朝廷腐败，皇帝昏庸，在恒军攻入时候，她因尽力救出无数皇家弟子，却无法逃出，最终自尽于华莲白云寺。”东篱顿了顿，仿佛沉浸在当时的混乱画面之中，随后又道，

“但郑氏却在那之前便逃了出来，大多没有逃过恒军的杀戮，却有一脉血统生存了下来。最后一名拥有预见未来及占卜能力的女孩，被荷衣会及时找到，便把她保护在深山之中。那个人，就是凝霜的母亲，郑紫苑。”

“什么？”夏牧不由一愣，“常夫人？但……但常夫人嫁给唐明之前，不是南苏的第一舞姬么？”当初常氏一首自编自舞的《阳春白雪》轰动整个南苏，还是尚书右仆射的唐明被其深深倾倒，十六才子比文比武十几天，最终唐明抱得美人归，一年后常氏产下一女，生得双目清澈明亮，故取名秋瞳。

这件事在南苏，到现在都还被文人津津有味地在茶楼里诉说着，即使唐明已是在朝廷上呼风唤雨的宰相，常夫人早已被挫骨扬灰，而唐秋瞳也只成了一个名字而已，当时那场十六才子争红颜的风光辉煌，依然是南苏最美丽的传说。

东篱没有回答，继续看着窗外的月亮说道：

“郑紫苑从小在荷衣会的保护下长大，因她特别的能力，自然成了众人爱护与重视的对象，直到新帮主，也就是家姐上任。即位典礼的其中一项便是祭拜天神，聆听圣女的教诲，新帮主必与护翼圣女共守三夜的灵堂。最后的晚上，郑紫苑告诉了家姐她的占卜结果——有一天，她的弟弟，会倾覆荷衣会的一切。若要前辈们的基业成功，必须让我死亡才能阻止宿命的安排。”说到这儿，他顿了顿，似乎想起什么不愉快的事情，又继续道，

“家姐自然不会相信这一切，我是我们家的最后血脉，她十几年所做的努力

都是为了我。她无法接受这个预言，却又知道郑紫苑的占卜从来都没有错的。因为害怕其他人知道这件事情，她便给紫苑安排了一个暗探的工作，把她送得远远的。后来……"

东篱叹了口气，

"很久之后，凝霜九岁时，荷衣会的人又找到了郑紫苑，非要她找出打破那个预言的方法，郑紫苑说早已找到，只是她不能告知。因此家姐便下了最后的命令，若不交代出来，便把唐明与荷衣会成员有牵连之事全都告知天下，到时候谋反逆上的罪是免不了的。郑紫苑当晚，便把女儿支出，一把火把所有证据都烧得干干净净，只留下一句话，若她女儿活着，或许还有一丝扭转命运的方法。"他苦笑，"我想……像郑夫人那么与世无争的人，到了最后被逼急了，还是有烈性的。她的举动，便反将了我姐姐一军。然而……凝霜是至很久之后才知道这来龙去脉的，她当场就下了山，深居云山了。"

东篱说完，房间便陷入一阵沉默中，唯有凝霜已平稳下来的呼吸声音，她的脸贴在夏牧的手背上，呼吸柔软而温暖，腾云将军抱着她靠在床墙上，用目光描摹着她的轮廓。

"那现在……为何再次追杀瞳瞳？她不怕你会倾覆毁灭荷衣会的这个预言成真么？"夏牧打破安静问道。

东篱转过身来，看着他淡笑："预言的真实，在于你是否相信它而已。或许，凝霜对姐姐的阻碍，已经超过了宿命的重要性。就算帮主是我姐姐，也有很多事情是我不知道的。"

过了好久，夏牧才道："那么，你想要我答应的事情是什么？"

东篱不语，他把两瓶药水放在窗边的桌案上道："凝霜应该还会睡一天或半天，从明日开始，每早每晚加三滴在她的水里喝下去。她醒来自有分寸。"

"东篱，你想要什么？"夏牧定定地看着他的背影问道。

"凝霜是我朋友，若她有任何事情，我都会出手助之的。要用救她一命来做交换条件，我很难过。"东篱的声音黯然响起，又是长长一叹，"我非常欣赏将军，若我们都只是平民百姓多好。"

夏牧淡笑："若是平民百姓，你怎会欣赏我？"

东篱一愣，随后也笑了："也是。"

窗外的夜晚是一片星空，充满预告雨骤风烈的平静与安详。

被风扬起而传到夏牧身边的话语，低微得几乎听不见。

“若荷衣会败了，那么，我要的便是，让我姐姐活下来。请不要对她赶尽杀绝。拿我的命去换就可以了。”

五皇子揉着额头穿过走廊，与问绿还有绛恨谈了一个晚上都还没有得到任何结论。九月与孝倩翁主那边也没有消息，而这里凝霜的毒不解他们便无法起程。他总觉得在他们等待消息和拿下决定的时候，荷衣会和异图族正在渐渐前进中，这种焦急和不安一直环绕着他的全身，似一条蛇缠在心上般地纠结。

“果然是很难对付的帮会啊……”他自言自语地说道，烦躁地叹了口气。

无论他们做什么，似乎都在对方的意料之中，当他们自以为是地觉得自己拿到了胜利的时候，其实只是落进了对方布置的陷阱里。找到琴城才子的时候，前往欧阳子治的坟墓的时候，还有这次来到向阳也是一样，他们就如刚刚学会飞翔的雏鸟，在翱翔翩飞的雄鹰面前得意自喜。

而这次如果没有碰到绛恨等人的话，他还不知道他们会输到什么地步。

李璇叹了口气，苍穹上星河流过，浩瀚的繁星含泪地铺遍了整个夜空。月光朦胧，树叶摇曳，军府的空地上充满了墙外花草树叶的影子，如黑色的波浪微柔摆动，前面有巡逻的士兵们提着灯笼走来走去，在地上拉着忽长忽短的影子。

五皇子看着星空，这才想起在遥远京城里的家人。他发现自己一路上很少有想家的时候，甚至如果不是因为分析天下的战态，几乎没有以儿子的身份来想起父皇。还真是不孝啊，他摇了摇头。但皇帝毕竟是皇帝，就算哪一天自己不在了，也会有很多人帮他尽孝的。

蓦然，一条身影从墙头掠过。

“何人？”李璇惊觉，想都没想便脚尖一点追上，对方落在墙上转过身来，看到他忽然往后退了一步，脚一踩空便坠了下去。五皇子提剑紧追，却看到月光全都反映在一对如清碧湖水的眼睛里，他一惊，已是脱口而出：“东篱？”

“五……五弟？”东篱也是满脸惊愕，片刻立即反应过来，“你……你竟是五皇子李璇？”

“正是在下。”李璇苦笑回答道，“而你，是荷衣会帮主的弟弟，副帮主东篱。”

“呵……”刚刚从夏牧的房里出来，忆起往事，东篱已是千愁万绪，这时候再冷静从容，也忍不住露出一丝的惊讶和惆怅来。

李璇看他的表情，又回头望望他后面的方向，心里已明白几分，即使面前是有再大的血深仇恨的夙敌，他也忍不住在心里长叹一声。

彼时初见的情景还浮在眼中，那个青色的身影仿佛掺了烟雨，如水中月影一般触之而碰，两人抚琴鸣笛之际，仿佛已共同翱翔过天下的山水。东篱的琴声婉转悠扬，音调如他的人一样，清清亮亮地淌流着，像是在似诉他淡泊而从容的愿望。

然而一曲完毕，他是反朝的副帮主，他是皇朝的五皇子，每次见面，注定要刀刃相逼，就连最初的共奏一曲，也是因为李璇带着探试的态度才有的，哪怕那首曲子那么美，已成了江湖上的绝唱。

人在江湖，身不由己。

捐躯赴国难，视死忽如归。

愁绝对东篱的话，清晰地出现在两个人之间。

两人的对视，其实也只不过是一步的距离，却已经夹了那么多的恩恩怨怨。说不清，忘不得。

“凝霜的伤势如何？”最终李璇打破安静问道。

“她会好起来。”东篱笑着说道。

“……谢谢。”五皇子舒了口气，抱拳点头。

“不必。”东篱依然微笑着答道，“凝霜是我的好友，是应该的。”

就在他说这句话的这一刹那，李璇忽然就难过了起来。

眼前的男子，眼神和微笑那么的温柔，却是让他感觉寂寞得快要死掉。

东篱的头发很随意地绑着，几撮头发沾着银色的光在他的脸上拂来拂去，那些线条时而给他的笑容带上了忧伤的味道，眼神透明得让人能够清楚地看到自己的倒影，却又带了一点彷徨而绝望的悲哀。

“我……我初次认识你的时候，曾经想过，若能与你共游这片江山，该有多好。”李璇不知道为什么，想都没想就说了出来，说完一呆，恨不得打自己的嘴巴。

东篱一愣，见李璇紧皱眉头，别着头看别边，似乎很不习惯说这么直白的话，特别是对一个是自己夙敌的大男人。他便笑了起来，先是睁大了那双清亮的双眼，然后便弯成了一弯新月，接着笑意便在嘴边一点点地漾了起来。

发自心里的笑意，温暖得如春天覆盖湖面的阳光。

“谢谢你啊，五弟。”他看着他答道，仰头望月，“真希望能够美梦成真。不过，我可能不行呢。”他转向李璇，笑道，

“下一次我们见面的时候，就是在战场上了，是么？”

“是啊……”五皇子也站到他的身边，抬头看着天上的月亮，“如果以后，我们都还活着的话，真还想和你再合一曲。”

“好啊……”东篱笑容荡漾地答道，“这次换我吹笛，你抚琴好了。”

“正合我意……”李璇答道，“古松临崖、银天垂流、浪涛溅石，都是我很喜欢的曲子呢。还有千古红颜，沙浪卷天，方兰夫人的蝶恋花……”

五皇子闭上了眼睛，只感觉身边一阵清风吹过，吹皱了夜晚的惆怅。巡逻的士兵经过，只见到李璇的身影孤单地被拉长在空地上，站在墙头上的年轻皇子一袭玄衣，就要融化在满天繁星的夜空里，寂寞地凝视着什么。

随着风飘过来的，好像还有一声叹息。

“五弟，你知道那是不可能的。到时候，若我不在的话，你就望着星空，为我吹一首《忆江南》吧。”

恒朝仪武十六年，六月初五。

明寮刺史沈盼起反，腾云将军与五皇子李璇率领三万人马连夜赶至向阳，智夺取城。

是夜，孝倩翁主与副将九月抵达箴城，与二皇子李璿召集十二万兵马前往宁州，固守北疆。

六月初七。

异图族联西漠十三部落，共率三十万铁骑，黄沙滚滚而来，直扑安朔。

同日，西疆明州刺史孟静堂起反，朝廷忠臣林晓将军极力起抗，率领三百精兵欲拿下孟静堂，却受小人暗算，三百将士皆战死城内，林晓将军被斩杀帐前，头颅挂于城门。

六月初八，孟静堂率领二十万骑兵，连夜突袭平门，众士兵死抗敌军，却寡不敌众。平门巡抚方氏一族，死不降将，全族十三人，皆披甲上阵，其中最小者方才十二。方巡抚之八旬之母死守城门，大骂孟静堂，随后撞墙而死。平门一夜之间被夺下，血流成河，硝烟弥漫，伏尸百万。城中废墟唯有一旗在晨曦之中飘然傲立，中有一字：羽。

消息传来，惊动朝廷，天下无不悲愤。

皇帝连夜与百官对策，太子与六皇子请求出战，两人长跪白露殿不起，然而还未等皇上昭告天下，南方明寮已传来消息。

六月初九，腾云将军与五皇子李璇，已从向阳动身，率十万兵连夜赶至平门平反，双方血战两天两夜，不分上下。

岂料，第三日破晓，副将九月带着五万救兵及时赶到，大振军心。六人各分三对，各率人马从东南西城同时攻击，在午后方才破了西门。腾云将军一马当先冲进城门，手持昆冥刀，挡者即斩，一刀便把孟静堂连人带马地斩成两半。众兵见将帅惨死，溃不成军，纷纷掷器投降，唯有荷衣会弟子，奋挥羽旗，以死抵抗，硬是杀出一条血路，岂料琴城才子早在东门布下飞龙阵，由雪鞭飞使率领的三千铁骑困住，最终全军倾覆。

六月十二，孝倩翁主及二皇子李璿于宁州城门击败北方秦利族，逼之退及北漠。

同日，异图族再联泰孟达西漠之八部落，增加十五万人马，四十五万铁骑直逼西疆安朔。

六月十三，腾云将军及五皇子李璇在平门城门叩接圣旨，前往安朔盾城，守护西疆。

第十四章

漫漫大漠·澜过无痕

落日金染漠如烟。即使到了吃晚饭的时辰，太阳依然逗留在天际边不愿离去。

盾城城墙上的士兵换了值班，忍不住往城内的方向看了一眼。

昔日这个时候，街道最是热闹，小贩们尽力卖着最后的几样东西，店铺的伙计忙着关店结账，马车呼啸而过，孩子们嬉闹着跑过大街小巷，在外面逗留的人们都忙着回家吃饭。逐渐地，城里的万家灯火就一点点地亮了起来，千红楼的歌声开始随风飘荡，客栈酒店前的灯笼，还有每户家门的蜡烛，都如逐渐扩大的星光，慢慢地把盾城染成一片金银灯海，仿佛天上的银河落下般的美丽。

然而现在，只有寥寥的灯光稀疏亮起，街道上早已无人，唯有几个路人神色紧张地急匆匆走过，如影子一般融入了夜色里。千红楼依然火树银花，只是少了平时的热闹与喧哗，显得冷清凄凉。

哨兵长叹了一声，向城南看了过去，那里有一大块的空地还亮着火光，时而有气势慑人的怒吼随风传了过来，回荡在上空久久不去。

那是腾云将军训兵练军的地方。

想到这位威风凛凛的大将军，那哨兵不觉立即收敛走神的胡思乱想，马上站好姿势，警觉地眺望远方。

“我要吃这个！”此时此刻，那个“威风凛凛的大将军”正拨开绛恨的筷子喊道。

“是我先看到的！”绛恨不服气，伸手想要夹走，却无奈手不够长，根本够不到。

李璇无语地看着眼前的绛恨和腾云将军，叹了口气，把自己的菜夹到绛恨碗里，柔声道：“吃这个。”

“我不喜欢吃这个……”绛恨转过头来，马上像个老婆婆一样皱紧了脸，但看到五皇子警告的眼神，便马上闭上嘴巴乖乖地吃掉。

“拜托……利否恬刚观厄昂子哈夫哈？（你有点将军的样子好不好？）”九月嚼着东西道，边看着不远处正好奇地看过来的士兵们，不禁摇头，“真无法想象你是怎么练兵打仗的。”

“你也好不到哪里去。”问绿喝了口茶，冷冷插嘴，害得九月一口饭呛在喉咙里，差点没有从鼻子喷饭。

“活该。”夏牧笑眯眯地说道，抬头见凝霜正走了过来，便朝她挥了挥手。

其实夏牧等人都坚持要和众兵们一块儿吃饭的，三个女子一路随他们四处打仗讨伐，早已习惯众兵的粗鲁和豪迈，很快就和盾城的士兵们熟络起来。

凝霜问绿为江湖女子，并不讲究礼节或地位距离，绛恨则是不拘小节，甚至大节也不拘，所以大家还是很快乐地在一起吃饭的。但一群大男人与三个女人同桌，总免不了有些收敛，更何况是在凝霜那般气质馥雅的女子面前，既不好与她们争菜也不好打嗝儿放屁，夏牧看他们吃得辛苦，一天练兵下来总要有放松的时候，便另移了一桌。

凝霜与众士兵们打了招呼，在夏牧旁边坐了下来才长长地松了口气，众人已经把饭碗和筷子都递了过来，要开始吃的时候，才发现饭碗里面已经被腾云将军填满了菜，不觉皱眉。

“琴练得怎么样？”夏牧躲避着凝霜把菜又夹到他碗里问道，“千红楼的女子怎么样？悟性还行么？瞳瞳，这个是一定要吃的……”他把一些菜又夹了回去。

“都不错……”凝霜勉强吃着那一堆菜，看九月眼巴巴地看着她碗里的一块肉，索性夹了过去，摇头叹道，

“平时威风八方的富商，卖弄风骚的文人，在这种时刻却全都跑了，只剩下昔日受尽白眼，冷嘲热讽的青楼女子，代替这些说嘴郎中抵抗夙敌；若天下男丁壮士得知，应……”她说到这里便打住了，前几天夏牧还为了这事儿大大地

发怒一场。

“太祖好不容易平了天下，统一江山，百姓们才过上几年好日子，碰到这样的事情，难免躲避不及。”九月无视腾云将军看他吃肉的眼光，懒洋洋地说道。

“也是……”凝霜垂眸答道，“我只是为了这俗世对这些女子的评论感到不平罢了。况且……”她话还没说完，便被夏牧打断：

“指头受伤了？”腾云将军抓起她的手，小心翼翼地抚着指尖问道。

“抚琴，采药，练剑，难免会这样。”琴城才子挣扎着想要抽出手来，却被他紧紧拉着。

其他人旁若无事，自从凝霜在向阳中毒醒来之后，夏牧几乎是寸步不离地照顾着。冷漠如琴城才子，也逐渐柔化了下来。不是战事繁忙之时，两人几乎是形影不离，因此众人对这样甚至更加亲密的动作，早已是见怪不怪了。

“你是大夫，为什么对自己的身体偏偏那么不小心呢？”夏牧放下她的手，不禁皱眉说道。

看他这个样子，凝霜已知他有点不悦了，不知为何，却无法像昔日一样板起脸来，竟然柔声说道：“我会擦药的，你放心吧，而且又不是很痛。”

夏牧又帮她夹了几道菜，笑道：“那好，吃完饭我帮你擦，以免你忘掉。”

“我要吐了！”被晾在一边的绛恨终于忍不住插话了。

夏牧狠狠地瞪了她一眼，却遭到更大的白眼，凝霜不自在地咳了声，掩饰脸红地问道：

“对了，五皇子，朝廷派来的军队可有消息？”

他们连夜从平门赶到盾城，只带了五万人马，因恐疆州郡城都先先后后起反，夏牧和李璇的得力手下大多都被派遣去别处稳定情况。因此，盾城中，总共加起也只有二十万人马，虽守城有余，但面对五十万金戈铁骑，未免会有力不从心的感觉。

夏牧和李璇十万火向各处求兵，岂料荷衣会在各地的内部影响远远超越他们所料，朝廷又对李璇所奏的“荷衣会留言，必有一城将帮他们打开城门”之事心惊胆战，派出了几位皇室弟子奉旨平叛，除了二皇子和孝倩翁主守在北边之外，还有皇帝的兄长德宣王与其子守在盾城的北部，一时竟是处处用兵。

还是太子四处奔波，连夜对策，最终放下与六皇子暂时的暗争，争取了紫州一带的人马，由柔宁公主的驸马宋凌将军率领，已在赶来的路上。

虽是如此，但夏牧等人一路从京城南下，不算受伤耽搁的日子，多多少少也有十五天左右，眼下虽有腾云将军这样的将神守城，但众人还是望穿秋水地等待救兵的到来。

"没有，算算日子，应该还有七天才会抵达。"李璇叹了口气答道，"据探子所报，异图族应该逼近盾城了，我想，不久就要应战了。只希望他们能够多耽搁几天。"

"那应该不会，西域之人，勇悍好利，有居住城郭，也有居住山野郊外。西漠对我们来讲地域宽阔，地势险要，对他们却是如鱼得水，生存之本。"绛恨嚼着菜道，"这样的蛮族要在他们起内乱的时候攻击才易胜，这次他们团结而来，又有荷衣会协助，我们唯一的优势便是固守城池。"

李璇微笑而赞赏地看着她，轻轻地帮她在脸颊上扫下一颗米粒，不禁感叹："你们三个，若生为男子，必定是我朝栋梁。"绛恨闻言，仰头向他灿烂一笑。

夏牧看了他一眼，又继续低头帮凝霜夹菜。

忽然问绿冷冷道：

"我们不是男子，已是恒朝栋梁了。"

此话一出，全桌人还没反应过来，九月已是满口饭都喷出来了。

"哈哈哈哈……"他大笑，"江湖女侠捍战边疆，青楼女子绝唱沙场。五皇子、夏牧啊，我们代表天下男子，集体去撞墙好了。"

五皇子苦笑，举起茶杯："是璇用话不慎，来，我以茶代酒！替恒朝男子，敬天下所有巾帼英豪！"说完站起身来，对着三个女子仰头喝完。

见李璇如此，夏牧和九月急忙也站了起来，腾云将军豪爽喊道："拿酒来！替每个兄弟酌满一杯，我们陪五皇子殿下，敬所有挺身而出的女子一杯！"

顿时所有吃饭的士兵们都集体站了起来，马上有人拿来了酒，几百个顶天立地的七尺男儿都恭谨地朝着凝霜等人举杯，同时高喊："敬天下之巾帼英豪！英姿飒爽！不让须眉！"吼声震天动地，抖瓦动檐，响彻城内家家户户，说毕，干尽手中酒碗。

凝霜三人虽并非恒朝之臣，却也为这充满豪迈热血的敬意给感动至极，三人一下子同时站起身来，双手举杯，敛眉肃容，双膝微曲，已是荷衣会中颇重的礼姿。

琴城才子看着周围的每个士兵，有些稚气未脱，有些稳重冷静，有些憨厚老实，在这里，站着的是天下女子的父亲、儿子、兄弟、夫君，无论他们立场如何对持，无论他们过去如何不同，此时此刻他们都是为了一样的原因而并肩作战的兄弟，恒朝女子三生有幸，有这样英勇的好男儿为她们出生入死！

凝霜与绛恨相看一眼，清了清喉咙，朗声答道：

“多谢诸位勇士！凝霜有幸，能与你们共赴沙场！”

说完仰头一杯而尽，掷杯于地，高声朗喊：“愿我们扫平西疆，战胜蛮族，还天下太平之日！”

众兵听得热血奔腾，举手回喊，“扫平西疆，战胜蛮族！”

夏牧笑着揽住坐下的凝霜，在她耳边一吻：“这下好了，明天练兵时他们会有精神了。”

“对了，抗异图之毒蠹的第一批药已准备好了；但草药已用完，我明天还需去采一些来。”凝霜坐下，忽然记起什么道。

腾云将军闻言，放下筷子，肃容道：

“一定要亲自去么？敌兵行动迅速，我怕他们这几天就到，城外并不安全。”

“这种草药城北与城西都有，我准备兵分两路，我和问绿带一队人马前往城西郊外，绛恨前往城北；这样可以得到更多量的草药，必要在敌方来之前采完。”

“但……”夏牧沉思，他并不放心让凝霜单独出城，即使旁有绛恨问绿陪伴。但自己为首帅，不可显得太痴情柔软，况且毒蠹解药为重要之事，自己完全没有拒绝的理由。

凝霜看他犹豫不定，对这过度保护的态度已是不耐烦了，不禁蹙眉喝道：“有什么好想的？我琴城才子难道如深阁千金那般弱不禁风？只不过是出城采药，旁有士兵跟随，你有什么不放心的？”

腾云将军吓了一跳，连忙拉着她的手，满脸委屈：“好嘛瞳瞳，你别生气嘛，人家只是担心你。但你要保证，在天黑之前回来哦。”

“你以为我是出去玩耍？”凝霜沉下脸来，冷冷问道，唬得夏牧急忙又是安慰又是赔不是地哄她，看得周围士兵哈哈大笑。谁会想到那个在战场上电掣风驰地掌握战争胜败的辅国大将军，会惧怕那个说话温柔淡然的女子？真是天下绝配。

“是啊夏牧，你是不是小看了瞳瞳啊……”九月还在一边幸灾乐祸地火上加油，他笑眯眯地撑着脸颊道，“也不想想，当初是谁把醉酒的你从河上捞起来救了一命……”他话还没说完，夏牧已是一脚踢向他的椅子，没好气地吼道：

“谁要你多嘴！”

“哐啷”一声，九月已是随着椅子倒翻过去。

夜凉如水，夏牧帮凝霜擦好药从房里走出来，正好碰到在院子里练剑的五皇子，不觉扬嘴一笑，靠在屋檐下的柱子上看着。

几个月之前，自己在白露殿上看到这个满身高贵雍容，温文尔雅的男子的时候，只觉得他是个正人君子，没有太子的足智多谋，也没有六皇子那般八面玲珑，就只是一个爱潜心阅书，不问世事的少年。这种人在皇宫里没有太大的生存几率，偏偏皇后，前太子及太子，都为他遮起了一片天，隔离了所有钩心斗角与黑暗阴影。

然而，他却不似他们想象的那么弱软。

皇帝明白这个儿子的潜力，于是派他随夏牧南下。

一路的风尘惊险，都逐渐成就了眼前这个真正的五皇子李璇，在云山之中忘情吟诗，在关月河上夜醉商船，在大漠边疆死守城池，最终，在月夜柳影之下舞着剑。厉如风，凌如电，面容坚毅，动作利落。他的皇家气质并无丝毫退少，反而多了几分豪迈侠骨的气息，只有一身浅色衣袍，一如当初在赤朱丹彤的皇宫之中一样，淡然漂泊，素雅如云。

“夏兄……”李璇舞完剑，边擦汗边向夏牧走去，“这么晚了还没睡？”

“我刚刚帮瞳瞳擦好了药。”夏牧答道。

“哦……”五皇子只是应了一声，然后便在夏牧脚下的台阶上坐了下来。

一时谁都没有说话。

绿树墨影银钩月，微凉的风从叶隙窸窸窣窣地低唱着夏夜的歌。凝霜房间里的灯忽然熄了，素雅的竹帘后只剩下月亮的泛光照着，值班的士兵吹着口哨在前面的走廊里走过，轻快的音奏悠远地婉转上空。

“五弟，战争很快就会打完的。”夏牧靠在柱子上看着月亮说道，“若胜了，你会被封为亲王，封地，加冠，然后成亲。”

李璇的眼睫毛抖了一下，平静的瞳目里仿佛被投了一粒石子儿，有了涟漪。

“我会带凝霜回宫，若她愿意，便娶她为妻，她的身世并不是问题。琴城才子在这场战上立了大功，要归宗认祖也是为唐家添光，无论如何我都会想办法。但绛恨不同……”夏牧淡笑着转过头来，

“五弟，你有什么打算？”见五皇子不语，只是继续保持坐姿，他叹了口气道，

“先撇开与荷衣会和身世的问题不说，太子殿下和皇后娘娘虽不需要靠你的婚姻来拉拢势力，但也不会让你娶‘天下客栈’的老板娘为正妃，那么，你甘愿让她为妾？”

李璇缓缓地抬起头来，沉重但是坚决地一字字道：

“我从未想过带绛恨回宫。”

夏牧丝毫不动，他知道自己这番话已在五皇子心里回旋千遍，虽然有料到这样的答案，但还是叹了口气：

“为何？”

“如果你能选择，你会带凝霜离开，还是回宫？”李璇反问道。

“我……”夏牧一愣，竟然是从来没有想过这种问题，不过还是立即微笑，“如果瞳瞳想离开，我就离开。”

“我是李家的子孙，父为帝，母为后，兄长是太子，姐妹是公主。”五皇子平静说道，却少了平时的傲气和骄荣，只是慢慢地诉说着，“这二十多年来，我都知道这意味着什么，我也知道，这对即将嫁给我的那个女子意味什么。她将面对的，是一辈子的金碧辉煌，一辈子的荣华富贵，也是一辈子的心惊胆战和假面虚伪。”他看向夏牧，眼底没有丝毫的波澜，仿佛只是在评论今天看到的风景，

“我不如夏兄，不做将军可回归民间做百姓，这一辈子，除了皇子亲王重臣，我不会做别的，离开了皇宫，我不知道怎么生活。”

夏牧本来想说，但是你可以学，然而却找不到理由这样说，李璇除了臣子，还是儿子与兄弟，孝悌两字换作自己都无法轻易抛弃，更不要说如五皇子那样的孺子了。于是他叹了口气：

“但是，你在帮别人做决定呢，绛恨或许非常愿意追随你到天涯海角，即使

那是皇宫王府。"

"我知道。"李璇微笑，"但是我不愿意。"

腾云将军正要开口说什么，却看到了不远处的石柱后面，有一袭耀眼明亮并且无法看错的红色衣袖，正在快速地离开。他顿时愣在原地，转头却见李璇苦涩而坚决地看着月亮的平静眼光，忽然明白了什么：

"你故意这样说的？让绛恨听到……"

五皇子只是靠在柱子上，开始擦亮自己的双剑："你知道么？现在的我，第一次对离开皇宫和你南下而感到后悔了呢。"

看那个绝色的天之骄子温柔而轻轻地擦着手中的白剑，清澈的眼里透着深深的疲惫，夏牧忽然觉得什么话都说不出来了，只能拍了拍他的肩膀：

"阿璇……"他第一次这样叫他，"不要后悔。"然后他顿了一顿，再艰难地说，"不要伤心。"

李璇先是愣了一下，随后，便淡淡地笑了。

笑得眉梢眼角都是深深的悲伤和痛苦。

原来所谓的相遇，只是为了道别。

原来，这就是宿命。

"喂喂喂……告诉我你的真名字嘛，告诉我你的真名字嘛……"九月正坐在栏杆上摆动着双脚，看着帮马儿上鞍的问绿笑眯眯地问道。

"你难道就叫九月么？"问绿白了他一眼，继续忙碌地说道。

"是啊。"像小孩子的副将边啃着干粮边说道，"我在九月出生，我娘就给我取名儿叫九月了啊。"

那如果你在茅房出生是不是也会这样取名呢？问绿无语地这样联想道，却不由自主地扯出了笑容。

"啊……再来一次！"九月惊讶地张大嘴巴，手伸长了拉住了问绿的脸颊，"再笑一次吧！"

"笑你个头！"问绿拉下他的手腕，一用力，便单手把九月翻过肩摔在地上，她忍住想要踹脸的冲动，没好气地说，"你信不信我让你去问阎王的名字？"

“啊……痛死了……”九月整个人在地上趴成“大”字形地哀道，“我怎么就那么可怜啊？”

“你怎么一点副将的样子都没有？”问绿翻白眼，不理他，继续把手腕上的月牙刀绑好。

“那你说夏牧有辅国大将军的样子么？”

问绿的脑海中浮起今天早上被凝霜发现躺在她的床上而被打飞出去的夏牧，最后决定不再说一句废话。

“你不觉得很奇怪么？”九月还是不起来，只是翻了个身道，“绛恨今天怎么那么安静？”

因为不是任何人都如你像个三姑六婆那样喋喋不休，雪鞭飞使想道。

不过还是忍不住看了在马厩的另一端，正默默上鞍和穿戴软甲护手的奇探，只见她脸色有一点苍白，平时灵动清澈的大眼睛下面有淡淡的黑青，平时妩媚而蜿蜒在背上的长发也规规矩矩地绑了起来，塞进了头盔里面。

问绿皱眉，的确有点不对劲。不过她还是耸了耸肩，就立即把这件事情抛在脑后。反正，这妮子的事情有凝霜来处理，关她什么事？

九月正要说什么，却看见凝霜走了过来。

琴城才子也是穿上了小巧轻珑的软甲，长发梳成马尾，银甲蓝裙，英气逼人，清爽干净，背上背着青潭，倒真如清新俊逸的年轻士兵，只是多了分女性的温柔和典雅。

“好了么？”凝霜的马鞍早就安置好了，她利落地跨了上去问道，“精兵已在城门等待了。九月，夏牧正找你呢。”

“啊……你看，你看，问绿，我是多么的辛苦，统帅总是离不开我，所以，告诉我你的真名字吧？”九月从地上爬了起来，拍着身上的灰尘道。

这又有什么牵连？问绿开口想骂什么，不过也已经懒得理他了，于是狠狠地瞪了他一眼，跨上马便自己先向城门的方向驶去。后面的九月还在大声挥手高喊：

“小心点啊，早点回来，今天有你喜欢吃的东西！”

凝霜皱眉看了他一眼，见绛恨也一声不吭地在问绿后面追了上去，自己也便掉马走了。

盾城在红州西部，东临关夕河，但西边就是大漠，于是整个红州的地势便可以慢慢地分成两半，东边绿洲，西边大漠。

若出城走远了，便可以看到大片大片被切割成层层叠叠的岩石在沙海上破裂而出，它们的形状千变万化，有如动物，有如凝固的波浪，有如巨大的楼台；树立在平静起伏的平漠上，仿佛被时间定格的火焰，随着光线的角度和强弱而变得时而粗犷豪迈，时而柔软美丽。

然而，最神奇的，还应该是生长在大漠之中的蔓罗草，也就是这次凝霜出去寻找的草药。那是一种奇特的植物，能在沙漠之中大片地繁殖而出，清晨为紫，黄昏时便变成白色，因此走在大漠之中，眼前会忽然出现如地毯般的柔软色彩。然而那草药亦美亦毒，若成功制成为药，便有仙丹之效，但若出丝毫差错，就是神仙也阻止不了死亡的剧毒。而且这种药闻嗅时间不能长久，它发出的香气会让人四肢麻痹，神志不清，在采下晒干了之后方能制作成药，所以凝霜便需要一队行动快的武功高手来采取。

“等一下到了那边，每数到三十便退到远处，知道了么？”凝霜看着逐渐出现的一片紫海说道。

“嗯。”问绿漫不经心地回答。

两人停在较远的地方，等待先到四处打探的探子的回报，再往前就是那片蔓罗草。身后跟着的是腾云将军派的五十精兵，在城外时间越久，便越危险，因此为了省时间，绛恨带着另外一队前往了城北。

凝霜和问绿看着眼前被风卷起，然后撒散在湛蓝天空中的沙子，它们如一朵朵的浪花，被轻轻地卷起，然后绽放在粉碎的一刹那，绝美得无影无踪。

连从小见惯中原的好山好水的两个人，都不由自主地看痴了。

也难怪夏牧那么地向往这个地方，若说江南烟雨楼台，杨柳杏花是个遮着薄纱而淡笑的女子的话，那么这儿便是个顶天立地的血性男儿，彪悍、粗犷、豪放，如铮铮的铁汉子在广天阔地的黄沙之中，嘹亮而高声吟唱着日出日落。

“报仇之后，准备做什么？”凝霜目不转睛地看着风景问道，“你总不可能跟我争斗一辈子吧？”

问绿冷笑一声："你活得了那么久再说吧……"

"九月是个很好的人……"忽然，琴城才子牛头不对马嘴地说道。

"那跟我又有什么关系？"问绿有点不自在地皱眉道。

凝霜稍微上扬了一下嘴角，又问道：

"想要报仇是什么样的感觉？"

问绿愣了一下，然后慢慢地转过头来，一张清秀的脸已经冷了下去："你难道就从来没想过么？"

凝霜摇了摇头，缓缓道："我恨不起来。复仇……我没有那种迫不及待地把对方置于死地的欲望。"

问绿不语，过了一会儿她才淡淡地说道：

"是一种很彷徨的感觉。像被火慢慢地煎熬，慢慢地烧，不是那种想要尖叫逃避的痛，而是让你咬牙忍了下来，却又全身难受的感觉。"她看向凝霜，又在对方转向她之前转移了眼光，"你应该庆幸，复仇和欲望会让习武之人失去冷静，特别是在面对你恨之入骨的人，冷静则赢……况且……"

问绿话还没说完，忽然一声口哨破空响起，随后便是一声惨叫。两人相看一眼，立即勒马回头，凝霜"哗"的一声拔剑而出，娇喝："竖盾！回城！"说完紧踢马肚，箭一般地往他们来的方向冲去。夏牧挑选出来的五十铁骑都是出色将士，在掉马之间已经有序地包围住中间的两个女子。

不到片刻，他们头上果然箭如雨下，虽然众人有盾牌掩护，但有些人还是免不了中箭，负伤狂奔。凝霜回头看去，只见后面潮水般的黑色铁骑如半圆形逐渐聚拢而来，后面黄沙滚滚，仿佛掀起滔天大浪的灰尘。眼看敌方众多，她不禁心下一紧，绛恨去了城北，难道也受到了埋伏？她忍不住再次回头，只见中间带领之人为女子，一袭杏黄长袍，左手一挥，便听到有人坠马落地的闷哼。

"你当初怎么不杀了她？"问绿在旁边大声吼道，"杏泪武功在你之下，我们都是因为你的软弱一再而再地逃！"她对她怒吼。

凝霜不语，他们谁都没有想到敌方竟然已经到了盾城城外，也有可能是愁绝早已料到她会前来采草药，而埋伏在此。她再次回头看去，杏泪身后的人个个都是彪形大汉，皮肤黑黝，忽然心中一动，便猛扯马绳而转移方向，大喊："跟着我！"说完便猛踢马肚，斜着前进。

一队人开始忽左忽右地狂奔，如蛇一样地在大漠上弯曲而进，不愧都是反应极快并且行动有序的军人，凝霜低声暗喊号令，他们便跟着快速行动。

杏泪的追兵本是以半圆形前进，发出去的箭矢因前面逃奔的兵马不停地改变方向，便一时纷纷相撞摔落，况且队里大多都是异图族人，并不明白中原的战术，一时便只能乱射箭矢或盲目追赶。

"哼……风阵赞？"杏泪冷笑说道，举手发令，众兵便停止了射箭，只顾着快速赶上，异图族百年居住大漠，策马速度快似如风，很快便左右两排把凝霜等人围在中心，让他们无法动弹。

问绿和凝霜暗叫不妙，相视一眼，都可以在对方背后看到敌人的身影。忽然琴城才子前面的恒兵闷哼一声，中箭而倒，而异图族的兵马，已经慢慢地把她们包围在中间了。

"破！"两人见状，竟然同时娇喝一声，人已从马背上飞跃而起。

只见半空中寒冰闪烁，异图族的士兵们只看到一道绿光劈空而下，凝霜已经到了他们身前。琴城才子心性善慈，不到关键时刻不会出手，虽身手不如两位大师兄，却是神速，敏捷是常跑江湖的绛恨与问绿都望尘莫及的，何况手中又有欧阳名剑。

她脚尖点在一骑兵的背后，右手一挥，红血飞溅之时，人已经往后翻去，在空中伸手一刺，又是一人坠下马来。后面的人大惊，手松箭弦，凝霜长袖一挥，后面两三支箭都往他自己身上插去，那红色的身影已控制住别人的马，掉头冲来，撞上后面的队伍，后面的马队都来不及停住，纷纷撞上。凝霜趁马嘶人叫，又挥剑飞舞，黄沙上染点点血斑。动作一气呵成，转眼间已回到自己马背上。

另一方向，问绿也已击中数人，避开向她射来的箭矢，抛出袖中飞刀，往身后的马腿劈去，两把双月刀一上一下，上斩人头，下斩马腿。最前面的骑兵低头躲刀，马却因被砍掉前蹄而倒了下来，后面的人见状，正要勒马，却是一鞭往他脸上甩来，他别头一躲，那鞭子却缠上了腰际，问绿咬牙出力，那人被抛至后方，两人同时被砸得滚下地。

虽然两人英勇奋斗，打破了前方阵形，后方恒兵在她们打斗之际也被杀害了不少，只剩二十几人浴血奔赶。

"竖！"见前方骑兵已被解决，凝霜大声喝道，抬头望去，远远地已能看见盾城城门的影子，“排成竖列，坚持住！马上就到城门了！”

恒兵听见，个个振奋，那些战马仿佛也知道背上的人归心如箭，一时都如风疾驰地没命地往前跑。

异图族的兵马被凝霜两人打乱，但也不愧是践踏十几个部落的战士，片刻凌乱，却马上勒缰跟上。

眼看双方的距离慢慢变短，忽然有一人蓦然转身，他身后的队友们纷纷和他擦肩而过。那人手持一把高大巨宽的斩刀奋力挥起，只听他高喝一声，单枪匹马地冲向身后的异图族军。凝霜回头，只看到那人的背影在风中翩翩闪过，他挡住敌兵一时，让双方的距离拉长了一些，却立即被杏泪的铁扇割破了喉咙，红血涌出，倒地而死。琴城才子顿时觉得身上的血都逆流而上，正准备掉头出手，旁边的问绿已经冲了出去。

“问绿！不要！”凝霜大惊，伸手一拉，却什么都没拉到。

眼前，杏泪也已经离马，面带冷笑地往雪鞭飞使的方向迎了上去。

琴城才子觉得自己的心脏在那一刹凝固，还没意识到什么，就看到问绿的身体从半空中跌落。

杏泪满意地看到问绿滚倒在地，肩膀上插着自己的铁扇，定睛地看着雪鞭飞使连滚几下，后面的骑兵无法停顿，眼看她就要被马蹄践踏，忽然一声马嘶长嚎，绿光一闪，马头狠狠地被人砍了下来！地上已没有雪鞭飞使的踪影。

“凝霜！”杏泪带恨地怒吼，却见琴城才子的眼光如利刀寒刃地向自己射来。而在她怀里的问绿，正得意地对自己冷笑。她没来得及辨认那笑容的含义，只听到自己身后一阵惊呼，还没转身，一把飞刀已插入后背！

琴城才子忍住想要再补上一刀的冲动，快马鞭策地往城门冲去。

在生命的某个片段，总是会有些模糊而淡暗的记忆蓦然不由自主地清晰起来，让黑白涂上了水彩，安静披上了喧闹。那些原本以为已经遗忘的声音，无法回忆的味道，不曾想起的画面或感觉，都忽然浮出水面，犹如发芽的青草，理直气壮地伸向了阳光，仿佛伸手就可以再次地触摸到当初的感受。

“若不能成为第一，就没有意义。”那是母亲对自己所说的话。

没有拥抱，没有笑容，没有温暖。

欧阳家族，本来就是为了成为江湖第一而存在的。

自从欧阳子治殉情而死之后，好不容易再次聚集流散在四处的欧阳氏，终于逐渐地雄起。

童年的自己，便是这样与堂姐妹们每天面对着严酷的考验。

最终，堂妹在家族的考验得胜，成为了下一代的欧阳掌门人。

而自己，被母亲赶出了家门。

问绿艰难地呼吸着，微弱地睁开了眼睛。

耳边还是呼呼的风声，晴空万里的天空，仿佛被阳光洗净了一般。只有白光哗啦啦地落了下来，刺入眼睛里。空气在每一口呼吸的时候，缓慢地剐伤着肺。沙漠的颜色逐渐模糊了起来，犹如被放大而朦胧的光圈，耳边的风声也缓慢了下来，像是在水下说话那般空洞。

很熟悉的感觉，是要接近死亡的距离。

小时候便好几次感受到过饥饿、寒冷、伤痛，直到被师父抚养，进入了应犹山庄。

然后……

她睁开了眼。

凝霜的头发拂在自己脸上，她一只手正捂在自己的伤口上，别头看去，红色的霜衣全都是血斑。

可能当初让她死在杏泪手下还痛快一点呢，她忍不住抽动了嘴角。

这家伙每次都是一副悲慈心肠的模样，也不问别人是否愿意。

但好像，一直如此呢。

每次都是一副很淡然冷漠的样子，打斗时完全感受不到认真，仿佛是她在忍受一个无理取闹的小孩子。

每次都在比武完丢下一瓶草药在自己伤口上。

每次都喜欢挑眉看着自己问，你有完没完。

每次就算是正面受了自己的一击，也哼都不哼一声。

师父也曾不下一次地问过，为什么一定要超过凝霜。

因为，要成为第一啊。很理所当然的回答。

即使被家族抛弃，不依靠欧阳氏，也可以成为江湖最美的传奇。

但……

凝霜不住地回头看着，杏泪的人马已经离他们很远了，五十二个人出城，却只有十一个人回来，她心上一紧，只觉得身上的旧伤仿佛吞咽着皮肤而疼痛起来。

十一个人！她绝对不会再让人数减少！

忽然，问绿的手指触碰了她。凝霜心里一惊，低头看去，只见躺在她身上的女子正努力地说着什么。

“撑着！马上到了！”琴城才子大喊道，但感到了无比的恐惧。

连当初面对愁绝，面对杏泪对自己下的毒，面对一路的大小战争讨伐，自己也不曾害怕过，现在，她却觉得那恐惧感正四面八方地把她给淹没。为了掩饰，她更大声地喊道：“已经离城门很近了！听到没有，撑住！”但问绿的手依然努力地按住她，似乎想要说什么，她不得不低头下来。

“我叫……欧阳澜……波澜的……澜。”问绿艰难地说道，又努力地扯着嘴角。

凝霜顿时全身一震，紧咬下唇，手上的马鞭却是狠狠地打了下去。

城门已经近在眼前，她疯狂地挥动着手上的令旗。

“你的……拳法，总是……有破绽……”雪鞭飞使喘息说道，“两年前……我就……看出来了……”

“我不要听！你自己展示出来给我看！”城门缓缓打开，凝霜一马当先地冲了进去，没命地边跑边喊道，“撑住！马上就到了！问绿！撑住！”

“师父，我已经找到琴城才子的弱点了！”当初自己兴冲冲地从云山回家，开门便这样兴高采烈地说道。

“哦？”满头白发的小老头子正和自己下棋，看到她回来什么都不问，只是笑眯眯地抬头看了她一眼，“那为什么没有打败她？”

“因为……”她转着眼睛回想当初的情形，“我是在思考很久之后才发现的嘛。而且一个弱点，并不足以打败凝霜！我要找出更多来！”

“是吗？”师父的最后一字拖得很长。

“当然！我要做第一！”自己坚决地回答。

问绿笑了。她现在才听出师父声音里的捉弄。

“但后来,你也没有打败她吧。”

为什么呢?

在军府站哨的士兵,只看见一匹马横冲直撞地从街道上飞奔过来,正要上前阻止,却看见那马从他们身上飞跨而过。凝霜紧抱着问绿,直接骑马往练兵的基地闯。

问绿忽然感到有冰冷的东西掉落在自己脸颊上。

这女人,竟然哭了么?

她睁开眼睛,朦胧地看见身边的街道正飞快地往后退着,就如自己的回忆一样。

很多很多画面在眼前交织着,她仿佛看到了深林中师父房间的窗下,一直没有移动过的棋局;欧阳子治的故居里,在黑暗和一片血光之战之中闪亮着晶莹的武器;小小的自己和杏泪正认真地在河畔的石头上刻着自己的名字;和鸢向罚跪在烈日下的碎瓦上,两个人竟然还会睡着……

凝霜的马用前蹄踢翻了那扇正门,沙地上出现了一群正整齐有规地呐喊着的士兵,她终于忍不住地大喊:

“九月——!!”

那悲声撕心裂肺,掩盖了所有士兵们的呐喊,直彻苍穹。

腾云将军和九月,顿时回过头来。

那时候,问绿再次覆盖上凝霜的手。

她忽然很想笑。

那天,杏花到处飘飞的初春,是自己的十二岁的生辰,师父做了一只风筝给自己当礼物。自己兴冲冲地拿去放,却看见一个女孩在芙蓉树下,痴痴地看了过去。自己躲在树后看了半天,究竟还是没有上去和她讲话。

原来这辈子唯一的敌人,竟然也是唯一的朋友。

所以……如果打败了……拿什么理由,去见面呢?

“问绿!”耳边的呼唤大声地响了起来,她觉得全身的痛都慢慢离开了,眼前只剩下凝霜那张悲伤欲绝和充满泪水的脸，和回忆里的画面一一重叠。

有什么东西慢慢地在眼前浮现出来，努力看去，原来是碧绿欲滴的风筝，在粼粼的溪水旁，往草坪的边际飘了过去。

“风筝……”问绿喃喃说道，“和我……去……放风筝……吧？”

九月冲到两人的身旁时，只见到一抹淡然如烟的微笑，素雅得如沙漠中绽放的莲花，随风而散。

第十五章

初试刀刃·黄沙白骨

夜色凄然，繁星挂空，天边一轮满月，如银盘被嵌在空中，在沙地上投下了晶莹剔透的影子。燥热的天气里，时而有一丝微风带来凉意，卷起滚烫的沙漠，飘荡缠绵，然后再次静静地在地上蜿蜒而去。盾城就如静坐在这一片万籁俱寂的沙海里的巨人一样，温柔地俯瞰着周围，守护着身后的江山。

九月在城墙角落，找到了正在望月的凝霜。

“瞳瞳……”他轻声唤她，见她恍惚地回过头来，眼底里依旧一片哀痛。

他叹息，在她旁边坐了下来，两人便靠着墙城，坐在地上安静地看着天空。

“阿牧要我把这个给你呢，快快披上，晚上风凉。”九月把手上的袍子给她。

凝霜听话地裹上了外袍，腾云将军的气息从衣服上传了过来，她觉得原本冷却的身体渐渐温暖，柔软的布衣没有丝绸的华丽精致，却犹如春日的暖风，把她小心地包围在里面。她抱着自己的双臂，终于软弱了下来，忍不住垂下了眼眸，任凭缓慢的痛苦把自己吞咽。

“我是来道谢的呢……”忽然九月说道，脸上还是如昔一般地，淡淡地笑，“问绿中的是剧毒吧？铁扇上有的，哪怕是你也救不了的。”他转过头来，温柔地看着凝霜，

“瞳瞳折回去把她救出，冒了很大的险呢，而且还一路马不停蹄地让我见她最后一面。”他顿了顿，认真道，

“谢谢。”

凝霜默然。

她能说什么？身为医者，在那种紧急的时刻，手边却没有救人的工具和药，而是沾满鲜血的武器，于是只能眼睁睁地看着问绿在自己怀里艰难地呼吸，慢慢地闭眼，再也醒不来。想到这里，她发觉了什么似的，猛然地转头过来，望向九月的胸口。

果然，一朵白色的雪花别在他的胸口，盔甲下面，也是素色的丧服。

她愣愣地埋下了头，张开自己的双臂，白色的长袖便飘荡在了夜空里面。仿佛绽放了一朵霜花，酷热的夜晚，被她的衣袍而分割出少许的冰冷来。

他们都穿着白色的丧服呢。

原来，问绿已经下葬了。

凝霜又默默地坐了下来抱住自己，把下巴抵在膝盖上。

荷衣会的孩子们，都是没有家人的，彼此就是对方的兄弟姐妹。

因此，她和绛恨以姐妹的身份，看问绿的脸被棺材掩盖，然后慢慢地入进黄沙。

那一刻她只觉得自己的声音全都淹没在喉咙里面，无法嘶喊出来。

从此，江湖上再也没有雪鞭飞使的身影来回穿梭，自己的流年里，也再也没有哪个英姿潇洒的女子，似怒似嗔地缠着她不放。

西疆大漠，那么的广阔无边，湛蓝的天空上有飘浮的流云，如水波般流过。如果走远一点，可以看到忽然出现的绿洲和草原，还有大片的湖水，被白色如云的绵羊点缀着……

问绿，你会喜欢这个地方么？在这么远的边疆永睡，每一年你还找得到我么？

九月看着凝霜睁大的双眼，苦涩而悲哀，没有任何眼泪的痕迹，不觉一阵怜惜。眼前飘过的，是那个女子半羞半怒的容颜，心里剧痛，便也是一句安慰的话都说不出来。

两人并肩而坐，却是相对无言，彼此都沉浸在自己的悲伤里。

“她……”许久，凝霜终于沙哑地说道，“她叫欧阳澜。今天赶回城的时候，她挣扎着说的，我想，是要转告给你吧。”

九月愣在原地。

“告诉我你的名字吧？”

“你难道就叫九月么？这和你无关吧。”

他慢慢地笑了出来。

那是很纯真的微笑，不是昔日的作弄，而是很清澈很真诚的笑容。他先是瞪大了双眼看着眼前的琴城才子，然后，逐渐地显出了脸颊上的两个酒窝：

"波澜的澜？"

凝霜点了点头。

欧阳澜。

九月笑着把头靠在墙上，望着星空道："那是很好听的名字呢。澜，澜儿……但她应该不喜欢被别人这样叫吧？澜儿听起来很肉麻呢……那么，阿澜？这样很好听呢！又亲昵又可爱，就是阿澜好了。阿澜……阿澜……"他点了点头，非常满意道，"就阿澜吧。真是非常配她啊。你说呢，瞳瞳？"

琴城才子看着他，只见平时不是嬉皮笑脸就是温柔风雅的男子仍然是淡然地笑着，但却有一串晶莹的银珠，从他弯成新月的双眸里面掉落了出来，融在夏牧的衣袍上。他的眼睛就像幽邃的湖水一样，反映着天上的闪烁，笑着笑着，便盈满了悲伤。

凝霜忽然觉得五脏六腑都开始剧烈地痛了起来，她深深呼吸，才把心里的天崩地裂给压了下去，咬着下唇，勉强地回了一个笑容：

"嗯……真的，非常适合呢。"她轻轻地擦掉眼泪道。

九月笑了笑，扬起头来闭上了眼睛，似是想起什么美好的回忆一样，轻松地吹起了口哨。

那哨声悠扬清脆，像是风铃流动在空气之中，有点悲伤但是带着幸福的希望，向城内的四周延伸而去。凝霜看向城外的景色，大漠被月光晒得银白，远处起伏的沙堆如卧睡的巨人，在夜空下静静地呼吸着。

恐怕明天再看的时候，便不是这般景色了。

她回头看了看只剩寂寥灯火的盾城，再向东方望去，便是波澜粼粼的关夕河，再过去，便是杨柳垂岸的燕城和热闹非凡的向阳，再跨过关月河，是狮头村，再往北，就是云山了。

她闭上了眼睛，任凭九月的哨声催眠自己，或许这一场漫长而艰辛的旅途都是一场梦，她醒过来便可看到自己窗户上的碧烟帘，在地上投下阳光点点斑斑的阴影，然后，听到在风中穿梭的声音，便知道是问绿前来挑战了。

“明天，就要应战了呢。”忽然九月说道。

凝霜睁开了眼睛，似乎从遥远的梦境醒了过来。半晌才道：“明……天？”

“据绛恨探子的报告，明天他们就要准备攻城了，其实不需要这种情报我们也知，荷衣会与异图族，恐怕都是迫不及待了吧？”九月站了起来，一手扶在城墙上看着远方。忽然，他又转向凝霜，月光在轮廓上镀了浅浅的柔光，微笑道，

“瞳瞳，其实我们都是这个天下，这个朝代和今世政乱的牺牲者。腾云将军、五皇子、你、我、绛恨、问绿，甚至荷衣会和异图族的人，也都只是从世乱通往天下和平和辉煌的这条大路上的一块铺石。阿澜的死，你不要自责了。”他伸出手来，摊向天空，似乎可以抓住从指尖飘跑的微风，

“明天的战争，后天是否还是活着，能不能坚持到援兵的到来，我们都不知道。这辈子唯一能够确定的事情，那便是每个人都会死亡。问绿，只不过是略早到了一点而已。”

凝霜随着他的目光向前看了过去，只见大漠一层层地推了过去，似乎翻滚到天边都没有尽头，成千上万的星星如城内的灯光一样形成光海；月亮、星辰、大地、天空。

原来，问绿是回归了这片无边无际的苍穹，就好似抬头垂目，都可以看到她一样。

琴城才子深深地呼吸了夜晚的清爽空气。

再次睁眼的时候，瞳目清澈，虽然哀伤，但已稍微恢复了平时的冷静与稳重，她往前看去：

“是啊，明天，就要应战了呢。”

仪武十六年，六月二十一日，盾城。

破晓的晨光一寸寸地照亮了地平线，光芒慢慢地往上升，越过盾城城门，然后照耀了城内的大街小巷。

铛……

一记响亮的敲锣声回荡在四处，如波浪般地回响出去，震彻空城。

曙光从窗外照耀进来的时候，夏牧正梳好了头发，流泉般的长发被紧紧地

绑成了马尾，他伸了个懒腰，开始穿戴贴内的软甲。

旁边的房间里，李璇背手眺望着窗外的阳光，金色的色彩全都被吸进他的眼瞳里，发散出不可一世的威严光彩。

微风飘起，窗边的竹帘被人打卷而去，空气还是闷热而枯燥的，凝霜拂开了颊边的发丝，半晌，不由自主地回身取下了挂在墙上的青潭剑，抚摸它的时候，微微扬起了自信的笑容。

听到锣声，绛恨睁开了眼睛，缓慢地从床上爬起，白皙的双腿和光滑的双臂都露在外面，她揉了揉瀑布般的长发，转头看向清晨，然后闭上眼睛感觉清风的吹拂。

那时候，飞鸟高鸣着划过天空，苍穹还是淡黄转蓝的色彩，盾城的家家户户都被染上了清淡的阴影。

当值班守卫的士兵们看到那几个人从各自的房间从容走出来的时候，地平线边际的金光正好聚集在他们每个人的甲胄上，绽放出绝世风华的光芒。

所有人都不由自主地俯身行礼，单膝触地的时候，仿佛已经听到了，从遥远的京城传来，震天动地的欢呼之声。

史上的盾门之战，就此拉开序幕。

风啸黄沙滚。

万道阳光如巨剑突破灰蒙弥漫的云朵，净亮笔直地刺向大地。苍穹之下，茫茫大漠如金色海洋般卷至天际，可见几处沙地被狂风卷起，仿佛汹涌的海浪向四处弥漫而去。

只见无数骑兵人马如海潮般覆盖着大漠，玄镀银边的旗帜在空中随风滚动，看去一片深海摇曳缭绕，把山腰染满成磅礴汪洋。那些士兵身穿银白盔甲，刀枪剑戟在炎热烈日的暑天下沉敛住杀气和寒凛。他们个个肃静等候，仿佛已成雕像。

忽然，一只银白色的飞鸟长啸划空，阳光在它的双翅上反折出幽蓝光芒，犹如从地而升的一颗流星，划破了四周的寂静安宁。它在周围环绕飞翔，在空中画下数圈圆形，再次急冲飞下，停落在绛恨举起的右手臂上。

“敌人在前方十里左右，前锋为步兵射手，后面是骑兵与抛石车，敌数……可能比我们多两倍……”奇探一身银白甲胄，深红色的裙摆在底下露了出来，她看了看鸟脚上绑住的白纸上写的符号道。

“才这么一点兵马？”九月皱眉，“必定是想探试我们的实力罢了。”

“嗯。”凝霜接道，“即使如此，荷衣会的重要人物，应该也会出征。他们要亲自一步步地夺去恒朝的江山，这一场初战，他们可是等了很久呢。”

“那么……除了淀归、鸢向两位，还有什么其他人么？”五皇子问道，露出了期待的微笑。

“除了师父，应该没有别人了。”绛恨答道，李璇不觉转头去看了她一眼，这是这几天他们第一次的交谈，但只能看到绛恨的侧面与盔甲，长长的头发遮盖了她的眼神与表情，但声调是平静的，不禁让五皇子心痛了一下。她继续淡淡地说道：“以上次的情形看来，朽萍老人应不会出场，第三个长老已失踪多年，不知去向。杏泪不知生死，荷衣会最高的成员，也就只剩那么几个了。”

蓦然，前面的方向，出现了单枪匹马的一个骑兵，在他身后的地平线，已是被扬起了滚滚黄沙与大片的沙尘。众人紧握缰绳武器，都看着那个士兵慢慢接近。

“应该是坏消息……”夏牧低声说道，专注地看着前方策马奔腾而来的使者。

“禀报将军……他们……他们……”那个年轻士兵咬牙切齿地说道，“他们说，今天会用你们这些废物之血洗尽大漠上的尘土。”

“混账！”九月忍不住勃然大怒，大吼道，“那你回答了什么？”

“我……我说……”那个少年有点脸红地低下了头，刚刚的勇敢一扫而光，他不好意思地说，“我说，我们会将你们的屁股摆在桌案上插花……”那声音嘹亮，使后面的五万兵马都听到了。

众人一愣，夏牧立即放声大笑，连凝霜和绛恨都忍不住露出了这几天的第一丝笑容，后面的军队更是笑声连连。

“好！”九月对他竖起大拇指，“说得好！不愧是将军的兵！”

“听到了么？”夏牧豪爽地向他身后的军队吼道，声音有力震耳，仿佛从天空而罩，

“小小一名使兵，便能有这般胆量与见识！你们可千万不能输给他！”

众军顿时安静无声，都看着他们的统帅，只见腾云将军目光向他们慢慢地扫了过去，气势如虹，声如巨雷：

"恒朝的兄弟们，你们可愿随我，在今天晚上拿对方将军的头颈与鲜血，来凭吊我们死去的兄弟们？"

"愿！"士兵们统一持枪撞地，发出排山倒海的应声，使整个城门为之颤抖。

"你们可知，这城门后面的，便是成千上万的百姓，你们的父母子女、兄弟姐妹、妻子挚友？恒朝的江山，要交给践踏我们土地的蛮族野人么？"腾云将军紧握长剑，指着远方夙敌：

"告诉我，难道我们要向昔日的敌人，跪地见礼，称敌为君么？"

"不！"士兵们的回答更有力嘹亮，即使是站在远处的敌方，应也听到这震耳欲聋的怒吼。

"那么，让我们的武器好好嗜血吧！"夏牧傲然地看着众人，扬起了一抹连神明都忍不住低头的骄傲微笑，

"兄弟们，无论生死，夏某有幸能与你们并肩而战！"

最后一句话说得极为诚恳坚定，听得五万兵马个个眼眶泛红，忽然，不知谁高喊而出：

"死随将军！死守边疆！吾皇万岁！"立即，潮水般的军队轰然发出排山倒海的应声，连厚重的城门都微微颤抖。连人带马怒吼长喝，战士们个个持剑捶盾，发出震耳欲聋的声音。士兵们都感觉到热血在皮肤下奔腾，恨不得立即冲下山去杀敌。

李璇看向夏牧，只见他面带微笑，正向自己看了过来，眼神碰撞之间，已是了然。五皇子顿时觉得全身上下都是沸腾着的强劲，手上的白剑，也兴奋地微微低鸣，发出了渴血的声音。

他向腾云将军点了点头。

夏牧见状，拔剑指天，那长剑寒峻冷森，在炎热沙场上仿佛劈开了一道寒凉之气，剑刃如冰如雪，仿佛聚集了所有阳光，让人无法直视，众兵只看到一道光芒从他手里射出，挥出时在空中留下了点点星光，那气势浑雄的声音仿佛从天边而来：

"杀——！！"

整齐的拔剑声，脆锵如削铁，如无数雪白光柱从地面竖起。鼓声响起，旌旗飘扬，擂鼓鸣金之声越来越高，仿佛即将攻破山墙的瀑布，杀喊声和撞击声，翻天覆地如激流猛浪滚卷而去！

对面带领着十二万大兵的，是荷衣会的帮主愁绝，以及异图族的东部亲王阿克图，他们身旁分别是淀归与鸢向，以及三个异图王子，锡门、多阁、已旦。几人正专心地看着前方动静，只见前方仿佛掀起了灰尘沙土的千丈大浪，夏牧、九月及李璇正气势汹汹地冲来，后面则是势不可当的千军万马。

九月拉弓搭箭，站在马背之上，瞄准目标，凌空射去！只见一支箭矢顿时穿入持异图族旗帜的士兵胸口，一面旗子立即扫地而下！

“不错……很有胆量。”阿克图冷笑道，举手下令，“可不能让他们小看我们！上！”说完已是冲了出去，后面三位异图王子更是满眼恨意地跟上。

“淀归、鸢向，取下那个副将及五皇子的命！”愁绝淡淡地说道，“腾云将军，就交给我。”

“是！师父！”两人抱拳领旨，也带着一小队人向前冲去。

愁绝看着越来越近的两队人马，不禁露出了笑容：“开始结束吧。”

“还没到么？”绛恨紧张地看着前方的战场，“若他们先下手怎么办？”

“异图族不会接受这样的挑衅，我们可以赌一赌，要不然还有第二计划。”凝霜冷静地说道，眺望眼前的状况。

蓦然，只见一面红旗被九月扬起，她立即举起令旗，大喊：“放——！”

轰的一声，笨重高大的抛石车凌空腾起，五万恒军也快速地改变列排，只见他们排成了宽大的两排半月形，包围住逐渐逼近的区域。

“弓箭手！退！”五皇子大声命道。

巨大的石头掠过整个恒军的头上，重重地向敌方连续砸去！那抛石车受过问绿的特别改造，抛出去的距离极远，只见敌方后面的军队，顿时被坠落的巨石砸得兵荒马乱，况且夏牧等人研究了地势，那块土地稍斜，那石头便缓缓地滚动而去，敌方人号马叫，溃不成军。

前面的异图族兵还没反应过来，只听到一声“放！”，抬头一看，大片的箭雨遮盖了整片天空，密密麻麻地落了下来，正举盾躲避被迫停住了脚步！

“天佑吾朝！！”见状，五皇子一马当先冲了出去，背后黑剑拔出，双剑连砍下三名骑兵！

“很好！”鸢向在远处看得怒火中烧，“驾”的一声就勒马迎上，巨斧在手，声若巨雷，震石摇地：“喝！”怒吼中整个人凌空腾起，巨斧斜形劈下，岂料眼前白光一闪，只觉所有力气被震了回来，直麻手腕，皱眉咬牙，方才拿稳武器定睛看去，却是一身银白战袍及霜色丧衣的琴城才子。

“二师兄……”凝霜用尽全力才正面地抵住鸢向的一击，不禁双臂麻酸，好不容易缓了口气来，喘息说道，“你可知道……问绿已死？”

鸢向脸色顿变，力道软下，凝霜马上跳后避开，剑指向他，悲切而无奈的声调覆盖了周围的刀枪铿锵，杀戮哀号：“二师兄，你可真想看到我们的死亡？”

鸢向的呼吸渐重，胸膛不断起伏，双眼瞪如圆铃地看着她，握紧斧头的手青筋都暴了出来，终于沙哑低喊：“三师妹！你们被骗了！恒朝的人没有一个是好东西！他们杀了我们的家人，毁了我们的皇朝！”他满眼红丝怒吼道，“你为什么要帮他们？”

凝霜叹息，知道鸢向性格憨厚善良，但却固执，一旦认定的事情便不会改变，因此只道：“我不能让你杀了五皇子。”

“三师妹！”鸢向气得一脚重踏，把地上的石头都踩碎了，看到凝霜身后正勇战的李璇，不由得格外眼红，足尖轻点，已是掠了出去，大喊，“我先杀了他，再向师妹赔罪！”

“二师兄！”凝霜提剑紧跟，却见一道身影一路斩杀冲到五皇子背后，一支银枪刺攻挑挥，正面从鸢向劈下，硬是挡住他的去路，琴城才子举眼看去，对方银盔银甲，赤马银枪，手腕上紧系一缎白带，气势如虹，正是九月。

“荷衣会的人，都喜欢从背后攻击么？”九月似笑非笑地看着他，眼底却是冰寒如冬的深浓杀气，“就让本将来教你们这些混混如何战斗！”他转向凝霜，“瞳瞳，你护着点五皇子殿下。”

琴城才子有点担心地看了看鸢向，又转头看了九月一眼，知道这场仗无论如何都避免不了了，双方都是家破人亡，挚友惨死的仇恨，便咬牙转头，应战而去。

四周沙尘滚滚，杀声震天，似乎整个大地都在翻滚震动，双方都是积恨成怒，长年以来数不清的死亡怨恨使人人都巴不得饮敌血止渴。只见刀光剑影，肉血横飞，原本宽阔平静的大漠早已变成修罗战场。

忽然从盾城城墙上所传来的恒军战鼓之声戛然静止，众人回头看去，只见两名鼓手皆中箭坠落，旁边弓手如云，却都是忙着拉弓搭箭抵抗敌军前进，一时军心渐弱。

绛恨见状，反手一刀解决了眼前的士兵，足尖轻点，正要向鼓手迎去，却被人拉住了脚跟，她转眼看去，一名魁梧的异图大汉正瞪眼看她，一手拉住她的纤足，一手的大刀就要砍下，奇探顿时又羞又怒，反身旋转，用力蹬踢，便是一脚甩在他的脸上，双手撑住大汉的肩膀，使劲一推，便高高跃起，连穿过一片箭雨，风一般地迎向已死在墙角的鼓手。

恒军的众士兵们蓦然只听那鼓声一声紧过一声地响起，犹如掀起千丈高浪的海潮，越来越紧急激烈。

回头一看，却是那如火如炎的红衣少女，在阳光下明亮耀眼地敲打战鼓而翩翩起舞，另一边，也有人从鼓手身上接下战鼓，双方奋击催阵，鼓声直撞云霄，号角声彼此沉鸣应起，使得恒军们大振军心，越战越勇，势不可当。

夏牧孤战异图族亲王阿克图及三位王子，手中的昆冥刀初次出鞘，正发挥得淋漓尽致，加上腾云将军本身身在战场便神勇无比，更是逼得其他四人用尽全力才能勉强应付。

异图王子锡门看准夏牧，大喝一声，挺剑向腾云将军急刺冲去，蛮族刀剑弯如新月，上有尖利轮齿，全靠手腕运转之力，锡门在靠近夏牧之前，侧身一闪，手伸至他背后，欲劈左肩。夏牧斜身闪开，昆冥刀自左向右横刺而去，刀柄木棍之处直击锡门胸口，刀刃一挥，往下狠砍，“铛”的一声，锡门的手中弯刀已被砍得飞断出去。

多阁见哥哥被打倒在地，也是高喝一声，与已旦同时迎上，两人一左一右，多阁手持长剑，一招还未使出来，夏牧的刀棍已打在他的手臂上，那异图王子只觉得一阵剧痛，长剑落地，腾云将军的斩刀反过来直划而下，自他脸直至胸口，划出一道血口子，那伤痕颇深，若再用力一点，只怕对方便被他劈成两半。

已旦年龄最小，见夏牧轻松两招便把自己的兄长都打倒，不觉大惊，但生怕丢了王族的名誉，也是大喝一声，双手举刀，迎头劈去。夏牧冷哼一声，把斩刀换到左手，侧身避开，转到已旦背后，向他肩膀抓去，扳过身来，一拳打得已旦满脸是血，见他还未倒下，夏牧分别从两肩、胸、肚击出几掌，已旦这才喷出一大口血，闷哼倒地。

异图族兵见平时骁勇善战的三位王子不到三招便倒地，都是又惊又恐，又见中间那人站在阳光之下，银盔银甲，手持青色大刀，不怒而威，直如凛凛战神，让人不敢逼近。

那异图亲王阿克图原本就是贪生怕死之辈，虽不是弱将，但也知道自己敌不过腾云将军，但又见几位侄子都应战而上，自己身为统帅不能无所表现，正思考之际，只听身后一声娇喝，已有人挺身而出。

愁绝身穿软甲，手持一把赤刃红剑，长发绾盘，从马背上飞跃而出，利落地站在夏牧之前。她双眼如箭地看着对方，身上没有丝毫血迹灰尘，仿佛刚刚下山而已，笑道：

"腾云将军，久仰。"

"见过帮主……"夏牧抱拳，微微点头行礼道。

"都说将军有万夫不当之勇，果然名不虚传。"愁绝仔细地打量着躺在地上的三位王子。

"过奖。"腾云将军沉稳答道，平静的容貌上看不出任何情感。

愁绝的瞳目里闪出欣赏的光芒，抱拳道："请！"

"请！"两人抱拳，躬身行礼。

周围的人们都忽然觉得闷热的空气仿佛更加凝重起来，只见眼前两人目不转睛地打量着对方，忽然愁绝向前两步，当胸平刺，夏牧侧身避过，愁绝又连刺带挑地攻取三击，只见腾云将军动作轻盈，竟是轻描淡写地一一避开，愁绝见状，轻噙冷笑，长剑反撩，直逼他的左臂，果然听到"铛"一声，夏牧终于以刀回挡。愁绝紧逼不放，自创自习的"流星九天"挥刺而来，顿时四方八面似乎都是剑光杀气，腾云将军全力以赴，时不时地被划破脸颊，忽然他高喝一声，侧身紧贴愁绝之剑，弯身微侧，刀柄往上一挺，直撞愁绝左肩，只听对方一声闷哼，那赤刃红剑险些掉落下来。

两人都后退数步，相视片刻，大喝一声，再次交手！

不远处，九月也与鸢向正打得难分上下。一开始两方都是拼死拼活地想要对方性命，岂料几次过招之后，却发现对方与自己不分上下，难得有了好对手，一时间招数全使地打得轰轰烈烈。只见鸢向一声吆喝，舞动双斧一上一下地向九月头顶胸部分开劈去，九月银枪扳回而挡，咬紧牙关地连退几步，忽然双手松起，一脚撑着枪身便飞跃而起，身子从鸢向头顶飞过，正要两掌往他头顶击去，只见眼角两道白光闪过，便扭身一转，从鸢向身边滚下，站起之后，仔细看去，只见两根银针插在方才自己所在的地方，不觉大怒：

"原来荷衣会都是一些背后暗袭的小人！"

鸢向并不知发生什么事情，听到他如此出言，也不觉大怒："去你娘的，你们还不都是一些奸臣！"说完一脚把眼前的长剑踢飞过去，怒喊，"继续！再来啊！"

九月一愣，见他如此，便把眼前这人个性猜到几分，正自悔方才自己言莽，却见两匹骏马一左一右地往鸢向驶来，上面各坐身穿淡黄衣袍的两位美婢，左边那位右手一甩，鸢向正回头看时，那女子手上的长链已紧紧缠在他的身上，顿时动弹不得。同时，右边那位女子撒出一袭淡黄轻纱罩在鸢向头上，两人一左一右地紧拉纱蔓，掉马鞭策，竟然把魁梧高大的鸢向给拉走了！

"喂！"九月看得发呆，半晌才反应过来，念自己身在战场，又不好抛兵追上，不得大叫，"喂！他在跟我打啊！"

那两女子正是东篱手下的得力左右手，菊妆和湘尚，两人不闻鸢向与九月的咒骂声，转眼便远离战场，抵达远在高处眺望的东篱身边。

"主人，鸢向已带回。"湘尚恭谨地说道。

"甚好……"东篱淡淡地看着两眼冒火地瞪着他看的鸢向道，"你并不是他的对手，况且以你的性格人品，可真要向凝霜绛恨挥刀？"他看向前方的情况，眼前的沙场已是满地惨呼迭起，刀光血溅，战旗挥舞，人仰马翻。他定定地看着前方愁绝与腾云将军交手的方向，看出荷衣会帮主是招招狠毒，痛下杀手，而夏牧则是重防轻攻，只是消耗着时间和对方的体力，不得一丝欣慰。

忽然一阵马蹄声急来，一名荷衣会弟子从马背上翻滚而下，急急大喊："副帮主！异图亲王阿克图擅自作决定，已把密器搬向前线，准备使用了！"

"什么？"东篱大惊失色，冷静淡然的他也不觉有了一丝愤色，掉头吩咐，

"湘尚，快去前线通报淀归他们，快速撤退！菊妆，去保护凝霜和绛恨！"

"是！"两位女子抱拳答道，一眨眼，便已是不见去向。

同时，淀归正大战五皇子李璇，前者手持红缨银枪，后者一对夜天双剑在手，只听迸撞之声不绝于耳，双方都好不容易大展身手，打得全身力量都发挥得淋漓尽致。五皇子圈转长剑，拦腰横削，淀归弯身避过，回手银枪如龙腾天，尽力直刺，李璇举剑挡格，双剑夹住长枪，往下一劈，正要劈断枪棍，岂料淀归用力往上一扬，使五皇子不得不凌空腾起，空中后旋，淀归空中一刺，李璇用夜剑一击，那剑刃却深深嵌入枪杖身中，一时两人忽进忽退，双方都使出真气内力较量着，两把武器紧黏在一起，松也不得，断也不得。

就在这时，从异图族的后方传来了一阵阵又短又急的号角声，只见离城墙较近的敌兵们"哗"的一下往后退，连淀归都恨恨地看了五皇子一眼，内力稍出，便把夜剑反弹了出去，转身速离。

李璇皱眉，没来得及思考对方战术，只听到哨声划破裂空地从远方传来，抬头一看，无数似是铅球的圆形铁物从天而降！未等他反应，便被身边骤然的爆炸给震出好远！

原来欧阳子治长年研究，竟造出火炸药品出来。

药物在内，外面以较薄的油脂铁纸包裹，以弓射出，迎风燃火，以触地时之力而爆发燃烧，用以烧毁敌人的阵地，毁敌城墙。幸好欧阳子治研究不久便自杀而死，留下的半本手札也早已字迹不清，完全靠着荷衣会的弟子们共同研究才得以制作出来，威力虽是当初欧阳氏预算的一半，但也足以震得恒兵一时乱作一团。

李璇艰难地爬了起来，耳朵暂时失去了听觉，只见周围狼烟四起，恒朝的战士们连人带马地给震得飞出去，他忽然觉得一阵冰冷恐惧从心中蔓延到全身四肢，却又听到一阵哨声腾空降下，抬头看去，那些火药再次被抛来，谅李璇一生聪明冷静，此刻也忍不住被恐惧所震，脑海里想到无数可能性，最后只是转头大喊：

"绛恨——！"

他的眼角飘过一抹红色，蓦然天地万物仿佛都定格下来，刚刚站起身来的绛恨正要继续敲打战鼓，听到他的声音，惊愕回眸，正在两人视线相碰之际，忽然一声巨大爆响，连续三枚火球坠落而爆！

盾城门前，顿时无数处黄沙轰然怒射，爆炸声、哀号声、呼唤声都乱成一片，有些火球击中人马，燃烧起了熊熊火焰，四处都是连绵不绝的灰尘黑烟及冲天倒卷的火焰。

李璇滚倒在地，爬起来的时候却没有痛觉，只觉得全身热血都凝固于此刻，他不顾伤痛地站了起来往绛恨刚刚所在的方向看去，但哪还有奇探的身影！

方才一枚火球击中城墙，墙石落下，绛恨所在的地方只看得到一堆落石废墟，数名恒朝战士与来不及逃跑的异图兵的尸体都躺在旁边，五皇子看得魂飞魄散，跌跌撞撞地奔了过去。

"绛恨——！"他疯狂地开始拨开那一堆乱石，也不顾自己盔甲已破，额头上血如泉涌。只记得她方才在战场上回顾的那一眼，依然如昔的灵气逼人，竟然会成永别！回想自己最后对她所说的话竟是"我本就无打算带她回宫"，更是心如刀割，胜过身上所有的伤痛。

忽然，一只手从废墟之间挣扎地拨石而出，李璇见状，先是愣住，随后欢喜若狂，立即开始帮助里面那人搬挪墙石，片刻之后，一名满脸是血的女子探了半个身子出来，半张脸已被陨石击中，被砸得血肉模糊。

她拉住五皇子的手臂，连连喘息："绛儿……还在里面……"感觉李璇身体一僵，便道，"她还……活着……"

李璇已知她也是荷衣会弟子，但一声"绛儿"出口，便知是她尽力救了绛恨。不禁满怀感激，内心也是翻天覆地，短短时间仿佛已经历了人生中的大悲大喜，一时不知如何反应，却见那女子已软软地往他怀里坠下，不禁大惊，小心翼翼地把她抱起，点下穴道止血，把她放在地上准备去营救绛恨，却被她拉住衣袖，大有吩咐遗言之意，李璇俯身聆听，却听她道：

"告诉他……他所吩咐的……事情……我已做到了……"菊妆断断续续地说完，见五皇子眼神坚定清澈，不出得心中深受安慰，头一歪，便逝世了。

李璇见她如此，也顾不得为菊妆怜惜，转身继续推石翻土，半晌，才找到奄奄一息和满身是鲜血泥土的绛恨。

五皇子心中大恸，不禁咽下一丝闷哼，想要紧紧拥住，深嵌体内，却又恐怕伤害了她，只能轻轻抱起揽进怀里，在确定她依然尚有鼻息之后，方才把自己额头贴在她的面颊上，后又深深吻在她的眉心之间。

那一刻，只觉身边的呐喊杀戮都退尽而去，只剩下自己的一滴热泪，随着绛恨的眼角缓缓流下。

九月捂着伤口上马，他亦被火球的威力给震飞老远，虽身受重伤，但依然有习武的底子给撑着。他摇摇晃晃地撑着一叶枪站了起来，忽听马蹄声逐渐逼近，却见满身是血的凝霜牵着一匹马飞奔而来，马缰丢给他，虽满身狼狈但声音仍然冷静威凛：

"快，趁敌兵暂退，我们布下奇兵赞！"

九月微笑，不顾身上重伤，跨马而上，两人一左一右地飞奔出去。

凝霜俯身捡起号角，六声长鸣，已见九月从另外一边拾起恒旗，左右挥动。"奇兵赞"阵列的应变重点在于无形，若排下整列一旦被敌人识破便会失败；其阵奇点在于众兵聚合起来便有如一人，分散开便有如八个方向，随着地形而攻之，犹如一座坚固的移动城池，能防能攻。

只见恒朝的士兵很快就聚集而起，随着再次攻来的异图兵迅速地集成数个小小团体，边攻边前进，敌方想要聚拢攻击时又有如一盘散开的沙，四处乱闯而进攻，让异图族忙得不可开交，只能东忙西忙地应付。

夏牧仍然与愁绝打斗，荷衣会的帮主已看出阵列的破绽所在，一时却被腾云将军缠得无法抽身，四处看去，竟不见鸢向与淀归的身影，却见东篱一人快马加鞭地穿越重重的恒军阵列，直奔盾城城角。愁绝大惊，只见四处刀光剑影，弟弟却是连软甲都没有披地直闯过来，不觉心惊肉跳，连连被夏牧打退几步。

东篱在李璇身边勒马止步，见绛恨躺在他的身边，旁边的五皇子正用一面异图旗帜覆盖着菊妆的身体，闻声以为来者是敌，正拔剑而出，却看到东篱一张惨白的脸，没有丝毫血色，一声"东篱兄"还没出口，只见荷衣会的副帮主喷出大口鲜血，脚下一跄，急忙伸手扶住。

"东篱兄……"五皇子扶住他，只觉他内体真气大乱，呼吸之间竟有深血流出，不觉一手稳住他的背，以真气帮他撑住。

"菊……妆……"半晌，东篱才喃喃说出两字，目光却是怎么都移不开躺在那边的女子。

李璇随他的眼光看去，不觉一阵难过："她救了绛儿一命……她说，你吩咐的事情，她已做到……"

"原来……原来……是我……"东篱眼光失神，双手掐进五皇子手臂，喃喃道。

"东篱！"李璇用力扳住他双肩，强迫他看着自己，坚决而低声道，"这是战争！你离盾城不到几尺，还不离去！"说完他看向四周，见无人顾及他们，便两指用力向东篱双肋之下点去，使他的手臂往自己胸口一掌，五皇子作势往后连退几步，抱起绛恨，见东篱仍呆在原地，不觉迸牙而道，"还不快走！难道你要她葬于敌地，以叛民之罪而抛之乱岗么？"

此话如雷贯耳，东篱仿佛惊醒过来，抬头看去，却见五皇子早已抱着绛恨离去。便只好咬牙，抱起菊妆遗体，一步一泪地迅速撤退。

远处，愁绝见状，已隐隐约约猜到几分内幕，不觉又恨又气又担心，大喝几声，长剑如虹地向夏牧刺杀而去，招招狠毒决准。

九月满身尘灰沾血，回头一看，见夏牧与愁绝正打得难解难分，蓦然眼角有白光一闪，却见方才已倒下的异图王子已旦再次站了起来，那手中的回旋飞刀已向腾云将军飞去，他看得魂飞魄散，高声大喊："夏牧！"

岂料腾云将军正被愁绝夹住昆冥刀，一时根本无法闪躲，正要使出力量与愁绝避开，只听见身后撕裂一声，还未完全转过头来，便感到被热血溅了一身。

夏牧愣住，转头过来，只见九月的身子缓慢地倒了下来，脸上的关切之情仿佛在自己眼前放大了几千万倍。

最后，颓然倒地。

腾云将军停顿片刻，一声怒吼，空出一手直击愁绝胸口，顿时把她震出数丈，倒地吐血。

"九月！九月！"夏牧冲到副将身边，只见鲜血从他嘴里不断地流溢出来，后面一把飞刀插背，已是穿透胸膛，顿时手脚慌乱，只能愣愣地看着那张年轻但充满灰尘和血迹的脸。

"嘿……"九月觉得呼吸艰难，胸口冰凉，痛感随着每次吸气加深，却仍然咧嘴笑着，他举起手来，无力地拍了拍夏牧的脸颊："我……我竟然……还没有去过千红楼呢……哈……"

"你……你这家伙，不会有事的！"夏牧大吼，捂住了他胸口不断扩大的血迹，却看到盔甲上的银白部分越来越小，觉得有什么逐渐遮盖住他的胸口，越来越堵。

"石家村……帮我……"九月的声音慢慢变小，夏牧看得惊心，紧握住他的手不放开：

"你说什么呢，你不会有事的，你他妈的亲自去照顾，关我什么事啊？"他怒吼道，抬头寻找着凝霜的身影。

"呵……呵……嘴硬……"九月双眼迷蒙，反握腾云将军的力量慢慢变小，他的瞳目望向天空，只见有无数浮云仿佛流水般地飘逝而过，天空的淡蓝的颜色，其中夹了浅浅的灰，仿佛一块透明的蝉翼薄纱罩了下来。

"九月！九月！坚持住！你他妈的坚持住！"夏牧觉得全身寒凉从心底传递全身，竭力嘶喊，却是阻止不了那往外涌的鲜血，只能扶撑着他的后背不断传入真气。

九月感觉夏牧那悲痛焦急的脸越来越模糊，他想要拍拍他的肩膀说这没什么了不起的，却是丝毫力量都使不出来，整个身体仿佛飘浮在空中，连呼吸都带着疼痛。

耳边还有刀枪迸撞的声音，铿锵有力，脚步声，杀喊声和击鼓的声音，一波一波地传来，又缓慢地散去。他努力地看向腾云将军，咧嘴笑了一下，喃喃说道：

"其实……我……我一直都很想……回来……和你一起……战……"九月使劲地把手搭在他的肩膀上，却到了一半便落了下来，他笑着闭上了眼。

有很多光芒闪烁，一圈圈的，晕散成无数的画面。

那是如仙境般的花园，他的盔甲和衣服再也没有尘土和黄沙。

九月丢下一叶枪，走到前面拨开草丛树叶，看到的却是一个女子，身穿碧绿衣裙，半怒半羞地站在水里，回头瞪着他说："闭嘴"，随后扑进了水里，碧波在她身后漾了出来，温柔而清凉地晃荡着。

阿澜，原来你在这里啊，叫我好找。

他笑了，急忙在她身后迎了上去。

原本在腾云将军附近战斗的士兵，忽然都感到气流转变了方向，他们回头看去，只见夏牧低垂着头，把九月放下，然后慢慢地站了起来。

杀气。

那是如凝固的雾，慢慢地在周围延伸环绕。

他们可以从那个男子的身上闻到血腥的味道，夏牧面无表情，眼光却是冷霜胜雪，嗜血浓烈；手中昆冥，已是蠢蠢欲动，欲尝敌血。

腾云将军直线向前，走到方才向他背后挥刀的异图王子面前，不容他眨眼便是一刀劈下！只听哀号震天，已旦头颅已直分两半！

连恒朝的士兵们，都忍不住打了个冷战。

恒朝的辅国大将军发怒了。

此时此刻，他不再是以天下为重的忠臣，只是被激怒的战神，杀戮的欲望在他皮肤下即将破壳而出。

只见云开雾散，曙光渐出，那红日耀云，却是残阳饮血般的赤色。

苍穹之下，十人连攻夏牧，却听铿锵一声，数把刀剑皆被昆冥刀砍裂，夏牧挥刀怒吼，银刃闪烁，直逼众人颈处，还未等敌兵惊惶大喊，已是飞血四溅，当场横死。

愁绝见状，眼中狠毒之气闪起，大喝一声，再次拾剑攻去，连刺三剑，都被夏牧挡住。愁绝见他目光冷冽，平静镇定，知道他已是怒极，更能稳重应战，气势早已占上风，不觉暗道不妙。正欲使出全力，却蓦然听后方号角长啸，沉重的号声仿佛劈开一切沙场呐喊，浩浩荡荡从黄沙上坡传来。

众人看去，只见异图族虎腾图旌旗猎猎，刀枪如林，骑兵的身影密密麻麻地铺盖在山坡上，与天际成为一条线；号角声毕，带头的淀归高吼一声，他身后之兵顿时应声，杀声震天，犹如巨雷彻天，看得恒朝士兵心神俱寒。

夏牧与愁绝相视一眼，火石闪电之间，已是了然。

异图后方的援兵已到。

腾云将军勒马掉头，从地上托起九月，直冲后方，捡回恒旗，高喊："撤——！"

愁绝欲追，却被死护夏牧的将士挡住，数十士兵有序成墙，硬是挡住她的去路。

在腾云将军身后，千万兵马如瀑布潮水般地奔驰而下，异图族人马擂鼓鸣金，如乘风激浪，气势逼人地铺天盖地向恒军奔来。

"杀——！"敌方震天的喊杀声与马蹄卷起滚滚黄沙，仿佛千丈高浪的兵刃即将向盾城扑去。

凝霜正与数人抵抗，见远方敌军如乌云盖天地奔来，不觉快速停手，毫不恋战，掉头奔去，路上刺杀一名敌方骑兵，夺马进城，在穿跨城门回头之际，敌人已比她预料中还要接近，便不顾四周状况，跳下马来，向墙头飞跃而去。

异图族的带头将军易可格朗，只见遥遥城墙上一抹纤影出现，似烟似雾，淡然如云，惊愕之间，那女子已从腰际拔出一袭红纱。蓝天白云，黄沙大漠，那抹赤色甚是刺眼；忽然身后有人用汉语大喊："不好！"话未完毕，前方轰的一声，一片乌云遮天般的箭雨已从天而降，顿时兵荒马乱，士兵们虽举盾掩护，但免不了一部分中箭落马。易可格朗咬牙切齿，高喊："整队！"依然是马不停蹄地向前攻去，后面的骑兵也不顾伤兵，有顺序地跟上，再次列征。

淀归抬头，见站立于墙头的凝霜身后出现了一排身披软甲的女子，各个手中抱琴，在墙头高处坐成三排，姿容严肃，面色冰冽，大有将士之气。

凝霜喘息而坐，纤手上仍有伤痕，抬眼一看，正是纵横冲杀，锐不可当的千军万马怒气汹汹地向自己奔来，不觉眼神一凛，盾城胜败，全在自己手指下的琴弦之上，只觉得热血奔腾，胸口的豪迈大气全都被这景色所逼出，低喝一声，十指已抚上琴弦。

刹那间，凝霜眼前闪过从云山重逢夏牧等人的种种风云，坠落山谷，夜遭突袭，夜赶燕城，向阳一战，问绿之死，还有这几天所见到的战火狼烟，杀声震野。

眼前，是残阳之下的戈壁残垣，一望无尽的黄沙大漠和金戈铁马，那琴声凄厉慷慨，惊破裂石，悲恸天地，仿佛刀枪相撞，千浪拍岸，又如悲鸣呐喊，向天恸嚎之声，其余琴娘稍微迟疑，便立即跟上曲奏！

一首琴曲，顿时震彻大漠！

异图族闻曲，顿时捂头大叫，前排数人已是坠下马来，原本有序的骑兵陡然大乱，有人乱勒马绳，坐骑便不住乱转跳跃，背上的骑兵也纷纷被掀落，后排士兵无法及时勒马，瞬间不断有人惨叫着翻身滚地，被马蹄乱踩。

然而恒朝的弩手士兵，却是听得个个眼眶泛红，胸口澎湃，巴不得冲下城去，杀敌泄恨。李璇抱着绛恨在马，已是青筋紧绷，举手高喊："放！"

千万箭矢，再次如雨滴般落下，几万异图军队顿时一片混乱，未等下批箭雨射来，只听破空裂风之声，城内的投石车抛起几团巨大的枯草干枝，几支点火之箭“咻咻”射去，顿时熊熊烈火，火球跌于乱兵之上，火星四滚，烧得异图族军队惨呼迭起。

淀归与鸢向见状，知道不宜持战，向易可格朗大喊：“快撤！”自己已是高举羽旗，带着荷衣会的弟子纷纷退去。

易可格朗不觉冲冠眦裂，想他从大漠攻来，连扫十余部落，今日竟败在一名女子手下，不觉积羞成怒，拉弓搭箭，瞄准墙头的凝霜，但还未松手，便是“咻”的一声，已是一箭飞来，正中眉心，当下穿越头颅，翻身落马！失去意识之前，只见腾云将军站在城门之下，身后一面帅旗傲立飘飞，盔甲浴血，却聚集金色日光，宛如战神下凡。

至此，敌阵再也无心恋战，纷纷撤退，向西漠军营溃退。

盾城欢声如雷，众士兵们互相击掌拥抱，面色激动。副将们不敢置信地互相面视，他们竟以少胜多，不觉转身看向率领之人，但城门空荡，墙头无人。

胜利之时，却已不见腾云将军、五皇子及琴城才子的身影。

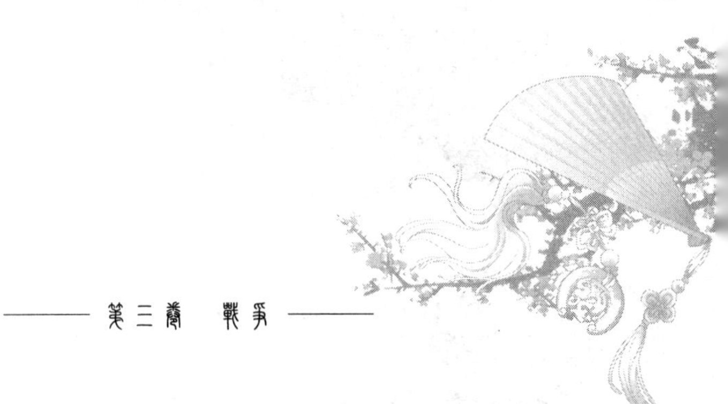

260/COAL

第四卷

歸宿

第十六章

刀枪悲鸣·终觅归宿

凝霜擦了擦汗穿过走廊，刚刚稳住了绛恨的伤势。幸好当初她只是被一块碎石压到而失去意识，虽身体被卡在两石之间，却正好挡住了上面的碎石，况且菊妆亦帮她挡下不少撞击，否则后果不堪设想，头部伤势最难治愈，虽看起来并无大碍，但还是要等她醒来再做检查。目前李璇守在她身旁，自己检查伤兵之后才敢休息片刻。

此战虽胜，但异图族兵势强大，军马人数又不知胜他们多少；何况还有荷衣会暗中协助，他们这次已是全力以赴，对方却依然暗藏不露，若是暗处攻击，恐怕他们反抗无力；若朝廷的救兵不到，谅是正面防守，众寡势殊，他们也支撑不了多久。

忽然她停住脚步，回头看去，只见在人人穿梭忙碌的大厅，有一人在那儿正背对着她，静静坐着。

她原本想要离开，但还是忍不住地走到了夏牧身后。

眼前，九月躺在一片空地上，面容平静安详，盔甲上仍是惊心的血迹，胸口的那道伤，已是凝固成黑，仿佛说着当初副将所受的痛苦。

夏牧不语，双手静静地抱着九月的头盔，看着他。

凝霜看着眼前那年轻的脸庞，也忍不住眼眶微红，右手放在腾云将军肩上，试图安慰。

她感到夏牧的身体在她碰他的时候一僵，随后终于慢慢地松懈下来，并也握住她的手。

“九月志足意满，你不要太自责……”半晌，凝霜不知如何安慰他，只好这样说道。她皱眉，发现自己饱读诗书，说出来的话却是如此笨拙。

不过夏牧却不在意，轻声回道：

“将士能死于战场，是他的荣幸。愿我也能有如此大气英勇的死亡。”

凝霜闻言，心中一紧，不觉手中力量加强了一些。夏牧意识到，便伸手揽紧她的腰，靠在她的腰际，柔声说道：“不过我不会的，在确定瞳瞳的幸福之前，我不会死的。”

琴城才子不语，却不知为何，忍不住地恐惧，不由自主地把双手环绕在他的肩上，紧紧地回抱了他。

原来一将功成万骨枯，竟是这样断肠摧肝的感觉。

前几日的问绿与九月都还笑吟怒嗔地在自己周围吃饭拌嘴，然而转眼之间，黄沙埋葬了笑颜，狼烟覆盖了热血，所有的过去和未来都消失在一片刀光剑影之中。

“其实我们都是这个天下、这个朝代和今世政乱的牺牲者。腾云将军、五皇子、你、我、绛恨、问绿，甚至荷衣会和异图族的人，也都只是从世乱通往天下和平和辉煌的这条大路上的一块铺石。”

九月的话仿佛还回响在耳边，那个潇洒如风又多情温柔的男子，是不是在那个时候，就预期了这样的归宿与未来？

原来，一个转身，真的可以让所有曾经的以为云消雾散在自己的怀里。

此时黄昏已落，外面树影婆娑，忽暗忽明，室内皆是伤兵遗体，空气里都弥漫着压抑与悲伤的情绪。两人双手紧握，发现悲伤到极度，却是连话都说不出来，只能彼此倚靠依偎，仿佛天地之间唯有这片刻能让心魂都感受到稍微的休息与安慰。

凝霜静立片刻，便走到九月身边，认真地用手帕开始擦拭他盔甲上的灰尘与血迹，又回头对夏牧轻声说道：“来，我们和九月道别。”

夏牧凝视她片刻，又低下了头，让人看不清楚脸上的表情，深深呼吸几下，才站了起来。

他端来了一盆水，扯下了一角衣摆，跪了下来，也开始为九月擦洗起来。

夜已深。李璇从绛恨房内走了出来，却见凝霜和夏牧正依靠坐在走廊上睡着了。腾云将军的手环在琴城才子的腰上，两人双手紧紧握在一起，影子拉在前面花园的地上，仿佛融在一起的石山。五皇子忽然就想起了昔日幼时，闯入御书房看见阅奏的父皇和磨墨的母后，父皇偶尔抬头起来相视一笑，也是那般淡然而自然的温馨感觉。

五皇子揉了揉额头，正要伸手叫醒他们，却还是停住了脚步。

十万人出城迎战，阵亡三万，重伤一万，城内的兵虽还可以抵抗一时，但面对那火药炸球，依然毫无回手之力。今日作战，主要就是输在欧阳子治所留下来的这件武器之上。

况且，他们痛失两位重将，一人重伤而昏迷不醒。

即使他们三人越战越猛，也无法战胜五十多万大兵的敌人。

银色月光静静照耀下来，他低头看着自己的手，张开手掌，就可以看到盈满出来的月光。

然而不久之后，这朦胧的月色，便会被阳光代替，再是一天的到来。

再是充满难挨而充满挑战的一天。

再是朝廷的援军，越来越近的一天。

他们能够撑到什么时候呢？

明天，又会有多少人如问绿和九月那般地离开。

今天的那个女子，原本在自己怀里那么努力地呼吸，那么努力地挣扎，后来，便静静地消失了。如脾气易怒但智睿聪慧的问绿，还有活力四射和嬉皮笑脸的九月。

李璇静静地站在两人的身后，一时迷惘茫然，他看着凝霜和夏牧安然的脸庞，不觉叹息。

也罢，就让他们多睡一下。

巡逻的士兵经过，便看到三个人的身影，依靠在充满月光的走廊下，安详宁静地存在着。

充满了疲惫和艰辛，但也充满了希望和期待。

忽然，远处响起了迅速而焦急的脚步声。夏牧和凝霜即使在睡眠中都保持着警觉，两人顿时跳了起来，抬头看去，五皇子站在他们身后，正淡淡地看着从走廊尽头跑来的一名士兵。

“禀……禀报……五皇子殿下……腾……腾云将军……”那人喘息连连，到了两人身前，却是礼也不行，只撑着柱子喘气。

“何事？”夏牧最忌讳手下失去冷静，不觉皱眉厉声问道。却看那士兵抬起头来，眼中全是泪水，他激动又兴奋，几乎是满身颤抖地说道：

“回将军……援兵……援兵来了！”

“什么？”三人同时喊道，相视片刻，都不禁喜上眉梢，思考片刻，却又立即转换成疑惑而怀疑的表情。

五皇子急忙问道：“是谁率领的？可都检查好了？附近四处城邑都有内乱，而京城的队伍又怎么可能那么快便抵达？”

“回殿下……这这这，小的也说不清楚！”那人几乎是手舞足蹈，语无伦次地说道，“小的只能说，绝不是敌兵！请几位大人快去南城门看看吧！”

夏牧等人相看一眼，只见此人脸上全是欣喜之情，又怕这是荷衣会的阴谋，便都回房拿了兵器，也不等人备马齐了，直接从屋檐上飞掠而去！

片刻之后，三人抵达南城城门，只见守城士兵个个难掩兴奋之色，见到他们到来却都神秘地低头行礼，一言不发。三人好生疑惑，他们一路讨论思解，都找不到是荷衣会的阴谋的可能性，但四周城池的确都在用兵，何况皇帝又怕边疆任何一城被破，到时候内关里无兵便无法应付，所以下了禁令，除非有圣旨，连夏牧都不得调兵乱用；若从京城而来的话，至少也有八到十天的距离，浩浩荡荡的军队再怎么快马加鞭也无法那么早到达盾城的，因此不知来者何人？

“龚敏！！”夏牧立即喊守护南门的副将，只见那青少年应声而来，正要行礼便被他拦住：“到底发生什么事？来者是谁？”他边走边问道。

龚敏深深呼吸，胸膛不断起伏，喉咙里咽了片刻才迸齿而说：“将军……”这两字出口，双眼便狂喜地看着他：“将军还是自己去看吧。”

“干吗？”夏牧被他看得鸡皮疙瘩全冒了出来，再好的耐心也被磨光，不禁烦躁说道，“到底卖什么关子？”转眼看城墙最高处已到，不禁和凝霜李璇再次对看一眼，都在对方眼里看出怀疑和好奇。

“到底来者何人？”五皇子也忍不住说道，脚步却是向前走去。

三人靠近城墙的时候，龚敏的声音清晰地传了过来：

"天下！"

夏牧等人探头看去，都忍不住咽下一声惊呼。

黑夜繁星，城墙之下，竟是如潮水汪洋般的火把之海！

黑压压的人群仿佛四面八方熙攘而到，有人骑马，有人骑驴，有老有少，有男有女。在漫漫黑夜之中看不到尽头的人群，都站在南城的城门之下互相扶持地等候着，或拿武器，或拿粮食，有两三人紧靠而站，也有人孤僻地在角落等待。忽然有人抬头一看，便指着还未脱下盔甲战袍的夏牧方向大喊：

"那是腾云将军！"

声音在空旷的夜晚里一波波地扩散而去。

"是腾云将军！"

"将军来啦！"

人群逐渐地喧闹起来，原本坐在地上的人站起，离城墙较远的人听到了前方传话也转身看了过来，又有人喊出了五皇子的名字，还有人认出了凝霜。一时间，那些呼唤声和呐喊都被放大了好几万倍，人声鼎沸，欢声如雷，原本镇静而平静的夜晚，立即喧哗而沸腾起来！所有人都举起了手中的武器和火把，大声喊道：

"将军！我们来帮你打仗来啦！"

"琴城才子！我们虽是女子！但也能出一臂之力！"

"五皇子殿下！请让我们进去吧！我们也是恒朝的子孙啊！"

"腾云将军！"

迎候的人群发出如潮如雷的欢呼，城墙上的士兵都忍不住咬牙，忍住那胸膛勃然高涨的雄壮之志，那欢呼打气之声在平漠上阵阵传开，在盾城的家家户户之内回荡不息。

夏牧等人都惊呆了。

镇定如五皇子，都忍不住双手微颤，看得眼眶发热，他咬牙屏息，却忍不住双手抵在墙城之上，喃喃道："天佑吾朝……天佑吾朝……"

凝霜只觉得夏牧握着她手的力道越来越紧，她深深呼吸，才发现有一滴泪水从自己的脸颊上滑流而过，无声无息地落入眼前依然呐喊助威的人群之中。

过了片刻，夏牧才沙哑着声音，压抑着声调说道："立即打开城门，吩咐军服两千人来报到，协助登记及放人进城！”

恒朝仪武十六年，六月二十一日。

腾云将军率领五万大兵奋战异图族二十万人马于盾城城门，异图蛮族得欧阳氏密谱制出大量火药，用之攻城，幸琴城才子与副将九月及时布下奇兵赞，挡住来势。辅国大将军夏牧连斩异图王子三人，大胜。副将九月阵亡。

是夜，十万人民至盾城城南，投至腾云将军麾下。

六月二十三日，异图亲王卡丹达率领十万大军，分三路攻击东北西城门，琴城才子、五皇子李璇与腾云将军各守一门。腾云将军单枪匹马出城迎战，斩下卡丹达头颅，挂于城门，敌溃不成军，大败。五皇子李璇擒异图王子三人，连斩两将。

六月二十五日，腾云将军之副将牟安带领五万人马投奔盾城。

是夜，琴城才子率领五百女兵连夜埋伏于异图族军营周围，三更时猛然共奏琴曲，惊震大漠，异图族惊慌四奔，五皇子率领一万弓手连射点火箭矢，异图军营大乱，四处熊火。恒军一兵不损，连擒异图亲王孟善耳及小公主乌海云珠。

六月二十六日。

大风吹痛了凝霜的脸颊，沙子拍打在盔甲上面，发出了叮咚叮咚的声音。眼前是看不到尽头的敌军，密密麻麻地仿佛把整个天空都完全遮盖。

“这种阵法，荷衣会不是也是知道么？”五皇子昨日看着地图谨慎地说道。

凝霜轻轻地把几个棋子放在刚刚布下的战阵之上道：“八阵总述是从握奇经而推测出来的，这种阵法，以天地万物为本，以变化无穷为贵，善用千变万化，方尽其用。”她把一面小旗子放在西城门外的位置，“若一阵阵地用，对方必定见招拆招……”

“如果并用而且保持有序的变化，便无法攻破了，是么？”夏牧见眼前渐渐形成的战阵，不禁两眼发光，“我兵弱少，战速讲究快，狠，准……”他在地图旁边转来转去，仔细观察，片刻之后，不禁深深呼吸，看向李璇，“五弟，你可看出……？”

李璇点点头，满脸赞叹与喜悦，半是自叹不如半是敬重佩服：“这阵挂……动则为奇，静则为阵，攻即是防，防内隐攻，战则不尽……”他忍不住向凝霜抱拳,“凝霜,我替天下谢你!”

琴城才子一手捻棋,轻松放下,淡淡笑道:

“此阵……为《天地龙翔风》!”

“军师!”前面一名骑兵勒马而来,穿过重重军阵向凝霜禀告道,“报告军师,前方敌军已快到预算距离!”

凝霜一凛,此时远方一阵雷响,撕裂天际乌云,照亮了她绝世的清澈双眸:“起鼓!传令:翔翼起攻!”说完,身后战鼓已激烈响起,轰隆之声胜过天边巨雷。

凝霜军师之座的两边黄旗也被士兵举起,左右飞扬。

前方夏牧得令,回头深深看了琴城才子一眼,便一声怒吼,向前冲去!

“翔鸟阵,如凶猛大鹰,攻击之前,必先翱翔,气势必侵略天宇,使飞禽惶恐伏藏。”凝霜坐在高台之上看着腾云将军逐渐变小的身影,喃喃说道。

腾云将军一马当先,率领一万人马排成雁形,烟尘滚滚地向敌军扑去:

“杀——!”夏牧高举斩刀,刀光刃寒,直指异图兵马。

敌方的淀归与异图王子蒙忝相看一眼,只见眼前的骑兵正风驰电掣地席卷而来,身后黄沙弥漫,并看不见后面的众多军队,不得不谨慎用兵,蒙忝见状,便举手高喊:“放……”,一个箭字还未出口,只见原本整齐有序的队伍蓦然四方奔散!两人还未反应过来,恒兵的人马已一分为二,左右两边包围起他们的军队!

“喝!”夏牧紧握昆冥刀,往右狠挥,跨下黑马狂奔,便一路斩下无数步兵,后面骑兵照样同作,转眼异图军队两边都同时鲜血飞溅。

“放箭!”后面的凝霜看准时刻,毅然举起手中令旗命道。顿时箭矢如雨,从烟尘中若隐若现的大军之间狂潮似的腾空而出,射向敌军要害。

琴城才子不容敌军喘息,举旗高喊:“传令!地翼出阵!”

身后鼓声猛然更加剧烈快速地响起,李璇听到,立即奔驰而出!

五皇子率领五万人马,排成长方形向前迎战,虽是狂奔横冲,但阵列仍然有条不紊,整齐如一。

“地阵赞,其形正方,云生死角,中心部兵力重相等,其体莫测,动用无疆。”凝霜仔细观察喃道。

只见双方距离越来越小,异图兵马左右被夏牧来回砍杀,上空迎箭,转眼便被击溃得哀号连连,一败涂地!

前方淀归和蒙忝两人正喝令整队，却看李璇银黑双剑在手，跃马疾冲，身后排排铁骑皆是银盔重甲，枪刀寒光凛凌，宛如耀眼铁壁，仿佛巨大银海铁浪随他逐渐逼来！

淀归冷冷一笑，浓烈的嗜血杀气从他身上涌现："整队！迎战！"说完高举手中银枪，怒喝一声迎上！后面旗帜猎猎，十万大兵同时怒喝震天，随他冲杀而去。

两军越来越近，杀声震天，号角战鼓，马蹄呐喊，都交织并奏，隆隆作响，使整片西漠都震动晃荡！

"锵"！

李璇的夜天双剑夹住了淀归的霄鸿枪，两人目光交视，都看到了杀意和怒气。

淀归逆晃银枪，五皇子双剑紧贴，忽然，人从马背上凌空腾起，双手紧夹长枪不放，却已跃到枪身之上，左手压剑，右手松开，玄色夜剑已逼向淀归而去，后者向右滑出两步避开，转过身来，右手松掉长枪，举拳向五皇子的手腕打去，李璇松掉黑剑侧身避去，却在夜剑落地之前一脚踢上，淀归趁机抽回长枪，双方闪速分开，都退了几步打量彼此。

后方，恒军的鼓声再次加速响起，只见一面红色旗帜撕裂了阴暗微晦的天气，凝霜的声音仿佛在风中传来：

"传令，风翼出阵！"

牟安、龚敏和叶知淮三位副将得令，分别带着五千人马出阵。

风阵在初次抗城时已经用过，但经过几天严练，骑兵迅速如电，敏捷如豹，转眼间三队人马便直冲淀归与蒙忝所带的军队后方，夏牧见令合作，分开的五队人马忽聚忽散，犹如云朵般地穿梭而战，打得敌方眼花缭乱。

忽然后方一声沉重的号角缓起，一匹棕马破围而出，马背上一位魁梧健将，背负两斧，声如洪钟，举旗大喊："分！破队！"正是鸢向。

只见他边跑边喝，很快，异图兵马虽四面八方地散开，但依然保持前进的速度，逐渐逼向凝霜所在的最后两队战阵。鸢向手持巨斧，越冲越勇，喝声如雷，举手扬臂便砍杀大片的恒朝士兵，他高举羽朝旗帜，硬是杀出一条血路来！

琴城才子坐于战阵中心，阵内方形，为地阵赞；外圈圆形，为天阵赞；虽身后还有三队风阵，但已是恒兵的最后堤防，必不能破。凝霜身置高台，见鸢向率领一队虎将汹汹而来，就要逼上原地不动的圆形天阵，心一横，举旗喝道："传令，后方风翼出阵！阻止来兵！"话未说完，身子已是飞掠而去！

她足尖微点士兵肩膀向前飞去，青潭剑出鞘，直指鸢向的胯下棕马一刺，马儿吃痛，顿时受惊扬蹄，鸢向跃下马来，凝霜已一剑指向他的胸口："二师兄！你还不退兵？！"

"凝霜！"鸢向气得跺脚怒吼，"你为什么要和我们作对？！"

"二师兄……我不想出手，你还是快……"凝霜话没说完，便立即住口。

不仅是她，周围打斗杀戮的士兵都似乎愣了一下。

大地，微微地震动起来。

躺在大漠上的碎石，还有被丢弃在地上的兵器，都颤颤地微抖翻滚。

士兵们惊愕地向旁边看去，一瞬间仿佛天地都在晃动。

双方军队的边际，骤然被潮水一般的黑暗与银白包围。

旌旗漫漫如林，刀戈尖利如海，仿佛急涌的海潮一般，迅速地向他们翻天盖地地扑来！

银白战袍的孝倩翁主一马当先，率领着浩荡人马汹汹而来！

她高举手中玄底镀银的旗帜，放声怒喊：

"吾皇万岁——万岁——万万岁——！"

身后几十万铁骑士兵，顿时发出震彻天地的怒吼！

夏牧手下等人闻声，不禁热泪盈眶！

从京城千里迢迢赶来的军队，还有从北部披星戴月的人马，终于都到了！

恒兵军心大振，夏牧和李璇更是越战越勇，凝霜后面的两阵依然保持原形，但那鼓声却是响彻四方，加上方才抵达的两队军兵，更是沉沉如雷，震彻四方。

二皇子李嗜玄马玄胄，犹如毁魂黑影，森然冷凛的杀气从他身上散传而出；驸马宋凌将军青剑白马，面容威凛冷峻，气势犹如燃烧火焰，四处横冲直撞；孝倩翁主未央虽为女子，但胯下神骏奔驰如风，出手神速狠准；三人如龙卷风地扫遍战场，杀敌砍马，士心激升。

异图族军队见凝霜布下的战阵变化无穷，又见识了夏牧和李璇两人勇猛奋战，加上统帅王子蒙忝已被腾云将军砍成重伤，早已底气不足，逐渐地败下阵来。此时此刻的战场上，唯有荷衣会的弟子拼足性命在以死抵抗着。

忽然,异图后方蓦然扬起一道灰尘,伴着倾盆大雨滚滚而来。

愁绝犹如劈裂乌黑苍天的白光,穿过重重兵围冲进战场,她手上的赤剑,直指五皇子李璇!

夏牧回头一看,不禁警觉,夹马前冲,却一时突破不了千兵万马。孝倩翁主见他困于乱兵之中,便飞跃而起,手上月牙刀双双挥出,都被愁绝打翻,她咬牙赤手而上,一掌斜劈而去,欲击愁绝左胸,却被对方轻轻避过,反手一抓,喀啦一声,还没感到疼痛,身子已被甩了出去。

"李璇!"凝霜见状,惊呼一声就要向前冲去,却感到肩上被人一抓,转身过来,鸢向双掌忽缓忽紧,回旋曲折,翻转击抓,缠得琴城才子不能脱身。她时而回身,却见二皇子李璿和驸马宋凌正并肩对付愁绝,而李璇与淀归正是打得难解难分,一时无比焦急,抬头寻找腾云将军的身影,四周却只有混乱的残杀打斗。

忽然三支银箭破空而来,腾腾几下,硬是把鸢向与凝霜分开!

两人回头,只见绛恨脸色苍白,瞳目清亮,身披盔甲,手上正是问绿所留下的灵翔,正指着鸢向眉心,她冷冷道:"姐姐,快去助二皇子他们。"

"绛恨,你……!"凝霜怒极,却知道此时容不得她责骂绛恨,只好道,"你身负重伤!怎能出战!"此话也只是让鸢向手下留情而已,话毕,她愤怒而担忧地看了绛恨一眼,便往愁绝之处飞奔而去。

绛恨轻轻一笑,看着鸢向:"二师兄,别来无恙?"

另一边,二皇子李璿与驸马宋凌虽都为宫内数一数二的高手,但愁绝见援兵已到,已是抱着必死之心与破釜沉舟之念前来战场,即使无法覆恒复羽,也要除掉朝廷重臣来泄恨,一时几十年来的仇恨全都涌上心头,招招狠毒有力,渐渐打得两人毫无还手之地。

却见李璿提起长剑,挥舞进攻,左边宋凌挑钩而刺,愁绝斜身避开,趁二皇子续招有虚,左手成爪,凌然出手,只听迸裂之声,二皇子忍不住一声闷哼,那手爪竟穿破盔甲,抓入他胸膛肉中!愁绝轻嗡冷笑,正要运用内力,另外一边的宋凌却拔刀砍来,愁绝连退三步,单手挥剑挡开,宋凌见她的手仍在二皇子胸中,不禁方寸大乱,一时只能奋力挥砍挑刺,完全无法冷静下来。

李璇在远处看到,不禁大惊失色:"二哥!"他不顾眼前的淀归,举足就要冲过去，无奈“刷”的一声，淀归银枪从背后扫来，五皇子及时转身，一时激怒心急，回头之际竟把内力全都使出，双剑同挥，只听“崩”一声，竟把淀归的枪身给砍成两半！

五皇子无暇顾及，见对方已无武器，便不再赶尽杀绝，转身向前奔去，欲冲到皇兄身边，岂料听到身后一声低吼，竟是淀归双拳击来，不由满腔怒火地转过身来，避开对方一击，左手持剑用尽内力接住一掌，手腕一转，握紧淀归手腕用力一拉，淀归大惊，只觉得自己手臂被五皇子紧紧钳住无法摆脱，抬眼一看，却是李璇右手的长剑直直向自己刺来……

嗤——！

五皇子睁大眼睛，看着自己的长剑刺入那个忽然出现的淡黄衣裙的女子身体。

杏泪依然脸色苍白，脖子上仍有绷带白纱，其实她并不感觉疼痛，但落在淀归怀里的那一刻，还是落了泪。

“师妹！”淀归不敢置信地大吼道，“师妹！”

李璇皱眉，他对剑下的人并无好感，就是这个女子，在向阳对凝霜痛下毒手；就是这个女子，在盾城门外使他们五个人再也无法聚集！他忽然觉得皇族俱生以来的冷酷在血脉下流动，狠毒在每一个细胞里蠢蠢而出，就是这个荷衣会，使恒朝失去了多少的兄弟姐妹、父母夫妻！他眼底浮起了深深的恨意，“刷”的一下，毫不犹豫地抽出了长剑！

“啊——！！”杏泪惨叫一声，喷出大口血来。

“不！！”淀归发狂地怒吼道，但眼前已经没有五皇子的身影了。

杏泪咬紧下唇忍住呻吟，慢慢地抚上淀归的脸。

这张容貌，多少次躲在竹林后面悄悄地看着，只觉得生生世世都不厌烦。

“师兄……”她喃喃说道，血不住地从她嘴里涌流而出。

啊……她想着。真是报应呢，现在这种时候，竟然不能说话了。

她还有那么多事情要告诉他啊。

“师……”她努力地挤出话来，却只感到一阵阵的疼痛。

师兄，你没事就好。

师兄，你不要伤心。

师兄,你的笑容很好看。

师兄,其实我……并不想杀凝霜和问绿的,你不要恨我……

"杏泪……"淀归忽然就有了泪。眼前看到的,是那个蹦蹦跳跳的女孩,整天穿着淡黄色的衣服,编织着一圈圈的花环,拉着他的衣摆不放。他握紧她的手,贴在自己的脸上,喃喃道,

"我都知道……我都知道……"

杏泪感到有热热的液体从自己的指尖流过,她忽然觉得被那温暖给包围,四周只剩下淡淡的光芒。

她看到自己幼时遇见的淀归,在山脚下捡到了又冷又饿的她,伸出手来对自己微笑。

"杏泪!!"淀归撕心裂肺的悲吼从沙场上直彻云霄。

惨然哀恸的呐喊,仿佛定格了时间。

所有的人听到这声哀号都停了下来。

凝霜看准了机会,身子已向前方掠去,她聚集全身力量,右手狠狠往愁绝插入二皇子胸口的手臂上劈下!荷衣会帮主知道自己不能犹豫,便往后一退缩回手来,但持剑的右手已向琴城才子挥去!"铿"的一声,宋凌扑过来为他们两人挡下这一剑,只是愁绝内力极大,只怕已震得驸马手臂全麻。凝霜扶着二皇子,急忙在他背后点下穴道,稳住心脉,无奈愁绝步步逼迫,她只能边躲边救,眼前宋凌虽咬牙挺住,却已是呼吸大乱。

忽然愁绝使出"流星九天",赤剑以圈而攻,左右连刺,上下斜劈,招数狠毒,宋凌连中数招,盔甲应声而裂,脸上已是血痕累累,愁绝看准破绽,一步上前,左拳全力而出,驸马顿时被震飞摔倒。

凝霜见状,一手把二皇子推向迎来的李璇方向,一手持剑挡下正面一击,"锵"的一声,不禁被逼退数步,只觉得右手酸麻,几乎无法握紧武器。愁绝毫无留情之意,又是一剑破空而来,琴城才子咬牙应战,也是用力刺去,只听"铮"的一声,两人的剑尖竟然在半空抵住!

剑尖对着剑尖,一边是碧绿青潭,一边是嗜血赤刃。

忽然凝霜闷哼一声,手上青剑骤然落地。

愁绝内力远在她之上,方才正面应击已经让她手臂麻木,这次又尽了全力,

对方却以双倍的力量直直刺来，那力道随臂伸延，琴城才子忍不住捂住胸口，喷出一口鲜血。

愁绝眼底狠决，不容旁人反应，长剑高高扬起，猛然挥下！

她没有看见一左一右赶来的两道身影。

千钧一发之间，凝霜只觉得自己被有力温暖的双臂紧紧拥住。她睁大眼睛，看到的是背对愁绝抱着她的腾云将军！

“夏……牧……？”凝霜只觉得有什么从灵魂深处迸裂而出，心脏顿时停滞，半晌，才破碎而低声地说出了这两个字。

但另外一个身影在夏牧的身前倒了下来。

“东篱！”旁边的李璇最先喊出声，他扶着二皇子，一只手还伸在半空。

那个连微笑都带了点不忍，寂寞而温暖地存在着，清澈如雨天露珠般淡然的少年，就这样缓慢地倒了下来，没有人接住。

激战中的鸢向和绛恨，抱着夏牧的凝霜，还有扶着李璿的五皇子，都不由自主地停住了手，向他冲了过去。

那是因为怕造成困扰，而连孤单都舍不得说出口的男子。

那是每天都温柔地淡笑着，在远处看着他们习武读书的少年。

那是每次受到委屈，都会轻拍他们的肩膀和脑袋表示安慰的副帮主。

凝霜第一个冲到他的身前，在扶起他的时候，视线已经模糊，只能看到自己的泪珠如串落在他素雅衣袍上，融化不见。她咬牙，先是稳住他的心脉，却发觉自己束手无力，愁绝在那招上使尽了全力，况且东篱并没有穿戴战袍盔甲。她脑海里正闪过无数救策，却感觉东篱的手扶上了自己的手，这个男子连受伤，都是那么从容温暖：

“别……浪费力了……”他轻轻咳着道，“这样……这样……不是很好……么？”

“你撑着！”凝霜稳住他的背，真气涌涌输入，却感觉仿佛给予了空气，并没有丝毫的作用。 273

“……凝霜……别……”东篱温柔地说道，声音却是渐渐轻了下去。

“我……我……”琴城才子泪如泉涌，“东篱！你撑住！我不要你死！东篱……！”

东篱瞳目渐散，他模糊地辨识出许多轮廓身影，鸢向、绛恨、凝霜、李璇……他开心而安慰地笑了出来，努力地向他们每一个人看去："真好……原来……你们……你们都在……"

"副帮主！"鸢向涨红了双眼，不觉也半跪下来在他身边喊道，"你看着我，副帮主！"

"东篱哥哥……"绛恨哀哀出声，在凝霜身边满眼含泪地看着他。

"阿篱！"忽然愁绝疯狂地推开了他们，跌跌撞撞地扑到东篱身边，"阿篱！阿篱！你怎么了？你不要吓姐姐啊！阿篱……阿篱……？！"

东篱终于笑出声来，他伸出手来："姐姐……姐姐，我……"但他只用自己的手指碰到了愁绝，便从半空中落了下去。

"阿篱！阿篱！阿篱你怎么了？你不要吓姐姐啊，阿篱你不要这样，姐姐什么都依你！"愁绝皱眉地摇着东篱的肩膀，"东篱……阿篱，阿篱……？"

愁绝的声音逐渐地小了下去，被淅淅沥沥的狂风雨声掩埋。

夏牧扶着凝霜缓缓地站了起来，琴城才子把头埋进了他的胸口，紧紧地抱住了他，却是怎么都止不了眼泪。

不远处，淀归抱着杏泪，一步步地转身离开了沙场。

几位副将扶起了驸马宋凌和已经昏迷的孝倩翁主。

身边是追逐着撤退中的敌人的兵马，和开始穿梭在战场上的军医，异图族的兵马往西边逃离而去，犹如撒开的沙，无法聚集成一堵厚重的墙。放眼看去，却是哀鸿遍野的断肠景色。

愁绝压抑的哭声仿佛回荡在这片惨绝人寰的血场上，久久不散：

"阿篱，别像小孩子似的睡在地上，地上这么冷，会着凉的。东篱，快起来了……姐姐带你去看应犹山庄上的日出，你不是最喜欢看的么……？姐姐不逼你习武了，以后你就陪姐姐下棋好不……？"

凝霜抬头，大颗大颗的雨滴落在了她的脸上，与泪水一起流下。

恒朝仪武十六年，六月二十六日。

腾云将军与五皇子李璇率领二十万大军决战异图族与荷衣会叛徒于盾城

西门，琴城才子巧布战阵，引敌入套；孝倩翁主及昭亲王李璿率领十万大兵赶至沙场，至北而攻；驸马宋凌将军率领五万人马自京城而至，击敌不备。大胜，异图族痛败重创，溃退千里。

六月二十七日。腾云将军与五皇子强穿大漠，将异图族再逼退千里，阵前斩杀异图王子四人，将士二十三人，亲王二人。

六月二十八日。异图族亲王献爱子卡丹达为质求和，叩恒为君，再无犯疆之力。

七月的阳光炎热而酷烈地照耀在盾城两人的身影上。

“都结束了……”凝霜无力地靠在腾云将军的胸前，把头埋进了他的怀里，深深叹息。

她特地要求夏牧带她来盾城，亲眼看看，这一切是如何结束的。

二十二年的坎坷命运，仇恨交织，大悲大喜，终于能够暂时画下句点，再次开始全新的一页。

愁绝抱着东篱的遗体不知去向。许久之后，凝霜再次遇到她的时候，昔日严厉冷峻的师父，已是一袭素裘，手持佛珠，面容淡然平静。

湘尚闻主上之死，持着东篱留下的长剑，抹向了自己的脖子。

鸢向带着对四周漠然的淀归，以及他紧紧不放的杏泪速速离开。

只是为武艺而活的朽萍老人，早在向阳城执行完最后的任务之后消失。

荷衣会失去了主要的领导者，剩下的，皆被异图族押下，以向恒朝示好。武术高明的弟子，便退隐江湖，等待下一次重起的机会。

震慑江湖天下的秘密组织，在经历羽朝幕终的血泪火光，以及新朝的隐忍失败之后，终于缓慢地，如盾城西漠的黄沙一般，四处分散。

或许在不久以后，他们还会重新再出江湖，谁也不知道。

那一页的历史，已不是靠凝霜和夏牧等人来写的了。

夏牧看着天边的路上，异图族王正狼狈而急速地归去。

他轻轻地笑了笑，温柔地低头在凝霜唇上印上了深深的一吻。

凝霜闭上了眼睛，感应着他的爱恋和执著，眼角边不由自主地流下了泪。

或许，如此漫长无期的旅途，充满了辛酸和疲惫，就是为了迎接，这么的一个结局。

她终于了解自己的归宿是在何处。

不是永远隐居深山，与世无争而宁静无澜地生活着。

不是与东篱抚琴品茶，在竹叶雨帘之下，讨论人生而淡看红尘。

更不是倚靠那个曾经说过会守护她的大师兄身后，永远不理会天下朝廷的纠纷。

而是在他的怀里，那个穿越了岁月和流年，自五岁便用童稚的声音向她许下，“你应该有最好的”的男子。

夏牧笑着看她绯红如霞的脸颊，再次在她鬓边落下一吻，用一贯的温柔痴情的声音道：

“瞳瞳，我们该回家了。”

第十七章

锦绣京城·辞倾天下

“小姐！小姐啊！”几个丫鬟在走廊上花容失色边跑边叫着，不到一会儿便是上气不接下气了，后面几个都停住了脚步，只有带头的那个还不甘心地跟着，“小姐啊，奴婢求您别跑了！待会儿殿下来又要责骂奴婢了！”

正在下棋的凝霜和夏牧都在半空中停住了手，听到这喊声，不觉双双往窗外看去。果然，一袭红色的身影掠过，好一会儿后面才跟上几个趺趺撞撞的丫鬟。

“绛恨这样，李璇也不管管。”凝霜皱眉，把一枚棋子放在北城门的上方。

“我看他舍不得。”夏牧笑嘻嘻地说道，顺便把手边的茶杯倒满递给琴城才子，“娇妻嘛，哪舍得责备，我不是也舍不得管你嘛，瞳瞳。”

“闭嘴！吵死了！”凝霜双颊微烫，瞪了他一眼又往外面看着跳上跳下的绛恨道，“从小就是这么被宠着长大的，以后若要成为皇家媳妇岂不是天天闯祸？”

“你放心吧……”腾云将军下了一步棋道，“她只是在探试阿璇的底。”

决战之后，绛恨醒来第一眼看到的，就是躺在她身边用双臂揽着她在怀里的五皇子。

凝霜和夏牧并不知道他们俩说什么，但在他们进房的时候，看到的便是微笑相视的两人，脸上有着似乎拥有整个大卜的满足表情。

“哟，看来有人要和我们一路回京了呢。”腾云将军笑嘻嘻地说道。

“谁说我要回京？”绛恨看到他还是忍不住唱反调，“我偏不，拐个皇子游荡江湖算了，多风光啊！”

凝霜和夏牧对看一眼，还没来得及说什么，李璇已经淡淡开口：

“这也是个办法……”

“什么？！”腾云将军和琴城才子双双跳了起来，夏牧更是语无伦次，“五五五弟……你说什么呢……你脑袋……坏坏坏……坏了？”

凝霜则是用警告的眼光瞪向绛恨，后者吐了吐舌头，急忙躲在五皇子身后。

李璇安抚地在她肩上拍了拍，然后便开始慢慢地说出自己的计划，他从历史上的诸多例子开始，分析了当朝的势力情况，在暗地支持太子的皇后家族以及其他重臣，最后举出若他不回宫朝廷会有怎样的利害关系，等他说完了的时候，绛恨早已沉沉睡去，眼前只剩下两眼如盘地看着他的夏牧和毫无表情的凝霜。

五皇子笑了笑，温柔的表情如从窗外洒在卧在绛恨身上的阳光，他轻轻地为她盖上了被子，然后从容地走了出去。

凝霜和夏牧看着李璇的背影，那个温润英俊的皇子似乎从来没有如此潇洒过。

微风吹起了他衣摆的一角，安静的黄昏天空有飞鸟破寂而过，他望着没有边际的大漠，让全天下都倒映在他的眼里。那一刻，琴城才子和腾云将军便知道，他决心已定。

从今之后，要么恒朝有个平民出身的出格王妃，要么江湖上有个逃离皇宫的痴情侠客。

边疆战事完毕，虽还有荷衣会的阴影笼罩在各州的内部之间，但这已经不是他们的事情了。

二皇子昭亲王不如李璇，会孝顺地体谅皇帝的难处，在奏折里把每个人的伤都仔仔细细或者更加夸张地报了上去，这样就算他们再有天大的能力，皇上也不好意思让他们不停地奔波忙碌了。其实仪武帝丝毫没有意思想要这么做，但让二皇子这么一说，他倒是偏偏不依了，先是赞赏夸奖了各位一番，又抚慰了每个人叫他们慢慢养伤，但最后还是下了一道圣旨，大概的意思就是：你们马上给朕滚回来！！

于是愈伤较快的二皇子和孝倩翁主，只好咬牙切齿地赶上回京城的路，因为皇帝在这方面还是有点幼稚，他所表现出来的意思就是：你呀跟老子斗，我偏偏跟你过不去，让璇儿他们慢慢回来吧，这一路辛苦了，你就马上滚过来，谁叫你是亲王而且偏偏什么不说又跟我唱反调儿呢，你这兔崽子。

驸马宋凌原本是和夏牧等人一路悠闲，东玩玩西逛逛地回去的，但他的圣旨来自家里：老婆柔宁公主要他马上回家，于是他只好擦着眼角，向夏牧他们挥着白绢儿手帕，夹着尾巴乖乖地上路了。

如此，停顿在江南的一群人待至夏末都还没有动身。

原因是因为夏牧和李璇正抱着两种完全不一样的心态在拔河。

腾云将军是："我要快点回京向皇上请旨成婚，我要快点回京向皇上请旨成婚，我要快点回京向皇上请旨成婚！"紧握着李璇的领子来回摇晃或者像拎猫一样地拎起凝霜，然后被一巴掌挥出去的辅国大将军如此喊叫。

而李璇则是："不见得我的婚事会那么顺利，所以，还是多玩几天吧。"潇洒地挥挥扇子，完全不理会夏牧的吵闹，转身优雅地穿过走廊去陪绛恨玩堆沙子去的五皇子如此谢幕。

但看到七月底几乎要过去了，见四人还没有丝毫要回来的意思的皇帝大人，不——依——了。

仪武帝在一道圣旨之中表现了以下意思：

你好歹为了我打了场胜仗，那你至少表现出一点爱君爱国的意思嘛，是不是？你这样死缠烂打地死在江南不肯回来是什么表现呢，你？夏牧就还好了，李璇你是我儿子你都不想你老爹老娘和兄长姐妹么你，成什么样儿？！立刻给我滚回来！

于是四个人便在夏牧的兴高采烈，凝霜的毫无表情，绛恨的极度好奇和李璇的极度郁闷之中踏上美好而诗情画意的回京路。

归去的旅途不比初次下江南那般毫无头绪又心惊胆战，他们一路谈笑风生，似乎挥尽全力在享受着难得而短暂的悠闲出游。每个人都知道虽战争完毕，但眼前等待他们的并不是荣华富贵或醉生梦死，而是更加艰难的棋局。

政治旋涡不如边疆战争，重于用兵战策及武器兵马，他们的敌人是皇帝的喜怒无常，是文武百官的笑里藏刀，是深藏暗处的勾心斗角。如果可以的话，李璇和夏牧还宁愿待在那个鸟不生蛋的盾城，做个游手好闲的皇子将军，哪怕一天洗出来的沙子比在京城的街上打滚了十天还多。

"好吧，相公因为不想回去面对我们的婚事就算了，夏牧你急着回宫干吗不先走呢？”绛恨在草原上慢悠悠地走着的时候问道。

“喊，我怎么可能丢下五弟先回去抢功？皇上对我的顾忌还不多么？”夏牧跃到凝霜的马背上，揽着她骑马道。

“顾忌？”绛恨奇怪地说道，“你平了边疆立了大功，皇上又怎会顾忌于你？”

“民心所向，亦是朝廷大忌。”五皇子淡淡说道，随手帮绛恨披上一件外袍，“你倒下的那个夜晚，成千上万的百姓跑来盾城南门，大喊腾云将军的名字。这次战争，夏牧名声大震，有了百姓拥护，也是威胁到了皇权。”

“我们本想拿百姓来做事后的挡箭牌，却是失去了分寸。”凝霜也道，“回宫之后，免不了赏赐封册，辅国大将军已是百万风光，若是要加封名权的话，难不成还要封为外氏亲王？”她摇头，“关于夏牧的神话已经太多了，这样已太惹人眼红。”

“是啊……”李璇苦笑，想到回去要面对皇宫里的种种事情，一时不觉烦躁无比。

“啊……管他那么多……”夏牧伸了个懒腰，又不由自主地拉起凝霜的手，“我呢，就回去领赏，求旨成婚，然后带着瞳瞳游玩天下。反正现在已是平世，我也应有些悠闲之日了。”

“啊，那么好！”绛恨惊呼，回头高喊，“相公，我们也……”却忽然闭嘴住口，她知道自己和李璇的婚事始终难得完美，虽李璇已给以承诺誓言，但自己也不愿勉强或给予他过多的压力。正胡思乱想之间，李璇已是伸手过来握住自己的手，绛恨抬头给了他一个微笑，两人心灵默契，什么都不说，只是继续赶路。

但是！

从那天以后，绛恨似乎下了决心把这一路上所浪费的时间和李璇没有给予的情意都补回来。

她完全沉浸在五皇子的宠爱之中，每天都没心没肺地闹得鸡飞狗跳，而李璇似乎也是第一次发现自己的身份和权力可以给别人带来那么大的快乐，便更加没心没肺地万般顺着她，巴不得把天上的月亮星星太阳都摘下来捧到她的面前，看得凝霜和夏牧目瞪口呆。

比如，他们已离京城不远，李璇便坚持让大家休养好身体再回宫，这样才有精力抵抗后宫的明争暗斗。于是他们便在太子的暗助下，先在京城郊外住了下来。绛恨好似不满意李璇的专宠似的，便每天在吃药的时候，会闹得丫鬟们都满屋子跟着她上蹿下跳，吵闹声足够让十里之外的人都知道她又不想吃药了，一直持续到李璇出现，然后夏牧和凝霜便满脸诧异地看着平时高贵雅逸的五皇子满院子陪着她跑或者在沙地上打滚，直到她乖乖吃药。

此时，凝霜实在是受不了外面的喧闹，便走到房间的对面窗户去眺望着外面的风景。

碎花纷飞覆绿洲。凝霜看去，只见眼前的竹林殷殷地洒了一地的碎光，夏尾的清风吹拂而来，不远处的碧池微微漾出了涟漪，像是少女的发丝一样，在温暖的水里散了开来，发出淡淡的清香。

这里离西漠的战火，那么那么远。

悠远恍惚得像是一个惘然的梦。

她有时候醒来，看到从竹帘之中细透出来的阳光都会以为自己回到了云山，做了一个漫长的，不可思议的，充满欢笑和痛苦的梦。仿佛随时都可以看到问绿的身影从窗外一鞭打来，或者东篱拨开自己在外面种的奇花异草，满脸被剐伤地对她笑笑。

她轻微地叹了口气。

背后立即有人揽住了她，凝霜不语把头歪在他的胸前，静静地感受着微风。

"怎么？又想到什么了？"夏牧把下巴抵在她的头上，温柔问道。

"没有，忽然想到问绿和东篱了。"夏牧的身上总是发出淡淡的清凉味道，像是被细碎的阳光照耀的杨柳，因为和自己在一起的时间久了，也夹着草药香气。在这种安心而温暖的气息下，她都会不由自主地说真话，而不如昔日那般倔犟或硬撑。

"瞳瞳……"夏牧闻言，不觉叹息，手轻轻地抚上她缎带般的长发道，"那是战争，你答应过我不会再自责……"他轻轻地把她的脸扳了过来，一吻印在眉心之间，正要往下面继续点吻的时候，窗外传来了震天动地的响声，天花板的灰尘都纷纷落了下来。

夏牧顺手拿起桌案上的笔筒，"刷"的一下往窗外扔去，果然听到有人为了避开而一头撞上墙壁的声音，腾云将军没好气地怒喝道：

"绛恨！要玩要闹给我滚到另外一边去！！"

话刚落下，便听到从另一边急急赶来的李璇的半哄半安抚的声音：

"好了好了，还疼不？谁叫你在走廊上乱跳乱跑？只是一碗药而已，有必要弄得这么人人皆知么？还把夏牧都惹火了……"

夏牧和凝霜相视，都在对方身上看到了鸡皮疙瘩。

"嗯，乖，快快把药喝了，你要去哪里？我陪你去玩。"五皇子还在安慰道。

凝霜被吵得忍无可忍，一掌击在桌子上，吓得夏牧赶紧上前端茶捶背，正要说什么，却听到外面绛恨不要命的声音娇滴滴地响起：

"我想去青楼看看，以后进宫就不好玩了，相公也陪我去看看吧？"

这下夏牧也愣住了，还没等他反应过来，已传来五皇子朗朗的声音道：

"你先把药喝完了我就陪你，我们换装成男子再去可好？"

"好啊好啊！那我们多带点钱吧，去最好最贵的青楼？我想叫花魁陪我们一晚呢！"

凝霜和腾云将军在房间里都忍不住表情一僵，相视一眼，双双向门口走去，正要开口阻止，却听李璇慢慢说道：

"嗯……最好最贵的青楼，应是霄梦阁，可那儿是京城官员贵族弟子都会去的地方，我们被认出来就不好了，还是……不妥。"

夏牧和凝霜都松了口气，两人正要装作什么都没发生而回到桌案上继续下棋的时候，五皇子的下句话便把他俩都震回边疆敌营去了：

"要不……晚上把那些姑娘们都叫过来好了。"

"好啊！我们顺便放松放松吧！"绛恨大声欢呼道，完全忽略了从书房传来的撞门声音。

如此，可预见五皇子和绛恨回宫之后多姿多彩的婚姻生活。

如锦如霞的桃花，开满了京城的每一个角落，远处看去，只见围墙阁楼全都是朵朵粉桃花云。楼上的萦帘彩絮，墙头的竹栏低影，全都充满了温暖的红英，一直从城外延伸到皇宫大门，仿佛是为迎接的人铺了满城的地毯，挂了满城的垂幔。

腾云将军与五皇子四月南下，原本是寻找失踪多年的唐相千金的风流韵事，却结束于凯旋的磅礴战事。流浪孤儿出身的辅国大将军夏牧，似乎注定在仪武十六年的春季夏日而流芳百世。

紧紧跟随夏牧如雷贯耳的名字的人，便是那个英俊潇洒，文武双全的五皇子李璇，京城人们都议论着，难道天下还有比五皇子更被上天宠幸的人么？父为帝，母为后，太子为兄，这辈子的荣华富贵是几个轮回都享受不完的，何况这次轰轰烈烈地在边疆勇猛杀敌，只怕从边疆归来，连京城的大半都会属于他了。

还有，使江南女子都迫不及待赶至盾城城门的两个女侠，一个是江湖神医，素手能起死回生，一个是江湖奇探，天下之事无所不晓；一个奏琴震彻城门，击溃几千金戈铁骑，一个擂鼓雄激军心，奋不顾身指挥恒军前进。

百姓们讨论着诉说着，每张嘴都讲着同样的话，盾门一战，实在是有太多的神话与传说了！

至城门通向皇宫的大道两旁，从清晨便挤满了人群，只见街边的茶馆酒楼都是黑压压的头脑探在栏杆上，翘首瞪眼，仿佛那浩浩荡荡的军队只有豆子大小，人人都恐自己看不见。

不知是皇上命令还是亲贵们想要镇压腾云将军的气势，皇家御林卫军的盔甲战服都擦得格外闪亮，他们个个如雕像般地抬头挺胸地站在大道旁。抬眼看去，那两排甲胄铁盾仿佛不见尽头，硬是把京城画出一道铜色的线条。远处的一片紫赤蓝衣和中间的辉煌金台，都说明着归来的人是多么的重要。

夏牧等人在郊外数日，主要也是等待由牟安、龚敏和叶知淮率领归来的浩荡军队从盾城缓缓赶来。十五万大军不能全部进城，何况大部分都留在了江南一带，控制荷衣会的残党，腾云将军只率领了五千精兵叩见圣颜。

皇帝坐在高台上处，旁边是站立而目不转睛地盯着城门的太子，两人左右下侧，分别站着左相唐明及右相安葵，两人都是毫无表情，平静的眼神收敛着一切心思情绪。

忽然，亢长的号声响起，慢慢地覆盖了京城的上空。

原本喧闹争吵的人们都顿时肃静，只剩下一致低微的屏息声在京城内回响着。

沉重的城门缓慢打开。

夏末的阳光炎热灼眼，但众人却感到在城内的空气中，蓦然凝聚了一种肃杀。

如落雷的蹄声打破了宁静，无声的压迫感如海潮般地逼来。

城门之后是土路上飞扬的黄沙，那马蹄声竟然也是整齐有序，每一声都让众人震动一下。

只见一面黑色金边的旗帜随风飞扬，金属的寒光在一刹那吸尽了所有的日光。站在前排道路的百姓们都不知不觉地低下头去，不敢正视眼前的状况。然而那些茶楼酒店上的百姓则是看到无数黑色旗帜覆盖了满城的花云烟华，仿佛在夏日的晴朗明媚劈出一道冷峻寒芒。

腾云将军与五皇子并肩率领众军，一马当先地走在前面。

夏牧的斩刀背在身后，用玄色的布巾裹住，凛冽而沉敛地收住杀气，一身重甲如金光下的海水，平静冷峻地掩盖着汹浪。目瞳平静如潭，冰霜下深埋着火焰，看不出任何情绪。那胯下的黑马亦如主人那番冷傲沉静，即使缓慢不走也每蹄散发出高贵冷漠的步子。

李璇平时的温柔文雅也早已不见，与当初离别京城的五皇子有天壤之别，归来的那个男子，即使装束整齐干净，仍然高贵雅致，却带着苍凉而潇洒的豪迈。他的眼中反映出来的，不是京城的繁华热闹与后宫的金碧辉煌，而是在大漠上呢喃怒啸着的风，卷着黄沙向天边滚去。

后面，是两个戴着面纱的女子，因低着头而看不清楚容貌。

而他们身后几千铁骑的盔甲，裂痕刀伤处处可见，雄伟挺拔的神态姿势便轻易将皇家御林军的气势给比了下去。从那残破的战服上仿佛可以看到大漠边上的沙海连天，火焰燃烧的城门，万将横死边境的悲壮，还有那俯瞰天地而不屈的强韧。那些甲胄明亮干净的御林兵，顿时都如摆在京城地上的小丑，平日装腔作势，如今却黯然失色而毫无用处。

忽然，一张丝帕从空中而降，正好落在腾云将军的面前。那马儿仿佛早已习惯看到这种事情发生，不屑地别了别头，极不留面地从上面践踏而过。众人惊愕，但还未等他们反应过来，只见无数手帕从天而降，纷纷落在那些雄伟傲岸的军队壮士身上。

据说腾云将军手下的士兵们，都是顶天立地的大丈夫，个个英勇忠诚，文武双全，是天下女子倾心的对象。因此每当进城时，未婚女子都纷纷从阁楼抛出手帕，以物相许。当然腾云将军是接到最多丝帕的人，因此“丝帕赐君，有望腾云”这句话近年传遍京城大街小巷，让名震四海的将军苦笑不已。

沉重气氛立刻被一扫而光，众民中有人高声呼喊：“恭迎皇子殿下与将军凯旋！”

顿时，铺天盖地的欢呼声从京城内爆发而出！

人声鼎沸，众民高举双手欢呼着，争先恐后地前拥后挤，想要目睹这些平定四方的勇士们的面容，触摸他们盔甲上的裂痕。

伤疤，是一个男子汉的英勇最好的证明，他们俯首弯腰，尊敬仰慕的不是腾云将军或五皇子的身份，他们在向一群为家园血洒边疆的男人们致敬，向一群归来的英雄喝彩。

皇帝看见满城手帕丝带漫散飞扬，京城一派繁华热闹，想到边疆百姓终于安定稳顿，一时龙颜大悦，不禁也笑出声来，和太子双双起身，率领百官迎了上去。

腾云将军和五皇子望着眼前的明黄华盖和羽扇宝幡，听到身后如雷贯耳的欢呼喝彩，感到那些文武百官带着羡慕，嫉妒，赞赏和好奇的眼光，都不禁相视对看，熟练地下马，转身扶下了在身后的凝霜和绛恨。

然后，他们同时微微一笑，声色平静稳定地弯身下去。

身后熠熠生辉如铁潮金海的军队，也同时叩跪而下。

那一瞬间，天地之间悄然无声，只有微风吹拂过枪剑刀刃发出铮铮的声音。

太子站在皇帝的身侧，只见天空一朵流云飘浮而过，慢慢遮住了太阳。

然而，日光穿越了层层白云，洒在跪倒在地的四人身上，神圣而庄严地镀了一层金色的光芒，让人忍不住低下视线，不敢正视。

那是仪武十六年，七月二十三日。

夏牧平镇边疆之战，逆民之乱，以赫赫功勋官拜为恒朝骠骑大将军，赏赐黄金千两，赐将军府邸。

五皇子李璇出征有功，伐敌英勇，封为亲王，王号为“敬”，赐亲王府邸，爵位子袭。

琴城才子与红衣奇探，护国有功，为天下奇才，赐血汗奇马，黄金百两，进宫御见。

虽是夏末，但午后的阳光依然炎热刺眼，蓬勃灿烂地照射在永泰宫的走廊上，倒映于铺地的蓝玉湛石之上，使四壁都似有碧澜波浪的光芒粼粼微动。正殿上淡香弥漫，那青色烟丝温柔绕过雕刻五彩祥云的紫檀木梁，穿过挂在四周的玉角晶灯，拂过如雨滴般垂下的金丝珍珠罗帐，最终缠在了垂于软缎蚕冰簟贵妃椅旁的玉手上。

安贵妃一手枕着头，一手垂在地上歪躺着，她手腕上缠着玉叶金花首饰，那绿叶为翡翠，花瓣为纯金，小巧玲珑地攀缠在她的手臂上；外面是粉色紫绫长鸢羽袍宽大的薄纱罩袖，粉色如瓣的长摆衣裙随她慵懒而楚楚地在贵妃椅上摊开，仿佛在窗外庭院的花瓣飘了进来铺成了海。乌黑的长发凌乱而妩媚地散落在她身上，缠绵徘徊的青丝点缀着绯红银珠的珠宝，犹如夜晚的星空一寸寸地展开而来。

午后的宫殿悄然无声，四处虽有挥扇端茶的宫女太监们，却听不到丁点的脚步声或凌乱的呼吸声，只有那依偎在主人身边的猫儿，轻轻地打着呼噜。

“瑾儿还没来么？”忽然安贵妃的声音懒懒响起，却是格外的清晰，没有丝毫的睡意。

“回娘娘……”正在为她挥扇的大宫女罗裳答道，“瑞王爷刚刚派人传话来，说若太过匆忙赶来会引人注目，因此陪着皇上在书房里，等晚上家宴要到的时候才过来接娘娘呢。”

“嗯……也是。”安贵妃睁开了眼睛，懒懒地撑头而起，回头看着心腹宫女道，“这次腾云将军的新府可有安排我们的人没有？”

“回娘娘，一切都安排好了，只是皇后那边的人较多，恐怕很难得到任何消息。”

“无妨……”安贵妃挥了挥手，眼底的目光却是和身上慵懒的姿势毫不相似，“有总胜无，何况，皇后那边的人迟早也可以收买回来。”她噙起一抹冷笑，在别人眼里看来倾城倾国，赤唇如粉软花瓣饱满而丰盈，双颊如淋雨盛开的芙蓉桃花，在跟随她多年的罗裳看来，却是血雨降临的风暴预告，似乎受不了那利刃冷笑地别开了视线。

忽然外面一声通告：“瑞亲王到！”

一屋子宫婢奴才都跪倒参拜，门外玉帘被掀起圆珠落银盘的声音，六皇子李瑾已脚步稳重地走了进来，他见到安贵妃正在午睡，不觉皱眉道："孩儿见过母妃。"

他冷冷地提高声调道："不知母妃正在午睡……外面的奴才也不告知一声，真是越来越不会做事了。"话还未落下，帘外已传来有人扑通跪地的声音，众人皆低头求饶：

"王爷息怒！"

"好了瑾儿……"安贵妃含笑而起，拉了儿子坐在自己旁边道，"是我吩咐让他们别阻止你的。"又压低声音道，"最近可不能让这种小事儿传到皇后耳里……"说完又柔婉贤惠地笑笑坐了回去。

六皇子听了，便皱眉挥了挥手："算了！都下去吧，留罗裳伺候就好。"

待所有人都伺候完毕退了出去之后，安贵妃才露出了稍微紧张的表情，拉住李瑾的袖子道："不是说太招人注意了么？怎么忽然又来了？"

李瑾冷哼一声，喝了口茶才道："今日犒军完毕，琴城才子与红衣奇探被宣入进宫，父皇便安排了午后在柔皎宫御见，说是要给女眷们见识何谓忧民忧国的巾帼须眉，也好给后宫树立个榜样。我看时候差不多了，便说来迎接母妃。"

安贵妃闻言，便点头沉思。其实皇上的这一步也在她的预料之中，腾云将军与五皇子这一路南下的故事，就连身在后宫的妃子都听闻说，不要说高高在上的皇后，连最卑微的宫女都对那两个女子好奇向往。各宫对她们都有猜疑推测，帝后两人索性一次把她们推出水面，也好满足所有人的好奇心。

母子两人沉静半晌，安贵妃才问道："你可见到五皇子了？他有何改变？"

"嗯……"李瑾的眉头皱得更紧了，他思考片刻才答，"已与太子不分上下，但更像长皇子一点。"

"是么？"安贵妃的面容不禁更加阴险几分，"你父皇有何表示？"

"甚是喜悦自豪，但并无超越太子之意。"六皇子摇头道，"一如五哥出宫之前，比起他的改变，父皇似乎更喜边疆之胜。"他边说边缓缓地敲打着桌案，思考着，"而五哥也如昔日，对龙位毫无欲望。"

"是么？"安贵妃冷冷地说道，"越是这样的人越是要小心，腾云将军岂不是深藏不露的最好例子？皇上对他如何？"

李瑾听到这两个字，原本冷峻严肃的瞳目更是迸出一丝狠决的光芒，几乎是咬牙切齿地道："骠骑大将军。"

"哦？"安贵妃轻轻挑眉，虽已在她的预料之中，但还是免不了应声，"倒是成了开国初例。我们不得不更加小心了……"随后又慢条斯理道，"暂时这两个人是动不了的，但还是可以让他们身边的人扯上什么……"

她话未说完，站在帘边把风的罗裳忽道："娘娘，有人来了。"

母子两人闻言噤声，安贵妃拿起眼前的茶杯道："你家媳妇可还说了什么？"

李瑾正要回答，果然听外面太监禀报：

"奴才何贵叩见贵妃娘娘，瑞亲王殿下，皇上有请二位移步皎华宫叙谈。"

安贵妃与李瑾相视一看，都在内心冷笑。

叙谈？这一谈不知要生出多少事来。

但安贵妃还是恢复一如的柔婉慵懒道："有劳何公公了，本宫午睡刚起，换件衣服便去。"

此刻窗外青碧淡蓝的纱帐缓慢拂过，湛蓝天空洗净了流云白絮，宁静得没有任何声音。唯一从那朦胧的纱帐竹帘之外传过来的，是那夏蝉长长的鸣声，如触角一般，捣乱着所有人的思绪。

凝霜和绛恨踏进皇后的皎华宫的那一刻，都听到对方被压抑下去的惊呼。

脚下是铺遍全殿的月玉石，内嵌玛瑙，雕刻成莲。闻说帝后于中秋相遇，皇后又深爱夜莲，殿中所有装饰物品皆以这两物为题；但见正殿上的四梁都刻着金珠银片的月星祥云，殿内纱帷重重垂垂，却不如别处，其颜色透明淡然，望去犹如山水之画，阳光一闪却折出不同的莲花刺绣；四处屏风壁橱，摆设古董，处处皆是月莲之图，可见皇帝对皇后用情之深。然而却不见豪华富贵的颜色，殿内皆以柔淡色彩为主，透出大气高尚又不失柔美优雅的气度，不愧为皇后之宫。

帝后主位之下便是坐着诸位皇子公主及嫔妃，在五皇子与腾云将军回归这日子上，皆是惊恐皇上宠前忘后，无不是端正威严，满身龙凤鸢蟒，珠光宝气，高贵出色，威仪逼人。

于是，当那两个女子柔柔袅袅轻步而进的时候，仿佛在金碧辉煌的瑶台仙境之中，劈开了一道清风澈水。

凝霜一身淡蓝霜浅宫装，外披一袭较深湛蓝的丝线纱衣，上面忽隐忽现着凌云霞朵的刺绣花纹，裙摆在身后长长拖开，如水波清漾，拖出了一道碧蓝波浪，几乎就可以看到上面绽放出朵朵的白莲荷花。她长发清亮而散，唯有一个绕绾髻，一支兰花步摇垂下，晶莹剔透的浅蓝花叶来回摇晃，在白皙透明的肌肤上晃出了盈盈的色彩。眉不蹙而似沉思，目低垂而施威，气息平静而安详，气质清新淡雅，仿佛深谷中孤傲生长的兰花，不屑染上红尘色彩。

绛恨则是被李璇百般哄言千般劝语地脱下了她平时的耀眼红衣，而换上了一套淡樱色的宫装，宽大的袖管上绣满了无数的小巧碎花，随着她的走动和风吹而摇曳摆动，仿佛一步踏下便落下满地的樱花雨。她长发高高梳起，露出了光滑的额头与吹弹可破的皮肤，双眼盈满晶莹光流，似笑似嗔，楚楚之处可见精灵古怪，俏皮之间可窥明慧玲珑。

两人并肩而进，气质各有千秋，从淡蓝粉飞的身影上似乎可看到杏花润雨，烟雾渺然，杨柳拂风；仿佛在这熠熠生光，奢靡极丽之中，戛然流出的清泉一样，惊鸿一瞥，便不能忘却。

一时间整个皎华殿上寂静无声，仿佛一潭死水般毫无波澜涟漪。

凝霜和绛恨双双单膝点地，右手按住左肩，已是江湖上最大礼节：

"凝霜，绛恨，参拜皇上，皇后娘娘。"

"两位姑娘快快起身，赐座！"皇帝含笑举手，立即有人上前扶持两人起身，并躬身屈膝地搬来椅子桌案让她们坐下。

"谢皇上。"两人齐声答道，说完绛恨在心里大大翻了个白眼，抬头见夏牧正在她对面嘻嘻一笑，似乎猜到她心里的想法，而旁边则是微笑看她的五皇子，眼中有安抚慰问的光芒，自己心里一愧，急忙如旁边的凝霜一样，淡然雅静，似乎眼前坐着的只不过是故友稀客。

"此战大胜，多亏两位协助之力，一路奔波，两位究竟是女子之身，连日征战之勇，连朕皆为之动容，有如尔等辈，天下将士应自愧不如。"皇帝原本以为这名震四海的江湖人士应已有而立之年，又见二皇子等人的奏折之中对其远见之虑及用兵战策叹赞不已，想这才智过人之才应是经历世间冷暖，结果方才见两人入宫，却竟是两位年轻姑娘，年龄不大于自己长女之上，不觉又赞又叹。

"皇上过奖，天下有难，匹夫有责。"凝霜不卑不亢地答道，"抵抗外敌本国民之责，在下有力有智，岂能让天下百姓生灵受难于外族铁蹄之下？然而这非一人之力能成功之事，若无成千上万的战士，奋不顾身自愿参战的百姓以及其他同伴，单凭凝霜薄弱之力，岂有战胜之说？”她冷静而平稳地答道，听得众人又敬又服，一时全室寂静。

“唉……”忽然皇后打破安静，长长一叹，回头向皇帝笑道，“皇上，臣妾首先请罪。”

“哦？”皇上挑眉笑道，“皇后有何罪？”

“臣妾调教无方，养出来的儿女无人有琴城才子这等志诚忠勇。”皇后笑着摇头，满屋子的人也跟着笑了出来，顿时殿上的气氛轻松不少。

“母后何来此说？五弟这次岂不为我李家子孙争光，扫尽异图叛民？”有一女声清朗说道，凝霜绛恨侧目看去，但见一位华服女子，长眉轻扬，唇边带笑，眼底清澈，雍容高贵，眉目似皇后七分，轮廓又与太子李璇相似。只见她向她们两人轻轻点头，大方优雅道，“本宫为五弟长姐。”方知这便是恒朝的长公主，李璇与太子的大姐，驸马宋凌将军之妻，别号柔宁。

凝霜从未央那儿得知，仪武帝曾欲下嫁此女于夏牧，却遭拒绝，不觉多看一眼，只觉她高贵之间只带脱俗雅逸，双眸澄明清亮，在皇贵之间犹如宛然而出的仙鹤那般高傲又洒脱，便回礼而道：“昔日宋将军常道公主翩若惊鸿，仪静体闲，若芙蕖出渌波；百闻不如一见，凝霜有幸，能识公主本尊。”

“唉呀……”柔宁公主听到丈夫如此说自己，又是在众亲面前，不觉羞红了脸道，“本宫岂能与洛神相比，配得上这几句话？他学会了几句诗词就卖弄，真是让琴城才子笑话了去。”

“哈哈……”皇上抚掌而笑，“难得柔宁也有自愧不如的一天。”他转向坐在位下的其他皇子公主们说，“看看，看看，连长公主都自称不如了，你们可要学着人家点，两位姑娘不比你们大多少，就已立下大功，知道战起民难。你们身为李氏子孙，贵为天子之后，又为百姓和朕做了什么了？”皇帝虽是带笑出言，但到最后口气与眼光已极为严厉，诸位皇子公主急忙站了起来，躬身行礼却又不敢回言。仪武帝见状，与座下太子交换了眼光，便摇手道：“罢了罢了，都坐下吧，朕只是给你们提个醒儿罢了。你们身在深宫，岂知民间疾苦？”

这时皇后温柔地开口了：“皇上息怒，太子、五皇子与六皇子都已深知民心，其他皇子公主都还小，若皇上担心他们金枝玉叶而受不起考验，待他们大了些，未必不能如璇儿一般，送出去磨炼一番。”

“嗯。”皇帝脸色柔缓了点，点头道，“皇后说得极是，其他皇子公主都还小，朕对子女们都期望甚高，的确是急了点。”

“谁教父皇年少时便被整个京城称为神童呢，我们这些兄弟姐妹就算尽了几倍的心思，也是望尘莫及的啊……”旁边的柔宁公主及时打了圆场，使大家都笑了起来。

仪武帝笑着摇头：“看你这番油腔滑调，传到江湖去也不怕人家笑话。”说完又转向绛恨，微笑问道：“红衣奇探，听说你营业一家客栈？”

绛恨闻言，不慌不忙道：“回皇上，在下是有一家客栈，当初相……五皇子殿下与腾云将军就是前来客栈寻找在下的。”

“哦？”皇上挑眉，见绛恨明眸皓齿，不如凝霜那般宁静稳重，潇洒之间有娇憨之态，不觉好奇，“奇探看来比琴城才子及夏牧和璇儿都年少许多，又是什么让你离开客栈一路上随他们俩奔波伐敌？”

因为相公嘛。绛恨差点就这样直接喊了出来，但还是硬生生地吞了回去。她抬头想了想，一双大眼睛左右转了一圈，知道怎么说话都不会如凝霜那般文绉动人，于是率性道：

“回皇上，我不如姐姐那般，身为医者便有营救天下悲慈之心。绛恨从小到大顽皮捣蛋，在江湖上亦是闯祸甚多，不知被其他帮会骂了多少遍。这次帮助大家，也只不过是想给后人留下一点美德罢了，让以后别人说起红衣奇探，不会被说成‘唉呀就是那个死丫头’！”

她声音清脆嘹亮，犹如黄莺啼鸣，众人没料到她会有这般直接的回答，不禁都向她看了过去，只见绛恨唇红齿白，眉眼弯弯地笑着，好一番天真烂漫之态。

皇帝闻言，愣了片刻，第一个笑出声来，他拍击桌案而大笑道：“好！好一个给后世留德之名！”他看着绛恨道，“自古多少贤臣忠将，没一个如你那般直接的，也没一个敢这样回答朕的！”他忍不住再次笑了起来，“好！不愧是一个豪爽的江湖女子！”

众人正要接应，却听到慵懒娇媚的声音响起：“皇上，我倒觉得这位女侠挺像咱们的孝倩翁主呢。”安贵妃温婉和善地笑道。

皇后淡淡地看了安贵妃一眼，把堂堂翁主比喻成江湖的流浪女子，不知她是有心挑拨还是发出真心的赞叹，不过这话若来自安贵妃的话，应该是想要探试眼前这女孩的应付能力。照理说绛恨应要谦虚而吹捧未央一下，不过若她这么做便会与方才表现出来的性格和皇上夸奖的率性有所区别，但对方可也是当今太后的外孙女，她也不能太过自豪的。皇后微微一笑，难得她与夙敌有共同的默契，便不动声色地看红衣奇探会怎么回答。

果然绛恨眨眨眼睛，笑嘻嘻回答道："这位娘娘说的是未央么？她是我的好朋友呢。"

这句话出格而正确，绛恨又说得很是欢喜，那小女儿家的娇憨自然地流露出来，也不知她是听不出安贵妃的挑拨还是装傻，不过还是让皇后和太子等人都微笑出来。

"哈哈，好！"皇帝笑道，"咱们家的人能和两位天下奇人相识一场，是他们的福分！"他和蔼地看着两位女子问道，

"朝廷与江湖人士来往，实是大忌，在犒军之时，百官面前，朕的赏赐有限。朕的重臣爱子一路上都多亏你们，两位多次舍身忘己而身受重伤的事情，朕也从昭亲王和驸马那儿得知了。"他深深叹了口气，身为天子，很多话也是不好说出来的，便只好柔声道：

"朕现在想问你们，可有要求？只要你们开得了口，朕便答应。"

此话一出，殿上的所有人都忍不住压下了一声惊呼，全都寂静地望向了坐在中间的两位女子。五皇子和腾云将军更是对看一眼，都看出对方的担忧。其实这种梦寐以求的愿望，也是皇帝出的一种考验，要看透一个人的内心，可把全天下都推到他面前，看他有何反应，便能了然。

最终是凝霜开了口，她的目光依然平静，并没有正视皇帝：

"凝霜得知，先帝收尽天下奇书于御书阁，其中有前朝神医纬寒呕心沥血之作，《枕草药目》，凝霜想借之一睹。"她顿了顿，最终忍不住加了句，"还有《苍萩方》。"

"姐姐其实是想要看御书阁里面的所有书籍吧？"绛恨笑嘻嘻地插嘴道，"又不好意思说出来。"

"绛儿！"凝霜皱眉，脸颊微红，低声斥道。

皇上闻言，爽朗大笑："哈哈哈！好！"他深深看着眼前的凝霜，那女子虽双颊绯红，却依然清透似水，哪怕这四壁的黄金玉砌，都不能感染她一分，这样的人，却偏偏踏步到红尘来，染了一身的血迹，只为天下百万生灵，便柔声道，

"璇儿告诉我，是琴城才子的解药，使异图族这次不能用毒蠹伤我朝众军。凝霜，你可知自己救了成千上万的丈夫、父亲、儿子与兄弟？天下女子，都应感激你。"他靠上椅子的靠垫道："区区几本医书，朕又岂能阻止神医造福于天下的机会？"他坐直身子朗声唤道："何贵！"

有一太监躬身道："奴才在！"

"派人去御书阁，把《枕草药目》与《苍萩方》赠与琴城才子。"又停顿片刻，"吩咐守卫，琴城才子可随时进入御书阁。"他转向凝霜，笑道，"不知可合琴城才子之意？"

"谢皇上！"凝霜这才盈盈地抬起目光，那双瞳目是纯真的欣喜与期盼，仿佛孩童看到心爱的玩偶一般。仪武帝不知为何，只觉心里一痛，竟然轻轻地别开了眼光，向旁边的绛恨笑道：

"奇探又有什么愿望？"

"我嘛……"绛恨双眼骨碌碌地转啊转，李璇和夏牧一颗心都提到了嗓门口，只怕她一只纤指指向五皇子大声说我要他嫁给我。但绛恨想了半天都没吱声出来，于是全殿的人都伸着脑袋想要知道她的答案，许久她才嫣然一笑，竟扳起指头来说：

"上等的青檀桌案椅子三十张，青花乳玉瓷茶具二十五套，银链萤玉珠帘四袭，当今郑渊大学士亲笔的山水画轴两幅，皇上御笔金匾一幅……嗯……"她扳起另外一只手的指头，"黄金二十两，白银五千两，还有御厨的点心谱二十张。皇上，可要我写清单给您？"

众人听得傻眼，连帝后都是一愣，夏牧已经是憋笑憋得嘴角都要抽筋了，仪武帝啼笑皆非地问：

"你要这些做什么？"

"装修我的客栈啊……"绛恨笑眯眯地说道，"皇上御笔的金匾，上面要写，很大很大的六个字：'天下第一客栈'。"

"皇上不是已经赏赐女侠黄金了么？"座上不知哪个妃子似是看不过，忍不

住问道。

“啊……？”绛恨瞪大眼睛，一副理所当然的样子，“那可是我要去游山玩水的费用啊，难道这些小事还真要我从自己得到的奖金里扣出来么？”说罢低头嘀咕，“真小气……”

一时全殿的人都沉默了下来，旁边凝霜的头已经垂得快撞到茶杯上去了，皇帝终于忍不住大笑起来，朗朗的笑声回荡在宫殿上传染了每一个人，皇后掩嘴莞尔，连安贵妃都忍不住扯出了一丝微笑，腾云将军早就双肩抖动地趴在自己的案上，而五皇子李璇，只是静静地看着眼前的人，眼神温柔如春日午后的平静湖水。

在所有配合皇上或真诚开心大笑的皇子公主之中，唯有六皇子，面带微笑，眼光默默地扫过殿上的每一个人。

那一夜，京城百里灯如星，宝马雕车香满路，醉红彻夜，举国同欢，恒朝百年繁华聚集一夜，烟火照夜如昼，歌姬齐唱，舞娘共扬，城内城外同乐尽醉。

皇宫里的宴殿更是彻夜至晨的流水长席，金杯溢酒，笑声欢歌，四处光彩流溢，衣香鬓影，丝竹不绝。钩月挂于高空之时，觥筹早已交错许久，嫔妃们都已莲步倾醉，娇容如桃；走廊上随风飞扬的是宫女们穿梭的纱裙，与如流云般的歌舞。

百官互相干杯之际，却发觉找不到身为主角的四人，一时到处呼唤，把帝后都惊动了。

众人结伴出殿寻找，却在湖畔的亭上，隔着满夜的月光暗香，看到了几道修长飘逸的身影。

夏牧月牙淡袍，李璇玄色黑衣，绛恨红袖如火，凝霜淡蓝如露。

但见腾云将军慵懒半卧，长发黑亮如瀑，隔着白玉亭栏垂下，侧面正映着银白月光，透露出一色的潇洒倜傥。他微笑听着绛恨在对面开心地说了什么，随后仰头喝尽手中金盏，双眸半醉半醒，盈着满夜的星光灯火向前偏扫，手腕轻轻一歪，那杯子便掉落入湖水之中。

李璇微笑点头，手中一把白玉折扇，长袖翩动，谈笑风生之中，边笑边摇头地把夏牧拉了一把，自己也是脚步微晃地走到凝霜背后，虽朦胧醉酒，却多了风流倜傥的感觉。他向琴城才子点了点头，手上已多了一支玉色横笛，隔着宴殿上的微亮灯火映水，那清新亮越的笛声便穿破了远处丝竹管弦，在湖水四处漾散而去。

凝霜纤手如蝶，长发乌黑蜿蜒如明亮的泉水，在风中散得如飞絮丝绸，遮住半张雪莹侧面，一袭雪衣裙摆在亭子的台阶上层层垂盖下来，仿佛铺了满地的梨花。她举手抚琴，手指下的音奏泻流而出，手腕上玉环跟着叮当作响，犹如石溅水珠，清脆有声。

那似乎是从四处周围发出来的声音，百蝉共鸣，花叶摇曳，湖水起涟，都化成了这铮铮的琴声和悠远起扬的笛声，逐渐环绕而遮盖住宫殿上的歌舞。

只见夜间一抹红色，绛恨已在湖水上持剑飞舞起来，她衣袂轻飞，长袖曼舞，在波光粼粼之上，冷冷霜月之下，犹如散尽了夏日的余色，一抹大红绽在黑蓝光影之中，竟胜过在湖面上静开的荷花睡莲，更是耀眼夺色。

对面腾云将军点水而来，一黑一白之剑相交迸撞，闪光间显，溅出点点星光。

月光静好，香气浮动，琴唱笛鸣，笑声剑舞。

众人屏息，只觉得这四人在亭中水上之影，仿佛隔了重重薄纱，把他们罩在另一个无法触及的世界，碰之而碎，不得接近。

那里，只有他们的天下，他人拼尽生命，仍然万里之远，无法踏入。

于是，只能任凭他们在不远之处，舞而倾城，奏而倾国。

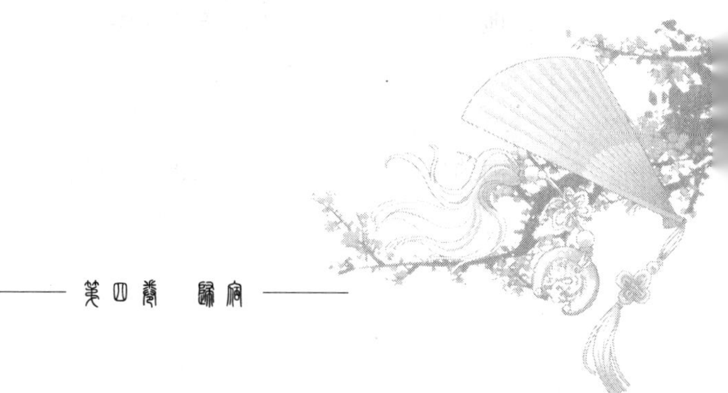

第十八章

风雨满楼·惊涛拍岸

虽说皇帝与凝霜还有绛恨的初次见面是以皆大欢喜收场，而且四人在夜宴上还意外地上演了成为后世文人们最爱的倾世画面的“醉酒卧亭”，但这些并不代表才智过人的仪武帝会让欣赏与重视遮蒙住他的精明与果断。

有些事情不好在后宫家宴或百官之前问出，于是皇帝等到夏牧等人从那场盛大宴会的酒精效应恢复之后，便挥了挥手，把四个人都宣进了御书塔。

那天天空微暗，在大雨落下的时候，守在塔前的侍卫们看到左相唐明急匆匆地赶了过来。过了好一会儿，在天空开始放晴时，他才慢慢地下了楼，微微弯着背离开了。看着他缓慢远离的背影，那些侍卫忽然发现，左相其实也已经有点老了呢。

再后来，五皇子，不，现在应该叫他为敬亲王，还有红衣奇探也都慢慢地走了出来。后面，才是被笑眯眯的腾云将军牵着手的琴城才子。

侍卫们看他们走向等在一旁的李璇和绛恨，几个人互相看了看，然后红衣奇探夸张地伸了个懒腰，扬起一张笑颜如花的脸，欢快地说了什么，拉着他们往宫外的方向走去。敬亲王笑着摇了摇头，轻声地叫绛恨小心跌倒，然后随她拖着自己的手臂往前快小跑；两人后面，腾云将军和琴城才子悠闲地走着，凝霜在经过地上累积的水滩时提起长长的裙摆，而夏牧则是耐心而微笑地扶着她的手，帮她弄开额前落下的长发。

那时天空被刚下的大雨洗净，地上的水洼里倒映着湛蓝纯净的云絮，空旷而华丽的皇宫上空，回荡着绛恨时而发出的银铃笑声。

皎华宫里，精致华丽的雕刻赤檀镂花窗一扇扇都被关了起来，只有左墙的最后一扇没有关牢，细碎虚弱的金光淡淡渗透进来，在沉寂的四壁内扬起了一袭柔和昏暗的光帘。

周围唯有香炉吐着淡淡青烟的声音，连殿外守候着的宫女侍卫都仿佛不存在似的。

有两人一卧一坐地在大殿上。

若不是那天下独尊的金黄龙袍和凤凰欲飞的头饰，很难想象如此随意慵懒地倚靠在殿中的人，就是大恒朝最尊贵的一对夫妻。

“竟然是唐明遗失多年的女儿……”仪武帝半卧在榻上，撑着下巴若有所思地笑道。

“哦？”皇后微微惊愕地转过头来，“就是夏牧这次南下寻找的唐秋瞳？如何得知？”

“今日招左相进宫，就是为了此事。至于为何那孩子会被荷衣会收养，我倒没有问得详细，不过那些细节大致也是猜得到的。”皇帝声音不大，颇有慵意，却回荡在空旷的殿中，“唐明负了常氏，母亲自尽，她受不了家里的人便逃了出来，四处流浪直到被荷衣会收养，最终因救了夏牧而被逐出帮会。”

“这故事是有很多破绽……”皇后静静听完说道，随后又叹息，“不过长辈那一代的事情，孩子们多半都是不知道的，我倒真心喜欢那孩子。不过……”她沉吟，“就算这故事是假的，把它当成真的，也没有什么不妥。”

“呵呵……”皇上笑了起来，身子坐直端起茶喝了口，“也是，没了她和夏牧，这场戏便很难唱下去。”

皇后不语，忽然就想起安贵妃雍容华贵的样子，以那个女子的聪敏蕙兰和八面玲珑的心思，若不为安氏一族，应可为自己的挚友知己。然而，天意难测，既有自己，后宫和朝廷便断断不能有她。她回头望了望四处的金银流苏，椒壁玉地，这就是后宫的每一个女子梦寐以求的位置。然而，她和他走到了这一步，也是踏着满地鲜血冤魂而在这里安静镇坐。想到这里，也长长叹了口气：

“瑾儿其实也是个很好的孩子呢，阿昌，他毕竟是你的儿子。”

皇帝不语，只是伸手把皇后揽进了自己怀里，低声说道：“但可惜是安家的

人……前朝的事情，我刚即位时的那些事情，璘儿的死……阿婉，我不会忘。"他把下巴抵在皇后头上，一手抚着她的长发道，

"安氏一族和我是各取利益而已，当初他们助我即位，我给了他们荣华富贵，给了纤星极荣高贵的妃位，但他们太得意忘形了，我不会再容忍他们下去，安氏一族，已无利用之处了。我必须给珷儿一个毫无外戚之势的皇位。"

皇后苏予婉长长地叹了口气，她闭上眼睛，蓦然想起安贵妃初嫁给还是太子的皇帝的样子。

那时的安纤星方才十六，在初夜之后向身为正妃的自己行礼时一双眼眸半羞半喜，端茶的双手因紧张而把茶泼在地上而被绊倒。

虽皇帝宠自己更多，但身为侧妃的安氏并没有争风吃醋或恃宠而骄，两人还相处融和。

苏予婉淑静雅兰，安纤星活泼娇憨，两人一静一动，各有千秋。

外人都道太子好福气，娶得一对娥皇女英。

后来先帝驾崩，内宫大乱，她们俩躲在寝殿后面看着先帝的兄长冲进来杀戮着宫女太监，两个人紧紧地抱着，浑身发抖。最后，她挺身而出，护着皇帝逃出皇宫，而安纤星则是快马加鞭向自己兄长求兵救援。

当初皇宫中的血光剑影，京城里的铁蹄扬尘似乎还在眼前耳边。

苏予婉睁眼，看到的是寂静祥和的皎华宫，四处悄然无声，李昌的长指一如昔日那般，温柔地顺过她的三千青丝。

然而，已经过了那么那么多年了。

两人的子女，都已成家生子。

她们从当初并肩抗敌的盟友，变成了暗处争斗的夙敌；从敢执枪持剑保护彼此的亲人，变成在后宫沉默暗算的妃子。

苏予婉幸运，因李昌爱的始终是她。

在京城朝廷上没有家权势力的她。与皇帝志同道合，心意如一的她。

而安纤星，若不是当年害得皇长子惨死，或许她这次还能落得一个白发老死的归宿。

皇后不语，把头深深埋进皇帝的胸前，呼吸她熟悉而安心的气息。最终轻声道：

“无论如何，我都陪在你身旁。”

哪怕你要杀妻弑子，在你身边，即使前赴黄泉炼狱，我都甘之如饴。

“阿婉……”仪武帝柔声道，“你不要太多虑了，这次安氏一族的命运，其实最终还是在珷儿手上……”他露出一抹深不可测的笑容，“身为太子，他也要证明一下自己的实力。这次的劫难，就看看他的表现吧。”

苏皇后笑了：“其实，最像你的还是璇儿。看到他就好像看到当初的你。”

皇帝大笑：“还是阿婉最了解我！”他在她额上落下一吻道，“的确，最像我的还是璇儿，想当初我也如他那般，不愿管理朝廷之事只愿与你做一对平凡夫妻，白头偕老。”他轻笑，又摇头道，

“璇儿有幸，有一个珷儿护着他。”他露出淡淡的自负笑容，“珷儿会是一个很出色的皇帝，他会把恒朝带到一个从未有过的太平盛世。”

“所以……你准备把璇儿……”苏予婉俯在他的身上，轻轻蹙眉，眼底甚是不忍。

“婉婉，无须多虑，此棋必走……你当初不是也说，这是最好的方法么？”皇帝伸手覆盖上她的眼眸道。

皇后不语，只是静静地依偎在他怀里，看着从窗外静静射落而下的细碎阳光。

两人寂悄无语，都享受着室内的安静祥和，仿佛此刻的他们，只是一对平凡的男人和女人，因牵着彼此的手，感到对方的心跳而安心。

片刻之后，皇后缓缓地起身，她高昂着头，绾着乌黑长发的金钗玉珠衬着外面的阳光而在房间里晃出一串明亮的反影。

苏予婉的脸上，又出现平时接受所有嫔妃请安时所有的庄严与雍容，她轻轻屈膝行礼，脸上是自知必胜的淡笑，仿佛下注了一场她已经看得见结局的赌局：

“臣妾愿皇上心想事成，愿吾朝从此再无外戚之势。”

仪武帝淡笑着把她扶了起来，两人走出，亲手打开了紧闭的大门。

顿时，金光流泻涌进，原本昏暗朦胧的宫殿都被辉煌的洪流所淹没。

帝后两人站在皎华宫殿前远望，却见连绵起伏的琼楼玉台重重向四方叠去，在天空上波浪成海的层层云朵之间落下了数束金光，把那龙袍凤服照耀得粼粼闪烁，犹如天神。

恒朝江山，皇城后宫，在他们眼里，其实都只是一场视如挑战般的游戏罢了。

东宫名为“昫星”，为长皇子李璘和现太子李珷的寝宫。

长皇子生前极爱荷花，帝后便命人在东宫周围辟地开湖，据说李璘一日醒来，随手打开窗子，看到的便是前日并无的湖水荷叶。

兄长死后，四皇子被立为太子搬了进来，命不得移动任何家具装饰，一切丝毫不动，宛如前太子生前。人人都道两位太子兄弟感情深厚，令人动容，但也只有李珷自己知道，那是为了不住地提醒兄长的前车之鉴。

李璇刚刚踏进昫星宫的时候，便感到那似有似无的淡然花香包围着他，使他慢慢地松缓下来，转头打量四处。

这偏殿还是没有任何改变，殿上并无任何繁复装饰，除了栋梁与四壁上所雕刻的华贵图案，其余家具摆设都是以淡雅别致为主。墙角案上，也依旧放着一盆盆的奇花，紫色水仙，红蕊粉莲，玉叶兰花，飘逸着各种幽香。窗前垂着细细竹席，衬得满室阳光细碎，清雅幽光。

外面，则是一片碧绿清水，轻微温柔的荡漾盈岸，上面点点粉色荷花，白色睡莲，迎着夏日的熏然微风，似乎都在悄然午睡，任凭蜻蜓蝴蝶满天穿梭。

蓦然一人迈步进来，李璇回身，看到的是与自己一模一样的容貌。

同样的温润淡笑，星眸月眉，不同的是太子李珷眼角嘴边都噙了一丝多情风流的桃花味道，犹如慵懒妖艳的少年，那深邃而上挑的双眼仿佛最美丽温柔的罂粟，让人忍不住为此深深倾倒，却是一不小心便粉身碎骨的危险。

但此时，平时露出笑容就会让百官属下们忍不住地直冒冷汗的太子，却在看到自己的弟弟之后，全身的阴柔危险及慵懒芒刺都逐渐隐了下去，露出如阳光润水般的温柔微笑：

“阿璇，你终于回来了。”

听到他这样的称呼，声调里有如释重负的轻松，李璇就知道自己不在的这段时间定有大风大浪呼啸而过，心里忽然就疼了起来，慎重而躬身行礼道：

“殿下，臣弟回来了。”

太子叹息，伸手扶起自己的弟弟，往窗下的软榻坐了上去。

榻上中案早已有备好的茶具，太子亲手烹茶倒水，李璇看去，杯中的茶澈如清水，上面浮着几片粉色雪莲花瓣，透明凝香。李璇闻着那熟悉的味道，看着四处没变的宫殿，淡淡一笑，自己似乎根本没有离开过，但其实已经有多少事情事过境迁了呢？

"六月十七，皇兄可替我去拜见了三哥？"两人沉静片刻，五皇子忽然问道。

"自然是有的。"太子想道，长长地叹了口气，"这次，也是多亏三哥，才能从六弟那儿得到援兵呢。"五皇子看了兄长一眼，知道他现在并未以一个储君的身份在讲话，而只是平常兄弟在诉说。

三皇子李琪，是六位皇子中最温柔和婉的一个，总是尽着自己的一切去呵护每一个兄弟姐妹，微笑地看着他们在自己身边追逐玩耍；那时候的皇宫，总是充满着和煦温暖的阳光，无论是在花园还是宫殿里，都可以听到一群孩子嬉闹的笑声回荡。

那是他们几个兄弟之间，唯一用尽全力都要维护保全的人。

那个病弱而温柔的少年，似乎是上天给向来兄弟争嫡的恒朝后宫的一丝曙光。

每个人都尽着所有能力保持着他的微笑。在李琪面前，没有母妃们争纷，没有嫡庶的区别，更没有人想到遥远的以后，他们只是一个大家族的众多孩子，在空旷豪华的宫殿里倚靠着远离孤寂。在书房中认真地互相学习，在后宫里捉弄太监宫女，在皇帝太后的寿筵上尽情地表演。

那个时候，清新俊逸的长皇子，冷酷沉静的二皇子，温文尔雅的三皇子，都是他们兄弟俩还有六皇子李瑾的英雄。还是孩子的三个人，总是不顾炎热寒冷，每天下课完便急匆匆地跑去三皇子的寝宫陪着一直卧病在床的他玩。

但是，三皇子自小体弱多病，死于十六岁那年的春天。

其他皇子对他的印象，便定格在一个坐在树荫下，认真地聆听他们所说的每句话，微笑地帮每个人做着细微的小事，总是让着他们的温婉少年身上。

他过世之后，剩下的五个兄弟便逐渐疏远了。

后宫的暗争也慢慢地拉开了序幕。

再后来，长皇子死了，二皇子走了，只剩下他们三个，在原地继续争斗着。

是出于自己的欲望而对自己的兄弟笑里藏刀，还是逼不得已，李璇已经无法想起了。

五皇子很久后才发现，原来，三皇子是紧系着他们的绳子。

若那个少年还在的话，兄弟相残怎么都不会成为他们的结局。

五皇子有时会想，自己能和东篱那么投缘，说不定就是因为在荷衣会副帮主的身上，看到了昔日的李琪。如果那个少年成长的话，肯定是如东篱那么出色的人吧。

“京城的三十万御林兵，全都在六弟手上。”忽然太子说道，打断了李璇的思想。

五皇子顿了顿，才抬眼看着他的兄长：“殿下是说，会有宫变？”

“这我倒无法确定，就算李瑾手上有三十万兵，但他依然没有理由动用他们。”太子悠闲地喝了口茶，眼光向外面的睡莲荷花看去，“除非，我们给他一个出师的原因……”他喃喃自语道，眼光不禁一凛，接着慢慢地凝重起来。

“皇兄？你说什么？”李璇没听清楚问道。

“没什么。”太子回头微笑，把茶杯往案上一搁，笑眯眯地看着自己的弟弟，“阿璇，你想不想做皇帝？”

这话说得轻描淡写，李珷笑得多情妩媚，一双眼里迷离朦胧，却唬得李璇“刷”一下地站了起来，急忙躬身道：“皇兄！臣万万不敢！”

“哎哎哎，坐下。”太子向他招着手笑道，“哥哥只是问问你嘛，如果我不是太子的话，你想不想做皇帝？阿璇可能会是一个很好很贤明的千古之帝哦。而且我们长得一模一样，就算交换也没有人会发觉。”他依旧满脸春风地笑嘻嘻问道。

“阿珷！”李璇听他越说越不像话，不觉沉下脸来喝住，“你说什么呢！太子之位早就归你莫属，此话岂能拿来说笑？”

“好嘛好嘛，你不要生气。”李珷知道他弟弟这兔子急了也咬人的脾气，急忙在他拂袖而离之前好好安抚，他拍了拍李璇的手，慢条斯理地说道，

“不过阿璇，有人真的希望皇帝是你来做呢。你告诉我，你想要龙座么？”

他说这话时，一双眼睛轻轻地看向五皇子脸上，那瞳目脱下了平时的风流多情，干净清澈得与李璇没有两样。

五皇子坐直了身子，看向窗外想了片刻，才一字一字地慢慢道：

“不，皇兄，我只想要绛儿。”

太子闻言，不禁笑了。他笑得风情满眼，春风拂花，似是听到了最好的消息

一般。然后，他慢慢放下李璇的手，头缓缓转向窗外，平日深邃迷魅的双眼反映出纯白粉红的荷花瓣，在那一刻变得柔软干净，带着看不透的浓雾和叹息：

“阿璇……你为什么要这样回答呢？”

李璇见他身穿淡黄银绣龙袍，恰好阳光洒了他满身朦胧金光，明媚白光之下，仿佛就要变得透明遥远，五皇子感到自己和李珷仿佛蓦然都退了一大步，中间有大片的围墙破地而出，墙内墙外，他们看得到彼此，却无法伸手触碰。他不禁伸手拉住了兄长的袖子：“皇兄？”

李珷转过头来，对他轻轻一笑，那是一个无比干净，没有杂质直率的笑容，眼角唇边没有了一贯的醉迷慵懒，反而是慢慢浮上的微笑，透明平静而纯净。太子眨了眨眼，又恢复了平时风流倜傥的样子：

“对了，那位奇探没有和你一起进宫么？还有夏牧和琴城才子呢？”

李璇奇怪地看着他：“绛恨去向风汝请安了，夏牧被父皇召去了，凝霜在御书阁看书呢。”

林风汝是当今的太子妃，当绛恨从李璇口中得知李珷有妻子的时候，便吵着一定要认识她了。在红衣奇探的思维中，风汝等于太子妃，等于李璇哥哥的妻子，等于和她一样会嫁给同样是皇子而且还长得一模一样的男人，也就是说，要快去拜访并且得到一些忠告啊。于是当李璇进宫探望兄长的时候，绛恨便自告奋勇地冲去寝宫向自己的嫂嫂打招呼了。李璇对这个嫂子很是放心，自己也想和兄长私谈，便由着她去了。

“哦？”太子挑眉，随后优雅起身，“那我们也去看看吧，阿璇，我很好奇是怎样的一个女子让你上心了呢。”

“皇兄……”李璇跟着起身，在后面望着他，眼底有着担忧和疑惑，“你……”他迟疑地问道，“你没有其他事情……？”

“别担心，阿璇。”太子转身向他笑道，淡黄月牙的长袍在身后旋转飘逸，他半仰着头，姿势说不出的潇洒脱俗，

“一切都会很好的。你什么都不用担心了。”

他说得认真慎重，李璇不觉想起昔日小时候，自己不小心把墨迹打翻在师傅留下的功课上，当时还不是太子的李珷便把自己的作业和他交换，拍着快要哭出来的自己也这样说道。

五皇子叹了口气，感觉一种若有所失的惆怅，淡然而缓慢地从心底升了上来。他举步在太子身后跟了出去。

此时，午后已过，穿梭在昫星宫内的宫女太监，都能见到两位模样相同的皇子，谈笑风生地走在树荫之下。

太子淡黄龙袍，风流多情，李璇玄色朝服，淡然如风。

四周绿深碧浓，浅白淡粉的荷莲，正吐出点点蕊心清香，随风四处飘扬。

所谓，暴风骤雨之前的平静。

御书阁为一共九楼的塔楼，位于昭晨宫的南方。主楼高大雄伟，内有壁画楹联，文物古书，外有宝塔牌坊，轩廊朱雕。御书楼四边为八边形状，谓之“四面八方”，站立任何一角眺望俯瞰，皇宫京城便尽收眼底。只见各处的屋檐街道，如河流一般地划过京城，远方还可见城外寺庙，山脉云层，天际仿佛伸手可及。

除了前三楼为皇帝的御书房外，其余楼层便为藏书之处，收藏着画轴、古书、古董、壁画及各类稀奇文物。凝霜自从有了仪武帝的圣旨，便天天至清晨来这里报到，夏牧每天下朝办事完毕后，便前来陪伴她。但可怜腾云将军，琴城才子巴不得有四双眼睛都盯在书上，根本连正眼都不看他一下。

“瞳瞳……”夏牧趴在案上，有气无力地叫道，一双眼睛哀怨地看着眼前静坐的凝霜。

“嗯……？”琴城才子正翻着一本早已遗失在民间的琴谱，根本不知自己身在何处。

“我觉得我们最近……有种好像很久都没见面的感觉哦……”腾云将军索性躺在了桌案上，整个人正滚来滚去，他翻身撑着双颊道，“如果没有回宫来就好了，这样你还是天天都陪着我，不是睁眼就跑到这里来。”

“嗯……”完全没有反应。

“瞳瞳啊……”夏牧忽然笑眯眯地支起身，来到她的旁边，一脸期待地说道，“你知道为什么我每天都坚持来陪你吗？”

“嗯……？”只是声音变调而已。

“因为我发现你认真的样子好可爱哦……”腾云将军伸手捏了捏她的脸颊，很惊讶自己没有被一巴掌打飞了出去，另外只手也伸了过去道，“所以我要每天来守着你，以防你被人抢走。”

“嗯……”凝霜还是没有反应，任凭自己的脸被夏牧拉成面条。

“不过呢，你这样的话，就算皇上站在你身后，你也肯定不会发觉吧？”夏牧看她还是没有反应，索性两手环在她的腰上，下巴抵在她的肩膀上低声说道。

“嗯……”

“瞳瞳！”夏牧气得嘟嘴，只见琴城才子完全沉浸在自己的世界里，长发如溪流一样蜿蜒而下，形成了一袭亮丽的黑色瀑布，侧面被细碎的阳光镀了边儿，眼光柔和而宁静地凝视着眼前的书。凝霜不如皇宫里的其他女子，脸上从不弄上胭脂粉饰，身上唯有清新干净的皂角香味，仿佛出水芙蓉一般。

腾云将军看她认真，不觉童心大起，一手揽着她的腰际，另外只手却把她忽然推倒，自己一个前身，便让凝霜躺在自己怀里。

“你做什么？”琴城才子被吓了一跳，反应过来便满脸羞红地低喝道。她一拳反射性地击出，却被夏牧的手掌给柔化，只见他们十指相扣，随后便浅浅的一吻印了下去。

“终于看我啦……”腾云将军眨眨双眼，仿佛得逞的顽童。

“夏牧！这里是御书阁！”凝霜涨红脸低声喝道，“你疯了！被人看到了怎么办？”

“没关系啊，有人来了我立即就会听到的。而且这可是午睡的时候，有谁会来啊？”夏牧笑眯眯地说道，托着凝霜头的那只手轻轻往下一松，琴城才子的长发便松散开来，仿佛一卷光滑的丝绸飘荡在阳光之下。

“你……！”凝霜皱眉，却又忍不下心真正地出手伤他。她在心底咬牙切齿，是从什么时候自己不再如以前那般毫无顾虑地把他一脚踢到窗外去了呢？

“好嘛，瞳瞳，人家只是想和你说说话，你看你自从有了这个御书阁，连看都不看我一眼……”夏牧满脸哀怨悲伤地说道，眼神仿佛被抛弃的小狗，看得凝霜又好气又好笑。

“我哪有不理你？是谁每天晚上都跑到我的房间来的？”琴城才子满脸绯红地说道，不自在地别开了脸，“晚上不好好睡觉，跑到客栈来做什么？”

原来凝霜和绛恨回京，并不方便住在将军府或亲王府上，在为荷衣会弟子的身份被皇帝正式宣布前，为了免遭流言蜚语，绛恨完全不顾为住处而头疼的五皇子和腾云将军，拉着凝霜便往九云酒楼去包下了最好的客房。

九云酒楼为京城风雅人士聚集的地方，饭菜已非常昂贵，更不用说包厢与客房了，基本上是老百姓一年的积蓄才能住一晚的。当李璇和夏牧目瞪口呆地问绛恨哪里来那么多钱的时候，奇探一句话便把他们震得目瞪口呆。那红衣的少女扬起漂亮天真的脸笑道："这也是我开的啊。"此话在皇宫传开，所有人便开始用一种敬佩和崇拜的眼光看着那整天蹦蹦跳跳的姑娘。

凝霜自从离开荷衣会便随时保持着警惕与敏感，现在即使到了京城仍然睡得极轻，每天晚上可以感到从窗外跳进的夏牧轻手轻脚地半坐半卧在她旁边，直到清晨破晓才离开。一连几日，都见他精神不好的样子。

"好不容易打完了仗，也不会好好歇息！"琴城才子眼看着别处，皱眉说道。

夏牧闻言，一双眼睛蓦然明亮起来，他漾开笑容道："瞳瞳，你担心我？"

"哼！"凝霜咬住下唇，顿时挣扎着想要离开夏牧的怀抱，岂料腾云将军笑容不改，双臂却是越来越有力，最后她也只能坐起身来，却仍然依偎在他身上。

金光四泻，御书房的古书都有一层淡薄的灰尘，空气里氤氲着温暖古旧的感觉，纤尘在光线之中起舞飞扬。他们所在的最后一层楼，似乎隔离了一切喧闹争吵，午后的皇宫本来就宁静无声，现在远在高处，更有一分恬静祥和的气氛包围着两人。

凝霜倚靠在夏牧的胸膛上闭上了眼睛。

"夏牧……"她听见自己的声音缓缓响起，"我们……真的要留在皇宫么？"我会慢慢变成如公主王妃那般，满身的珠光宝气，带着璀璨鲜丽的首饰，跪在大殿上向每个人磕头请安么。最后这句话她没有说出来，因为在自己心里已经隐隐约约知道，若要这样，她亦是愿意的。

腾云将军为了她所说的"我们"而轻声笑了，他把额头抵在凝霜的头上道："等这件事情过去，我们便离开。"

"嗯？"凝霜感到他的手指正温柔地穿过她的头发，不觉把头往他的肩膀上挪了挪，"哪件事情？"

夏牧在她眼角落下一吻，深深呼吸着她身上的清淡味道："身为朝廷重臣，我有义务让未来的明君贤帝坐稳他的龙座。”

凝霜不觉叹了口气：“六皇子和太子之争，和我们有什么关系？六皇子若即位，不会比太子逊色半分。”她想起昔日见到的那个严峻皇子，一袭的玄色朝服，眉角间皆是刚毅稳重、冷酷严厉之色，这样的人，适合为皇帝的好人选。

夏牧浅笑：“李家自开朝至今，都还没有一个逊色的皇子，有一利必有一弊，问题就是出在他们个个都太出色过人了，因此每朝的储君问题，往往以满朝风雨结束。”他抚摸着凝霜的长发，叹息道，

“但朝廷和后宫都是生生相息的。即使我无心踏入这摊浑水，也不能不为未央着想。”

“未央？”凝霜皱眉，想起那烈热如火的女子，“孝倩翁主……苏未央？也是姓苏……”她蓦然抬头，“难道是皇后的至亲？”

腾云将军摇头：“不是，她是太后的亲生外孙女，身份其实比皇后还安全一点。只是，那丫头喜欢上了二皇子昭亲王？”

“咦？”琴城才子一愣，“但未央说……皇上有意撮合你们两个，这样……”

“哈哈哈！”夏牧放声大笑，在她面上轻啄一吻道，“这丫头从我向皇上求娶唐秋瞳时，就对任何有意接近我的女人这样说。”他对她眨眨眼，

“我起先拒绝了柔宁公主，若又来一个堂堂孝倩翁主，其他女人无论如何都是不敢高攀的。她这样也是为了你呢。”他嬉皮笑脸道，“未央对我甚是佩服，希望能够找到痴心如我的夫君，怎么样？瞳瞳是不是很感动啊？”

“嘁……”凝霜别头，又思索道，“但二皇子自从前太子死后便远离京城，不理政事了。这次边疆大战表现极佳，六皇子若要对他不利，也应想到未来会有倚重他的可能。”

夏牧欣赏地看着她：“此话极对，但前些年前太子受害的事件，与安氏一族脱不了关系。二皇子与前太子交情深厚，若六皇子登基，恐怕第一个举兵起反的人就是他，而且，表面上看不出来，但二皇子还是极力拥护李璇和太子的。我与皇上深谈过，未央和二皇子这件婚事，多半已是定下来了。因此，不得不保护太子咯。”他笑得自然，仿佛只是在说今天选了什么菜吃饭一样，

“而且，还有李璇啊，就算没有未央这件事情，一路下来，我怎么都会护着他的。”

凝霜不语，把现在的政局和关系在心里思索了一遍，最后叹息：“太子现在地位稳固，这样算下来，岂不是遥遥无期了？”

夏牧转头向窗外看去，但见红墙黄瓦，碧檐紫栏的皇宫在阳光底下金碧辉煌地静静竖立，不觉笑道：“那倒不见得，安氏一族已开始蠢蠢欲动了，你和绛恨的身份应该已被六皇子得知……李瑾，他很快就会出手了。”

琴城才子倚在夏牧身上聆听着他的心跳而深深呼吸。御书阁里的旧书古本反折出淡然温暖的阳光，照在这曾经为绝世传奇的两人的身上。

“那个时候，我还在前面跳着走着，还不知道后面发生了什么事情，忽然听到一声巨响，回头看去，就见相……五皇子殿下整个人向我撞来，‘砰’的一声撞得我直冒金星，后来又感到一阵巨撞，原来是腾云将军也向我们撞来了！还没反应过来，就听到啪啦啦木头粉碎的声音，下面那个木桥，已经开始粉碎啦！”太后的栖桐宫里，绛恨在正殿上滔滔不绝地讲述一路上所发生的事情，听得在座的几个妃嫔公主都是惊呼连连。

太后温氏，并非皇帝的生母，但因自小与皇帝已故的生母上官氏交情深厚，当先帝驾崩时为助仪武帝上位而出了大力。在皇帝坐稳龙椅之后，就不再闻朝廷政事，后宫亦有皇后操持，便一心向佛，在平安的日子里享受晚年，以慰在后宫经历大风大浪的岁月。

虽温太后非为皇帝生母，但膝下仍有一女，那便是孝倩翁主苏未央的母亲，长泰公主。太后对自己颇有尚香之风的女儿很是疼爱，对有效母亲之意的未央更是宠溺，现在又来了个不输须眉的绛恨，自然是欣赏欢喜。任凭她在自己宫里唧唧喳喳，手舞足蹈地讲故事，让平时清静寂寥的宫殿多了分生气和热闹，又见众妃嫔女眷都撇开昔日的钩心斗角，犹如平凡的大家庭一般，都津津有味地听故事，更是满心欢喜。

只见绛恨边讲边模仿当初的动作道：

“那条山洞又暗又湿，我走在前面，隐隐约约便知道下一步会发生什么事情，以安全起见，便把衣袖撕成一条条递给身后的殿下和将军，让他们绑在手腕上……忽然，我摸到了一块石头！”她忽然大叫，害得座下妃嫔都忍不住惊

呼，绛恨又压低了声音，

“只感觉那块石头沉沉的，身后一声缓慢沉重的巨响从远方传来，我们三人都被惊震得不敢动弹，忽然，我听到后面传来声音，急忙大喊：‘抓紧带子！’话还没说完，一个巨浪扑来，我们便被洪水卷走了！”

“啊……！”座下妃嫔和宫女们都齐声叫出声，忍不住抓紧手中的手绢丝巾。

就在众人的一片惊呼笑声之间，殿外太监声音传道：

“皇上驾到！太子殿下，敬亲王，昭亲王驾到！”

话落，皇上含笑而进，后面正跟着三位皇子亲王，所有妃嫔都站立躬身行礼，皇子们亦向长辈们请安。众人一一见礼过后，皇帝便坐下笑道：

“一路过来时就听见母后殿上热闹，都在谈些什么呢？”又看到殿上的绛恨和太子妃，“哦？你们原来在这儿？方才碰到太子和敬亲王正到处找你们呢，阿璇说肯定是绛恨淘气拉着太子妃到处去玩儿了，没想到到母后这儿来了。”

“皇帝也真小气，我这老婆子偶尔找人聚聚，皇帝就带着丫头们的夫君寻上门来了！”太后摇头笑道，说得仪武帝大笑。

“太后息怒，孙儿可不敢让风汝扰了您的金安。”太子在妻子身边含笑坐下道。

太子妃林风汝生得优雅柔弱，娴静犹如卧水睡莲，两靥有带病态之愁，一双丹凤眼犹如弯月映秋潭，眉梢眼角有娇袭弱喘之态。在英俊潇洒的太子旁边形成一刚一柔的对比，看去甚是相配。夫妻俩相视一笑，手便不由自主地握在一起。

“太子可别这样说，我今儿兴致可大了，都亏绛恨这孩子，讲故事讲得说书先生似的。”太后笑呵呵地指着红衣奇探，见她不好意思地抓了抓头，李璇不觉微微一笑。

“哦？这样啊？”皇上饶有兴致地看着她，“那绛恨继续说着吧，朕和几位皇子也听听看。你方才讲到哪里了？”

“回皇上，正说到‘勇将军舍身救皇子，俏奇探误中毒笑花’这一出呢！”绛恨此话引得全堂哄然大笑，她正要继续说道，却见坐在李璇旁边的二皇子蓦然脸色苍白，不觉脱口而出，

“二殿下，您没事吧？”

众人都同时转头看了过去，却见李瑢紧皱眉头，一只手紧抓着胸襟，艰难地呼吸着，不禁都大惊失色，五皇子立即喊道：“二哥，你怎么了？！”又转向外头，

“快！传御医！传御医！”

李璿一手搭在他的肩膀上，另外只手却发颤地向皇帝伸去，脸色惨白地道：“父……父皇……”说完便是一口血喷了出来，缓缓地倒了下去。

众人大惊，妃嫔公主们立即慌成一团，太子和五皇子急忙把李璿托住，唤人抬到贵妃椅上，站在旁边一直看着二皇子的绛恨却一个激灵反应过来：“皇上！您也中毒了？”说完不顾旁人，已是上前伸手抓住皇帝的右手，双指搭上问道，“方才和二殿下可吃喝了什么？！”

皇帝闻言，不觉一凛，保持着冷静道：“刚刚与几位大臣和璿儿用过膳……”

绛恨不语，却见二皇子的脸色发青，手指甲也开始泛出淡淡的黑色，不禁心中一颤，回头向李璇喊道：“快叫姐姐来！”又回头一掌抚在皇帝背上，缓缓输入真气，稳住心脉，她用罕见的严肃面容和口气道：“皇上，您的确中毒了，我只能延迟毒性蔓延的时间，但凝霜姐姐肯定会解毒的，您要撑……”她话还没说完，便见皇上的额上已开始冒出冷汗，脸色也开始逐渐地发白。

“她最好……快一点……”毒药已经开始见效了，仪武帝感觉五脏六腑都仿佛被刀慢慢地割着那般地刺痛，但他还是保持着威严的姿势和从容的表情，对绛恨笑道：“这毒，挺强的……亏……阿璿忍了……那么一会儿……”

“父皇！”李璇和太子在旁边双双喊道，却是束手无策，不知如何是好。众女眷已被吓得无法动弹，平时都有皇后或安贵妃支撑这样的场面，岂料这时两人都不在。还是柔宁公主反应甚快：

“快去找皇后娘娘来，还有让所有太医都马上进宫！”又略略思索，咬牙，“来人！严守宫门，除了皇后太医不得让他人踏入此地半步！”

太子抬头看了长姐一眼，双方都明了这话的意思；若皇上有个三长两短，以六皇子和安氏一族的权势，宫内只怕要大乱，他们太子一党，不得不准备应战了。柔宁看向外面极快聚集的侍卫，他们明亮耀眼的刀枪甲胄，似乎预宣着即将来的风暴大雨。

“皇上……”绛恨见他呼吸越来越乱，脸色也如二皇子那般染上青色，便咬牙转头大喊：“派人去找琴城才子了么！？”

“已经派人去御书阁了！”李璇一步向前，满脸焦急道，“情况如何？”

“越来越糟了！”绛恨看向门口，心一横，“你来稳住皇上的心脉，我去把凝霜找来！”见五皇子有犹豫之色，不觉跺脚，“还啰唆什么！凝霜被别人先找到就不好了！”

一语惊人，李璇闻言脸色剧变，还没反应过来自己的双掌已代替了绛恨，红衣奇探如风一般地向外面冲了出去。

岂料，她却蓦然刹步，缓慢地退了回来。

“绛恨？”照顾着二皇子的太子妃抬头，看到她红色的身影正慢慢地倒退着，正要开口，那声音却戛然消失在喉咙里，一颗心顿时冷然到底。

绛恨面前，是如树林一般指着她的刀枪，一排排明亮的铁骑举着出鞘的武器逼来，顿时把太后的正殿挤得水泄不通。几十个魁梧精兵整齐地步步上前，绛恨皱眉，立即退到皇上面前遮住太后和李璇，身前太子和柔宁公主已挺身而出，把二皇子和太子妃掩在后面。

雪白的刀枪和突如其来的巨变划裂了满室的温馨笑语，妃嫔和幼小的皇子公主何时见过这样的场面，一时竟是连惊怕呼唤都无法出声，只能全身发抖地看着眼前的情况。

“大胆！”太子厉声喊道，“皇帝太后在此，尔等竟敢持兵器而见！还不快快跪下！”

“哼！儿臣前来护驾，四哥对父皇痛下毒手，竟然还有脸说这样的话！”忽然前排士兵整齐避开，六皇子李瑾迈步走来，他已披挂战袍，佩剑持盾，全身散发着冷肃杀气，昂首冷站，双眼扫过全室，一字字道：“太子与敬亲王欲谋杀圣上，篡位称帝，还不快快拿下！”

“胡闹！”太子亦站立而出，满面怒容，全身庄严气势自然流露而出，他冷笑道，“六弟的消息倒是来得快，方才父皇前脚踏进殿来，后脚你就到了。”随后脸面一沉，冷然喝道，“我与五弟一直侍候御前，若不是你筹划一切，又是如何得知父皇中毒消息的？！”

“哼！”李瑾冷笑着看他，“臣刚刚在宫门口调到杨大人，四哥可知道，他已中毒身亡了？！”他手一扬，身后便有人将一个被绑住的太监押上殿来，那太监已是满脸青肿，下半身也是血迹斑斑，显然是被动用了重刑。六皇子指着他冷冷说道：“这奴才已一一招来，是太子吩咐下的毒药，而这毒药嘛……自然是由精研草药的琴城才子亲手准备的……”

"太子救命！太子救命啊！"那太监尖利地嘶喊起来，"太子殿下，救救我啊！"

六皇子皱眉，怒喝道："还不把太子和敬亲王拿下！"

众兵齐步向前，惊得幼小的公主皇子不觉哭出声来，柔宁公主见四下剑拔弩张，转眼向身边的宫女使了个眼色，那侍女便悄然退下，岂料还没退下几步，便是一把利刃直直飞来，绛恨大喊："小心！"话未落下，那刀刃已穿入宫女的头颅，她未哼一声便倒了下去，在地毯上逐渐润出一地的浓血。

四座惊呼响起，一些胆小的妃嫔已是晕了过去。

柔宁公主见状，不禁咬住下唇，全身颤抖，却仍然不愿移开一步，依旧把太子妃和二皇子完全遮在自己身后。

"皇姐小心了……"六皇子笑得轻描淡写，轻松说道，"这刀可是不长眼的，若皇姐不小心做错了动作，挨上了利刃可不是好玩的。"

柔宁公主依然傲然地看向李瑾，当朝长公主的高贵气度自然流出，她也冷笑道："那倒无妨，本宫为忠躯体，自然会流芳百世，不知六弟日后登基，会如何向天下交代这杀父弑兄的闹剧？"

"皇姐多虑了……"六皇子毫无表情地回答道，"臣只是捉出杀害父皇的凶手而已。"又转头淡然道，"立即把这些逆臣乱党拿下！"

"慢！"忽然嘹亮的一声娇喝响起，李瑾看去，却是绛恨站在殿中看着自己，但见她虽双眸清亮，却一扫昔日的天真娇憨，英姿飒爽而冷然高傲地看着他，很容易看出她昔日在沙场上英勇战敌之态。

"皇上之毒并非不治之症，六皇子为何急于拿下太子等人胜于医治圣上？"绛恨不慌不忙地问道，其实她只是在为夏牧和凝霜拖延时间。

岂料，六皇子微微一笑："解铃还须系铃人，奇探放心，我早就已派人去寻找解毒的方法了。"

他挥了挥手，众士兵便整齐向上，顿时宫殿中尖叫咒骂声不绝而起。六皇子转身走了出去，并没有看到太子与柔宁交换的眼神，以及太子妃低下头掩饰的眼光。

御书阁楼下，夏牧正倚靠在窗边看着夕阳。

忽然他转过头来，轻松而温柔地咧嘴对凝霜一笑：

"瞳瞳……他们来了。"

凝霜闻言,抬头放下了手中的书,拿起了在桌案上的书签放在书页之间,然后悠然地站了起来走到窗边。

残阳西下,皇宫城犹如沉浸在琥珀的酒液之中,闪烁着温暖的淡黄金光。

片刻之后,迅速集聚而包围在御书阁楼下的士兵们,只见到两道身影从楼上翩然跃下,还来不及惊呼反应,便见他们在阁楼角上轻点了几个起落,便一东一西地飞跃而去了。

第十九章

同根相煎·凄凄别情

仪武十六年，八月初二。

今夜的皇宫城与前日不同。昔日辉煌庄严的金碧宫阙似乎被笼罩在阴云雾霭之中，渗透出森森迫人的肃穆森寒和剑拔弩张的气氛。三宫六院皆寂静无声，御花园的道路也无提着灯笼四处串门的宫女太监，而是多了整齐有序的刀兵甲胄伐步走过。

太后的栖桐宫，皇后的皎华宫，以及太子的昫星宫都毫无灯光星火，唯有皇帝的昭晨宫有低微柔弱的灯光照耀着。

忽灭忽隐的烛光，闪烁在明黄垂幔之上，四柱雕龙刻凤的玉柱撑着金碧辉煌的龙床，中间躺着的是沉沉昏睡中的仪武帝。在他身边，并无平时服侍御前的宫女太监，唯有一个白发苍苍的太医，正巍巍地熬着汤药。

一夕之间，太子与敬亲王起反，借荷衣会的余党——琴城才子和红衣奇探之手下毒于皇上与昭亲王，幸六皇子瑞亲王及时发现，擒下逆臣，软禁太子夫妻与皇后于后宫各殿，五皇子及红衣奇探则是被关入宫中狱牢。而及时逃离出宫的腾云将军及琴城才子，正被满城御卫大街小巷地巡捕着。

昔日筵席贵宾，如今阶下囚犯。

后宫妃嫔皇子公主们紧关宫门，宫女太监们心惊胆战；宫殿各处都是佩刀持剑，严阵待命的士兵；剑拔弩张的气氛弥漫在皇宫的每个角落，人心惶惶，无人大声说话踏步，只怕稍不慎心，这皇城之中就要血迹四溅。

凝霜一身轻便黑衣穿越过京城上的屋檐，回头看去，昔日在夜晚仍然灯光逼天的皇宫，如今一片黑暗；城里大街小巷都可见六皇子手下的京城御卫，四扇城门早已被严守，宫城四门也被封闭，每百步便有精兵巡逻来回，严禁考察进出之人。

她下午与夏牧分别两路，腾云将军前往南城门召集驻营郊外的绥靖行辕大军，琴城才子则是前去将军府把未央接出，召集二皇子留在京城暗中的心腹。

她快速地跑向将军府，远远地便可以看到灯火四照，手持火把的侍卫士兵满满地围绕在府外形成了一堵人墙。凝霜屏息打量，并没在正门前看到六皇子的骏马和副将，看来李瑾还留在宫中控制情况。她微微皱眉，退到较远的屋檐之上，沉思片刻，便回头低喊："霞袖？"

浓浓夜色中，一名袅婷女子从墙影之间走出，抱拳道："琴城才子有何吩咐？"

凝霜微微放松，还好绛恨到了京城仍放不下心，依然留了一批心腹四处走动，现在果然派上了用场："绛恨留多少人在京中？"

"小姐留了五十人在城中，琴城才子需要我唤来么？"霞袖恭谨回答。

"不……"凝霜沉思，在脑海中回想了下将军府的情况，才道，"现在周围几个人？"

霞袖稍想了一下，向左右看看，才答："八人。"

"极好！"凝霜点头，不禁微微一笑，又打量着霞袖，"你的身高与我相似，把这套衣服换上，然后，率领三人去惊动将军府西角，就用这个……"她从背上的包袱拿出了今天早上穿的衣服递给霞袖。

"是。"霞袖低头应道，"琴城才子还有何吩咐？"

"另外四个人跟我，我们去将军府南角，等我信号，然后你们便离开，我们在那边塔上见面。"凝霜指着远处北方的楼台说道。

霞袖点头："请琴城才子往南角等待。"她接过凝霜手上的衣服，便隐入黑暗之中，无声无息地消失了。

凝霜转身跃起，立即来到了将军府的南角，正在寻找角度的时候，三男一女已经来到了她的身后。

"风袭、绸流、朱霓、月镶，拜见琴城才子。"四人抱拳，向她行礼。

"见过各位。"凝霜也还礼道，随后从背上的包袱拿出几样东西放在他们手上，"你们拿着这个，向南墙射去。随后两人跟我冲进去，其他人留在原地接应。"

风袭四人接手过来一看，原来是几枚烟花鞭炮。四人交换一眼，立即分开，行成一排。

由绸流为首，他从屋檐上拿起一块小石头，摩擦点燃烟火棒的上部，随后聚集内力，用力往前一掷，只听前方一声闷哼，未等他人反应过来，"轰"的一声巨响，一朵金赤星火的巨花便在前方爆发而开！

其他三人整齐一致地前后抛出手中的烟火鞭炮，顿时整堵南墙立即响起了噼里啪啦的巨响和烟雾，凝霜不敢耽搁时间，手按在青潭剑上，看中烟火之间的空当，一个高跃便翻墙而过，后面紧跟着风袭和月镶。

未央被绑关在自己的房里，正在床上像泥鳅一样地动来动去想要解松自己手上的粗绳，忽然听到外面的侍卫拔剑的声音，那剑还未完全出鞘，就听到有人倒地的声音。孝倩翁主抬起头来，三名黑衣人推门而进，带头那个扯下面纱，直接把她翻过来开始解开绳子。

"凝霜！"口中的布被扯了下来，未央马上咬牙切齿道，"李瑾那家伙，我和他势不两立！"

"先从这里出去再说！"凝霜匆匆地帮她把所有绳子都解松，未央从墙上取下了双刀，四人便极快地离开了房间。

然而还未奔到墙边，四周蓦然被照得如白昼一般，大片侍卫士兵整齐而进，围住正要逃出去的五人。

凝霜和未央同时拔剑备战，却听到一声从远方传来的"咻"声，还没抬头，"轰"的一声，有什么在他们头上骤然散开，两人抬眼看去，只见到一片红烟浓雾，四处都被这弥漫的烟雾笼罩，伸手不见五指。

"走！"凝霜低喝道，却感到肩膀背后被人轻轻抓起，数个起落，几人已在将军府外了。

楼台屋顶上，未央俯瞰着不远处一团糟乱的将军府，边松动着四肢边摇头笑道：

"天下也只有你一个人敢把将军府弄得鸡飞狗跳的。"她转头凝视皇宫的方向，"宫里情况到底如何？"

"夏牧要你拿着二皇子的令牌，聚集他留在城内暗处的人，打开城门让驻在城外的大兵进来。”凝霜用衣袖擦了擦脸淡然道，“太子、皇后、二皇子，李璇还有绛恨都被困在了宫中，皇上中毒，昏迷不醒。”她想了想，还是隐瞒了二皇子亦是中毒受伤的事实。

“我去召集暗士，那你做什么？”未央好奇地看着她，好像这不是与她相关的大事，而是他们几个无聊时来打发时间的恶作剧那般轻松。

“我回皇宫。”凝霜淡淡说道，又看向了皇城的方向。

“回皇宫？”未央惊愕道，“你好不容易出来，再回去干吗？”

“夏牧应该已经到了城外了，你觉得六皇子的三十万京城御林卫和城外十万绥靖大军，若双方打起来，谁会赢？”琴城才子对她微微一笑问道。

未央转眼一想，已经猜到了："哦……原来如此啊……"她拉长声音道，又笑眯眯地，“如果腾云将军率兵攻过来的话，当然是四哥赢啦！平时这些御卫只会装腔作势，哪敌得过杀敌浴血回来的将士们呀。”她顿了顿，恍然大悟，“我知道了！如果四哥率兵攻过来的话，那么六皇子必定避进宫里，拿皇上作质，现在皇上昏迷不醒，但若恢复了的话，那么六皇子肯定会……”她扯动了下嘴唇，做了个害怕的鬼脸，“你要进宫救醒皇帝舅舅么？”

“嗯。”凝霜指着他们身旁帮助他们逃出来的几个人道，“这些都是绛儿的手下，可助你一臂之力，尽快把二皇子的暗士们聚集在一起。夏牧说在天晓之前定要打开一门。”她又转向霞袖，“还请你去召集其余人，叫他们潜入皇宫，找到绛恨和五皇子。”

霞袖点点头，转身便化成一道黑影，深潜入夜中不见了。

“哇！她好厉害哦！什么时候我的轻功也能那么厉害呢。”未央满脸崇拜地说道，又拍了拍凝霜的肩膀，笑容可掬地道，“我走啦，谢谢你今天来救我！”她又忽然想到什么，停住脚步，转头认真地向琴城才子道，

“对了，我已知道了，你就是唐秋瞳吧？”见凝霜眉毛轻轻一挑，她眨眨眼，“我知道你在想什么哦，不过你放心，四哥已经很坚定地告诉我了，无论你是唐府千金还是琴城才子，他都娶定你了！所以，放心去爱吧！”她笑眯眯地说道，见凝霜惊愕的脸，忍不住向前给了她一个大大的拥抱，随后便转身消失在夜幕之中。

琴城才子不语，看着她的背影片刻，便扬起了淡淡的微笑。

很久很久之后，每当她想起那个惊心动魄的夜晚，首先出现的便是未央灿烂的笑容，勇敢而明亮地对她说，"放心去爱吧！"

她停顿片刻，也立即转身向皇宫的方向掠去了。除了皇帝，她还要尽快救醒二皇子，否则这天不怕地不怕的女孩，便会永远失去笑容。

凝霜一路飞速，她紧皱眉头，细细思索至今发生的事情。

六皇子得知自己和绛恨的真正身份，便拿此事为借口，举兵起反，软禁了帝后与太子一党。

然而，自己和夏牧却逃了出来。而且以事情的发展来说，到现在为止似乎一路顺利，撇开李璇和绛恨或许在宫中受到什么不幸不说，从自己离开皇宫，进入将军府救出未央，绛恨的人又顺利地找到自己，一切仿佛都跟着节奏和步骤而发展。接下来，未央聚齐二皇子的暗士，打开城门让腾云将军率领大军入城的这一事也必定是成功的，那么这一切，岂不是……

凝霜愣了愣，脚下踩空，差点从半空翻了下去。

她往皇宫看去，不禁满身冷汗。

不愧是天下君主，好一个引虎出山的计策！

仪武帝竟然给安家布置了这样的一个天罗地网。

自己和绛恨的身份不宜在百官后宫之前宣布，但李璇和夏牧都深知绝对是无法隐瞒皇帝的，四人便在那天的密谈中全盘托出。

然而，皇帝却招了左相唐明进宫，表面上是让凝霜与父亲重聚，但应该也是为了放出风声。皇帝身边或许没有安插六皇子的人，但左相府上一定有！

果然，六皇子迫不及待地出手了！

他应该也知道自己面对的威胁：

绛恨身为天下第一奇探，若嫁入皇家，那么所有江湖上的眼线密探便也归于太子一党。

凝霜身为左相之女，这次立了大功，又嫁与腾云将军，那么左相唐明的势力，会远远超越安贵妃的兄长，右相安葵。

无论如何推测，都是给太子登基打下了不可摇动的基础。

与其等待李珷即位而束手待毙，还不如紧紧抓住红衣奇探和琴城才子的身份来大做文章，放手一搏。

况且安氏一族知道这次起反，不是皆大欢喜就是全军覆灭的结果，必全力以赴，这样一来，他们手下的所有暗党，都即将浮出水面，主宰天下的君主，岂会在自己宫里束手就缚？

他身边长宠不减的皇后，既能够在主宫霸占后位长达三十多年，又岂会被安贵妃软禁而无法抵抗？

欲擒故纵，引君入瓮。

凝霜想到那个面带慈笑，和蔼地听着绛恨诉说故事，欣赏地看着她讨论古书文章的皇帝，不禁打了个冷战。

世人都道仪武帝明贤仁爱，英明神武，而六皇子怎能看不清，一个推翻先帝与异图族联姻求和而引发战争，扩疆占土的男人，应有怎样的雄心抱负，这样的帝王，怎会容忍他人眈视皇位而取代之？

哪怕那人是自己的亲生儿子和枕边爱妾，他都可以照样冷眼看着他们步步走进陷阱，然后亲手推他们下去。

这就是至尊之上的皇权，除非赐予，不能强求。

想必安氏一族多多少少也应知道这一点，既然原地不动只是拖延时间，那还不如撕破脸一赌，或许还真可夺下皇位。

错就错在，他们完全小看了凝霜和绛恨的实力，小看了荷衣会弟子的能力。

眼前灯光闪烁，凝霜停住脚步，皇宫已在眼前。

她绑紧了背上的包袱，右手按在青潭剑上，一咬牙，人影已往那朱墙紫檐掠去。

清晨破晓，金丝阳光在泛青的天边一点点地透露出来，洒在京城四处。

住于北城方向的百姓，早已听到连夜不停的马蹄和士兵将士吆喝的声音，时而从城门方向传来的沉沉撞击，让他们隐隐约约地知道发生了什么严重的事情，虽然早已过了起床上市的时辰，每户依然紧闭大门，连大气都不敢出地躲在家里。

离北城门不远的未央，仍然一身单薄衣袍，手上一面残盾，头发蓬松而面带血迹地指挥着四处的手下。

她的身后，一个个玄衣暗士，正与排站在城门上下的士兵来回激战。

不愧为前太子的最强军师，二皇子昭亲王远离京城五年左右，留下五百暗士与五千精兵却依然整齐有序地应声出战，他们由孝倩翁主率领，一夜之间攻破北城门。

未央这次南下寻找兄长，早已经历边疆之战，轻易地夺下了北门。岂料，半途六皇子又派一万御林军前来支援，双方打得难解难分，不分上下。而城外，腾云将军却还未到，一时前后都是敌军，若不是绛恨手下有数多暗器迷雾，只怕他们还无法撑到天明。

眼看天边已泛白，昨夜凝霜嘱咐回响在耳边，在天明之前必要打开一门，想必夏牧应该马上就到，不觉勉强振作，用尽全力抵抗。

"箭手竖列！"只见孝倩翁主娇喝一声，一手持刀，飞跃越过众兵，站立于城门中央。众将领悟，立即排在她左右，一夜奋战，五千人只剩八百多人死守城门，未央抬头，见远方城内又是一批兵马到来，不觉冷抽了口气，知道自己这次难逃一死，反而慢慢地镇静下来。

她微微昂首，淡然的一丝曙光恰好反射在她随风而飘的头发上，她微微一笑，冷静说道：

"未央在此，谢过各位忠于太子殿下。"

众将士一愣，只见前面铁骑如潮水般地拥挤而来，扬起滚滚尘埃，放眼看去，无不是刀枪铁林，铁壁铜墙，知道已是四面楚歌，却没想到这位妙龄少女会这样诚恳地对自己道谢，一时都不禁动容。

"吾等有幸，能随翁主这般巾帼英雄奋战！"片刻，绛恨的一位手下缓声答道。

其余人都点头，却已不多言，此刻无声胜有声，所有人都屏息着等未央下最后的命令。

"那么，就让这最后的晨曦，染上这些叛臣的血吧！"未央冷笑，举起手中利刃，猛然挥下！

"放——！"

话毕，箭矢如猛瀑倾泻而下！

北城门立即被密不透风的箭瀑给完全封闭，不让敌兵有任何前进的机会，叛军连连中箭，仓皇而退，哪怕对方有多勇悍凶猛，也无法挡住那紧密的劲箭。

忽然，箭雨缓下，未央身后的一排士兵轮流补上，墙下敌兵趁这撤换的空当，立即向城头扬射，未央左右便有将士应箭落下。然而孝倩翁主这方的士兵都已视死如归，见对方前排为弓弩手，有人立即飞跃而下，手持利刃，见敌而挥，顿时飞血四溅；绛恨手下为江湖密探，速度更是敏捷迅速，只见他们忽上忽下，出手奇快，多数敌兵未到城门便被射杀。

忽然，在城墙上的碎石，开始微微颤抖起来。

未央转身，只见那蜿蜒到天边的道路上，飞扬起了层层的黄沙。

腾云将军一马当先，雪白色的盔甲被映得明亮耀眼，在阳光之下散发出震撼人心的寒光，那匹承载将军杀敌万里的玄驹的蹄声仿佛惊动城门，每步都足够让城墙抖灰撒石。

后面，千军万马穿着玄黑盔甲，凛冽而沉敛得如一潭潮水，随着四处弥漫的灰尘滚滚而来！

"开城门！"孝倩翁主高声喝道，这命令震撼了所有奋战的将士敌兵，双方顿时拼命而疯狂地杀戮奋战。

未央见所有箭矢都纷纷转向把门的士兵，立即下令："盾列！"随后亲自持刀飞跃而下，剩余的暗士们马上纷纷举盾保护。

"放箭！"敌方深知若腾云将军一进城，那等待他们的必定是死亡，于是所有的箭矢都射向把门的方向，顿时连前五排同时射杀，箭如疾雨，硬是把举盾成墙的前排暗士连逼后退。

岂料，几声"咻"响划破了天空！众人抬头，却见无数的点火箭矢从城外射来，孝倩翁主立即大喊："紧靠城门！"八百将士行动迅速，立即紧贴在城墙上，敌兵反应不及，但见密密麻麻的火星从天而降，顿时惨声连天，溃不成军。

"开——！！"未央跟着数十士兵使劲拉着铁链，紧拴着北城门的巨木终于缓缓升起。

城墙上的众将士见状，立即探头高举令旗，还未等城门全开，腾云将军已率着浩荡大军破门而进！

夏牧手举昆冥刀，全身散发着杀势怒气，胯下玄驹扬蹄怒嘶，他轻侧弯身，挥动巨斩，便连斩敌兵前锋五人，身后玄旗银边飞扬，赫赫大军震天动地而来！

城墙上的暗士欢声雷动，军心大振，也不顾一夜的辛劳苦战，纷纷跃下城墙，加入夏牧的军阵助之杀敌。

见扫尽边疆五十万大军的腾云将军已在眼前，敌方士气大败，不到片刻便四处乱窜，六皇子精心挑选的两万精兵顿时被打得落花流水，无法抵抗。

“四哥！”孝倩翁主夺下一马奔策到他身边，欢声喊道，笑容如花，“我很不错吧！”

“未央！”夏牧见妹妹满脸灰尘，双眼之下皆是青黑，不禁又气又心疼，方才见她跳下城墙去开门时自己被吓得满脸苍白，巴不得命军把这北城墙给踏平，现在情况已定，立即吩咐道：“交给我了！你快快回去！”

“我才不要！”未央撅嘴说道，手中飞刀一扬，前方便是一人倒下。

“琴城才子呢？”夏牧原本以为凝霜就在附近，岂料竟没看到她，一颗心顿时沉底。

“凝霜回皇宫了！”

“什么？”腾云将军回头看她，又往皇宫的方向看了过去，沉思片刻，已把凝霜的举动猜着了三分，眼看四周情况已被控制下来，虽说琴城才子为神医奇手，但离皇上醒来可能还有一段时间，太子和李璇都出不来，只怕自己还要一路杀到皇宫去。他先想要让未央退下，心中一动，便道：“未央，你率领五千精兵，到左相唐府去！！”

“唐府？”孝倩翁主挑眉，“我干吗去唐府？！”

“左相长年拥护太子，我怕六皇子狗急跳墙，对他不测，你快快去，顺便探一下宫里的风声！”夏牧勒着马缰道，人已开始向前跑去了，他回头看着未央，严厉道，“这是军令！还不快去！”

未央忍不住撇了撇嘴，无奈“军令”二字压得她死死的，只好回马掉头，聚集了自己的人，往左相府去了。

夏牧抬头，但见清晨时刻，天光微亮，宫里一日不改的早朝钟声已肃穆沉重地传来。

遥远的天边，已渗出万道青白淡黄的霞光，宫城被染上赤金灿彤的色彩，连绵起伏的赤瓦紫檐犹如琼楼仙宇，庄严气派而高不可及。

腾云将军举起手中旗帜，率领着千军万马，向皇宫的方向奔去。

窗外云兴霞蔚，阳光透云四射，照出皎华宫的琉璃碧墙上一片夺目生辉的金光闪海。苏皇后静静站立在窗前眺望，眼底一片平静柔和。她身着紫霞华袍，身上无不是凤凰啸天，祥云驾雾，长长的衣摆拖曳在地上，仿佛是被染紫点金粉的河流一般蜿蜒延伸；曙光透窗照下，乌发之间的九凤步摇便如一串落下的金流瀑布一般，闪得炫目耀眼。

殿外，百官入朝的缓慢钟声沉重响起，传到皎华殿上却如断续的柳絮落到水面，引不起多大的波澜，苏皇后仍然保持着姿势看着恒朝的日出，天边绯丹炫彩，霞光万道，紫流蓝烟漂流在如汪洋大海的天空上，浮云朝露五彩缤纷，好一番太平盛世，气象万千的晨曦。

"日出真是美呢。"苏皇后纤手扶在朱雕檀窗上，淡然笑道，"金丸腾跃云天赤，喷薄红盆，万象乾坤，一览群峰景摄魂。可惜我从未看过如此磅礴的日出，体会不到这样的豪迈雄志。"

"从白露殿上岂不是可看得更高远千里，岂止这皇城宫殿，哪怕天下都可尽收眼底，伸手可握？"旁边卧在贵妃椅上的安贵妃冷笑道，打量着被四周的带刀宫女包围，静站窗前的皇后。

皇后闻言，微微转头过去，轻叹道："难不成，这就是你几十年来的心愿？"

"不是只有男人心中会装着浩瀚山河的，苏予婉，我以为你明白。"安贵妃定定看着她道。

"纤星，你并非为了这天下。"皇后淡淡一笑，"若你真有这般豪愿，只怕现在坐在这后宫主位上的人是你不是我。"

"哈！"安贵妃冷笑一声，"不是为了天下又如何？不稀罕你的后位又如何？你以为我有选择么？"她狠狠地看着平静安详的苏皇后，一字字逼问道。

"有！"皇后收起方才淡雅温柔的平静，昂首之际，皇朝之后不怒而威的气势便自然流露而出，"嫁给太子之时，暗害静妃之时，杀害璘儿之时……甚至昨日向皇上下毒的时候，你都有选择！"她缓慢地走向安贵妃，冷冷地望着她，

"既然选择了这条路，选择和我为敌，选择扶李瑾为帝，就收起你的委屈，莫要把本身的软弱推给你的家族！"

"你！"安贵妃气得蓦然起身，却被皇后冰凛威严的眼神所震，万般怒言都

化成了恨意，半是恼怒，半是怨恨，竟然笑了出声，"那又如何？最后还是我笑坐天下！"

苏皇后深深看了她一眼，不语，转头继续看向外面。

初次见到安纤星，是二十多年前的春天，那时她初嫁太子，两人从小青梅竹马，新婚宴尔，忽然冒出一个侧妃来，说不恼是假的。然而，那个方才及笄的少女在奉茶的早上，蹦蹦跳跳地进了正殿，被裙摆绊倒，便整个人扑倒在她身上，知道出丑害羞了，竟然怎么都不肯起来，整个人埋在她的怀里，犹如小妹撒娇嬉闹的模样。

"纤星，你何苦至此？"皇后听见自己的声音幽幽响起：

"安安分分地做个贵妃不好么？瑾儿那么孝顺出色的孩子……"她转向自己的夙敌，"若你不曾改变多好，那个初嫁太子的少女就像个娇憨可爱的小妹一般，怎样都宠爱不够。"

"你这话什么意思？"安贵妃见她言中有言，陡然变脸，不觉站起身来问道。

皇后只是再次看向了窗外，皎华宫以素雅淡色为主，唯一华贵丽廓的便是那紫瓦金檐，上面却有碧绿的蔓藤粉花坠落下来。

夏末未央，那些木槿锦带，石榴百合都迫不及待地示出自己最灿烂的一面，纷纷绽放开花，绝美之际，竟也有一丝悲壮。

开了便离枯萎更近一步了。

安贵妃见她宁静不语，心底疑惑反而更深，正要唤人去打听消息，却见罗裳急匆匆地从外面走来。

"娘娘！"她也不行礼，直直走到安贵妃身边，附耳道，"腾云将军已破北门入京，太子也已从昫星宫逃出了！六殿下的旨意，是不是拿皇后娘娘……"她话还未落完，已听到苏皇后轻拍两掌，原本守在殿中四周看管皇后的宫女们都齐声拔刀，雪白闪亮的刀刃，全都指向殿中惊呆的安贵妃和罗裳。

"你们这是做什么！都造反吗？！"安贵妃尖叫出声，守在殿外的御卫队听到这般动静，纷纷冲了进来，手中刀枪森然寒冷，照满皎华殿内。

"大胆！"皇后厉声踏前，头上九凤步摇巍巍晃荡，眼光冷冷扫去，顿时把几十个侍卫震慑在原地，"本宫在此！你们竟然敢持刀而上！都不要命了吗？！"

"皇后与太子乱党欲杀害皇上称帝霸朝，你们还不把她拿下？！"安贵妃根本没料到有此剧变，一时惊恐交织，不禁暴怒道。

所有侍卫都僵硬踌躇，眼看着两位万人之上的主宫，不敢妄动，带头的统领咬牙踏步，欲上前拿下皇后，岂料“刷”的一声，一名宫婢挺身挥刀，顿时把他的脸划出一道血痕！

众人惊愕，那侍卫捂着脸闷哼一声，竟然疼痛得昏倒在地，他的血逐渐染红了正殿上光亮明洁的地板。安贵妃和罗裳满脸苍白，双手紧握，其他御卫士兵镇在原地，有人已慢慢地放下了手中武器。

皇后依然毫无表情，面容平静道：“放下武器，本宫便恕过尔等带刀闯殿之罪。安氏一族起反，软禁本宫与诸位皇子公主，按律应当诛九族。”

她顿了顿，眼光轻轻地从安贵妃身上扫过，那瞳目因含有太多说不清楚的情绪而显得平静无澜：“宣我懿旨，押安贵妃安氏至冷宫，近贴侍女侍卫皆押入暴室。其余人流放边疆，永生不得入京。”

转眼之间，方才那静立窗前的温婉后妃早已不见，苏予婉凛然抬头，身后阳光，将她衬得光耀夺目，使人不敢正视。

诸位宫女们立即动手，上前把安贵妃和罗裳给分开。

“不！”安贵妃依然挣扎，她愤怒至极，犹如受伤猛兽地奋身向前，想要抓住苏予婉。但皇后始终在她手指触及之外，冷漠地看着她。

“纤星……”苏皇后宛然转身，乌墨青丝上的珠宝随步发出了清脆的碰响，她的声音仿佛穿越岁月而传来，低微轻柔地如一声叹惜：“今天，应是去摘栀子花的日子呢。”

安贵妃的眼眸里，蓦然就有了泪。

“安妹妹，你究竟要在我膝盖上埋多久啊？”头上传来带着笑意的温柔声音，“母妃和母后，可是早就走了哦……”

“真的么？”自己依然把头枕在那软软蝶练纱的宫裙上，许久才缓慢地抬起头来。

看到的是清秀聪慧的眼眸，弯成了新月，半是好笑半是责备地看了过来。人人都道太子妃温婉通慧，冷静稳重；此时此刻的她，便如长姐那般，宠溺和无奈地看着自己，安纤星一时走神，小嘴张大，竟然看呆了。

“庭院上的栀子花开了，我们去摘几朵，编成花环吧。”苏予婉被她的模样逗笑，看她体态纤然，娇小柔弱，再怎么看去都还只是个孩子，想到一生便将锁在这深宫之内，不觉心软，便如此说道。

"好啊……"安纤星笑颜如花，照得窗外八月暖阳都黯然无色。

然而，匆匆岁月飞逝而去，抬眼望之昔日对自己安慰笑哄的人，一身深紫凤装像是丝绸铺在光滑明亮的地面上，翩然转身离去，在重重侍卫都肃然避开之间，只剩下一个华丽而无法触及的背影，冰冷刺心。

苏皇后走到殿门口，似是记起什么，转身启唇：

"宫女罗裳，押至御书阁楼顶端抛下。"

殿外，金色的阳光四处流泻，开阔宏大的玉砖铺道前是通往胜利的道路。

苏皇后望向深宫远处的勾檐画枋与曲径幽通的朱漆回廊，似乎在风中感觉到了一丝清淡芬芳的栀子花香。

她缓缓地扬起了一丝微笑。

同时，在她精致平静的脸颊上，滑过了一滴晶莹碎泪。

太子匆匆地穿过昭晨宫的侧室正殿，脚下台阶上无不是浓稠血迹，殿外兵乱早已平息，唯有玄衣御兵执刀静立，围成一堵人墙，连飞虫亦难飞进宫内。

寝宫外有三名宫女瘫倒在地，双眸明睁，死不瞑目。

李珷深深呼吸，坚定跨步而进，然而还未走进寝殿，已听到刀枪迸撞的声音从殿内传来，他心头一凉，急忙持刀冲进。

皇帝寝殿仍然幔帐四垂，不让丝毫曙光进入，即将熔化烧尽的蜡烛烛光微暗，隐隐约约地照耀出在龙床垂帐前的两个身影。

凝霜一身黑衣，唯有手上犹如清雨明净的青潭剑照亮着眼前的黑暗。

另一边，则是满身血迹的李瑾，虽是衣着狼狈，面容依然冷静冰寒，不露喜怒。

两人都微微喘息，手持长剑，寝殿四处家什凌乱，古董玩物皆破碎一地，就连垂下的珠帘玉席亦被砍断破碎，可见方才激战。

"太子殿下……"凝霜见他到来，便淡淡地点了点头，从容道，"皇上剧毒已解，吴太医已去解昭亲王之毒了。"幸亏有绛恨留下的手下帮忙，要不然她可没办法前往太医院拿取草药，吴太医也无法受人保护而去拯救二皇子。

“多谢琴城才子……”太子抱拳答谢，也不知是说给谁听道：“腾云将军已破宫门，平殿内之乱了。”他转向李瑾叹道：“六弟……”

“你若要这天下，必从我手中夺去！”李瑾打断他的话，低喝一声，侧身转腕，已是一剑向太子刺去！

太子别头一躲，右脚退移，身向后转，亦是举手挡剑；六皇子收剑低身，“呼”地一声，长剑直逼太子面前，李斌向后弯身避开，左足抵后，猛然一剑劈去，李瑾斜身闪开，圈转长剑，刺向太子左胸，却是“铮”的一声，被太子用剑柄反挡而止。

李瑾见状，便用尽内力向前冲去，李斌无法抵抗，连退许步，岂料六皇子忽然松手，脚步正收不住，眼前已是长剑白光迎头而来！便低喝一声，一脚猛跺于地，整个人腾空而起，双指抵在六皇子的剑上，借力飞跃，半空中又转身而下，双手持剑凌空劈向李瑾。

六皇子冷冷一笑，举剑正挡，只听“锵”地一声，双剑交叉，白光晃荡，对方刀刃之后，都是相似的容貌，一样的血脉。

“安贵妃已被母后扣下……”太子把剑刃逼向六皇子，咬牙说道，“六弟，你还是就降……”

李瑾眼瞳猛缩，高喝一声，双手用力翻剑，太子立即被摔出数丈，撞上桌案一角，顿时视线模糊，却见六皇子持剑而来，晃荡起身，咬紧牙关挡住他一击。岂料李瑾已是以死相逼，太子却仍然心存不忍，连环三击都只是自护而不攻，六皇子见状，脸上更是冷峻三分，那剑刺得越来越凶猛，直逼要害。

凝霜在旁边观看，虽是毫无表情，但手仍然紧握青潭，方便随时出手。只见太子逐渐败下阵来，李瑾连续几击，都划破太子的手臂肩膀，猩红的血便立刻弥漫了他一身的月牙长袍。琴城才子看得心惊胆战，一咬牙，正要上前出手，却听到太子一声：“别动！”

说时迟那时快，六皇子已是飞跃而上，太子原本是被困在一角，无法动弹，却蓦然转身而上，直直迎上李瑾手中的那把剑！

凝霜全身僵硬，几乎就要喊出声来。

那一刻，李瑾分明看到了犹如雨滴飞落的点点花瓣。

七岁的那年，自己在御花园水池旁玩的时候一不小心跌落了下去，初春的水仍然寒冷，他使劲蹬着挥动着手臂，但那池水就像有手似的把他不断地往下面拖，眼前看到的，是纷纷坠落的飘落纷瓣。李斌和李璇从远方有说有笑地走了过来，看见了他，不禁大惊失色，但也没有呼叫宫女太监，双双扑通扑通地投入了水中。

“六弟，我们来了……！”

遥远的呼喊穿梭过二十多个落花季节，他看见李斌满脸惊惶的脸向自己游来，与眼前的面容化而为一。

刷——！

太子睁大了双眼，不敢置信地看着眼前的六皇子。李瑾的剑有气无力地被他持在手上，显然是早就放弃了攻击的准备。

滴答，滴答。

红色的血蜿蜒着雪白明亮的长剑，一点一滴地落在了繁复华丽的雕花地板上。

李瑾忽然就笑了，他一手搭住了那持剑刺穿自己胸膛的手，一手搭在太子的肩膀上，喃喃道：

“四哥，你怎么……还是那么爱哭啊……”

彼时，自己被两个一模一样的人救上岸来，宫女太监们闻声而到，都惊惶慌忙地拿毛巾和换衣服。唯有李斌挣脱开服侍的人，全身湿透颤抖着到自己身前来，摇晃着自己的双肩大叫着“六弟，快快醒来！”而在自己虚脱地对他笑了一下的时候，那个平时最是淘气顽皮的兄长，竟然“哇”的一声哭了出来。

“六弟……！”太子俊秀的脸没有了平时风流多情的笑脸，他咬着牙看着嘴角不断溢血的六皇子，只感觉点滴岁月都随着他身下的血逐渐流逝。

昔日在三皇子殿上的笑语欢言，在书房内的调皮捣蛋，还有年少时，三人在空旷的宫殿里玩捉迷藏，皇城禁地的天空上都回荡着他们呼唤着彼此的名字的声音。

阿瑾，阿璇，阿斌……

最终，有什么晶莹之珠落在了六皇子的脸上，李瑾的眼底闪过了最后一丝光彩，终究平静安详地闭上了眼。

此时，正殿上寂静无声，满地的珠宝古玩都渐渐地被六皇子和其他横尸染上了红血。

一丝金光从重重掩盖窗户的残帘透彻照来，恰好落在李瑾安详平静的脸上，斩断了一切世间的恩怨仇恨，深宫阴谋。

太子慢慢地站了起来，忽然感到一阵晕眩，脚下一跄，却被旁人扶起。他片刻才睁眼，只见凝霜一手扶着他的左臂，一手正按在他的背后，缓缓输入真气。

“多谢。”太子轻声说道。

“无妨。”凝霜皱眉，正要开口说什么，却听到外面有人喊道：

“狱牢走火啦！”

太子和凝霜双双一震，前者只觉得胸膛发堵，猛然喷出一口红血。他跌跌撞撞地和凝霜往外跑去，只见西方一角，红红大火和浓烟重雾正弥漫着皇宫的上空。

琴城才子心中大惊，知道那是绛恨与李璇所在的地方，正要一个飞跃而去，却被人紧紧抓住，回头看向太子，却感觉颈后一痛，顿时失去了知觉。

第二十章

相濡以沫·琴吟江山

四处烟火弥漫，走廊旁边监房都是凄惨喊叫，无数的手伸出铁杆铜栏，疯狂地敲打高吼着，那些原本认命待毙的犯人们都惊恐地尖叫着，祈求着哪怕一丝奇迹。

绛恨已被呛得满眼是泪，她努力地用针试图解开手上紧捆的铁链重锁，眼看那火光已经逼得越来越近，已经可以闻到人肉烧焦的味道，她心里的惊恐也越来越大。诼她一生冰雪聪明，身轻如燕，也逃不出这重重深牢。

"相公！"她蓦然放声大喊，不仅仅是为自己害怕，更加深恐李璇已被火舌吞咽，一声喊叫下来，已被烟火呛得连连咳嗽，却还是不放弃，她再次大喊："李璇！"

"小姐！"忽然几道人影从火光浓雾之间闪出，来者都是黑衣裹身，几道伤痕血肉，脸虽已被熏黑，却在见到她时掩饰不了激动惊喜。带头那人回头道："快！快！小姐在这儿！快开门！"

"霞袖！"绛恨惊愕片刻，立即悲喜交织，没料到还有如此剧变，她看着眼前四人正试着几把钥匙，不禁大叫："快去找五皇子！快！快！"见对方丝毫不动，不禁怒吼，"马上！快去！"

其中两人对看一眼，立即速速离开。

片刻之后，绛恨的牢门已被打开，她却并不往监牢的大门方向走去，而是往更深处冲去大喊："相公！相公！"

后面随从大惊，急忙跟上："小姐！火势猛急，请快快离开啊！"

"没有李璇我哪儿也不去！"绛恨急得大叫，又免不了被呛得一阵咳嗽。蓦然见最后一间牢房前正跪着刚刚的两位手下试图打开牢门，便马上冲向前："相公！"

"绛儿！"被关在里面的正是李璇，他扑向栏杆，两人紧紧握住双手，目光在对方眼中流连许久，似乎过了万古漫长的岁月。

"小姐！这把锁是特制的！我们打不开！"霞袖急急说道，索性拔出剑来往那铁杆上砍去。

岂料，李璇为六皇子重囚，这牢间做得甚是坚固，哪怕其他人同时持剑齐上，也只留下了条条刀痕而已。

"什么？！"绛恨见状，只觉得如晴天霹雳，几乎倒下。

"火势紧急……小姐……！"霞袖在旁边急得满脸大汗，却又无法启齿，叫绛恨速速离开。

猛然"轰"的一声！那猛火犹如被添加了油似的，竟从后面也燃烧而起，几个人顿时感到炎热无比，那空气里越来越沉重压抑，烟雾环绕得几乎不能呼吸。

"绛恨……"李璇从铁杆后面伸出手来，抚上了奇探的脸颊，温柔无比地望着她，一字字地说道，"你现在就出去，好好活着。是我今生无幸，不能与你厮守一世……"

"你说什么呢！"绛恨气得跺脚，眼泪却滚滚落下，灼烫了李璇的手，一路相逢相识，他还从未见她哭泣哀诉过什么，那晶莹眼泪点点落滑在他的手上，仿佛绽放了朵朵莲花，李璇只感到万刀剐心，铺天盖地的痛楚几乎把他淹没。

绛恨双手穿过了铁杆紧握住他的手腕，虽是满脸泪痕，但依然坚毅无比："我哪里都不去！我不会离开你的！"她紧紧地抱住了五皇子，整个身子贴在他的胸膛上，用力地似乎要与他融为一体。

李璇恍惚，眼前又闪过当时随夏牧初到天下第一客栈的情景。

那个少女盈盈地站在台阶之上，巧笑倩兮地回眸过来，片刻的惊愕，也是这样如旋风般地撞进自己的怀里，许下了一生的誓言。

他先是惊愕，最终万般柔情只能化成一抹淡然浅笑，低头吻在她的眉心中间，笑容温婉如清风拂柳："好，我们生生死死都在一起。"

绛恨扬起头，笑得满足灿烂，眼泪却是滚滚落下。双手围在李璇旁边，再也不肯放开。

四处烈火如海，疯狂地吞咽着深宫里的狱牢铁屋，然而在最后那间牢房里的那对人，却含笑着凝视着对方，轻松安详地在游山玩水之间看着彼此。

仿佛他们穿越了轮回，穿越了生死，穿越了深宫江山，就是为了这一刻而诞生，相识相知。

霞袖等人不顾绛恨的命令，执意不愿离开，始终保护着他们的两位主人，但那烟雾已经重重弥漫了每个角落，众人呼吸困难，终于支撑不住地昏迷倒地。

在绛恨和李璇失去意识之前，隐隐约约地看到一个人影，正不顾四周的火光烟云，直直向他们走来。

仪武十六年，八月初三。

六皇子瑞亲王同母族安氏举反，软禁帝后于寝宫，瑞亲王调御林军至京城四门，紧守皇城。

卯时，孝倩翁主同腾云将军破北城之门，共率五万军马进城平反。

辰时，皇后苏氏调离心腹伏于皎华宫，得缚安贵妃安氏，贬于冷宫，平息内宫之乱。

同时，琴城才子与太子至昭晨宫护御。

午时，腾云将军围住宫城平反，跪叩圣安。

八月初五。

皇帝宣召，六皇子及其母族安氏为逆党犯徒，诛其九族；其中牵涉叛乱之宫人侍卫共三百四十二人，皆以谋反之罪处死。其余文武百官，拥护太子有功者，皆受重赏。

次日，昭晨宫颁下两道圣旨：

长泰公主、肃恒将军之女，孝倩翁主苏未央，配昭亲王妃，敕封一品诰命夫人。

左丞相唐明之女，琴城才子唐秋瞳，配辅国大将军夏牧，敕封朝晨郡主，赐“莲华”两字。

八月初十。

昭亲王携王妃孝倩翁主，共赴北疆。

八月十五。

五皇子敬亲王护驾有功，身受重伤，病危不治，戌时长逝。帝后悲恸，朝廷惊悲，全城缟素。百官平民聚集宫门外，哭泣悲号，天地共恸。

风咤一时的五皇子，如一颗最明亮的流星划过照亮了恒朝的夜空，最终在一场宫乱阴谋之间陨落而下。

从此在世上，再也没有一个温润如玉的男子，在静静的后宫湖畔阅读书籍，吟哦诗词。

曾经的翩翩白衣如玉树，曾经的意气风发指江山，曾经的迢迢万里赴敌军，都成了过去，烟消云散。

所有的传奇神话，所有的绝世风华，都化成了史卷上的寥寥几行记录，换来的是一片太平盛世，是稳固不倒的李氏皇权。

中秋刚过，秋意萧萧，红枫黄叶满城关。

明寮燕城的银莲河两畔，都是延伸拖水的白柳，其中夹着如火如焰的红枫和黄叶银杏的落金树，形成一幅锦绣江山的绝美风景，令人流连不绝，赞叹难忘。

凝霜抱琴倚在船窗边，眺望着两岸的秋水共长天一色。

“又发呆了？”夏牧从外走来，见她如此，不觉笑着从背后揽她入怀。

琴城才子淡笑：“你看这景色，怎能让人不发呆呢？”她别开一袭竹帘，让腾云将军看着外面的色彩。两人望去，只见河水如碧绿缎带般在阳光下粼粼闪光，正值清晨，河岸有轻云淡雾缭绕围环，银白如云的淡雾沉浸在一片红火杏黄的树叶之中，碧水、白烟、红叶、黄杏，真正天上仙境，也不过如此。

“再美，也比不上我的夫人美。”夏牧轻吻了她一下，眼神迷蒙地笑道。

“大白天的，做什么呢。”凝霜轻轻皱眉，起身走到房间里的桌案上坐下，给自己倒了杯茶。

“瞳瞳……”腾云将军眯起了眼，笑嘻嘻地走到她身边，“你最近心情很好啊。”

凝霜看了他一眼，脸颊却不由自主地染红了起来：“终于离开了皇宫，心情自然好。”

“是么？”夏牧拉长了声调看着她。

只见凝霜一双清眸低垂，那净澈瞳目如秋水，如轻波，映着她微红如霞的双颊，带着淡然的温柔和冷静，不禁心中微动，想起当初自己千山万水地涉入云山，怎么都不曾想到会找到她。若说在那深山密处的初瞥，让他震动惊愕的话，那么一路伴随和种种生死相随的点点滴滴，更是让他坚信认定，这生生世世定要与她携手同过。

他笑容逐渐扩大，一个脚步上前，便弯身把她抱起，朗声笑道："我怎么觉得，瞳瞳是因为新婚而心情喜悦呢？"

"你做什么？！"凝霜低声惊呼，见夏牧把她抱向榻上，不觉双颊绯红，半嗔半怒道，"大白天的，给人家看见了如何是好？"

夏牧嘻嘻一笑："谁敢乱闯腾云将军和朝晨郡主的寝房啊？况且这么早，还没人起床吧？"

说完，他把凝霜放在床上，抽掉她发上的银钗，那一头轻柔长发就婉转地流泻而下。夏牧俯身上去，他的一头青丝也披落在床边四处，与凝霜的缠绵悱恻，再也无法分开。

芙蓉帐暖，任凭外面秋意微凉，清风拂水，山水缥缈，风景灿烂，都抵不过眼前的佳人的星眸微醉，半是迷蒙半是沉落。

夏牧嘴噙淡笑，温柔多情地碎吻在凝霜的香肩细脖，春宵正要共醉，比翼正要双飞，却听到外面猛然"哐"的一声，大门被踢开，绛恨兴高采烈地跑进大叫："姐姐啊！"

砰！

只听内室有什么撞上了墙壁，接着是腾云将军忍无可忍的怒吼："绛恨！给我滚出去！"这还不解恨，从里面一把短刀腾空飞了出来，"啪"地钉在绛恨的身边，红衣奇探吐了吐舌头，急忙把门关好了悄悄退下。

她蹦蹦跳跳地回到甲板上，只见船头一抹高大潇洒身影站立。

眼前大片的白光波浪，黛青山水，轻涛拍岸，秋风高爽清凉，吹得那人的淡蓝衣袍风雅逸俊，飘逸素雅得仿佛天边的一朵云。绛恨笑容漾开，从后跳了上去，整个人挂在他的背上，欢声喊道：

"猜猜我是谁啊？"

李璇被她从后面突袭，差点就一头栽到船外江水去；他站稳之后无奈而宠溺地笑笑："江湖上还有谁敢这么理直气壮地从背后突击他人？"

"说得也是哦。"绛恨眨眨眼，拉着他的手不放，又挤到他的怀里，仰头问道，

“在看什么呢？”

“燕城风景。”李璇用披风把她裹进自己怀里，轻笑道，“上次和你还有问绿到此，并无好好欣赏的机会。”

“哦……”绛恨应声，不禁笑道，“也是呢，上次被捆得像粽子一样，一心想着如何阻止荷衣会，哪有这般悠闲心情。”

李璇点头，想起彼时情形又看看眼前的景色，不觉叹息，想到那次问绿所吟的诗词：

“扁舟望穿青山尽，飞云绵流夕阳间；落英处，余霞绕银叶；烟雨楼，淅淅流水使人愁。眺看百里，唯见粉瓣漫天游；回首，画舫红颜，笑唱醉酒。”果然，燕城景色当之无愧。

绛恨抬头，看他微有哀色，想要让他分心，便眨眨眼接道：

“这首词其实还有下段呢。”说完便吟起：

“露曦向晓烟绕云，碧蔚霄间燕双飞；倚朱栏，清风微弄柳；惜良辰，落花残杏还依旧。倦游美景，泪诉东风泣幽幽；问君，风光绝景，共谁携手。”

李璇惊愕，随后看向绛恨，那少女笑眯眯地看向他，颊如初春芙蓉，朱唇如樱，双眸如月。五皇子不禁叹道：“原来这首有名的佚名词还有下段……”又喃喃回味道，

“问君，风光绝景，共谁携手。真是绝句，美景良辰若无人相伴，岂不无味？”他笑道，“好意境！好一个风光绝景，寂寞怀愁！你是怎么知道这下半段的？”又见绛恨双眼骨碌碌地转来转去，一副神秘样子，不觉惊声，

“这诗词是凝霜作的？”

“什么啊！”绛恨又气又好笑，不觉跺脚，轻轻捶了他一拳，“这词可是我作的！”

“你……你你你……你作的？”李璇失去平时稳重冷静，不觉无比惊愕，“这是你作的？”

“是啦，夫君大人！”绛恨见他目瞪口呆的样子不觉失笑，“这可是我和姐姐第一次来到燕城的时候所作的，你不信可以问她。”

李璇知道凝霜不会撒谎，惊讶之后，便大笑着搂绛恨入怀，满脸的欣赏自傲，他朗声说道：“我还真不知道你会给我这么多的惊喜！”

“那当然，我自然要配得上敬王妃这三个字……”绛恨一时起兴笑道，忽然发觉自己失言，急忙噤声，双手却更用力地环着他的腰了。

“无妨的，绛儿，我不在意。”李璇带笑捧起她的脸，轻轻在鼻尖上一吻，“我不悔。”

绛恨蓦然泪珠盈眶，不自在地低下头来，头却是越发地往他怀里蹭去。五皇子被她逼得连连退后，不觉失笑。

眼前的银莲河，如一道白色波澜的缎带那么闪亮，两边清碧黛山，白云绕崖，鸟语猿啼不绝。他们所在的船只，不快不慢地随流而去，离燕城都城之处越来越远了。

“阿璇，你还是走吧。”那日醒来，太子便笑吟吟地这样地对自己说，平时慵懒多情的眼角唇边，已多了一抹严肃及深隐的哀伤。

“皇兄？”李璇只感到全身疼痛，自己肩膀上皆是白色绷带，昫星宫里的莲荷花香让他慢慢地清醒过来。他急忙向四处看去，望到侧室发着脾气被凝霜劝着喝药的绛恨之后，一颗心才归回原地。

“阿璇，我可是冒着被夏牧砍头的险，给琴城才子点了睡穴才上演了这场戏哦。”太子笑眯眯地对他说道，“你现在已经自由了，带着绛恨，去游遍天下吧。”

“阿珷……？”李璇被他所说的话震慑道，一时不知如何反应，只能看着站在他的身前，兄长挺拔坚直的背影，记得就是这样的一袭淡黄龙袍，在这二十多年的岁月里，永远为他挡下所有血腥风雨。

“阿瑾死了。”太子淡然的声音似乎从远处飘来，李璇猛然抬头，听他平静的诉说，“大哥，三哥，六弟。下一次，我不知道会不会是你。皇权这东西，真是让人又爱又恨啊……”太子的声音笑道，与昔日的风流倜傥并无两样，但五皇子明明从其中听到了凄然和悲哀。

“阿珷，我不走！”李璇猛然站起身来，但眼前一片晃动，他只能伸手拉住太子的衣袍，喘息地说道，“我怎能……让你单独面对……”

“你还不懂么？”太子缓缓转身，蹲下来直直看着他。

兄弟两人，一样的面容，一样的眼神，早已习惯在对方的眼中寻找自己的影子。虽然性格喜好不同，但有时两人总会说出同样的话，做出一样的举动，毫无区别的温和笑容，以及永不改变的喜欢保护守着对方的习惯。

太子叹息地对双胞胎弟弟说道："你若留下，必成为我朝的一派势力，遭人眼红，若他日有人陷害于你而我无法保护，你说我该如何？"

"皇兄！"李璇沉下脸来，"你也未免太小看我了！"

"我知道……"太子微笑道，"我只是不想冒这种险……况且，若有哪一天你威胁到了我的权势，阿璇，你知道我会怎么办……"他慵懒地微笑道。

"阿斌！"五皇子震怒，一掌粉碎了手边的桌案，引得室外的绛恨和凝霜都忍不住看了过来，他压抑着自己的怒气，一字字道，"你知道我不会！"

"我当然知道，亲爱的弟弟。"太子摇着头，拍了拍他的头，似小时候那般，对自己幼弟生气时候的脾气无可奈何，"但若有人逼你如此呢？就拿阿瑾来说，你当他是真的想要皇位么？"他趁李璇一愣，慵懒站起，伸了个懒腰说道，"况且，你真的想留在这个地方？绛恨她真的适合做王妃么？你会为了联姻而娶别家的女子么？"

李璇停顿在原地，下意识地向绛恨看去。

原来，自己的心思，早已有所决定了么？

而李斌与自己是双生兄弟，这样的决定，他定是知道自己是说不出口，狠不下心的。因此，为自己安排了这场已无法回头的戏么？

待他回神的时候，太子已经再次转身，叹息道：

"阿璇，这个天下，我只能用这种方法给你了，你就替我，好好地去看看我们的江山吧！"

五皇子愣愣地看着太子，觉得五脏六腑都微微地疼痛起来，他看着背对着自己正眺望着窗外的莲花荷叶的兄长，觉得此时此刻，李斌一定如平时在皇宫的某一角找到了看书的自己的时候一样，狡猾又无奈地摇头微笑，轻轻伸出手来叹息道，"阿璇呀！"

李璇缓慢地俯下身去，把所有的不忍和痛楚，都随着低头掩饰而下，他向太子行了朝廷百官最重的大礼，双膝碰地，宽袖遮面，躬身磕额，咬着牙一字字道：

"臣弟在此，别过太子殿下。"

二十多年的朝夕相处，分别之际，所有美好温馨的回忆，都成了无边无际的痛。

眼前，是哪个孩子在皇宫深夜之中光着脚奔来和自己同卧而睡？是谁在百官共乐的宴席上与自己携手大醉？又是谁，总是在严肃的早朝上偷偷看了过来，露出一个会心默契的笑容？

李璇跪在地上，觉得千言万语都咽在了喉咙之间，手摸在脸颊上，却仍然一片干燥，原来心痛到深处，竟是连眼泪都没有。

蓦然，一双手轻轻地把自己扶了起来，抬眼望去，是与自己同样容貌的脸，正淡淡地笑着：

"笨蛋，如果想我的话，照照镜子不就好了……"

五皇子深深呼吸，紧握住太子的手，久久才说道："是，阿珷，你要保重。"

从此，独在异乡为异客，每逢佳节倍思亲时，便只能眺望东方远处，愿那登在高处的兄弟，一切安好。

朝夕相处，不如相忘于江湖。

阿珷，我会好好地，认真地，去替你欣赏我们的江山。

"夫君？"绛恨见李璇看着眼前的河流出神，不觉拉了拉他的衣袖。

"嗯？"五皇子回神过来，见奇探一脸的担忧，不觉笑道，"你方才到夏牧的房里去了？被轰出来了？"

绛恨蓦然脸红，不觉别开眼道："哎呀，谁会想到，谁会想到他们……"

"怎样？"身后传来慵懒的声音，两人转身过去，却见夏牧伸着懒腰走来，一手还揽着抱着琴的凝霜。他皱着眉看着李璇道，"五弟，我拜托你多多管教你家娘子。哪有人乱闯人家寝室的？也不知道敲一下门。"他嘀咕着，"人家情致全没了……"

李璇轻轻地看了绛恨一眼，她的头正使劲地在自己胸膛上蹭，不觉失笑道："她知道错了，要不然也不会羞得把我都快钻出个洞来。"

见像毛毛虫挖洞一样的绛恨顿时停止，夏牧哄然哈哈大笑。气得奇探抬头瞪了他一眼，撅嘴说道："不准笑！要不然我明天还去！"

"喂喂喂！"腾云将军大叫，"好歹，我也算是你姐夫。"又可怜兮兮地转向凝霜，"夫人，你看，她欺负我。"

凝霜和李璇都微微摇头，五皇子看到她手中的琴，挑眉笑道："郡主好兴致。"

“见今天丽日清风，山水秀丽，为抚琴的好日子，便忍不住手痒了。”琴城才子淡然笑道。见旁边的侍女都已摆好了桌案，奉上盐水焚香，便上前整理了衣着，洗手抚鬓，方才在船头坐下。

“姐姐，为我们前方的目标抚一曲吧？”正在和夏牧吵架拌嘴的绛恨兴冲冲地跑来道。

“那你是知道我们是要去哪里么？”腾云将军一手把她从凝霜身后推开，自己站在琴城才子身后，挑眉对她说。

“嗯……这个嘛……我是不知道。”奇探一愣，不觉看向夫君，“我们这是要去哪里啊？”

“不知……要不然，就小舟从此逝，江海寄余生吧……”李璇淡笑，

“不如奏当初我们夜醉渔船的那曲，问绿唱的歌？我一直未能听完呢。”

“哎？那首好，那首好！最适合我们现在的意境了！”绛恨拍手道。

凝霜淡笑点头，和夏牧交换了个温柔的眼神，便双手拨弹按弦，那音调便如溅水露珠般地响了起来。

顿时，岸上清碧绿胜叶，秋枫赤花红胜火，在银莲河上穿梭来回的船舟，都隐隐约约地听到了犹如从天上传来，从四方八面包围他们的叮咚琴声。

船舟顺水直划，桨橹拨开层层涟漪波荡，河波粼粼盈着青黛江山，群山烟波浩渺，红尘的所有喧闹纠纷都逐渐远去，唯剩那船头站立的四人，衣袖翩翩，欲乘风而去，化入这大片江山之中。

茫茫天涯边际，有嘹亮歌声穿破了层层云端，传了过来……

“容我高歌，天岭孤观寒。骏马腾风，乘云笑看万花绽。

蕉雨万漠千涛浪，谁伴我，琴吟江山？”

流徙回转的云烟轻雾之中，碧柳扶风及枫叶黄杏之下，那船舟乘风破浪，轻轻地向万重江山漂去。

恒朝仪武十八年，帝禅位。太子登基称帝，改号盛华。

盛华元年，册正妃林氏为后，嫡皇子漩为太子。

是年，取敬王遗书《太和通鉴》为本，以前朝诸位传奇女子为例，允女子参官，以才用才。出仕不分性别出身，唯才而用。缔造大恒百年盛世，四方学者皆

向往之，为天下第一强国。

盛华帝安邦定国，以贤仁而治，励精图治，兴修水利，废除酷刑，施均田制，遣才出海，在位四十五年，判死刑之犯仅八十三人。后人称其千古贤帝。

国泰民安之朝，开辟彬彬之盛，朝外野史盛传于民间。据稗官野史曰，江南一带，有一神侠，平日惩恶扬善，劝富济贫，为江南第一英雄豪杰，人人以“斧侠”称之，出生姓名不详，斧上有一字，曰：鸢。

盛华二年，才女方纤然著《腾云记》，记录者，自仪武十六年始，至上即位止，论辅国大将军及敬亲王出阵，归京，护驾，成婚之事，其言妙语精，扣扣连环，广泛全京。上召方氏御见，问曰：为何著此书。答曰：史上唯记“敬王护驾殁故”、“腾云将军携朝晨郡主辞京”寥寥几句，民女不平，故为边疆英雄著此书。上悦，赐白银千两。

盛华五年，才子唐子怡著《兰亭闲本》之第三卷二章曰：“云山有一樵夫，砍柴不慎跌落深谷，步行数日，爬至山端，穿一洞，忽遇仙境，周围花香鸟语，云雾缥缈，瀑布四垂，落英缤纷，暖如春季，四处有碧水绿湖，晶莹清澈，光波粼粼。步行数百步，忽见景色豁然开朗，土地平旷，山群环绕。山脚处，有屋舍竹篱，琤峥琴声伴铮铮交剑之音，忽见一女子，似是仙姑，笑语玲珑，身着红衣，舞剑低吟，旁有一淡蓝衣袍男子抚琴，神情从容淡然，似不染人间烟火，见樵夫，惊异之，邀其还家，设酒邀宴。夜时，逐有两人进屋，男子玄衣，容貌惊才风逸，女子淡霜蓝袍，如下尘仙女……”此章记载于此，并无他字。帝阅，大惊，宣召唐子怡进京。数月，告知唐子怡上年病逝，此为残稿。帝叹，笑而不语。

全文完

作者后记

2009年2月25日，是我第二次打完“全书完”三个字，每次写到这里，都会有种非常奇妙的感觉在心里慢慢上升。是喜悦，是轻松，是惆怅，是不舍，都已经分不清楚了。或许，就如夏牧和凝霜当初站在盾城的城墙上，遥遥眺望着离开的敌军那般，千万情绪在心头，但唯一能做的，只是静静地凝视。

初次构想《琴吟江山》是在完成另外一部长篇小说之后的2008年，那篇小说得了一个不大不小的奖，最终还是没有出版成功，但多多少少给了我一点信心，在写作这件事情上摸索了下去。

后来，发布了几张短篇之后才想起了这些人，这些事。于是便有了这本书。

那是2008年末，我在这个遥远的国度里，几乎是在地球的最南部，蓦然想到了琴城才子在树下思棋，夏牧和李璇在路上骑马缓慢行走，绛恨在天下第一客栈等待着每月卖情报之日的到来，还有问绿在深山中习武的样子。后来，逐渐有了沙场上的刀光剑影，应犹山庄的绿草青崖和恒朝的整片锦绣江山。

中国的景色，那么那么美，我巴不得全都嵌写在这个故事里。但自己的实力实在是有限（笑），只好等下本书再说了。

对于里面的人物设定，几番摇动，不知是否能够把他们的复杂心理、情绪、爱情、仇恨一一地表现出来。就如某个连续剧里面所说的那样：那些每天在电视上让人讨论、喜欢或者讨厌的人物，对编剧和导演来讲，其实都是活生生在自己身边的人，化成了兄弟姐妹，情人仇人。

于是，这些人物，自己给予了生命，有时候却被他们挣扎出掌握，有了自己的性格。

因此，我的夏牧、凝霜、绛恨、李璇、问绿，以及其他大大小小的人物，其实也是自己存在的。（笑）他们最后的结局，由我所定，但亦是他们自己所向往的。

其实故事里还有很多伏笔，我觉得一个故事能够留下想象的空间是很美好的事情，于是对于一些细节也并没有深深描述，犹如郑紫苑与愁绝和她们的大师兄的故事（就是那个疯疯癫癫的师叔），唐明和凝霜再次见面的情节，长皇子和二皇子所经历的那场政治风波，三皇子李琪的死和珷璇瑾的童年之日，甚至最后四个主角的结局，都是点到为止而已。

其实我觉得，若把夏牧等人的生平都完完全全交代清楚，便没有奇妙之处了。

那条小船最终要驶向何处，甚至连他们都不知道。江湖如此宽阔，任何地方都有无限的可能，就如后面提到的云山，也不会是他们最终的归宿，这个，连我都没有去想到。

我总觉得，或许每个人都有大同小异的江湖情节。

那儿或许也有一个嬉皮笑脸但是豪放坚强的腾云将军，一个在树荫下轻声柔唱的琴城才子，精灵古怪的绛恨，及温柔多情的五皇子；还有战火纷飞的边疆大城，有伸至天际的黄沙大漠，还有雨珠成帘的江南，和金碧辉煌但充满血腥悲酸的皇宫。

若是如此，那么这本书，便圆了我，也是你的一场异梦。

若不是的话，那么，就当做是一个宁静的午后，你捧着这本书，被我带到了很遥远的地方，会笑，会叹，会惊，会悲。看书及写作的妙处，就在于幻想两个字。

写到这里，再继续感叹的话，就会显得矫情了。

最后，衷心地感谢我亲爱的编辑大人风少爷；共同努力的写手，大家在很多不眠的夜晚共同勉励，让彼此有了坚持的勇气；我的朋友K，从我写第一个字她便默默支持，还有我的朋友与父母。

当然，还有你，无论你是否喜欢这本书，谢谢看了我的文章，并且看到了这里。

我们下次见。

娅邪

布宜诺斯艾利斯，2月25日凌晨1:10

附　录

恒朝

羽朝亡后，天下分裂，陷入长达六十年的厮杀战乱之中。从北至南，先后出现了十多个政权。狼烟四起，统治腐朽，民不聊生，放眼看去，四处哀鸿遍野，火光漫天。

北方温国长永元年六月，恒朝高祖李斌生于北游江东岸一寺，据《恒书·高祖史》记载，有一道士见神光满室紫霞绕庙，惊而进室，见一儿，额有红光，似是龙首，一字在中，曰："王"。

道士见状而叹："神子降此，当为天下君，灭乱平世。"

果然，长永二十五年六月，李斌称王，立朝为"恒"，率领不到十万之兵由北伐南。南方诸国联军，兵达百万，竟无力抵抗！李斌率军勇战江南，军纪严厉，为人宽厚，深得百姓拥戴，属下敬佩，不到十年，便攻下江南、西北、东河上游一带。入关转战十七载，便攻入京城，初步定国。李斌开朝称帝，年号泰康。

目前天下为恒朝第四位皇帝李昌统治，年号仪武。李昌即位时，已是经济恢复，政治稳定，国泰民安的太平天下。唯有北疆异图族长续不断的战乱让皇帝辗转难眠，坐立不安。

故事发生在恒朝仪武十六年，与异图族的战争，已经打了十多年了。

异图族

居住于北边蒙泰达大漠，西边戴河流域的游牧民族。

羽朝强盛之时，曾击败异图族并且逼之退至黎河余百里后，使其不敢再南下牧马。然而羽朝衰败，战火四起，异图族再次蠢蠢欲动。恒朝初立时，采取了和亲政策以休养生息。宣昭四十六年，先皇李望转为攻进战略，开始攻击北漠西河，以开辟商通之路。

异图族善骑好战，男女皆为战士猎人。虽被恒朝称为"蛮人族"，但在开战之前，恒朝军服繁重，军车笨重沉缓，与其交战却更善了解军事战略，武器与军服。唯一无法攻破防御的，是该族人精通巫术毒蠹，多次用此击溃恒朝军队，让众铁骑咬牙切齿而无可奈何。

荷衣会

在江南一带实力颇大的帮会。为被恒朝吞并的皇族后裔所组成，以反恒为主，暗地行动。并且在许多其他帮派中安排眼线，为推翻朝廷而备。

传说任何人与荷衣会弟子交手，不到十招必定败下。

江湖有言："天外有天，人外有人，但四海之内，唯有荷衣会无人能及。"

除了高位成员皆为女性之外，并无其他可确认信息，为江湖中最神秘的帮会。